AF285063

Palmer :Exit 259

Stephan Lake wurde vor etwas mehr als fünfzig Jahren im Südwesten Deutschlands geboren. Seine bereits in der Kindheit vorhandene maßlose Sehnsucht nach der weiten Welt führte ihn bislang ungezählte Male auf den nordamerikanischen Kontinent, nach Australien und in ein Dutzend Länder Ost- und Südostasiens. Er hat in Singapur gelebt und lebt heute, zusammen mit seiner Frau, in Shanghai. Für seine Bücher recherchiert der gelernte Journalist akribisch und stets an den Schauplätzen der Handlung.

Palmer :Exit 259 ist sein dritter Thriller um Joshua Palmer, den auf den Straßen von Hong Kong aufgewachsenen Deutschen mit dem ausgeprägten Sinn für Gerechtigkeit.

Mehr über Stephan Lake und seine Thriller und Kriminalromane unter www.stephanlake.com

Stephan Lake

Palmer :Exit 259

Ein Joshua-Palmer-Thriller

Bibliografische Information der Deutschen Nationalbibliothek:
Die Deutsche Nationalbibliothek verzeichnet diese Pub-
likation in der Deutschen Nationalbibliografie; detail-
lierte bibliografische Daten sind im Internet über
http://dnb.dnb.de abrufbar.

© Stephan Lake 2018

Lektorat: **Andrea Zhang, Shanghai**
Korrektorat: **Mary Ling-Schuster, Shanghai**
Covergestaltung: **©VercoDesign, Unna**

Herstellung und Verlag: BoD – Books on Demand,
Norderstedt

ISBN: 978-3-7528-40247

As he drew closer to the cry he went more slowly, with caution in every movement, till he came to an open place among the trees, and looking out saw, erect on haunches, with nose pointed to the sky, a long, lean, timber wolf.

Jack London, The Call of the Wild (1903)

1

Am Ende des Lebens kannst du nur so viel Barmherzigkeit erwarten, wie du selbst gegeben hast.
Wie viel Barmherzigkeit also hast du gegeben?

Sie versuchte, sich auf die Seite zu drehen, zu lange bereits lag sie auf dem harten Felsboden. Ihr Rücken schmerzte. Aber sie schaffte es nicht. Sie konnte sich nicht bewegen.

Wie viel Barmherzigkeit ich gegeben habe, was weiß ich. Viel. Ja, doch, viel, also?

Völlige Dunkelheit. Schwarz.

Die Kälte verhinderte, dass sie ihren Körper spürte.

Ihr Gesicht war taub. Ihre Arme waren taub, ihre Beine, ihr Rumpf.

Vollständig taub. Ihr gesamter Körper.

Nur die Schmerzen in ihrem Rücken schienen das nicht zu wissen. Und das Hämmern und Pochen und Ziehen in ihrem Kopf auch nicht.

Alles ist taub, also verschwindet, schrie sie.

Aber ihre Stimme nur noch ein Hauchen.

Wird also nichts mit Hilfe rufen.

Sie lachte.

Sie fing an zu weinen. Zumindest glaubte sie, sie würde weinen. Sie spürte ihre Tränen nicht.

Sie spürte nichts.

Barmherzigkeit.

Bitte, Barmherzigkeit.

2

Sein Blick auf den Tacho und zurück auf die Straße.

Hundertzwanzig Meilen pro Stunde.

Vielleicht würde er es ja doch schaffen.

Shit, besser wäre es.

Er hatte die Interstate gewählt, weil sie die schnellere der beiden Verbindungen zwischen Albuquerque und Santa Fe war. Die andere, Highway Vierzehn, war zwar nicht sehr viel länger, aber die Vierzehn schlängelte sich durch die Berge, die Fahrt nach Santa Fe dauerte daher fast doppelt so lange. Und das war für ihn heute keine Option.

Was er verdammt bedauerte. Denn wäre er früher losgekommen, er hätte wieder in Benson Trail halten und mit Dana oder Ana oder wie sie hieß einen Drink nehmen können, wie am vergangenen Sonntag, sie einen Dark'n'Stormy – Dark Rum und Ginger Beer, er hatte nachfragen müssen – und er seinen Old Fashioned; die Kleine hatte an seinem Arm gehangen und ihm zugeflüstert, sie würde auf Cops wie ihn stehen, groß und stark und in dieser tollen Uniform, und sie wäre an fast jedem Wochenende in der Tavern, ob er eigentlich jemanden irgendwo hätte? Und er hatte sich zu ihr gebeugt, ganz nahe an ihren Ausschnitt und an ihr Ohr, Spielt das eine Rolle, Baby? Und sie hatte gelacht und den Kopf geschüttelt und mit der Zunge über ihre weißen Zähne geleckt und unter dem Tisch, Mann, unter dem Tisch ihre Hand warm auf seinem Oberschenkel, die Fingernägel hart gegen den Stoff ... Ah, die ganze Woche hatte er daran gedacht.

Aber dann, vorhin, Mikro schon in der Hand, da drücken sie ihm noch ein DIP aufs Auge, Mann. Zwei Betrunkene nur ein paar Blocks von ihm, und den einen kannte er sogar, wohnte in seiner Straße und fuhr einen

Achtundsechziger Mustang, den mit dem V Acht und zweihundertdreißig PS. Großes Hallo und, yeah, ein paar Runden Canadian Club. Und bamm, Zeitpuffer dahin. Und damit auch der Highway und Benson Trail und Dana-Anas flinke Zunge.

Fuck, für heute.

Nächste Woche eben.

Der Cop ließ die Scheibe herunter und spuckte in die Nacht, hart und fest und spürte trotzdem die Tropfen im Gesicht. Mit dem Handrücken wischte er sie weg.

Den Kopf hätte er drehen müssen und hinter sich spucken, aber mach das mal bei – er guckte wieder auf den Tacho und grinste und drückte dreimal die Hupe – ta, ta, taah – einhundert*einunddreißig* Meilen pro Stunde. Mann, da drehst du nicht den Kopf, wenn du nicht gerade lebensmüde bist.

Blick nach vorne fingerte er eine Dose aus der Kühlbox und rollte sie über Stirn und Nacken und öffnete sie mit dem Zeigefinger und trank einen großen Schluck und noch einen und rülpste so laut und lange er konnte und zählte die Sekunden.

Etwas mehr als zwei.

Fuck, das konnte er besser.

Er klemmte die Dose zwischen seine Beine, hoch in den Schritt, hängte seinen rechten Daumen wieder locker ins Lenkrad und gähnte und rieb das Wasser aus seinen Augen. Das Fenster ließ er offen, der Fahrtwind half ihm wachzubleiben. Die kalte Dose im Schritt half auch.

Die Interstate Fünfundzwanzig läuft von Nord nach Süd, kommt von irgendwo aus Wyoming und Colorado nach New Mexico und runter bis Las Cruces und von da weiter bis zur mexikanischen Grenze nach El Paso.

Er war froh, dass er nicht nach El Paso liefern musste. Nur verdammte Cholos da unten. In Santa Fe, da war das anders. In Santa Fe waren nicht so viele Mexikaner, und kaum einer von denen traute sich, mit einem Schießeisen im Hosenbund auf der Straße herumzulaufen. Handlanger waren die in irgendwelchen Shops, Hausmädchen in den Motels oder Bedienungen in den

Restaurants, was ja okay war. Er hatte ja nichts gegen den Mexikaner an sich. Einen von denen hatte er sogar einmal an seinen Camaro gelassen, ging nicht anders, der Auspuff war durch, kein großes Ding, aber viel Krach und das mitten in der Stadt. Er war langsam weitergefahren, und da war die Werkstatt, ein verdammter Zufall. Aussteigen und die Marke an den Gürtel *Albuquerque Police Department*, und der Sanchez hatte Haltung angenommen, gelächelt, genickt, *Evening Officer*, die schmierigen Hände an seinem schmierigen Lappen gewischt, und *Ein toller Wagen, Sir, was kann ich heute für Sie tun, Sir?*

Wie es auch sein soll. Hat sich dann sofort an die Reparatur gemacht und das ganz gut hinbekommen, nicht einfach das Endrohr ausgewechselt und ein neues rein, was teuer geworden wäre, sondern geschweißt. Autogenschweißen, hat der Sanchez gesagt, das wäre die korrekte Bezeichnung, das könnten nicht viele. Und dann hat er sogar noch einen Rabatt gegeben, freiwillig, zehn Prozent.

Yeah, so soll es verdammt nochmal auch sein.

Wieder ein kurzer Blick, dieses Mal auf die Uhr am Armaturenbrett. Kurz vor elf. Wenn alles glattging, konnte er danach wenigstens noch zu Rose, aber er würde vorher anrufen; er hasste es, wenn er zur Tür reinging und ein anderer kam gerade raus, da fühlte er sich wie eine Nummer. Und er würde wieder Tequila mitbringen, das Zeugs machte sie betrunken und gut gelaunt und der Spaß wäre nicht nur ein Geschäft, sondern ..., na, Spaß eben.

Er könnte vor zwei wieder zurück sein, mit drei Scheinen in der Tasche. Vor der nächsten Schicht hätte er dann noch ein paar Stunden. Doris und die Bälger mussten nur leise machen beim Aufstehen, nur ein einziges Mal leise machen, verdammt, jeden Morgen dasselbe Theater. Doris hatte die einfach nicht im Griff.

Er würde ihr nachher noch einmal seinen Standpunkt verdeutlichen.

Er nahm die Dose und trank wieder und stellte sie zurück zwischen seine Beine und rülpste wieder und zählte wieder.

Drei Sekunden genau. Na also.

Und dann ging er vom Gas und ließ den Wagen rollen und trat schließlich auf die Bremse und der Camaro stand.

Er starrte und konnte nicht glauben, was er sah. Vor ihm Autos und Trucks und viele bunte Lichter.

Und Cops in Uniform.

Highway Patrol.

„Fuck me."

Einer von ihnen kam gelaufen, die eine Hand auf dem Hut, die andere hielt das Maglite, der Strahl hüpfte hin und her.

„Was ist los, Kollege?", sagte der Cop und hielt seine Marke aus dem Fenster.

Der Patrolman leuchtete nacheinander auf den Wagen, auf die Uniform, auf die Marke. „APD?" Salutierte dann flüchtig, wie Cops das untereinander tun, und sagte, „Unfall. Zwei Trucks ineinander verkeilt, quer über die Bahn. Einer mit Rindern, ein Dutzend tot auf dem Highway, die anderen strampeln auf der Ladefläche. Ein Höllenlärm, und die stinken, kann ich dir sagen. Zwischen den Trucks ein RV, davon ist nicht mehr viel übrig, Nummernschild von der Ostküste, Vermont. Wer auch immer da drin sitzt, hat es hinter sich." Er sagte, „Tut mir leid, Kollege, da ist in den nächsten paar Stunden kein Vorbeikommen."

Der Cop schloss die Augen.

In den nächsten paar Stunden? Das konnte jetzt nicht sein. Er musste nach Santa Fe. Er *musste*. Sie warteten auf ihn. Ein paar Stunden Verspätung und sie würden glauben, er hätte sich mit der Ladung aus dem Staub gemacht. Dann würde dieser Indianer ihn suchen und finden und auf seine Erklärung würde der einen Scheiß geben und ... *bamm.*

Er machte die Augen wieder auf. „Ich *muss* nach Santa Fe, Mann. Jetzt. Ich muss. Ich hab keine paar Stunden, Mann."

Der Patrolman sah auf die Dose zwischen den Beinen und die Kühlbox auf dem Beifahrersitz und sagte, „Zwei Möglichkeiten, Kollege. Zurück nach ABQ und bei Cedar Crest auf die Vierzehn."

„Dauert zu lange. Die zweite?"

„Na ja, zwischen ABQ und Santa Fe gibts ja nur die Fünfundzwanzig und den Highway." Der Patrolman unter seinem Hut grinste. „Bist noch nicht so lange in der Gegend, oder?"

Der Cop schüttelte den Kopf. Immer dasselbe, egal, wohin du kommst. Du bist der Neue, und alle machen ihre Witze.

Der Patrolman sagte, „Von wo bist du?"

„Denver, Colorado."

„Denver, huh? Meine Schwester lebt jetzt in Boulder. Hat vergangenes Jahr dahin geheiratet, einen Wetterfrosch vom Fernsehen, ist das zu fassen?"

„KCNC?"

„KWGN, glaub ich."

„So ein Dicker, klein, wenig Haare? Ständig am Lachen?"

„Eher schmal, schwarze Locken. Kein Humor, und Wetter ist meist falsch, sagt meine Schwester.

„Oh."

„Ja. Okay, hör zu, da gibts noch eine andere Möglichkeit. Machen nicht viele, geht aber. Eine Meile zurück bis Santo Domingo und Exit 259 und von da auf die Drei durch die Berge. Ortiz Mountains. Kurvige Strecke, paar steile Stellen mit Geröll, aber machbar, selbst mit deinem Geschoss hier." Der Patrolman guckte. „Was ist das für einer? Erste Generation?"

„Zweite. Einundsiebzig."

„Neunzehneinundsiebzig, huh? Ist das-", er machte einen Schritt zurück, der Lichtstrahl flog noch einmal über die Karosserie, „–ein Z Achtundzwanzig?"

„V Acht, Dreihundertdreißig Pferde. Du kennst dich aus, Mann. Respekt."

„Nur in der Theorie, Kollege, nur in der Theorie. Aber eines Tages ... vielleicht. Okay, Ortiz Mountains ist Tribal Land, du musst also aufpassen, dass keine betrunkenen Injuns auf der Straße liegen." Beide lachten. „Eine Stunde etwa und du kommst vor Benson Trail auf dem Highway raus. Highway Vierzehn. Rechts gehts dann zurück nach Cedar Crest und ABQ, aber du fährst links weiter nach Benson Trail, Cerrillos, dann Santa Fe. Wenn du also hier nicht warten willst und auch nicht zurück nach ABQ willst, dann ist das die einzige Möglichkeit. Langsamer als die Fünfundzwanzig, schon klar, aber du sparst fünfzig Meilen."

„Ich komme vor Benson Trail auf den Highway?"

„Yes, Sir."

„Und ich muss wenden? Auf der Interstate?"

„Ich fahr mit, Kollege. Überhaupt kein Problem."

Der Cop nahm eine Dose aus der Box und hielt sie ihm hin. „Danke, Kumpel, hast was gut."

Der Patrolman grinste und nahm die Dose und hob sie zum Toast. „To Protect and to Serve, Sir."

Sie erreichten Exit 259 und der Cop winkte und fuhr ab.

Hinein in die Ortiz Mountains, die so dunkel waren, wie er sich sein Leben nach dem Tod vorstellte.

3

Zehn Minuten in der Finsternis wackelte der Lichtkegel seines Camaro über zwei Straßenschilder: ORTIZ APACHE RESERVATION. Und darunter: DIRT ROAD NEXT 26 MILES.

Ah, no way.

Sechsundzwanzig Meilen Staub und Geröll, bei Dunkelheit, auf dieser verdammten Buckelpiste in diesen verdammten Bergen und mit seinem Camaro, der für all das so geeignet war wie ein Powerlifter fürs Ballett. Eine Stunde bis Benson Trail? Du sparst fünfzig Meilen? Sehr lustig, Patrolman. Zwei Stunden würde er zu spät kommen, mindestens. Mit viel Glück würden sie ihm kein weiteres Loch in den Schädel schießen. Und Rose konnte er jetzt auch vergessen.

Damn.

Er schaltete zurück und trank einen großen Schluck und warf die Dose aus dem Fenster und kniff die Augen und blinzelte.

Kaum zu erkennen, wo der verdammte Weg aufhörte und die beschissene Landschaft begann.

Die nächsten Meilen ein Auf und Ab, um scharfe Kurven, an Schluchten vorbei so dunkel mit Pinienwald, dass er nicht sehen konnte, ob sie zwanzig oder zweihundert Yards tief waren und auf der anderen Seite neben ihm schroffer Felsen. Zwei Mal liefen Coyoten direkt vor ihm über die Straße, und beide schienen zu lachen mit ihren heraushängenden Zungen und glänzenden Augen; ein Mal rutschte der Camaro und schlingerte, aber kein Problem, er hatte nur ein paar Dosen getrunken und vorher vom Club mit seinem Nachbarn und dem anderen, den er nicht gekannt hatte, Roger, Russell oder so ähnlich, oder Ryan?

Er konnte nicht noch langsamer fahren, sonst käme er nie an.

Acht Meilen später sah es aus, als hätte er das Schlimmste überstanden. Die Schlucht wurde breiter, der Wald lichter, zum ersten Mal seit einer halben Stunde konnte er wieder die Sterne sehen. Der runde Mond beleuchtete den Weg und den Fluss neben ihm so gut wie vorher die Laternen an der Interstate.

Dann sah er vor sich eine Senke und dahinter ein Schimmern.

Wasser.

Er bremste hart. Der Camaro rutschte und schlingerte wieder, und wieder konnte er ihn abfangen und unter Kontrolle bringen und der Camaro stand.

Als der Staub weg war, besah er sich im Scheinwerferlicht, was vor ihm lag. Die Senke schien nicht tief, aber er wusste, im Dunkeln, aus der Entfernung hinter dem Steuer, da konnte das täuschen. Und das Wasser? Schien eher ein Nebenarm zu sein, nicht der Fluss selbst. Aber ohne sicher zu sein, konnte er es nicht wagen. Nicht mit dem Camaro. War schließlich kein Truck und würde schneller absaufen als sein alter Mister, diese Null, der es fertig gebracht hat, im kniehohen Fluss aufs Gesicht zu fallen, in den Bergen hinter Denver. Beim Elektrofischen, war das zu fassen? Zwei Tage später haben sie ihn gefunden, ihn im Wasser und am Ufer ein Dutzend leere Bierdosen.

Konnte nichts vertragen, der Alte.

Der Cop drehte den Motor ab und stieg aus. Er atmete tief die Luft ein. Es war kühler hier in den Bergen als unten in Albuquerque, wo die Sommerhitze die Leute verrückt machte und durchdrehen ließ, die Gewaltrate im Sommer um die Hälfte höher als im Winter; sechzig Prozent mehr Prügeleien, zwanzig Prozent mehr Morde, so wirkte sich das aus.

Jeder freut sich auf den Sommer. Cops nicht. Cops freuen sich auf den Winter.

Er ging durch die Senke und bis zum Wasser – ja, nur ein Nebenarm, er sah den Fluss links zwischen den Bäumen schimmern – und ging dann hinein, langsam. Seine Boots wurden nass und dann auch seine Socken, aber er wollte beides nicht ausziehen, nicht hier, nicht bei Nacht. Er ging weiter bis zur anderen Seite und wieder zurück und war zufrieden.

An der tiefsten Stelle hatte ihm das Wasser nur bis zum Schienbein gereicht. Kein Problem.

Da er gerade draußen war, machte er den Reißverschluss seiner Hose auf und erleichterte sich. Er lauschte angestrengt in die Dunkelheit. Hier gab es vermutlich Pumas, vielleicht sogar Bären, aber er hörte nichts außer seinem eigenen leisen Plätschern und dem Knacken der sich abkühlenden Karosserie.

Als er fertig war und sich umdrehte, sah er sie.

Drei Gestalten.

Sie standen bei seinem Wagen. Einer an der offenen Tür, mit dem Oberkörper bereits im Wageninneren. Die beiden anderen lehnten gegen die Haube und schauten zu ihm herüber.

Es war hell genug, er konnte die Gesichter der beiden auf der Haube gut erkennen. Jungs noch, Anfang zwanzig vielleicht; *Injuns*, ohne Zweifel, mit ihren langen, schwarzen Haaren und den zerrissenen Jeans.

Was hatte der Patrolman vorhin gesagt? Der Cop grinste.

„Warum liegt ihr nicht besoffen auf der Straße?", sagte er und ging auf sie zu. Seine nassen Boots quietschten und hingen schwer an den Füßen. „Hey, Junge, wenn du einsteigst, dann muss ich dich festnehmen." Er hielt seine Marke hoch. „APD."

Die Indianer reagierten nicht. Der an der Fahrertür stand wieder draußen und guckte jetzt auch zu ihm. Er stieg nicht ein, ging aber auch nicht von der Tür weg.

„Albuquerque Police Department", sagte der Cop, „für diejenigen von euch, die noch nichts mit uns zu tun hatten. Aber ich schätze mal, das habt ihr alle drei schon. Richtig?"

Der an der Tür sagte, „Du bist hier auf Tribal Land, Mann. Ob du in irgendeiner Stadt Cop bist oder die Klos weißer Leute sauber machst, interessiert hier niemanden", und stieg dann doch ein und wieder aus, mit

16

drei Dosen in der Hand. Zwei warf er seinen Kumpels zu, die dritte machte er auf und blies den Schaum weg und nippte daran.

Der eine trank ebenfalls einen kleinen Schluck, der andere sagte, „Budweiser? Alle Cops trinken Budweiser", und warf die Dose weit in die Dunkelheit. Zwei Sekunden später klatschte sie in den Fluss.

Der an der Tür starrte ihn an, und der Cop sah zum ersten Mal das Messer an seinem Gürtel. Ein Jagdmesser, die Klinge lang und breit und, kein Zweifel, sehr scharf. Denn wer nachts in solchen Wäldern herumläuft, der achtet darauf, dass seine Werkzeuge in Ordnung waren.

Der Cop dachte an seine Beretta, die im Handschuhfach lag. Er hatte sie vor der Fahrt aus dem Holster genommen, damit sie ihm nicht auf die Hüfte drückte.

„Okay, Jungs, ich spendier euch die drei Dosen. Aber jetzt macht Platz. Ich muss weiter."

„Du fährst weiter, wenn wir dir das sagen, weißer Mann", sagte der an der Tür.

Der Anführer, das war jetzt klar. Ein Anführer, zwei Gehilfen.

Der Anführer stellte seine Dose aufs Autodach und wischte seine Hand am Shirt ab und starrte ihn weiter an. Schweigend.

Was zur Hölle sollte das? Wollten die drei Burschen ihn etwa ... *Was sollte das?*

„Also, Jungs, passt gut auf, okay?" Er ging in die Hocke und begann, an seinem Stiefel zu hantieren und sagte, „Ich mache mir jetzt die Boots zu, und wenn ich fertig bin, dann seid ihr verschwunden" – und zog das Hosenbein hoch – "denn sonst" – und stand auf und in derselben Bewegung streckte den Arm, in der Hand seine Achtunddreißiger – „wirds verdammt ungemütlich." Und grinste. „Weil, *looky here*, ich hab immer meinen ganz persönlichen Schutzengel dabei. Hat einen kurzen Lauf, aber glaubts mir, auf die Entfernung? Uh, da gibts nichts Besseres." Und versuchte, seinen Arm ruhig zu halten, verdammter Alkohol. „Drückt manchmal, je nachdem, wie du sitzt, und beim Laufen ziehts dir das Bein runter, aber hey, ich kann damit sogar ins Wasser, das Holster hält dicht. Der hat mir schon manches Mal das Fell gerettet."

„Yeah", sagte der an der Tür, „machen doch alle Cops, du bist da nicht der erste. Die habt ihr, um Leute zu erschießen, die ihr nicht mögt. Unsere Brüder zum Beispiel."

Völlig ungerührt.

„Natürlich macht ihr das nicht mit euren Cop-Waffen, denn das könnte man euch ja hinterher nachweisen." Der Indianer sagte, „Ich wette, das Ding da ist nicht registriert."

Er war still. Der verdammte Injun hatte ja Recht, was also sollte er auch sagen?

„Was hast du denn so Wichtiges zu tun, dass du durch unsere Berge fährst, Mann? Mitten in der Nacht?"

„Das geht dich einen Scheiß an", sagte der Cop jetzt und legte die linke Hand unter die rechte, als Stütze, beide Arme gestreckt, genau so, wie sie es ihm in der Akademie beigebracht haben. „Ich zähle bis drei und dann seid ihr wieder im Wald verschwunden. Eins-"

Er hatte nicht vor, bis drei zu zählen, *no fucking way*, er hätte bei zwei einfach geschossen. Injuns. Dem Anführer eine in den schmächtigen Oberkörper, und die beiden anderen wären gerannt wie die Wiesel. Wie die Coyoten. Seine Arme schwankten vielleicht, aber treffen würde er auf jeden Fall. Auf die Entfernung?

Aber dazu kam es nicht. Er sagte ‚Eins', da hatte der Indianer ein Gewehr auf ihn angelegt. Der Anführer. Er musste es neben der Tür abgestellt haben.

Die beiden großen Läufe zielten genau auf seine Brust. Dieser verdammte Bushnigger. Hielt die Büchse wie ein Profi. Fest gegen die Schulter gedrückt, Daumen und drei Finger am Kolben, Zeigefinger locker auf dem Abzug; die linke Hand hielt den Lauf, still und ruhig und völlig nüchtern.

Wenn der Kerl abdrückte, würde sein Körper ein großes Loch mehr haben. Oder zwei.

Shit.

Der Cop atmete ein und wieder aus. Seine Augen waren voll Wasser von der kalten Luft und vor Müdigkeit, aber er wollte sie nicht reiben, nicht jetzt.

„Du hast es mit einem United States Police Officer zu tun, mein Junge, also lass den Quatsch. Wenn du das Ding weglegst, dann werde ich so tun, als wäre nichts passiert. Aber nur, wenn du es jetzt weglegst. Tust du das nicht, werde ich dich und deine beiden Brüder mit in die Stadt nehmen. Dann werdet ihr eingesperrt. Für eine lange Zeit. Und ihr wisst, wie es Injuns im Knast ergeht.“

Er musste sich etwas einfallen lassen, und schnell, der Revolver in seiner Hand wurde mit jeder verfluchten Sekunde schwerer.

„*Mein Junge?*“ Das Gesicht des Indianers immer noch regungslos. „Ich habe meinen ersten Weißen erschossen, da war ich vierzehn. Der war so betrunken wie du und kam in unseren Trailer und ist über meine Schwester hergefallen wie ein Tier. Die war elf Jahre alt. Unsre Leute haben ihn verscharrt; nicht auf unserem Land, sondern auf eurem, auf *State Land*. Sie haben ihn nie gefunden.“ Der Indianer sagte, „Irgendwie habe ich das Gefühl, das wird dir auch passieren.“

„Jetzt hör mal gut zu, du verdammter Bushnigger.“ Wie haben die in der Akademie noch gesagt? Arme gestreckt und ... ja, die Knie leicht beugen und ... und wenn reden nicht hilft, dann hilft schießen. Denn wer zuerst schießt, der überlebt, haben die Ausbilder immer gesagt. Er beugte die Knie, aber nur wenig, und sein Zeigefinger begann sich zu krümmen, und er sagte, „Hör gut zu, okay? Ich bin ein Cop.“ Schwankte der Revolver mehr oder weniger als zuvor? „Du erschießt heute einen Cop und morgen werden tausend Cops hier sein und-“

„Du kapierst es nicht, weißer Mann“, sagte der Indianer, „du bist hier auf Tribal Land, und bewaffnete *Blancos* auf Tribal Land werden erschossen.“ Und drückte ab.

„Du hast ihn erschossen, Yazzie."

Yazzie nickte. „Sonst hätte *er* geschossen. Ich habs ihm angesehen. Ich hatte keine Wahl."

„Hey, Dude, das meine ich nicht. Alles cool. Ich meine, warum hast du solange gewartet?"

Yazzie öffnete die Büchse, nahm die leere Hülse heraus und warf sie weit ins Gebüsch und nahm eine neue Patrone aus der Tasche und betrachtete sie, blies einmal darüber, weil Schmutz darauf sein könnte und weil es seine Gewohnheit war, und schob sie in den Lauf. „Ich wollte sehen, was er für einer ist. Ich wollte ihm eine Chance geben. Du musst anderen immer eine Chance geben, sogar denen, Gus. Merk dir das. Wir wollen nicht so werden wie die."

Yazzie klappte die Büchse zu und hängte sie um die Schulter. Dann hob er den Revolver auf und steckte ihn in den Gürtel; links, weil rechts das Messer hing.

„Bushnigger", sagte Gus, „den hab ich lange nicht gehört."

Vom Wagen hörten sie Nez rufen. „Hey, Yazzie, Gus, kommt her."

Als sie neben Nez standen, sagte Yazzie, „Was?"

Nez hatte den Kofferraum geöffnet.

Alle drei starrten hinein.

Und fingen an zu singen und zu tanzen.

4

Zwanzig Meilen Luftlinie entfernt, auf der anderen Seite der Ortiz Mountains

„Was hast du heute vor, Mark? Fährst du in die Stadt?"

Ruth lehnte bei ihrer Frage auf der Küchentheke in ihrem Haus und schaute aus dem Fenster, ihr Blick weit. Ihre Augen waren noch sehr gut, aber sie wünschte, sie hätte ihr Fernglas zur Hand. Ihr Nachbar war wieder bei der Arbeit.

Sie hörte Mark näher kommen und spürte seine Hand auf ihrem Hintern und hörte ihn sagen, „Was glaubst du ... Wie alt ist der?"

Sie widerstand dem Drang, die Hand wegzustoßen und sagte, „Unser Nachbar?"

„Ja, unser Nachbar. Oder wo guckst du hin?"

„Weiß nicht. Ich kann ihn von hier ja kaum erkennen. Aber er sah jung aus, oder? Als wir ihn getroffen haben?"

„Jung? Nicht im Gesicht."

„Du meinst seine Stoppeln?"

„Graue Stoppeln. Und seine Falten."

Sie drehte sich, so dass er sie loslassen musste, und guckte hoch zu ihm. „Falten?"

Mark war still.

„Der ist fit", sagte Ruth. „Er gräbt seit einer Stunde Löcher in den Boden. Ohne Pause."

Mark sagte, „Solange guckst ihm schon zu?"

„Ich guck immer wieder aus dem Fenster, mir bleibt hier ja nicht viel anderes. Aber wer so lange am Stück Löcher gräbt, hier, bei uns, die Erde ist doch hart wie Stein und hier ein Loch zu graben wäre eine Schinderei. Sagst du doch selbst immer, deswegen tust du das ja auch nie. Also, wer das macht, der ist fit. Glaubst du nicht?"

„Ich habe nur gefragt, was du glaubst, wie alt dieser Palmer ist", sagte Mark. „Nicht, ob er fit ist."

Ruth lächelte ihren Mann an. Sie musste vorsichtig sein und sagte trotzdem, „Ich denke bereits über die Scheidung nach." Dann sagte sie, „Wo gehst du hin?"

„Nach oben."

„Du hast mir noch nicht gesagt, was du heute vorhast. Ich brauche ein paar Dinge aus der Stadt, ich würde mitfahren. Mark?"

„Ich hab gehört, seine Mutter war eine Professionelle."

„Wessen Mutter?"

„Von wem reden wir?"

„Palmer? Gehört von wem?"

„Meinen Brüdern. Sein Stiefvater war einer von uns, ein echter Navajo, aber seine Mutter? Dein Kerl ist der Sohn einer Hure, Ruth."

„Er ist nicht mein Kerl, du bist mein Kerl", sagte Ruth schnell.

Sie durfte es nicht übertreiben. Ihrem Kerl konnte schon mal die Hand ausrutschen. Oder, wenn er schlecht gelaunt war, die Faust.

Trotzdem sah sie wieder aus dem Fenster. Eine Hure?

Und sie sah ihren Nachbarn mit dem Graben aufhören, mitten in der Bewegung, und in ihre Richtung gucken.

Sie machte einen schnellen Schritt weg vom Fenster. Er konnte sie nicht gesehen haben, unmöglich. Oder? Auf diese Entfernung?

Sie hörte Mark zurückkommen und ging zum Kühlschrank und öffnete die Tür. „Wir brauchen Fleisch, Gemüse, wir haben kein Bier mehr." Warf die Tür wieder zu und drehte sich um. „Die Vorratskammer ist auch fast leer. Fährst du in die Stadt oder nicht?"

Mark hielt seine Uniform in der Hand und den Hut.

Sie sagte, „Was hat das zu bedeuten?"

„Ich habe zu tun, hat das zu bedeuten, was sonst. Chad holt mich ab. Du hast also den Truck und kannst selbst fahren. Fahr ihn nicht zu Schrott."

„Chad? Heute? Das sollte dein erster freier Tag sein. Der verdammte erste freie Tag seit drei Wochen, Mark."

Mark warf Uniform und Hut auf den Küchentisch und legte seine Arme um sie und drückte. „Shh, nicht fluchen, Sugar Pie, du weißt, dass ich das nicht mag. Deine Apachenbrüder machen uns viel Arbeit, und das Rez ist groß. Das Department braucht jeden Mann, so ist das eben. Und wir können meine Überstunden gut gebrauchen. Dein *Job* bringt ja nichts ein."

„Du tust mir weh." Sie hasste es, wenn er sie drückte, immer viel zu fest, immer mit seiner Kraft protzend. Und sie hasste es, wenn er sie *Sugar Pie* nannte.

Mark ließ sie los. „Nehm ich dich nicht in den Arm, beschwerst du dich, nehm ich dich in den Arm, ist es auch falsch." Er griff nach seiner Uniform.

„Du bist eben sehr stark, das vergisst du manchmal." Sie versuchte ein aufrichtiges Lächeln und glaubte, es wieder ganz gut hinzubekommen.

„Wenn du nicht nach Santa Fe willst, dann guck, was du bei Gloria bekommst", sagte Mark, bereits in der Tür. „Ich zieh mich um."

„Du weißt, was ich bei Gloria bekomme, Mark."

Mark blieb stehen. „Dann fahr halt nach Santa Fe, es ist noch früh. Was für ein Problem hast du denn heute schon wieder?"

„Ich wollte mit *dir* in die Stadt fahren, nicht alleine. Ich wollte mal wieder bummeln gehen, in ein paar Geschäfte, vielleicht in die neue Galerie neben dem Museum. Freunde treffen, irgendwo etwas essen. Mit *dir*. Wir machen nichts mehr gemeinsam."

„Weil ich arbeiten muss. Und deine Freunde sind nicht meine Freunde. Und Santa Fe, merk dir das endlich mal, Santa Fe ist keine Stadt für uns. Es sei denn, du sitzt am Plaza und verkaufst blöden Schmuck."

Draußen hörten sie das Tuckern des Tahoe.

23

Mark sagte, „Chad ist da. Geh raus ihn begrüßen und gib ihm von deinem Saft, dann wird das Zeugs wenigstens nicht schlecht, wenn du schon nichts davon verkaufst."

„Woher hast du das erfahren?"

„Was?"

„Das mit der Mutter unseres Nachbarn."

„Das interessiert dich also, huh?"

Mark rückte seine Sonnenbrille zurecht und sagte, „Fahr mal links."

„Warum?", sagte Chad.

„Ich muss mit meinem Nachbarn reden."

Chad guckte ihn an und, ohne ein Wort, lenkte den Tahoe nach links.

5

Palmer legte die Schaufel zur Seite und nahm den Stock und hielt ihn in das Loch und überprüfte die Markierung. Tief genug.

Er schritt drei Meter ab und nahm die Hacke und begann von vorne. Hacken, schaufeln, die groben Steinbrocken von Hand herausnehmen, hacken, schaufeln. Auf diese Weise hatte er bereits an die neunzig Löcher gegraben, jedes Loch ein Meter tief und ebenso breit für einen Balken von gut zweieinhalb Metern Länge. Balken in die Erde, Steine wieder ins Loch und mit dem Zuschlaghammer fest verkeilt, Erdreich dazu und mit dem Hammer verdichtet. Achtzig Balken hatte er bis jetzt gesetzt, jeder so fest, als wäre er einbetoniert. Immer im selben Rhythmus: zehn Löcher graben, zehn Balken setzen. Eineinhalb Meter ragten die Balken heraus, hoch genug für einen Pferdezaun. Die Balken, Bohlen eigentlich, hatte er von der Santa Fe Railroad Company bekommen, ausgemustert von alten Schienenstrecken, hart wie Stahl und genauso schwer. Das sollte ausreichen gegen die Winterstürme.

Ihm gefiel das Bild, fünfhundert Eisenbahnbohlen aufrecht aus der Erde ragend. Andere würden das als Kunst verkaufen.

Der Boden war fest in den Ortiz Mountains, zum Teil purer Fels, aber das war für ihn okay. Er mochte die Arbeit. Sie gab ihm etwas zu tun und lenkte ihn ab von schlechten Gedanken.

In den vergangenen Wochen hatte er sein Haus gebaut, zusammen mit Handwerkern aus der Umgebung; das Haus ganz aus Holz, die Stämme bereits zugeschnitten angeliefert, vor Ort haben sie dann gemeinsam alles zusammengesetzt. Anschließend Isolierung und Innenausbau mit Bad und Küche, dann noch ein paar Möbel und fertig. Kein Haus mit Keller und Decken aus

Stahlbeton und die Mauern ganz aus Stein, wie er sie in seiner Jugend in Deutschland gesehen hatte. In Deutschland bauten sie für die Ewigkeit. Ihm erschien das anmaßend. Warum sollte er etwas bauen, das ihn überdauern würde? Warum der Nachwelt etwas überlassen, was die vielleicht gar nicht wollte?

Der Umzug war schnell gegangen. Seine Habseligkeiten aus dem Trailer auf den Truck werfen und hundert Meter weiter wieder abladen und ins Haus bringen, das dauerte keine zwei Stunden. Dann hatte er sich umgesehen, alleine in diesem großen Haus, und einen Becher Kaffee später war er wieder nach draußen gegangen und hatte mit dem Zaun begonnen.

Er mochte das freie Land lieber, aber er hatte sich entschlossen, Pferde zu kaufen; Pferde, Plural, drei oder vier, obwohl er alleine lebte und daher nie mehr als ein Pferd zur selben Zeit reiten konnte. Aber Pferde waren Herdentiere, die brauchten Gesellschaft. Und Pferde brauchten einen Zaun. Also hatte er die Bohlen gekauft, fünfhundert Stück.

Dreihundert Acre Land gehörten ihm, die musste er auf drei Seiten einzäunen. Unten am Camino, hinten am Highway und auf der anderen Seite an der Ortiz Apache Reservation. Die rückwärtige Seite musste er nicht einzäunen, Buschwerk und dreißig Meter hohe Felsen bildeten eine natürliche Grenze. Pferde konnten klettern, aber so gut dann doch nicht.

Palmer legte die Hacke zur Seite und griff gerade zur Schaufel, als er den Coyote wieder sah. Er hatte ihn in den vergangenen Tagen bereits mehrmals beobachtet, zwischen den Büschen hinter seinem Haus oder gegenüber bei den Nachbarn. Nur ein kurzes Huschen in der Dunkelheit, auf der Jagd nach etwas Essbaren.

Jetzt sah er das Tier zum ersten Mal bei Tageslicht und zum ersten Mal so nahe, dass er es erkennen konnte. Und er sah, dass er sich geirrt hatte. Das war kein Coyote. Graues Fell und stark abgemagert stand das Tier fünfzig Meter entfernt neben einer Hecke und schien ihn zu beobachten. Es war deutlich größer als ein Coyote und sah mit seinen langen Beinen und dem länglichen Kopf eher aus wie ein Wolf, trug aber ein schweres Lederband um seinen Hals. Ein Hund also, der wohl jemandem weggelaufen war.

Dann drehte der Hund den Kopf zum Camino.

Palmer guckte ebenfalls hin und hörte einen Moment später das tiefe Tuckern eines Diesels den Camino hoch kommen – Camino Cerro Chato, keine wirkliche Straße, sondern nur ein ausgetrocknetes Flussbett, das ihm und den wenigen Nachbarn als Weg diente und in der einen Richtung nach drei Meilen auf den Highway Vierzehn führte und in die andere Richtung fünfzehn Meilen Luftlinie weit in die Ortiz Mountains hinein, bis zum Cerro Chato, siebentausend Fuß hoch und von dort weiter bis zur Interstate. Das Flussbett war so belassen, wie die Natur es in Jahrhunderten geschaffen hatte, steinig und uneben, mit vorstehenden Felsstücken und Senken und engen Biegungen. Nur Trucks mit hohem Radstand und Allradantrieb und einem geübten Fahrer am Steuer hatten hier eine Chance.

Der Verursacher des Tuckerns war ein Chevy Tahoe. Weiß, mit dicker Staubschicht und mit Lichterleiste und Antennen auf dem Dach und dem blaugelben Schriftzug der BIA Police an der Beifahrertür. *Bureau of Indian Affairs Police.* Die Stammespolizei.

Der Truck kam näher. Er wackelte und schwankte und quietschte in den Federn.

Palmer drehte sich wieder um und guckte nach dem Hund, wie der auf die Geräusche reagierte. Sie gefielen ihm nicht, denn er war verschwunden.

Palmer kannte den Tahoe, er sah ihn ständig gegenüber bei seinem Nachbarn halten, dann zurück auf den Highway fahren oder den Camino hinunter ins Reservat. Noch nie hatte der Tahoe bei ihm gehalten. Jetzt tat er es, direkt neben ihm, so dicht, dass Palmer zum ersten Mal auch den dünnen Schriftzug auf dem Kotflügel lesen konnte. *The Honor is to Serve.*

Sein Nachbar saß in dem Truck und hinter dem Steuer ein anderer Cop, ebenfalls in Uniform und ebenfalls mit dunkler Sonnenbrille.

Er kannte seinen Nachbar kaum, gerade so, dass er ihn *erkannte*. Ein Mal waren sie sich begegnet, ein paar Wochen zuvor, der Kerl hatte genickt und gesagt, „Mark New Holy. Ich bin Navajo und Special Agent bei der BIA Police im Ortiz Apache Reservat, und das hier ist meine Frau", und das war alles. Seine Frau hatte gelächelt, verlegen, hatte Palmer den Eindruck gehabt, und ihm die Hand gereicht, „Ruth", und nach ein paar netten Worten gerungen, und sie hatten herausgefunden, dass Ruths Ur-Ur-Großvater aus Deutschland stammte. Dieser Mark New Holy, Indianer und Cop, hatte ihn dann nur noch angestarrt. Ob etwas wäre, hatte Palmer ihn gefragt, aber der Cop hatte nur den Kopf geschüttelt.

Jetzt hatte er die Brille ausgezogen und starrte schon wieder. Und stieg aus.

„Nachbar."

Palmer nickte; gerade so viel, dass man es sah. „Mark."

Mark nickte in Richtung des Tahoe und sagte, „Special Agent Yazzie."

Palmer sah durch die offene Tür und sagte, „Agent."

Der Indianer drehte den Kopf und hob zwei Finger, die Hand blieb auf dem Lenkrad, sein dunkles Gesicht hinter der Brille ohne eine Regung.

Palmer sah Mark an und wartete.

Mark sagte, „Schwer bei der Arbeit, huh?"

Palmer nickte; nicht mehr als zuvor.

Mark zog seinen Hut aus und warf ihn in den Tahoe und kam näher.

„Ich habe da ein Anliegen", sagte er, und Palmer sah zu, wie sein Nachbar den Bauch noch weiter vorschob und die fleischigen Daumen rechts und links in den Gürtel hing und wie daraufhin das Hemd an allen Seiten spannte. An mehreren Stellen war der beige Stoff dunkel von Schweiß.

„Herrlicher Tag heute, nicht?", sagte Mark. Und als Palmer still war und nicht einmal mehr nickte, „Sehe schon, Ihr Haus steht, Palmer. Sie waren fleißig, kann man gar nicht anders sagen. Aber so seid Ihr Deutschen ja." Er sagte, „Ihr alter Trailer, was haben Sie jetzt damit vor? Verkaufen?"

So seid Ihr Deutschen ja.

Palmer wartete einen Atemzug bevor er sagte, „Vielleicht. Ich habe mir noch keine Gedanken gemacht."

Mark musterte den Trailer aus der Entfernung.

„Der sieht noch gut aus. Für den könnten Sie fünfzehnhundert bekommen, zweitausend vielleicht, wenns nicht schnell gehen muss."

„Warum fragen Sie? Brauchen Sie eine neue Bleibe?" Und bevor Mark antworten konnte, „Wie gesagt, ich habe mir noch keine Gedanken darüber gemacht. Sie haben ein Anliegen, Mark?"

„Mein Anliegen, tja. Ich weiß nicht, wie ich es anders ausdrücken soll, also sage ich es gerade heraus: Was halten Sie davon, bei der Arbeit ein Shirt anzuziehen. Huh?" Mark legte die Hand über die Augen zum Schutz gegen die Sonne. „So halbnackt, da könnten Sie die Leute verschrecken. Öffentliches Ärgernis, Sie verstehen?"

Palmer hätte fast gelächelt. Er hatte erwartet, sein Nachbar würde nach dem Hund fragen, er wäre ihm weggelaufen, ob Palmer ihn gesehen hätte; stattdessen das. Halbnackt, öffentliches Ärgernis.

Hinter dem Steuer sah Palmer diesen Yazzie den Kopf schütteln, als hätte er auch noch nie so etwas Blödes gehört, und sagte, „Nein, verstehe ich nicht", und lächelte dann doch, „und Ihr Kollege auch nicht", und gab Mark Zeit, einen Blick in den Tahoe zu werfen. „Hier gibt es keine Öffentlichkeit, *Nachbar*", sagte Palmer dann. „Außer Ihnen und Ihrer Frau lebe nur ich hier. Die nächsten Ranches sind Meilen entfernt, und unser Camino hier ist nicht gerade eine Durchgangsstraße. Es kommt niemand her, der nicht hier wohnt. Oder jemanden besuchen will, der hier wohnt. Und das kommt ziemlich selten vor, wie wir wissen. Keine Touristen, keine Kinder, keine Durchfahrenden. Keine Öffentlichkeit. Niemand, der Anstoß nehmen könnte an jemandem, der bei der Arbeit in der Hitze das Shirt auszieht."

Der Cop war sein Nachbar und hatte daher vielleicht diese ausführliche Antwort verdient, ausführlicher, als Palmer sie normalerweise gegeben hätte. Das ganze Konzept von Nachbarschaft war neu für ihn. Aber damit musste es dann auch genug sein.

„Ruth nimmt Anstoß, Palmer, und wenn meine Frau an etwas Anstoß nimmt, dann genügt mir das." Mark hob beide wulstigen Hände. „Nur ein freundlich gemeinter Rat. Sie leben auf Tribal Land, und wir" – mit einem Daumen deutete er auf sich - „sind hier das Gesetz. Und Sie und ich wollen doch gute Nachbarn bleiben, oder?" Und als Palmer nicht antwortete, sagte er, „Ja, und das war auch schon alles."

„Sagen Sie, Mark", sagte Palmer, „haben Sie eigentlich einen Hund?"

„Einen Hund?" Mark schüttelte den Kopf und lachte kurz, „Was soll ich mit einem Hund?", drehte sich um und stieg ein. „Schönen Tag noch, Nachbar."

Palmer sah dem Tahoe nach, der hinauf Richtung Highway wackelte und quietschte und dabei dicke Staubwolken hinter sich her zog.

Dann schaute er hinüber zu dem Haus seiner Nachbarn. Ein Ranchhaus, eingeschossig, in der Form eines Hufeisens und rundherum Fenster.

Und an einem der Fenster, genau wie vorhin, stand Marks Frau und sah wieder zu ihm herüber.

6

„Wohin jetzt?", sagte Chad und strich mit zwei Fingern über seine Oberlippe. „Zum nächsten Nachbarn, oder bist du durch? Mann, du hast ein Talent, unsre Zeit zu verschwenden."

Chads Schnurrbart, nur wenige Haare, die nach allen Seiten abstanden, der dünnste Schnurrbart, den Mark je gesehen hat. Mark wusste, die Finger würden den ganzen Tag an der Oberlippe rummachen, ohne jede Wirkung, es würden nicht mehr Haare werden, und die wenigen Haare würden auch am Abend noch abstehen und genauso morgen und übermorgen.

Mark wusste auch, das besser nicht zu kommentieren.

„Und du bist gereizt heute", sagte er. „Warum hast du vorhin den Kopf geschüttelt, huh?"

„Warum ich den Kopf geschüttelt hab?"

„Ja, warum?"

„Geez, Mac, ehrlich."

„Was, stößt dir der Saft hoch?"

„Welcher Saft?"

„Von Ruth."

„Ich hab keinen Saft getrunken."

„Sie hat dir keinen gegeben?"

„Nein."

„Ich hab ihr gesagt, sie soll dir von dem Saft geben."

„Hat sie aber nicht, und ich schätze, deine Ruth wollte mir damit einen Gefallen tun. Sie weiß selbst, dass man das Zeugs nicht trinken kann."

„Einen Gefallen tun, huh?", sagte Mark und sah Yazzie von der Seite an. „Sie hat dir keinen Gefallen zu tun. Sie hat zu tun, was ich ihr sage. Verdammtes Weib."

„Vergiss den blöden Saft, Mac, und vergiss deinen Nachbarn. Wenn er dich stört, hast du Möglichkeiten, da brauchst du nicht unsre Zeit verschwenden." Chad sah ihn an. „Wir haben Wichtigeres."

Drei Meilen fuhren sie durch das Flussbett. Eine Unterhaltung war schwierig, also hielten sie den Mund. Mark klammerte sich an Armlehne und Türgriff und stieß trotzdem zwei Mal mit dem Kopf gegen die Decke. Seine Maße waren einfach nicht für diesen verdammten Weg gemacht. Chad hatte es besser.

Nach zwanzig Minuten erreichten sie den Cattleguard und dahinter den Parkplatz am Highway. Aber statt weiterzufahren stellte Chad den Motor aus und lehnte sich zurück.

„Was ist?"

„Wir haben ein Problem", sagte Chad. „Ich zeigs dir."

Sie stiegen aus und gingen um den Wagen herum. Chad öffnete die Hecktür. Mark sah in den Kofferraum.

„Uh", machte er. „Was haben wir denn hier?" Mit dem Knie stützte er sich auf der Ladefläche ab und beugte sich in den Kofferraum und strich mit der Hand über die Tasche. Leder, bunt bestickt, mit zwei massiven Schnallen aus poliertem Messing. „Schöne Tasche. Wirklich schön. Feine Arbeit, fühlt sich gut an. Weiches Leder, sehr robust. Hält ein Leben lang. Damit kannst du wirklich was anfangen." Er sagte, „Bison. Ich kenn mich aus, mein Onkel hat früher Taschen gemacht, so wie die hier. So ähnlich. Bison. Glaub mir, die halten ein ganzes Leben." Er sagte, „Was ist da *drin?*"

„Mach halt auf."

Mit einer Hand packte Mark den Ledergurt um die Tasche geschnallt und zog, aber die Tasche war schwer; er nahm die andere Hand zu Hilfe und zog noch ein Mal, zwei Mal.

„Mann, was ist da drin?"

Er sah Chad an und schnaufte durch. Dann zog er an dem Gurtende und öffnete die Schnallen und schob die Tasche auseinander.

Und schnalzte mit der Zunge.

„Genau", sagte Chad.

„Wie viel ist das?"

„Eine viertel Million. Zweihundertfünfzigtausend. Exakt. Ich hab nachgezählt."

Mark zog einen Schein aus einem der Bündel und rieb ihn zwischen Daumen und Zeigefinger und hielt ihn gegen das Licht.

„Hm, ich würde mal sagen, der ist echt."

„Das würde ich auch sagen."

Mark hob noch einmal die Tasche an.

„Hätte nicht gedacht, dass Papier so schwer ist."

„Ist ja nicht wirklich Papier, ist ja mehr ... Stoff. So wie deine Jeans, so was in der Art."

„Trotzdem. Hätt ich nicht gedacht."

„Ja, ich auch nicht."

Mark nahm mehrere Bündel in die Hand und warf sie wieder in die Tasche. „Sind die alle echt?"

„Ich hab zwei Dutzend Hunderter überprüft. Alle waren echt."

„Wem gehört das?"

Chad zuckte mit der Schulter.

„Wo hast du das her?"

Chad sagte, „Mein Sohn hat es jemandem weggenommen."

„Oh." Mark strich noch einmal mit der Hand über das Leder, die Stickereien, so gut fühlte sich das an. „Eine viertel Million Dollar." Mark schüttelte den Kopf. „Dein kleiner Miguel. Nicht schlecht. Wie hat er das angestellt?"

„Miguel ist erwachsen und fast so groß wie du, also schenk dir das mit dem Klein, okay? Also, Miguel wusste nicht, wer dieser Cop war, und als-"

„Cop?"

„Ja, Cop. Und als der Cop-"

„Shit. SFPD?"

„Albuquerque."

„Albuquerque?"

„Ja, Mann, Albuquerque. Der-"

„Jemand, den wir kennen?"

„Was? Nein – hey, soll ich jetzt weiter erzählen, oder was?"

„Albuquerque PD", sagte Mark. „Was ist mit dem Cop?"

„Was denkst du?", sagte Chad, gab Mark aber dann doch keine Zeit, nachzudenken und sagte, „Glaubst du, ein Cop lässt sich von einem Injun was gefallen? Der hat seine Reserve rausgeholt und auf Miguel angelegt. Was sollte der Junge denn machen?"

„Der Cop ist tot."

„Könnte nicht toter sein, sagt Miguel."

„Ein Cop mit einer Tasche voll Geld. Was ..." Mark wusste nichts mehr zu sagen und zuckte mit den Schultern.

Chad sagte, „Genau. Ein Cop aus Albuquerque mit einer viertel Million im Kofferraum, der nachts durchs Rez fährt? *What the fuck?*"

„Durchs *Reservat*? Der ist durchs *Reservat* gefahren?"

„Hab mich mal umgehört. Highway Patrol hatte einen Unfall gestern Abend. Zwei Trucks, ein RV. Rentnerehepaar von der Ostküste. Interstate Fünfundzwanzig war mehrere Stunden gesperrt."

„Welche Richtung?"

„Santa Fe."

Mark nickte. „Der wollte also nach Norden. Und anstatt zurück nach Albuquerque und bei Cedar Crest auf die Vierzehn hat er Exit 259 genommen und ist in die Berge."

„Wollte die Abkürzung über die Drei nehmen und läuft dabei meinem Sohn über den Weg."

„Wo genau?"

„War acht Meilen drin, Höhe Gypsy Queen Canyon. Wollte über die Furt beim Beaver Creek, hat sich aber wohl nicht getraut. Ist ausgestiegen, und die Jungs waren da."

„Die Jungs? Wer? Miguel und ...?"

„Gus und Nez."

„Miguel, Gus und Nez. Was haben die da gemacht?"

„Gejagt, was sonst. Waren seit zwei Tagen unterwegs und auf dem Rückweg, als der Cop kam."

„Es ist Schonzeit, Yazzie, Mann."

Chad sagte, „Meinst du jetzt das Wild oder den Cop oder was?"

Mark überlegte. „Das Wild natürlich." Er sagte, „Wann war das?"

„Mitternacht."

„Mitternacht, das ist ..." Er zählte mit den Fingern. „Vor zehn Stunden. Und der Cop? Bist du sicher, dass der allein war?"

Chad nickte.

„In einem Police Cruiser?"

Chad schüttelte den Kopf. „Roter Camaro, zugelassen auf einen Everett Mitchell. Papiere im Handschuhfach. Muss sein Privatwagen sein. Dreihundert Pferde, nicht zu überhören."

„Der ist mit einem Camaro in unsere Berge gefahren?" Mark schüttelte den Kopf. „Citycops, huh? Wo ist der Camaro jetzt?"

„Meiner Scheune", sagte Chad. „Wir müssen schnellstens jemanden finden, der den zerlegt."

„In Tausend Teile."

„Aponivi vielleicht."

„Der Hopi?"

„Ja. Oder machens selbst, vielleicht besser."

„Egal, auf jeden Fall in Tausend Teile." Mark sagte, „Wir können das nicht mehr offiziell machen. Zu spät jetzt."

„Wir konnten das nie offiziell machen, Mac. Ein toter weißer Cop im Reservat?"

Mark nickte. „Die werden Leute schicken."

„Ohne Zweifel."

„Die einen wollen ihre Tasche zurück."

„Yep."

„Und die Cops wollen wissen, was mit ihrem Kollegen passiert ist."

„Den Cop können wir nicht zurückgeben", sagte Chad. „Nicht lebend."

Mark nickte. „Die Tasche könnten wir, oder?"

„Könnten wir. Aber wem? Und die Cops ... Die würden uns für diesen Mitchell verantwortlich machen. Ihren Kollegen. Die warten nur auf so was."

„Außerdem", sagte Mark und guckte wieder auf die Tasche, „da liegt ein Haufen Geld. In einer schönen Tasche. In unserem Auto. Eine viertel Million Dollar."

„Ich weiß", sagte Chad.

„Und der ist damit durchs Rez gefahren. Durch unser Land. Dieser Blanco."

„Ich weiß", sagte Chad.

Mark sagte, „So eine wollte ich immer haben."

„So eine Tasche?"

„Uh–huh."

„Wozu?"

„Um was rein zu tun."

„Um was rein zu tun. Und was würdest du da rein tun?"

„Weiß nicht, irgendwas. Meine DVDs vielleicht. Oder Bücher, irgendwas. Da würde sich was finden."

„Du hast Bücher?"

„Nicht so viele, aber schon, ja. Zeitschriften. Bow Hunting."

„Bow Hunting? Seit wann jagst du mit dem Bogen?"

„Ich hab die meisten Ausgaben seit ... zehn oder so Jahren."

„Welche Bücher hast du?"

„Weiß nicht, ich müsste nachgucken. Ist doch auch egal. Eine Enzykledia auf jeden Fall."

Chad guckte. „Enzykledia, huh?"

„En ... zy ... Zwölf Bände. Von Ruth. Die hat dir also wirklich keinen Saft gegeben?"

„Ich dachte, dein Großvater hat solche Taschen gemacht."

„Onkel. Hat er, aber die hat er verkauft. Mir hat der nie eine gegeben." Mark strich wieder mit der Hand über das Leder. „Weich wie ein Bisonkalb. Und ein Lederriemen, mit dem könnte man einen Weißen aufhängen, so stabil."

Chad sagte, „Wir müssen mit den Kids reden. Mit meinem Jungen hab ich schon, aber die beiden anderen? Keine Ahnung, wo die sich rumtreiben. Müssen sie finden, besonders diesen Gus. Der hat ein Mundwerk."

„In ihrem Trailer?"

Chad schüttelte den Kopf.

„Im Golden Rock?"

„Da hab ich als erstes nachgefragt. Niemand hat sie im Rock gesehen."

„Davor? Die Kids hängen oft auf dem Parkplatz rum, kaufen ein paar Dosen an der Tankstelle und hängen rum."

Chad sah ihn an und zog sein Telefon heraus. „Jim, ich nochmal. Habt ihr auch draußen auf dem Parkplatz geguckt? ... Ja ... Nein, du rufst nicht zurück, nimm das Telefon mit, ich hab keine Zeit zu warten ... Ja, ich bin noch dran ... Was heißt vielleicht, Jim? Geh hin ... Okay, nur Nez? ... Gut, du sagst beiden – Nein, warte, gib mir Nez ... Nez? SAC Yazzie. Hör zu, Nez, du gehst jetzt mit Jim ins Rock und du nimmst Gus mit ... Was? ... Wenn du ihn an der Hand nehmen musst, nimm ihn an der Hand oder auch am Kragen, aber Gus geht mit dir, verstanden? Jim gibt euch etwas zu essen. Ihr wartet, bis ich da bin ... Das ist egal, wie lange das dauert, ihr wartet, ist das klar? Jetzt gib mir nochmal Jim ... Jim, nimm die beiden mit rein, setz sie in die Bar und gib ihnen was zu essen und lass sie nicht aus den Augen. Und kein Alkohol. Wir sind in zwei Stunden da ... Nein, ich bezahl das Essen nicht, du spendierst es ihnen. Und noch was, wenn die beiden nicht mehr da sind, wenn wir kommen, dann ziehe ich deine Lizenz ein. Verstanden? ... Gut." Chad steckte das Telefon ein. „Du hast es gehört."

Mark nickte.

„Danach müssen wir mit den anderen sprechen", sagte Chad. „Wie wir die Situation handhaben."

„Und die Tasche? Ist vielleicht keine so gute Idee, den ganzen Tag damit rumzufahren."

„Wir haben keine Wahl im Moment." Chad drehte sich um, sein Blick auf Marks Ranch, der Ram vor der Tür. „Oder?"

„Ah, komm schon, wir können das nicht zu mir bringen, Ruth ist noch da. Und ich will das auch nicht in meinem Haus haben, du weißt nie, wer mal schnüffeln kommt. Wie soll ich dann eine Tasche mit einer viertel Million erklären?"

„Genauso wenig können wirs im Office lassen. Was also machen wir?"

„Wir könnten ... hm."

„Was?"

„Wir könnten es meinem Nachbarn geben. Und später, wenn etwas Gras darüber gewachsen ist, nehmen wir es ihm wieder weg. Und verhaften ihn. Und kassieren das Geld ein."

„Wenn Gras darüber gewachsen ist? Du bist hier etwas vorschnell, Mac. Wir müssen uns genau überlegen, was wir damit machen."

„Ich meinte, solange, *bis* wir überlegt haben, was wir machen."

„Derselbe Nachbar, den du gerade angemacht hast, weil er ohne Shirt arbeitet? Der wird dich auslachen, wenn du damit ankommst. Geld in einer Tasche. Nein, wahrscheinlich wird er dir eine überbraten mit seiner Schaufel. Oder ohne Schaufel, mit seiner Faust. Der sah ganz danach aus."

Mark grinste. „Ich hab da eine Idee."

Chad schüttelte den Kopf und warf die Heckklappe zu. Sie stiegen wieder ein.

Mark sagte, „Ruth hat dir also wirklich keinen Saft angeboten? Ich muss mal ernsthaft mit der reden."

Chad drückte auf den Anlasser und der Motor sprang an und brachte die Karosserie zum Vibrieren. „Konzentrier dich verdammt nochmal auf diese Sache, Big Mac. Wir haben hier ein echtes Problem."

„Schon gut, schon gut. Ich zieh dich nur auf. Fahr los."

7

Zwei Stunden später, nach einem kurzen Abstecher ins
Reservat, lenkte Chad den Tahoe auf den staubigen
Parkplatz vor dem Golden Rock.

Der rotbraune Adobebau lag neben der Interstate, wo
vierstöckige Hinweistafeln in beide Richtungen die Au-
tofahrer auf die einmaligen Gewinnchancen an den
besten und neuesten Spielautomaten des ganzen Staates
aufmerksam machten und meterhohe Buchstaben die in
ganz New Mexico berühmten Tortillas und Burritos der
mehrfach ausgezeichneten *Golden Rock Grill'n Bar* prie-
sen. Was natürlich alles Blödsinn war. Die Automaten
waren alt, die Gewinnchancen genauso miserabel wie in
allen Casinos der Welt, und das Essen war
durchschnittliches Fastfood, weshalb die Grill'n Bar auch
noch nie ausgezeichnet wurde.

Aber das Golden Rock war das einzige Casino im
Umkreis von einhundert Meilen, und das sicherte sein
Überleben. Wenn auch nur gerade so. Auf dem Parkplatz
an diesem Montagvormittag standen drei Trucks.

Chad sagte zu seinem Sohn auf dem Rücksitz, er sollte
im Auto warten und ging zusammen mit Mark hinein. Im
Vorraum war es kühl und dunkel; Gäste, die aus der Hitze und dem grellen Tageslicht hereinkamen, sollten sich
sogleich wohlfühlen. Nebenan war der Casinoraum mit
seinen knapp zwei Dutzend Spielautomaten und dem
einen Black-Jack-Tisch, vom Vorraum aus gut zu über-
blicken. Drei Männer – zwei Weiße und ein Indianer, die
Chad noch nie gesehen hatte – saßen an dem Tisch und
spielten. Ein weiterer Indianer, jünger als die anderen,
stand abseits vor einem der Automaten und warf gelangweilt Münzen hinein und drückte auf die Tasten,
sobald sie blinkten. Ihn glaubte Chad von irgendwoher
zu kennen.

Chad wischte mit der Hand Schweiß von der Stirn und winkte Betty hinter der Theke und fragte nach Jim.

Betty sprach in ihr Funkgerät und sagte dann zu Chad, „Wo steckt eigentlich Miguel? Ich habe ihn seit Tagen nicht gesehen."

„Was willst du von meinem Sohn, Betty?"

„Wir waren verabredet."

„Da hast du Recht."

„Huh?"

„Ihr *wart* verabredet."

„Was jetzt", sagte Betty, „bin ich plötzlich nicht mehr gut genug für deinen Sohn?"

Chad zog seine Sonnenbrille aus. „Vergiss Miguel, der hat zu tun." Und erinnerte sich, woher er den Indianer am Automaten kannte. „Kümmer dich lieber um deinen Bruder. Wie lang war der weg, zwei Jahre? Und kaum wieder draußen, hat der nichts Besseres zu tun, als hier die Automaten zu füttern."

Betty sah Jim kommen und zuckte mit der Schulter.

„Aber dich interessiert das nicht, huh?", sagte Chad.

„Hi Chad", sagte Jim. Er nickte Mark zu. „Was interessiert Betty nicht?"

„Vergiss es", sagte Chad und nahm Jim zur Seite. „Wo sind die beiden?"

Jim guckte in den Casinoraum und streckte den Hals. „Uh, vorhin waren sie noch an den Automaten."

„Den Automaten? Woher haben die Geld für die Automaten?"

„Weiß ich nicht."

Mark sagte, „Sind die denn schon einundzwanzig?"

Jim kratzte sich am Kopf. „Denk schon, ja, fast. Nez auf jeden Fall. Glaub ich. Hey, Chad, du wirst doch jetzt nicht-"

„Halt die Klappe, Jim. Such die beiden und bring sie her."

Nach wenigen Minuten kamen Gus und Nez angelaufen. Gemeinsam gingen sie hinaus. Chad und Mark zogen wieder ihre Brillen an, Gus und Nez blinzelten.

„Steigt ein", sagte Chad. „Habt ihr gegessen?"

Nez nickte.

„Yessir", sagte Gus, und zu Miguel, „Hey, Yazzie, du bist auch hier. Was ist denn mit dem Rucksack, Dude, was willst du damit? Wir-" Dann sah er Miguels Blick und schwieg.

Mark stieg ebenfalls ein. Chad fuhr los.

„Wo fahren wir hin?", sagte Gus.

Mark drehte sich zu ihm um. „Was hast du gesagt?"

Gus wollte antworten, aber Miguel packte seinen Arm und schüttelte den Kopf.

Es war wohl besser, jetzt den Mund zu halten.

Sie fuhren die Interstate Richtung Süden und nahmen Exit 259 in die Berge. Keiner sprach ein Wort.

An der Furt beim Beaver Creek hielt Chad an.

Chad sagte, „Miguel zeigt uns die Stelle. Ihr bleibt beim Wagen."

Zu dritt gingen sie durch den Bach auf die andere Seite. Dann führte Miguel sie vom Weg ab in den Wald und deutete auf einen Busch.

Es war trocken und heiß. Ein schwerer, süßlicher Geruch zog ihnen in die Nase.

Tiere hatten den Körper entdeckt. Hose und Hemd waren zerrissen.

„Puma", sagte Miguel.

Sein Vater nickte. „Er wird wiederkommen. Das ist gut."

„So tot, wie er nur sein kann", sagte Mark.

Marks Blick war starr, sein dunkles Gesicht jetzt einmal ohne das ständige Grinsen.

„Wir müssen ihn absuchen", sagte Chad zu ihm.

Als Mark weiter auf den Cop starrte ohne sich zu bewegen, kniete sich Chad neben den Cop und durchsuchte seine Taschen.

„Seine Marke ... Dienstausweis ... Hier sein Führerschein. In seiner Geldbörse sind ... die ist leer." Chad stand auf. „Ausweis und Führerschein auf denselben Namen wie die Autopapiere. Everett Mitchell. Der Kerl war-", er schaute auf den Führerschein, „achtundzwanzig. Police Officer in der-", er nahm den Dienstausweis, „Southeast Area Command." Chad sah Mark an. „Das ist einer von Whites Leuten."

Mark nickte. „Der Marine."

„Ex–Marine", sagte Chad.

Miguel sagte, „Der Blanco hatte zweihundert Dollar in bar. Ich hab sie Gus und Nez gegeben."

Chad nickte. „Gut", sagte er. „Okay, wir gehen zurück."

„Und der?", sagte Mark. „Sollten wir ihn nicht ... ich meine ...?"

„Was?"

„Begraben?"

Chad schüttelte den Kopf. „Der Puma kommt wieder und nimmt uns die Arbeit ab."

Zurück am Tahoe nahm Miguel den Rucksack von seinem Sitz, dann aus dem Kofferraum einen zweiten Rucksack und seine Büchse. Den einen Rucksack gab er Nez, den anderen zog er an. Die Büchse hängte er über die Schulter.

Chad sagte, „Gus, Nez, ihr geht von hier aus zu Fuß mit Miguel weiter."

„Wohin?", sagte Nez, während er den Rucksack festzurrte.

„Zur Hütte. Ihr habt Proviant für eine Woche, und ihr könnt angeln. Miguel, das Gewehr nur für den Notfall, nicht für die Jagd. Jemand könnte euch hören."

Miguel nickte.

„Außerdem ist Schonzeit", sagte Mark, aber niemand achtete auf ihn.

Chad sagte, „Ihr bleibt bei der Hütte. In den nächsten Tagen werden Cops aus Albuquerque und Santa Fe nach ihm suchen. Wir werden ihnen natürlich unsere Hilfe anbieten. Wir alleine sind fürs Rez zuständig und können euch decken, die Weißen lassen wir nicht ins Reservat. Es sei denn, das FBI ..." Chad strich seinen Schnurrbart. „Die werden nicht so schnell hier sein, bei denen dauert das immer. Aber ihr müsst verschwunden bleiben. Habt ihr verstanden? Ihr wisst, wie die Cops ihren Job machen. Und wenn einer von ihnen verschwindet, dann schicken die Dutzende Cops auf die Suche, und die werden nicht zimperlich sein. Die dürfen gar nicht erst auf den Gedanken kommen, dass einer von uns damit irgendetwas zu tun hat. Sollte es nötig sein, dass ihr länger als eine Woche bleibt, schicke ich jemanden mit mehr Proviant." Und zu Gus und Nez, „Miguel ist euer Ältester, ihr tut also, was er sagt. Klar?"

Beide nickten.

„Gus?"

„Yessir, ist klar."

Miguel nahm sein Gewehr und sah kurz seinen Vater an und, als der ihm mit der Hand die Richtung zeigte, ging los. Gus und Nez folgten ihm. Nach einer Minute waren sie im Wald verschwunden.

„Jetzt nach Albuquerque", sagte Chad, als sie wieder im Tahoe saßen. „Wir müssen mit unseren Leuten reden, bevor White sich meldet. Was meinst du?"

Chad wartete einen Moment; als Mark nicht antwortete, sagte Chad zu ihm, er sollte sich verdammt nochmal zusammenreißen.

„Zusammenreißen? *Zusammenreißen?* Chad, dieser Mitchell hatte nicht nur ein verdammtes Loch in der Brust so groß wie meine Faust", sagte Mark und ballte seine Hand und hielt sie seinem Partner vors Gesicht, „sondern der ... der hatte keine Kopfhaut mehr."

Chad nickte.

„Dein Sohn hat ihn skalpiert."

„Ja, hat er."

„Aber ... warum? Warum?"

„Weil wir es im Blut haben, Big Mac." Chad schob seinen Hut nach hinten und drückte den Anlasser. „Zumindest manche von uns."

8

Zur selben Zeit in Albuquerque tippte Jeremy White –
Chef des Southeast Command des Albuquerque Police
Departments *Jeremy Calvin White* mit vierzehn Jahren
als United States Marine in seinem Lebenslauf – mit
dem Kugelschreiber auf die weißlackierte Oberfläche
seines Schreibtischs.

Tack, tack–tack; tack, tack–tack.

„Setzen Sie sich, Sergeant. Seit wann?"

White guckte auf den Kugelschreiber in seiner Hand,
blau mit schwarzem Schriftzug der Isotopes, und er fragte sich, wann er zuletzt bei einem ihrer Spiele war. Und
warum sie dort billige Kugelschreiber verteilt hatten.
Und was schon wieder mit diesem gottverdammten
Mitchell war.

„Seit gestern Abend, Sir", sagte Peña und setzte sich
auf den Stuhl aus Plastik und Stahlrohr vor Whites
Schreibtisch. „Officer Mitchell hatte um neun Dienstschluss, aber dann kam noch ein DIP rein, und weil er am
nächsten dran war, hat er das noch bekommen. Um halb
elf war er zurück und hat sich abgemeldet."

„Ein DIP? Hm. Wie viele?" White guckte Peña an.

„Zwei."

„Und die beiden sind jetzt noch in der Ausnüchter-
ung?" Er wartete auf eine Antwort. „Sergeant?"

Peña schüttelte den Kopf.

„Sie wurden bereits rausgelassen?"

Peña schüttelte wieder den Kopf. „Officer Mitchell hat
keinen Arrest gemacht, Sir."

Whites Stirn legte sich in Falten. „Und warum nicht?"

„Ich weiß es nicht, Sir. Ich hatte keine Gelegenheit,
mit ihm zu sprechen. Und seinen Bericht hat er noch
nicht geschrieben."

White atmete hörbar aus. „Gestern also."

„Ja, gerade gestern. Ob das ein Zufall ist?"

„Zufall ... Keine Ahnung. Was meinen Sie, Sergeant?"

Peña guckte an White vorbei gegen die Wand. „Ich würde gerne an einen Zufall glauben, Sir."

White nickte. „Ich auch. Verdammt. Gerade gestern. Mitch the Bi- ... Ah, das haben Sie jetzt nicht gehört, Sergeant."

Peña nickte.

White lehnte sich zurück.

Gestern.

Fuck, das war nicht gut. Gar nicht gut.

„Wir müssen hier schnell reagieren", sagte White.

Peña nickte.

„Weil, wir reagieren nicht schnell, und andere übernehmen das Kommando. Suchen Mitchell. Finden ihn und ... und dann ..."

Peña nickte.

„Wie viele Kollegen sind hier, Sergeant?"

„Alle der ersten Schicht, die Hälfte der zweiten, Sir. Ich habe sie schon zusammengerufen. Sie warten auf Sie."

„Gut." White sagte, „Was denken Sie, Sergeant? Wenns kein Zufall ist?"

Peña zog ein Gesicht. „Mehrere Möglichkeiten, Sir. Keine, die uns gefallen könnte."

„Ja, eine schlimmer als die andere." White drehte den Kugelschreiber in der Hand.

Peña wartete und sagte dann, „Sir?"

„Ja?"

„Officer Mitchell hatte offensichtlich ... Nun, er ist ja verheiratet und hat Kinder und alles. Aber er hatte wohl eine Sache laufen."

White wartete. „Sprechen Sie, Sergeant. Mitchell hatte eine kleine Lady on the side?"

„Nun, so weit würde ich nicht gehen, Sir. Er hat eine Dana kennen gelernt, in Benson Trail. Das hat er Sergeant Morales erzählt. Dana oder Ana."

„Dana oder Ana?"

„Officer Mitchell war sich nicht sicher."

„Der hat was mit einer laufen und weiß ihren Namen nicht?"

„Tja."

„Und die Morales hat sich mit Mitchell darüber unterhalten?"

„Weniger unterhalten, Sir. Es war nur kurz, kein Gespräch, Sergeant Morales meint, Officer Mitchell wollte ihr gegenüber nur angeben. Was ich denke, Sir, Benson Trail, wenn Mitchell nach Santa Fe fährt, ich könnte mir vorstellen, dass er auf der Rückfahrt einen Abstecher nach Benson Trail macht zu dieser Dana oder Ana. Ist ja nicht so weit."

„Er könnte also gestern dort gewesen sein."

„War mein Gedanke, Sir."

„Dann könnte es doch ein Zufall sein."

„Vielleicht."

„Gut. Checken Sie das. Am besten sofort." White war still.

„Sollten wir hinüber gehen? Die Kollegen warten. Sir?"

„Sind Sie ein Fan der Isotopes, Sergeant?"

„Uh ... ich ... uh ..."

„Schon gut, Sergeant, ich auch nicht. Miserable Mannschaft. Und verteilen miserable Kugelschreiber. Ich frage mich wirklich, was dieser Mitchell ... Egal jetzt. Gehen Sie schon mal vor. Sorgen Sie dafür, dass sich niemand aus dem Staub macht. Rufen Sie Morales dazu. Und informieren Sie Vazquez, der sollte auch davon wissen. Aber leise."

„Yes, Sir."

„Ich mache ein paar Anrufe, dann komme ich nach. Schließen Sie die Tür beim Rausgehen."

Tack, tack–tack; tack, tack–tack.

White sah Peña hinterher, wie der die Tür der Glaskabine schloss, die White als Büro diente, und an den anderen Schreibtischen vorbei und durch die Tür zu seinen Kollegen in den War Room ging.

Guter Cop, dieser Peña. Acht Jahre Soldat, nur Army, aber immerhin. *Yes, Sir* und *Officer Mitchell hat keinen*

Arrest gemacht, Sir. Peña hätte die Betrunkenen in die Zelle gesteckt und seinen Bericht geschrieben, hätte die Lieferung gemacht und wäre am nächsten Tag zu seinem verdammten Dienst erschienen. Aber dieser Mitchell? Dass sie Typen wie den aufnehmen mussten, hatte nur mit dem Ruf des Police Departments zu tun und mit den Budgetkürzungen der Stadt. Fünfzehn Prozent weniger Gehalt für alle, vom Police Officer bis zum Lieutenant, einfach so. Und dann die Auseinandersetzungen mit Bürgern, die glaubten, in ihren von der Verfassung garantierten Rechten verletzt worden zu sein. Manchmal ging das sogar bis vors Gericht, wenn sich das Department nicht vorher mit denen einigen konnte. Was immer schwieriger wurde, es war ja kaum noch Geld dafür da.

Schießwütig wären sie, hieß es.

Wie sollten die Commander dann noch ihre Leute motivieren? Er schüttelte den Kopf. Das kam dabei heraus, wenn man Zivilisten das Kommando übertrug.

Und jetzt warteten fünfzig seiner Leute auf ihn und wollten sehen, wie ihr Commander auf das spurlose Verschwinden eines ihrer Kollegen reagierte. Dass dieser Mitchell nur ein durchschnittlicher Polizist war und bei seinen Kollegen so blieb, dass sie ihn Mitch the Bitch nannten, bedeutete jetzt nichts mehr. Ein Kollege war verschwunden. Das würden sie nicht einfach hinnehmen.

White schlug mit der Hand auf den Tisch.

Er würde seinen Leuten und allen da draußen in Albuquerque und Bernalillo County zeigen, dass ein Marine und Commander des ABQPD seine Leute zu beschützen wusste.

Zugleich musste er die Zügel in den Händen halten. Niemand durfte Mitchell finden, ohne dass er dabei war. Oder Peña oder Vazquez. Niemand durfte sehen, was er nicht sehen durfte. Uh, niemand. Besser nicht.

White nahm den Telefonhörer und überlegte. Der Bürgermeister zuerst, denn von ihm kam das Geld. Dann Chief Osborne, der fühlte sich sonst übergangen. Der Chief würde dann die anderen Commander informieren.

Und Sheriff Tipps? Hm, hm, Sheriff Tipps ... Sheriff ...
tack, tack, tack ... Sheriff Tipps musste warten.

„Was ist los?" Vazquez hatte sich zu dem Sitz neben ihm
durchgezwängt und sich darauf fallen lassen, Plastik mit
Stahlrohr, genau wie in Whites Büro. Jetzt hielt er Peña
die Schachtel hin.

Peña suchte und wählte einen Donut mit bunten
Streuseln und sagte, „So viele unterbezahlte Ge-
setzeshüter auf einen Haufen hat unser ehrwürdiger War
Room noch nicht gesehen", und biss hinein.

„Nicht, solange ich hier bin. Das sind" – Vazquez
drehte den Kopf – „fast zwei ganze Schichten. Jemand
sollte mal die Anlage ... Hey, du, Officer Godzilla." An die
Wand gelehnt, warf ein großer Officer in Uniform einen
langsamen Blick auf Vazquez. „Ja, du, dreh mal die
Klimaanlage höher." Vazquez machte eine drehende
Bewegung mit seiner Hand. „Come on, Amigo, andale."

Der Große lächelte und sagte, „Warum? Wässerst du
schon wieder deinen Stuhl, du ausgespuckte Zwergpyg-
mäe?", und schob den Kopf nach vorne und atmete zweimal hintereinander hörbar durch die Nase aus und ein,
„Uh–huh, Angstschweiß aus allen Poren."

Einige der Umstehenden lachten. Vazquez lachte
ebenfalls, nahm einen Schokoladendonut aus der
Schachtel und warf ihn dem Großen zu. Der fing mit
einer Hand und bedankte sich bei Vazquez mit einer
angedeuteten Verneigung und drehte den Schalter der
Klimaanlage.

„Was hat er denn gesagt? Whitee?" Vazquez nahm
einen zweiten Donut mit Schokolade. „Um was gehts?"

Peña sah sich um. Rechts und links, hinter ihnen und
vor ihnen. Zu viele Leute. „Mitchell ist verschwunden",
sagte er daher nur, zog aber leicht die Augenbraue hoch.

Vazquez pfiff leise und nickte. Er hatte verstanden.

„Mitchell, ehrlich?", sagte er in einem Ton, wie jeder
seiner Kollegen es von ihm erwartete. „Everett Mitch the
fucking Bitch? Dann schmeißt der Commander jetzt eine
Party, oder was? Als Entschuldigung dafür", Vazquez

grinste, „als Entschuldigung dafür, dass wir uns zwei Jahre lang mit dem größten weißhäutigen Arbeitsverweigerer nördlich des Rio Grande rumschlagen mussten? Dem besten Kollegen aller Zeiten, der ... ja, der überhaupt nichts, aber auch wirklich gar nichts gegen mexikanische Taco Jockeys hat?"

„Pool Diggers", sagte Peña.

„Tire Huggers", sagte Vazquez.

„River Niggers", sagte Peña und grinste ebenfalls, weil Partner das nun mal so tun.

„Mitchell ist seit gestern Abend verschwunden", sagte Peña dann.

„Gestern? Ehrlich? Oh Mann."

„Um halb elf ist er hier raus, aber nie zuhause angekommen. Oder wo auch immer angekommen. Doris hat heute Morgen angerufen, das erste Mal um acht und seitdem ein Dutzend Mal und jeden verrückt gemacht. Hast du zusammen mit diesen Dingern auch Servietten bekommen?"

„Doris? Nachdem sie die ganze Nacht die Bars abgeklappert hat, oder was?"

„Und bei Dienstbeginn auch keine Spur von ihm, aber haben wir dann auch nicht mehr wirklich erwartet. Ob du Servietten hast."

Vazquez leckte sich Daumen und Finger und nahm den dritten Donut, diesen mit Zuckerguss. „Wie du siehst, habe ich meine Serviette immer dabei. Ich kann sie dir leihen, wenn du willst."

„Jeesus."

Vazquez sagte, „Seit gestern Abend also, huh? Und wir müssen nach ihm suchen?"

Peña nahm ein Taschentuch aus der Hose und wischte sich damit die Hand und sagte für die anderen, „Hör zu, Raul. Hier geht es nicht um Mitchell, okay? Hier gehts um einen Kollegen. Wenn *du* verschwindest, dann fragt auch keiner danach, ob du ein guter Cop bist und ein guter Partner oder eine Null wie Mitchell. Und keiner wird fragen, ob du schon vierundzwanzig Stunden verschwunden bist, sondern sie machen sich auf die

Suche nach dir. Deine Kollegen werden jeden einzelnen Stein nach dir umdrehen. Und weißt du warum? Weil sie die nächsten sein könnten. Weil *jeder* von ihnen der nächste sein könnte. In der Army haben wir gesagt, Niemand wird zurückgelassen. Und hier werden wir auch-"

Peña sah den Commander hereinkommen und war still.

Wer einen der dreißig Stühle ergattert hatte, der setzte sich. Die anderen standen in zwei Reihen rechts und links und hinten an den Wänden. Keiner sprach mehr ein Wort.

Alle sahen zu, wie sich ihr Commander zwischen Pinnwand und Tisch hinstellte, seinen drahtigen Körper streckte, mit den Handflächen über die kahlgeschorenen Seiten seines Kopfes strich, und wie sich dann mit einem Schlag seine Miene verfinsterte.

Schauspieler, dachte Peña.

White räusperte sich. „Also, einige von euch werden es bereits wissen, für die anderen sage ich es jetzt. Ein Kollege ist verschwunden. Officer Mitchell. Seit gestern Abend halb elf. Er hat sich bei Sergeant Peña abgemeldet und ist raus, seitdem haben wir nichts mehr von ihm gehört. Seine Frau hat uns heute Morgen informiert ..." – er schaute Peña an, und Peña sagte, „Doris" – „Doris. Sie hat die ganze Nacht auf ihn gewartet. Dienstbeginn für Mitchell war heute um neun, aber er ist nicht erschienen. Die von euch mit ihm in der ersten Schicht sind, wissen das. Ihr musstet für ihn einspringen."

„Mal wieder", sagte einer.

„Was machen wir jetzt, Boss?", sagte ein anderer.

„Dazu komme ich gleich. Selbstverständlich werden wir nicht tatenlos bleiben, wenn einer von uns verschwindet. Vielleicht liegt er verletzt in seinem Auto in irgendeinem Graben, nach einem Unfall. Kommt jeden Tag vor. Kann also sein. Vielleicht liegt er aber auch mit einer Kugel im Kopf in einem Kanal; getötet, vielleicht hingerichtet, aus Rache oder weil er einen Deal beobachtet und seinen Job als Police Officer gemacht hat. Oder weil es einem dieser Kerle da draußen langweilig war oder ihm die Hitze in den Blödkopf gestiegen ist und er unbedingt noch vor dem Frühstück einen Cop erschießen wollte. Wer eine Erinnerung daran braucht ... das wäre nicht das erste Mal, dass das passiert, wer also eine Erinnerung braucht, der sollte sich noch einmal die Fotos unserer Kollegen draußen auf dem Flur ansehen." White ließ das einen Moment wirken. „Wie auch immer es ist, was auch immer mit ihm ist, Mitchell, wir werden es herausfinden. Wir werden Mitchell finden. Unseren Kollegen. Und wenn er getötet wurde, dann werden wir die Schuldigen finden. Und wenn wir dafür jeden Stein umdrehen müssen." Er sagte, „Unser Department hat bei den Menschen dieser Stadt nicht den besten Ruf. Zu einem kleinen Teil vielleicht sogar zu Recht, will ich ja gar nicht abstreiten. Zum größten Teil aber, zum größten Teil zu Unrecht. Und wir werden denen da draußen zeigen, dass mit euch und mit mir nicht zu spaßen ist. Nicht, wenn es um einen von uns geht."

Ein paar murmelten Zustimmung, eine Handvoll nickte, Peña und seine Kollegin Morales klatschten.

Wenn es um einen anderen Officer gegangen wäre, hätte White jetzt mit der Faust auf den Tisch geschlagen und sie angeschrien und von Moral gesprochen und von Feuer bei der Suche nach ihrem Kollegen oder vielleicht sogar seinen Mördern. Aber dann wiederum, wenn es um einen anderen Kollegen ginge, würden sie jetzt auch dieses Feuer zeigen. Im Grunde konnte er damit zufrieden sein, dass keiner seiner Leute gegen die frühe Suche nach Mitchell rebellierte.

White sagte, „Also, was machen wir konkret? Zunächst werde ich dem Chief, den anderen Area Commandern und dem Bürgermeister vorschlagen, Straßensperren aufzubauen und jeden Wagen zu kontrollieren. Jeden. Vier Stunden lang. Wir werden ihn damit nicht finden, aber wir werden in der Bevölkerung ein Zeichen setzen. Was wir jetzt schon tun können: zwei Mann fahren zu Mitchells Frau. Zu Doris. Wir müssen wissen, wo sich Mitchell in seiner Freizeit herumtreibt, in welche

Bars er geht, in welche Casinos, in welche Sportclubs, wer seine Freunde sind-"

„*Die* Liste ist kurz", sagte Vazquez. Einer in der Reihe hinter ihm lachte.

„-und wer seine Feinde. Mit wem hat er schon mal Ärger gehabt? Nachbarn, Typen von der Straße, der Besitzer des Ladens, wo er jeden Morgen seine Zeitung kauft. Doris wird euch Namen nennen können."

„Und die Liste ist lang", sagte Vazquez jetzt und bekam dafür von Peña einen Blick.

„Schon gut, Vazquez, schon gut. Wir alle wissen, dass Sie und Officer Mitchell Probleme miteinander haben. Und andere auch. Aber diese Probleme haben jetzt eine Pause, verstanden?" White wartete, bis Vazquez nickte und sagte dann, „Vor allem aber werden wir auf die Straße gehen. Jeder Verdächtige wird befragt, und wenn ihr das Gefühl habt, er oder sie hält etwas zurück, bringt sie her. Außerdem werdet ihr eure Kontakte anzapfen. Versprecht ihnen was ihr wollt, um an Informationen zu kommen. Damit fangen wir an."

„Was ist mit den Indianern, Sir?", sagte Peña.

„Was ist mit denen?"

„Nun ja, wir alle haben fast täglich mit denen zu tun, und das geht selten reibungslos. Vor ein paar Tagen erst musste sich Sergeant Morales wieder Bemerkungen anhören, von wegen eine Frau kann man nicht ernst nehmen, die kann uns doch nicht beschützen, Sir."

„Stimmt das, Sergeant?"

„Ich kann damit umgehen, Sir", sagte Morales.

White nickte. Er hatte von ihr keine andere Antwort erwartet.

Peña sagte, „Die Wahrscheinlichkeit ist daher groß, dass Officer Mitchell ... Ich meine, jeder von uns kann aus dem Stand ein Dutzend Namen nennen, Sir, ein Dutzend Indianer, die ihn gerne skalpieren würden."

White sagte, „Wen? Mitchell?"

„Nein, Sir, ich meinte ... Jeder von uns kann Namen nennen von Indianern, die jeden von uns ... Also, jeder einzelne hier kann einzelne Namen nennen von Indianern, die jeden einzelnen von uns ... Also nicht nur Mitchell, sondern jeder einzelne-"

„Schon gut, schon gut, ich verstehe", sagte White. „Ich habe auch bereits daran gedacht. Wir werden daher die Indianer wieder ganz besonders ins Visier nehmen."

Morales sagte, „Wie verhalten wir uns dann gegenüber den BIA-Leuten, Sir? Die wollen uns nicht in den Reservaten haben."

„Wir fangen in der Stadt an, Sergeant. Die Stadt ist unser Territorium. Jeder Indianer, der hier lebt oder den wir hier erwischen, gehört uns und wird zu Mitchell befragt. Bis wir hier durch sind und zu den Reservaten kommen, habe ich das mit SAC Yazzie geklärt."

„Das FBI?"

„Halten wir raus, solange es geht. Das ist unsere Sache, unser Kollege."

Morales nickte.

„Ladies, Gentlemen" – White ließ den Blick über seine Leute schweifen - „Southeast Area Command hat die Federführung. Das heißt, wir sind die Spitze des Speers oder meinethalben die Spitze der Pfeile. Wir koordinieren, wir sind verantwortlich. Die übrigen Commander, Highway Patrol, Sheriff's Department – alle berichten an uns. Das heißt aber auch, dass wir uns keine Schnitzer erlauben können. Wir stehen in dieser Sache unter Beobachtung. Alle Cops im Umkreis von zweihundert Meilen gucken darauf, wie wir das Verschwinden eines unserer Kollegen handhaben. Unsere Reputation wird heute, jetzt, mit diesem Fall, für lange Zeit geprägt. Wie also werden wir aus dieser Sache rauskommen?" White machte eine Pause. „Als eine Horde von Schwächlingen, denen man, ohne Konsequenzen befürchten zu müssen, einen Kollegen nehmen kann?"

Wieder machte White eine Pause und registrierte zufrieden, wie die meisten die Köpfe schüttelten, ein paar sogar *Nein* riefen.

„Oder wie die Helden, die wir auch sind? Helden, die sich jeden Tag da draußen" – White zeigte zum Fenster - „da draußen der Gefahr aussetzen und jetzt, in dieser besonderen Situation, noch einmal alles geben und das Leben riskieren für ihren Kollegen?"

Beifall, Kopfnicken, laute Rufe.

„Ich wusste es. Ihr seid die beste Truppe in ABQ und darüber hinaus. Merkt euch das. Wir werden ihnen zeigen, dass wir es ernst meinen." White wartete einen Atemzug und sagte, „Aber das kommt mit einem Preis, Leute. Doppelschichten für jeden, ohne Ausnahme. Kein Krankfeiern, keine Geschichten von dem Kleinen, der mit Fieber im Bett liegt, keine Großmutter in Tijuana, die Hundert wird. Verstanden?"

Der Raum wurde stiller, einige verschränkten die Arme vor der Brust, einige tuschelten.

White sagte, „Ich weiß, was ihr denkt. Ich habe vorhin mit Bürgermeister Ford telefoniert und ihm das Thema angekündigt. Er hat noch nichts dazu gesagt, aber ich werde mich dafür einsetzen, dass die Stadt jedem von euch die Überstunden bezahlt. Wir haben nachher unser erstes Treffen, Bürgermeister Ford, alle Area Commander, der Chief natürlich, Sheriff Tipps vermutlich ... Geht wohl nicht ohne ihn. Eure Bezahlung steht auf der Agenda und ist meine Priorität, und ich verspreche euch, die Runde wird nicht auseinandergehen, ohne dieses Thema zu eurer und meiner Zufriedenheit gelöst zu haben."

„Danke, Commander", sagte Morales.

„Gut", sagte White. „Für die Einteilung wendet euch an Sergeant Peña und Sergeant Morales. Solltet ihr Mitchell finden, niemand rührt den Fundort an außer Sergeant Peña und Officer Vazquez. Ich muss hier sehr strikt sein. Verstanden?" Da White nicht zufrieden war mit der Reaktion, rief er, „Verstanden?"

„Yes, Sir."

„Okay dann, das wars. Ruft eure Frauen und Männer an und sagt ihnen, dass ihr nicht eher nach Hause kommt, bis ihr euren Kollegen gefunden habt. Viel Glück."

Als White gegangen war, sagte Vazquez, „Sag mal, Partner, wen hat der Commander gemeint? Wem werden wir es zeigen? Und welche Verdächtigen befragen wir?"

„Wir werden es allen zeigen, Raul. Und verdächtig ist jeder, der uns da draußen über den Weg läuft, Weiß, Schwarz, Hispanic", sagte Peña. „Oder Injuns. Vor allem die Injuns."

Wie vorher Peña, sah jetzt auch Vazquez sich um. Niemand saß mehr in ihrer Nähe, trotzdem flüsterte er. „Was glaubst du, was ist mit dem passiert? Hat sich Mitch the Bitch ... Hat er sich mitsamt der Ladung aus dem Staub gemacht? Glaubst du?"

Peña zuckte mit der Schulter. „Wir werden es herausfinden. Darauf kannst du dich verlassen."

„Aber Whitee glaubt doch nicht wirklich, dass die Indianer damit was zu tun haben?"

„Whitee? Keine Ahnung. Glaub eher nicht. Er ist halt ein guter Schauspieler."

„Mein Großvater war auch Indianer", sagte Vazquez und nahm den letzten Donut.

„Du meinst zuhause?"

Vazquez kaute und nickte.

„Das ist etwas anderes, Raul. Du bist kein Indianer. Du bist Amerikaner." Peña stand auf. „Und das nächste Mal bring verdammt nochmal Servietten mit."

Vazquez legte den angebissenen Donut zurück in die Schachtel und salutierte. „Si, Señor."

9

White hatte es nicht verhindern können, also saßen sie jetzt im Besprechungsraum des Bürgermeisters im One Civic Plaza. Ihm wäre lieber gewesen, Ford und die anderen wären zu ihm gekommen, in seinen War Room, dann wäre er der Hausherr gewesen. Was immer ein Vorteil war. Er musste die Kontrolle hier behalten, verdammt. Aber Lester Ford, Politiker seit zwanzig Jahren und Bürgermeister seit sechs, hatte natürlich denselben Gedanken gehabt.

Der Besprechungsraum war hell und heruntergekühlt, der weißlackierte Tisch rund, leer – keine Papiere, kein Kaffee und vor allem keine Aschenbecher – und groß genug für die zehn Teilnehmer: White und die anderen fünf Area Commander, Chief Osborne, Sheriff Tipps, Ford. Und einen jungen, dünnen Menschen neben Ford, irgendeine Art Assistent – White sah noch einmal hin – vielleicht aber auch Fotomodell mit dem Gel im langen Haar und seiner sonnengebräunten Haut und die Ärmel seines weißen Hemdes nur zwei Mal hochgekrempelt, wie alte Männer das tun und Modepüppchen. Vor sich auf dem Tisch ein Notepad, silberfarben und mit irgendeiner Verzierung aus Gold, das er mit – uh, no *way* – das er mit *manikürten* Fingern festhielt.

White schloss die Augen und wischte sich mit der Hand durchs Gesicht.

Und der jetzt auch noch anfing zu sprechen.

„Willkommen zu dieser eilig einberufenen Runde, meine Herren. Für diejenigen unter Ihnen, die mich noch nicht kennen, mein Name ist Steven Anderson, ich bin der neue persönliche Assistent und Pressesprecher von Bürgermeister Ford. Bitten nennen Sie mich Steven." Einige der Area Commander und Sheriff Tipps nickten, Osborne warf ihm einen kurzen Blick zu. White suchte sich einen Punkt auf der Tischplatte. „Der Bürgermeister weiß es zu schätzen, dass Sie sich alle hierher bemüht haben. Sein Terminkalender ist so dichtgedrängt, gleich kommt der Gouverneur, dann noch der Senator, direkt aus dem Weißen Haus mit ... ja, mit Nachrichten vom Präsidenten." Anderson blickte in die Runde, als würde er Applaus erwarten. Niemand reagierte. „Es ging leider nicht anders." Dann drehte er sich zu Osborne. „Chief Osborne, was wissen wir über den Verbleib dieses Mitchell?"

„Vielleicht darf ich, Chief", sagte White zu seinem Vorgesetzten, und Osborne nickte. „Danke, Sir." White sah an Anderson vorbei auf Ford; Ford, breit und stämmig, die gestreifte Krawatte eingeklemmt zwischen Tischkante und vorgewölbtem Bauch und im Gesicht jenen Ausdruck, den er vom Bürgermeister kannte: Als gäbe es gerade irgendwo etwas Wichtigeres, wo er eigentlich sein müsste.

White sagte, „*Officer* Everett Mitchell ist seit gestern Abend verschwunden, Bürgermeister. Er hat sich zum Ende seiner Schicht abgemeldet. Alles ordnungsgemäß, keine Probleme. Aber seitdem gibt es keine Spur von ihm. Nicht bei uns, nicht bei seiner Frau. Nirgends."

Ford sagte, „Gestern Abend?"

„Gegen halb elf."

Ford warf einen Blick auf die schwere Uhr an seinem Handgelenk, die, fand White, gut zu ihm passte. Ford sagte, „Das sind noch keine fünfzehn Stunden. Warum die Eile, Commander?"

„Wir sind besorgt um einen unserer Leute, Bürgermeister. Einen Police Officer."

White beobachtete Ford, der den Kopf schüttelte, Zweifel im Gesicht.

„John", sagte Ford und meinte damit Chief Osborne, „unsere Bürger suchen wir erst nach vierundzwanzig Stunden, manche erst nach achtundvierzig. Ehemänner, Ehefrauen. Söhne, die ihre dementen Väter suchen. Mütter, die sich um ihre verschwundenen *Kinder* sorgen. Alle schicken wir nach Hause, Hey, kommt morgen wieder. Und unsere eigenen Leute – die suchen wir nach fünfzehn Stunden? Cops?" Wieder schüttelte Ford den Kopf. „Sie müssen mir zustimmen, John, das ist schwer zu verkaufen."

„Normalerweise warten wir einen Tag, bevor wir etwas unternehmen, Lester, das stimmt", sagte Osborne, und White hatte den Eindruck, der Chief war stolz darauf, dass der Bürgermeister ihn beim Vornamen nannte; wie Osborne sich aufrecht hinsetzte und grinste und wie er dann sagte, „Aber hier geht es um einen Polizeibeamten, Lester. Nicht um einen der normalen Fälle, wie sie jeden Tag zu Dutzenden auf unseren Schreibtischen landen."

„Und haben wir Grund zu glauben, dass Officer Mitchell nicht zu diesen normalen Fällen gehört? Abgesehen davon, dass er einer eurer Beamten ist? Dass Officer Mitchell also einen Unfall hatte oder womöglich Opfer eines Verbrechens wurde? Haben wir Grund, das zu glauben?"

„Nicht direkt, Bürgermeister", sagte White, bevor der Chief antworten konnte. „Aber wir haben eben auch keinerlei Hinweise darauf, dass es ihm gut geht. Seine Frau hat jeden angerufen, bei dem er sich aufhalten könnte, sie ist sogar losgegangen – mit ihren Kindern an der Hand losgegangen und hat in Bars in der Umgebung gefragt. Nichts."

„Vielleicht hat er irgendwo eine kleine Abwechslung gefunden, Ihr Officer Mitchell? Von der seine Lady zuhause nichts weiß?" Ford grinste und zeigte seine überkronten Zähnte. „Eine der Titty–Bars oder eine andere Lady? Er wäre nicht der erste."

„Nicht Officer Mitchell, Bürgermeister", sagte White, weil er etwas sagen musste.

„Sie kennen ihn so gut, huh? Okay, Commander, was also ist Ihr Plan?"

Whites Miene verfinsterte sich. „Doppelschichten für jeden meiner Leute. Ohne Ausnahme. Damit haben wir genügend Manpower für Straßensperren an Interstate und Highways und den großen Ausfallstraßen der Stadt. Wir kontrollieren jeden Wagen und jeden Truck in den nächsten vier Stunden. Verschärfte Kontrollen von Verdächtigen auch im Stadtgebiet, besonders unter den-"

„Jeez, Commander, sind Sie verrückt geworden? Wer soll das denn bezahlen?" Der Blick des Bürgermeisters schwenkte wieder zum Chief, und White hörte genau hin. Jetzt kam der spannende Teil. Letztlich drehte sich immer alles ums Geld. „Doppelschichten", sagte der Bürgermeister. „Wir haben elfhundert Polizeibeamte in Albuquerque, das kostet ein Vermögen. Wie soll ich denn vom Council das Geld dafür bekommen? Völlig ausgeschlossen. John?"

„Doppelschichten, das kostet", sagte der Chief, „da stimme ich zu, Lester. Aber vielleicht sollten wir Commander White trotzdem aushören?"

Doppelschichten, das kostet? *Vielleicht* sollten wir Commander White *trotzdem* aushören?

White sah Osborne an. Er hatte Unterstützung von seinem Chief erwartet, uneingeschränkte Unterstützung. Das wars doch, was Chefs taten, sie setzten sich für ihre Leute ein. Oder nicht?

Osborne sah ihn zurück an und sagte, „Jeremy?"

White sagte, „Mir ist klar, dass das eine hohe Belastung für die Stadt ist, aber dies ist auch eine besondere Situation, Bürgermeister ... Chief. Diese Doppelschichten sind eine Investition in unsere Reputation, und die hat es nötig, nicht? Sie werden sich auszahlen, da bin ich mir sicher. Wenn das hier vorbei ist, wird jeder wissen, dass wir es ernst meinen mit dem Schutz unserer Polizisten und unserer Community."

„Straßensperren?", sagte Ford und sah wieder Osborne an. „John?"

White beobachtete die beiden.

Ford hatte eine Art, andere auf seine Seite zu ziehen. Er lächelte, guckte ihnen direkt in die Augen, als wäre er wirklich interessiert, sprach sie mit Vornamen an, obwohl er sie nicht besser kannte als die Leute auf der Straße, denen er bei Wahlveranstaltungen die Hände schüttelte. Wie ein richtiger Politiker eben. Und es gab immer Leute, die darauf hereinfielen.

Osborne hatte keine Zweifel daran gelassen, dass er einer von ihnen war.

„Sind Straßensperren wirklich notwendig, Jeremy?", sagte der Chief.

Fuck you, *John.* „Vier Stunden, das ist alles, was wir brauchen, Chief", sagte White. „Ich denke, meine Kollegen Commander stimmen mir zu."

„Es wird die Community wachrütteln", sagte der Valley Area Commander. „Meiner Meinung nach könnten wir so etwas einmal im Monat gebrauchen." Und der Foothills Area Commander sagte, „Wir setzen damit ein klares Zeichen, Bürgermeister. Also, ich bin ganz auf der Seite von Chief Osborne und Commander White, Sir."

Die anderen Commander klopften auf den Tisch. Alle.

White nickte. Echte Kollegen.

Aber der Bürgermeister schüttelte wieder den Kopf. „Ich weiß nicht. Das ist verrückt."

Sheriff Tipps sagte, „Ich halte das für keine gute Idee, Bürgermeister. Sogar für eine ausgesprochen hirnrissige und beschissene Idee, halte ich das. Unser Job ist es, die Leute da draußen zu beschützen." Tipps guckte White an. „Nicht ihnen unsere Macht zu demonstrieren."

White hatte es gewusst, dieser verdammte Tipps. Er räusperte sich und sagte, „*Wir, das Albuquerque Police Department, wollen eine sichere Community, in der die Rechte, die Geschichte und die Kultur eines jeden einzelnen Bürgers geachtet und geschätzt werden. Wir erreichen dies, indem wir in Zusammenarbeit mit der Community Probleme bezüglich der öffentlichen Sicherheit identifizieren und lösen.* Bürgermeister, Chief, so steht es in unserem Leitbild, das wir gemeinsam mit dem Stadtrat geschrieben haben. Und ich frage Sie: Kann es ein größeres Problem bezüglich der öffentlichen Sicherheit geben als einen verschwundenen Police Officer? *Spurlos* verschwundenen Police Officer?"

„Sie hören sich an, als ob Sie der nächste Bürgermeister werden wollen", sagte Ford.

„Oder der nächste Chief", sagte Osborne.

60

White schüttelte den Kopf. Nein, wollte er nicht, weder das eine noch das andere. Obwohl, die beiden hatten recht, er hatte sich verdammt gut angehört.

Der Bürgermeister sah seinen Assistenten an. „Sagen Sie, Steven, haben Sie eigentlich nichts zu trinken besorgt? Oder bin ich der einzige hier, der Durst hat?"

Anderson sprang auf, „Sofort", und lief hinaus und kam zurück mit einem Servierwagen, darauf ein Dutzend Wasserflaschen. Eine Flasche stellte er vor Ford und murmelte ein „Sorry", die anderen stellte er auf den Tisch. Zwei der Area Commander bedienten sich.

Der Bürgermeister drehte den Verschluss auf und legte den Kopf in den Nacken und trank.

„Und Ihre Leute stehen hinter Ihnen? Alle? Wenn wir das tun, dann können wir keine Ausreißer gebrauchen." Er trank erneut und drehte den Verschluss zu und sah White an. „Commander?"

White war auf die Frage vorbereitet. Er sagte, „Wenn Sie vorhin meine Leute gesehen hätten, das Adrenalin, die Motivation, die zu spüren waren, Bürgermeister, dann würden Sie das jetzt nicht fragen."

„Wenn er vorhin Ihre Leute gesehen hätte, dann *hätte* der Bürgermeister jetzt nicht gefragt, Commander White", sagte Anderson.

Und grinste dabei auch noch.

„Schon gut, Steven", sagte Ford. „Commander, Sie sagen also, dass Ihre Leute hinter Ihrem Plan stehen. Schön. Trotzdem – wir können keine Doppelschichten bezahlen."

White sah Osborne an, aber der Chief starrte geradeaus, obwohl es da nichts gab als eine weiße Wand.

White sagte, „Unser Ziel sollte sein, dass wir alle hinterher besser dastehen. Und dazu brauchen wir die Unterstützung unserer Einsatzkräfte. Ohne sie geht es nicht. Und meine Leute – unsere Leute, Chief, Commander – sind motiviert. Sie brennen darauf, ihren vermissten Kollegen zu suchen und dafür ihre freie Zeit zu geben, bis zur Erschöpfung. Wie schon mehrfach in der Vergangenheit. Freie Zeit, die sie eigentlich mit ihren

Familien verbringen wollten. Genau wie Officer Mitchell. Aber unsere Leute wollen auch ehrlich für ihren Einsatz bezahlt werden. Und sie verdienen es. Das ist meine feste Überzeugung."

Alle Commander klopften auf den Tisch.

Und der Chief sagte, „Das sehe ich auch so."

Na also. Der Chief hatte die Situation eingeschätzt und schlug sich auf die Seite der Mehrheit.

„Straßensperren", sagte der Bürgermeister wieder. „Erläutern Sie mir, was Sie noch vorhaben. Dann reden wir über bezahlte Doppelschichten."

„Wir beginnen mit dem persönlichen Umfeld von Officer Mitchell. Seine Frau, seine Freunde, seine Bekannte. Gab es Streit, Probleme, plötzlich aufgekündigte Freundschaften, all das. Dann werden wir versuchen, die Stunden vor seinem Dienst zu rekonstruieren, und die Stunden im Dienst natürlich auch, besonders sein letzter Einsatz vor Dienstschluss. Ein DIP, gar nicht weit von hier. Wir werden versuchen, sie zu finden. Natürlich sind bereits zwei BOLOs rausgegangen-"

Und dieser Anderson sagte tatsächlich, „Commander, bitte in verständlicher Sprache."

White sah den Pressesprecher an. „Ja, stimmt, Mister Anderson, Polizeiarbeit ist ja ein neues Feld für Sie. Ich kann Ihnen nur raten, beackern Sie es. Intensiv. Allerdings werden Sie dann nicht mehr so viel Zeit haben", und White lächelte, „an Ihrem Teint zu arbeiten."

„Bitte, Commander", sagte Ford. „Also, warum zwei BOLOs?"

„Einen für die Betrunkenen von gestern, einen für Officer Mitchell selbst."

„Für die beiden Betrunkenen? Mitchell hat die beiden also nicht zum Ausnüchtern reingeholt? Und auch keinen Bericht geschrieben? Wieso das?"

„Vermutlich gab es für beides keinen Grund", sagte White ohne zu zögern. „Aber wir werden trotzdem nach ihnen suchen. Wer weiß, vielleicht wissen sie ja etwas."

„Hm, ja, vielleicht. Was sonst?"

White sagte, „Befragungen unter der Bevölkerung. Meine Leute werden direkt auf die Straße gehen und die Bürger fragen, ob sie Hinweise auf den Verbleib von Officer Mitchell haben. Wir werden eine erdrückende Präsenz zeigen. Jeder in der Stadt wird wissen, dass das Police Department das Verschwinden eines seiner Officer nicht einfach so hinnimmt. Das wird Vertrauen in unsere Arbeit schaffen, darauf würde ich meine Pension verwetten, Bürgermeister. Hinzu kommen, wie ich vorhin bereits sagte, verschärfte Kontrollen von Verdächtigen im Stadtgebiet."

„Verschärfte Kontrollen *welcher* Verdächtiger, Commander?"

„Wir haben dabei besonders die indianische Bevölkerung im Blick, Sir."

Sheriff Tipps stützte laut die Arme auf den Tisch. „Haben Ihre Ausbilder bei den Marines Ihnen den Verstand rausgedrillt, White?"

Der Bürgermeister hob die Hand in Tipps Richtung. „Wenn Sie hauptsächlich die Indianer ins Visier nehmen, Commander, und das kommt raus, dann gibt es nur wieder Ärger. Sie kennen die Vorwürfe. Davon hatten wir hier schon genug. Chief?"

Osborne sagte, „Jeremy, haben wir denn einen Grund, zuerst bei den Natives nach Mitchell zu suchen? Hat er sich bei denen Feinde gemacht?"

„Chief, wir alle wissen doch, wie viele Indianer in der Stadt leben und wie viele aus den Reservaten zumindest gelegentlich in die Stadt kommen. Und wir alle wissen, mit denen gibt es die meisten Probleme. Stehlen Alkohol und betrinken sich, pöbeln, fangen Schlägereien an-"

„Sagen Sie das da draußen nicht zu laut, Commander."

„Erfahrungswerte, Bürgermeister, sonst nichts", sagte White und hörte, wie Tipps mit seiner knochigen Hand auf den Tisch schlug und dann sagte, „Du meine Güte, White, Sie sind tatsächlich verrückt geworden. Fahren Sie nach Washington zu dem anderen Verrückten, da passen Sie hin."

White ignorierte ihn.

„Muss das sein, Sheriff, in dieser Runde?", sagte der Bürgermeister. „Lassen wir doch den Präsidenten hier aus dem Spiel." Dann guckte er seinen Pressesprecher an. „Steven?"

„Ich finde auch, der Präsident-"

„Steven, zu dem, was Commander White sagt."

Anderson zuckte zusammen. „Ach so." Er klappte sein Pad zu und sagte, „Aus meiner Sicht gibt es gute Ansätze und zumindest einen schlechten."

„Nämlich?"

White konnte jetzt die Verzierung auf dem Pad genau erkennen: ‚Steven' in Schreibschrift. Wie man es von Mädchen kannte, die ihre Namen mit Goldstift auf ihre pinkfarbenen Handtäschchen malten und von ihren Eltern in Rüschekleidchen und Blumen im Haar auf die baufällige Bühne der Gemeindehalle geschickt wurden, damit sie den Little Princess Wettbewerb gewinnen.

„Mobilisierung der Polizeikräfte, Präsenz auf der Straße zeigen, enge Zusammenarbeit von Stadtführung und Police Department, Sheriff's Department, Highway Patrol", Anderson nickte, „das wird gut ankommen. Die Bevölkerung sieht eine entschlossene Verwaltung und einen fähigen Polizeiapparat. Das schafft Vertrauen."

„Die Kosten für die Doppelschichten?"

„Werden verwendet zum Wohle der Community, Bürgermeister. Da sehe ich keine Probleme. Die Pressekollegen wagen sich da nicht dran."

„*Wo* sehen Sie Probleme?", sagte Osborne.

„Der Bürgermeister hat es eben gesagt. Der Fokus auf die indianische Bevölkerung. Der erste Bericht darüber in der Presse oder im Internet wird eine Lawine in der Stadt lostreten. Liberale Gruppen werden uns rassistische Motivation vorwerfen und alle anderen werden das gleiche Lied zwitschern. Wörtlich, Twitter und Co., das wird sich wie ein Lauffeuer verbreiten. Die Pfadfinder, die Werdenden Mütter von Albuquerque, die Freunde der Sandia Mountains, die Beschützer vernachlässigter Klapperschlangen. Und alle werden sich von den

Zeitungen zitieren lassen und in jedes Mikrofon plappern, das man ihnen vors Gesicht hält."

„Es sind Erfahrungswerte", sagte White.

„Erfahrungswerte *my ass*", sagte Tipps. „Was Sie vorhaben, ist unverantwortlich, White. Sie wollen die Stadt aufmischen und die Indianer bluten lassen für-"

„Wir wollen niemanden bluten lassen, Sheriff, und niemanden aufmischen. Und es geht uns nicht darum, Macht zu demonstrieren. Es geht darum, Stärke zu zeigen. Stärke, die wir zum Wohl der Bevölkerung einsetzen, zu ihrem Schutz. Und wenn Sie schon von den *Leuten da draußen* sprechen, Sheriff Tipps. Was sollen diese Leute denn denken, wenn wir es einfach hinnehmen, dass einer von uns verschwindet? Ein Cop? Ein United States Police Officer? Wie sollen wir ihnen dann noch glaubhaft machen, dass wir sie beschützen können, wenn wir nicht einmal in der Lage sind, uns selbst zu beschützen? Und wenn da draußen niemand mehr an uns glaubt" – jetzt sah er den Bürgermeister an und wartete einen langen Atemzug – „Bürgermeister, wenn da draußen niemand mehr an uns glaubt, dann bricht auf der Straße das Chaos aus."

Die Runde war still.

Alle sahen den Bürgermeister an.

„Na gut", sagte Ford schließlich und guckte zum Chief. „Sie haben mich noch nicht vollständig überzeugt, aber Sie bekommen von mir Rückendeckung, John." Dann zu White. „Und ich werde versuchen, den Stadtrat zu überzeugen. Wir werden die Gelder bekommen, Commander." Dann sah Ford in die Runde. „Weitere Fragen? Dinge, die angesprochen werden sollten? Jetzt ist die Gelegenheit. Sheriff Tipps? ... Nein? Gut, dann sehen wir uns morgen wieder. Selber Ort, selbe Zeit. In der Zwischenzeit bleiben wir in Kontakt. Danke, meine Herren."

Als alle gegangen waren, sagte der Bürgermeister, „Beschützer vernachlässigter Klapperschlangen? Haben wir hier so etwas?"

„Vermutlich." Anderson zuckte mit den Schultern. „Wollen wir das wirklich so kommunizieren?"

„Wir fangen mit dem Verschwinden dieses Mitchell an", sagte der Bürgermeister und ging los. „*Officer* Mitchell natürlich. Wir erwähnen die Frau und die beiden Söhne. Dann der Einsatz aller Kräfte, ihn zu finden. Wir betonen meine Rolle dabei. Schreiben Sie was von Führung. Zum Schluss die Doppelschichten, mit einer starken Begründung. Kein Verweis auf die Kosten. Wenn schon, dann soll die Meute selber darauf kommen."

Anderson neben ihm hatte Mühe zu tippen.

„Ach ja, und nennen Sie die Meute nicht Ihre Kollegen, Anderson. Sie sind hier bei mir. Die Meute ist da drüben. Verstehen Sie den Unterschied?"

Anderson nickte. „Natürlich, Bürgermeister. Was ist mit den Natives, Sir?"

„Von uns kommt nichts über das genaue Vorgehen des Police Departments, Steven, niemals. Das ist deren Sache. Und sollte es – Sagen Sie, können Sie beim Gehen überhaupt dieses Ding da bedienen? Es sieht nicht so aus. Besorgen Sie sich einen ordinären Schreibblock und eines dieser altmodischen Schreibgeräte, die man Kugelschreiber nennt, okay? Sie werden noch öfters neben mir gehen und zugleich schreiben müssen."

„Block und Kugelschreiber, ja. Sie wollten sagen?"

„Huh?"

„Sie haben begonnen *Und sollte es ...*"

„Ja, habe ich ... Ja, sollte es irgendwann Fragen bezüglich der Indianer geben, dann wussten wir davon nichts."

„Natürlich. Und was ist mit dem Einwand von Sheriff Tipps?"

„Ein Einwand, nichts weiter. Bei jeder Entscheidung, die ich zu treffen habe, gibt es jemanden, der dagegen redet. Und der Sheriff redet häufig dagegen, das sollten wir nicht zu ernst nehmen. Zeigen Sie mir Ihren Entwurf, bevor sie ihn rausschicken." Er kramte in seiner Hosentasche.

„Natürlich, Bürgermeister."

„Wenn die Fernsehteams kommen, machen Sie das. Ich will erst sehen, wie sich diese Sache entwickelt, bevor mein Gesicht in den Abendnachrichten erscheint."

„Ja, das wäre auch mein Vorschlag gewesen. "

Ford drehte sich zu ihm, ohne langsamer zu gehen. „Noch zwei Dinge, Steven. Halten Sie sich nicht so oft in der Sonne auf. White hat recht, Sie sehen aus, als hätten Sie nichts zu tun. Zweitens, lassen Sie sich verdammt nochmal eine Liste der Polizeicodes geben und lernen Sie das auswendig. Ihr Chef hat das auch gemacht."

Ford sah Unverständnis im Gesicht seines Sprechers.

„Ich, Steven, ich habe das auch gemacht."

„Natürlich, Bürgermeister."

„Typen wie dieser White nehmen unsereins ohnehin nicht ernst. Zivilisten, meine ich. Da können wir uns so etwas wie vorhin nicht erlauben." Der Bürgermeister kramte in der anderen Hosentasche. „Ist das klar?"

„Völlig, Bürgermeister. Wohin gehen wir?"

„Nach draußen natürlich."

„Draußen? Draußen ist es aber sehr heiß."

„Ja", sagte Ford und zog eine Schachtel hervor, Lucky Strike, ohne Filter, die Schachtel heute Morgen frisch aufgemacht und bereits halb leer, „das ist es. Und solange Sie keine gute Idee für eine PR-Kampagne haben, die es armen Schweinen wie mir wieder erlaubt, *in* städtischen Gebäuden zu rauchen, werde ich jeden Tag ein Dutzend Mal vor die Tür gehen und rauchen. Und Sie mit."

„Ich rauche aber nicht, Bürger-"

„Was?" Ford sah seinen Pressesprecher an.

„Ich habe noch nie geraucht, Bürgermei-"

„Sie gehen mit *vor die Tür*, Steven, damit uns meine Sucht nicht eine Stunde pro Tag kostet. Ich habe nicht gesagt, dass Sie da draußen rauchen sollen", sagte Ford, „good gracious." Und nicht zum ersten Mal an diesem Tag kam dem Bürgermeister der Gedanke, den falschen Kandidaten ausgewählt zu haben. „Haben Sie wenigstens Feuer? Und Sie sollten jetzt besser nicht Nein sagen, Steven."

10

Palmer setzte sich an den einzigen freien Tisch und streckte die Beine. Für heute war Schluss mit der Arbeit an seinem Zaun, und der kleine Garten von Erins Kitchen and Café – fünf Tische, jeder mit seinem eigenen Apfelbaum als Schattenspender, jetzt aber ohne Früchte – war, wie so oft in den vergangenen Wochen, seine erste Wahl. Nicht lange und die Sonne würde hinter den Bergen verschwinden und mit ihr die Touristen, die jetzt noch die Hauptstraße hin und her schlenderten in ihren kurzen Hosen und bunten Hemden. Dann würde wieder Ruhe einkehren in Benson Trail, New Mexico.

Erin kam – die Erin aus Erins Kitchen and Café – ein leeres Tablett in der Hand, „Hi Palmer", und setzte sich neben ihn.

„Hi Erin." Sie war still und er sagte, „Hast ja richtig zu tun heute."

„Der Garten ist voll. Drinnen auch. Ja, so langsam läufts. Wenn du mal einen Job brauchst, du kannst sofort anfangen."

„Als was?"

Sie lächelte. „Mann für alles."

Für *alles*? sollte er jetzt wohl sagen, sagte es aber nicht. Erin flirtete gerne mit ihm, aber er wusste, dass daraus nichts werden konnte und wollte sie nicht ermuntern, nur um sie dann zu enttäuschen.

Sie schien seine Gedanken zu erahnen, ihr Lächeln verschwunden, und sie sagte, „Was soll ich dir bringen?"

„Ist noch von dem Auflauf da? Von gestern?"

„Und Kaffee?"

Palmer nickte.

Erin ging und kam zurück mit einem Becher Kaffee, ohne Milch, ohne Zucker, und einem Schokoladenbrownie auf einem kleinen Teller.

„Wie findest du eigentlich all die kurzen Hosen, die hier herumlaufen?", sagte Palmer leise.

„Solange sie Geld bringen, guck ich nicht hin. Solltest du auch nicht."

„Ich hab noch nicht ein einziges Bein ohne Krampfadern gesehen. Gestern auch nicht."

„Ah, Gott, Palmer, Krampfadern, hör auf." Sie deutete auf den Teller. „Der Brownie ist frisch und geht aufs Haus. Der Auflauf braucht noch, der war im Kühlschrank."

„Du meinst es gut mit mir."

„Wenn du das doch endlich kapieren würdest, Mister."

Palmer sah ihr hinterher. Erin war nett und hübsch und lebte zudem hier in Benson Trail, was alles einfacher machen würde. Was also hielt ihn ab? Die Sache mit Liz war Monate her, und es war nicht einmal eine *Sache* gewesen.

Nur vierundzwanzig Stunden hatten sie sich gekannt.

Dann war sie tot.

Aufgeschlitzt von einem Kerl, der glaubte, damit seine Geschäfte schützen zu können.

Die Halsschlagader.

Sie war verblutet, innerhalb einer Minute, auf dem heißen, schmutzigen Asphalt einer kleinen Straße in Shanghai.

Palmer trank vom Kaffee.

Nicht seine Schuld, er wusste das. Er hatte nichts tun können.

Und doch.

Er trank wieder, zwei große Schlucke; wie ein Alkoholiker von seinem ersten Drink des Tages. Und wie ein Alkoholiker von seinem Drink wusste er, es würde nicht der letzte Kaffee für heute sein.

Liz hätte die Eine sein können.

Und Erin – Palmer sah sie zurückkommen – nett und hübsch, wie sie war, war es nicht.

„Hey, wo bist du mit deinen Gedanken?", sagte sie und stellte ein Glas mit Wasser neben den Becher.

Nicht, dass er je nach der Einen gesucht hätte. Ein paar Tage oder Wochen, länger hatte es nie angedauert, und das war okay für ihn. Er war gerne allein.

Aber Liz?

Sie hatte da etwas in ihm angestoßen.

„Palmer? Noch da?"

Er trank noch einen Schluck. „Ich frage mich ..."

„Ja?" Erin setzte sich auf den Stuhl neben ihm, schlug ein Bein über das andere und schaute ihn an. Erwartungsvoll. Ihre Augen flirteten schon wieder.

„Ich trinke ziemlich viel Kaffee", sagte er. „Mindestens zwei Becher bei dir, vorher schon einen oder zwei bei mir, anschließend vielleicht noch einen. Ich fange nie vor Mittag an, trotzdem ... Meinst du, das ist zu viel?"

Sie stand mit einem Ruck auf, „Palmer, du ... Ja, ich habe den Eindruck, das ist zu viel. Koffein greift in die chemischen Prozesse des Gehirns ein, hab ich mal gelesen. Bei dir ist das offensichtlich bereits der Fall. Fortgeschritten. Lass dir den Brownie schmecken."

„Was ist mit dem Auflauf?"

„Der braucht noch", sagte sie über ihre Schulter hinweg. „Drei, vier Stunden. Mal sehen, vielleicht länger."

„Erin!"

My Godness, was hatte er denn gesagt?

Es war mitten in der Nacht, als Palmer von einem Geräusch aufwachte.

Er stand auf und ging zum Fenster und sah hinaus.

Das Geräusch war von draußen gekommen. Kein Tier. Tiere stießen nicht an Gegenstände, auch nicht in der dunkelsten Nacht. Das taten nur Menschen mit ihren verloren gegangenen Sinnen. Sogar gegen einen so großen Gegenstand wie seinen alten Trailer.

Denn von daher war das Geräusch gekommen.

Der Mond schien hell, dazu die Sterne, die Luft war klar und frisch; er konnte deutlich den Trailer sehen, hundert Meter entfernt.

Genau wie die Gestalt neben dem Trailer.

Ein erwachsener Mann, kein Jugendlicher, dafür bewegte sie sich zu behäbig. Erst recht keine Frau, dafür war sie zu groß und zu schwer und der Oberkörper zu wuchtig.

Palmer zog Jeans und Boots an und ging nach unten. Aus dem Schrank neben der Tür nahm er sein Gewehr und eine Taschenlampe und ging hinaus.

Er schlug einen Bogen, um von der anderen Seite an den Trailer zu kommen. Er kannte jeden Busch und jeden Stein auf seinem Land und erreichte den Trailer nach Minuten, ohne ein Geräusch verursacht zu haben.

Die Gestalt war weg.

Palmer lauschte. Er hörte ein Schnaufen, einige Meter entfernt. Vielleicht zehn Meter, nicht mehr als fünfzehn. Und ein Knirschen, wie es die meisten Menschen beim Gehen auf steinigem Untergrund verursachten.

Er ging den Geräuschen hinterher, leichtfüßig, vorsichtig, und hatte doch den Verursacher kaum eine Minute später eingeholt.

Ein erwachsener Mann, genau wie er gedacht hatte.

Mit dem Daumen der linken Hand ließ Palmer den Hahn einrasten, ein Laut, den in dieser Gegend jeder sofort erkannte. Mit der rechten drückte er zugleich den Schalter an der Taschenlampe und richtete den Lichtstrahl auf die schwere Gestalt, die im selben Moment einen fetten Schatten vor sich produzierte.

„Dreh dich um, Nachbar", sagte Palmer. „Langsam. Und ich will deine Hände sehen."

Mark New Holy drehte sich um, die Augen zusammengekniffen, beide Hände vor sich haltend. Sie waren leer. Seine Stirn glänzte vor Schweiß. Sein dicker Bauch bewegte sich schnell auf und ab im Bestreben, Sauerstoff in die Lungen zu pumpen.

„Hey, Palmer, was halten Sie davon, die Lampe auszumachen, huh? Das Licht blendet."

„Das ist der Grund, weshalb ich die Lampe mitgebracht habe. Was machen Sie hier?"

„Ist das typisch deutsche Gastfreundlichkeit, seinen Nachbarn mit der Waffe in der Hand zu empfangen? Oder ist das nur typisch für Sie?"

„Von Gastfreundlichkeit kann hier keine Rede sein, oder? Dafür hätten Sie zum Haus kommen und klopfen müssen. Dann hätte ich die Chance gehabt, zu entscheiden, ob ich Sie als Gast bei mir haben möchte oder nicht. Stattdessen stampfen Sie hier herum. Uneingeladen. Illegal. Also, was machen Sie auf meinem Land?"

„Ich bin Cop, Palmer. Ich darf hier herumlaufen, Tag oder Nacht, ganz, wie ich das will."

„Nicht auf meinem Land."

Mark New Holy seufzte. „Also gut, weil wir Nachbarn sind. Ich bin aufgewacht und habe Licht an Ihrem Trailer gesehen. Ich weiß, dass Sie da nicht mehr wohnen, also in dem Trailer, da habe ich mir gedacht, vielleicht ein paar Jugendliche. Jugendliche mit einer Menge Unsinn im Kopf. Sie wissen ja, wie die jungen Leute heute so drauf sind – Party, Alkohol, Drogen, huh? Ich dachte, vielleicht stecken die den Trailer in Brand oder machen Kleinholz daraus, sobald sie bekifft oder betrunken genug dazu sind. Und da ich bei Ihnen im Haus kein Licht gesehen habe und ich nicht wusste, ob Sie überhaupt zu Hause waren oder in einer Bar oder einem *Etablissement* in Albuquerque oder Santa Fe – Sie leben schließlich alleine, nicht? Weil ich das nicht wusste, bin ich selbst gucken gegangen. Ich kam hierher, da waren sie weg, die Jungs und Mädels. Ich hab mich dann ein wenig umgeschaut, scheint aber alles in Ordnung." Er sagte, „Also, jetzt können Sie den Lauf runternehmen, meinen Sie nicht? Und das Licht da ausmachen. Sie können sich auch bei mir bedanken, wenn Sie wollen, für die Nachbarschaftshilfe."

Jugendliche auf seinem Land? Unfug. Die Jugendlichen hätte er lange gehört, bevor Mark seine einhundertdreißig Kilos von seinem Haus bis zu dem Trailer bewegt hätte.

72

Palmer sagte, „Sie werden jetzt von hier verschwinden, Nachbar. Und ich werde Sie begleiten. Gehen wir."

Mark grummelte etwas, marschierte dann aber los.

Am Camino angekommen, drehte sich Mark um. „Sie haben ja immer noch den Lauf auf mich gerichtet. Und die Lampe. Und kein Danke?"

Palmer schüttelte den Kopf. Der Kerl kapierte es nicht.

„Hören Sie gut zu, Mark", sagte er. „Vielleicht war es so, wie Sie gesagt haben, vielleicht nicht. Sollte ich Sie aber noch einmal auf meinem Land erwischen und Sie haben keine Einladung von mir bekommen – und wir beide wissen, das wird nicht passieren – dann mache ich von meinem Hausrecht Gebrauch und, ganz im Ernst, ziehe Ihnen die Ohren lang."

Seine Mutter hatte das manchmal gesagt, zu ihm und seinen Freunden, damals in Frankfurt, als er noch ein Kind war. *Treibts nicht zu wild oder ich ziehe euch die Ohren lang.* Es hatte immer funktioniert.

„Ich bin Cop, Palmer. Sie sollten mir nicht drohen." Sein Nachbar nahm die Arme herunter, die Palmer in dem engen Shirt noch dicker vorkamen als zuvor in der Uniform. Der Kerl war wirklich massig. „Ich komme auf Ihr Land, wann immer ich das will. Und wenn ich will, dann nehme ich Sie mit. Vielleicht schon morgen, wenn Sie an Ihren Löchern weitergraben. Öffentliches Ärgernis, Sie erinnern sich?" Mark nickte, „Ja, Sie erinnern sich, Sie laufen jetzt ja auch schon wieder ohne Shirt herum."

„Und sogar ohne Unterwäsche", sagte Palmer.

„Sie wollen witzig sein? Kann ich auch", sagte Mark. „Vielleicht überlege ich mir noch was anderes. Title 18 bietet mir eine ganze Menge Möglichkeiten, Section 111 zum Beispiel, da fahren Sie für acht Jahre ein. Und wenn Sie dieses Ding da wieder in der Hand haben, Palmer, und ich meine nicht die verdammte Taschenlampe, dann sinds zwanzig."

Er zögerte, als wollte er noch etwas sagen, drehte sich dann aber ohne ein weiteres Wort um und ging.

Palmer sah ihm hinterher, bis Mark im Dunkel verschwunden war. Erst dann ließ er den Hahn einrasten und warf das Gewehr über die Schulter und ging zurück zum Trailer. Es musste einen Grund für seinen Nachbarn gegeben haben, dort herumzuschleichen.

Palmer suchte alles ab, fand aber nichts, was ihm auffällig vorkam.

Er würde am Morgen noch einmal herkommen.

Und dann auch seinen Spruch überdenken.

11

Am nächsten Morgen fuhr Palmer im gewohnten Schritttempo die drei Meilen von seinem Haus bis zum Highway und war einmal mehr erstaunt, wie gelassen der alte Pickup Truck das Flussbett bewältigte. Baujahr '83, mehr als zweihunderttausend Meilen, und Palmer erwartete täglich – nun, wenn nicht seinen Tod, dann doch eine schwere Krankheit. Arthritis im Getriebe oder Kammerflimmern in dem alten V6 unter der Haube.

Aber Palmer mochte seinen Truck, und noch mehr, nachdem der sich kürzlich zwei Kugeln eingefangen hatte, die eigentlich für ihn bestimmt waren. Er hoffte auf eine noch lange Zeit mit ihm.

Am Highway angekommen, hielt Palmer an und schaute zurück auf das Haus seiner Nachbarn.

Mark New Holy, du kleiner Stänkerer.

Vorhin, im ersten Tageslicht, hatte Palmer erneut seinen Trailer und die Umgebung abgesucht und etwas entdeckt. Und was er entdeckt hatte, war ein Problem. Und kein geringes. Ein Problem, für das, kein Zweifel, Mark New Holy verantwortlich war.

Jetzt fragte sich Palmer, wie es weitergehen sollte. Natürlich könnte er die Angelegenheit selbst regeln. Schließlich regelte er seine Angelegenheiten selbst, seit er dreizehn Jahre alt war. Aber bislang hatte er keine Rücksichten nehmen müssen. Nicht auf sich, nicht auf andere, nicht auf den Ort, in dem das Problem aufgetreten war, selbst wenn er dort wohnte. Wie Hong Kong. Genau das war jetzt aber anders. Er hatte sich ein Haus gebaut und lebte hier, in Benson Trail, New Mexico, einem Ort mit einhundertfünfzig Einwohnern. Nicht mehr in Hong Kong, fünf Millionen Einwohner. Sein Handeln hatte jetzt Konsequenzen. Und anders als früher wollte er heute ... Ja, was wollte er? Ruhe? Ein normales Leben?

Vielleicht. Für eine Weile.

Und jetzt dieser Mark. Ein Stänkerer. Und wie es aussah, noch weit mehr als ein Stänkerer. Palmer hätte ihm gerne ein paar Fragen gestellt, aber Marks Dienst-Tahoe stand nicht in der Einfahrt und sein privater Dodge Ram auch nicht.

Palmer fuhr weiter, hinaus auf den Highway. Fünf Meilen später, er hatte gerade die ersten Holzhäuser von Benson Trail erreicht, stand sein Entschluss fest.

Zum ersten Mal in seinem Leben würde er seine Angelegenheit an einen anderen abgeben.

Palmer fuhr um die langgezogene Rechtskurve, vorbei an der Tavern und vorbei an den Trucks und Autos der ersten Touristen, mittendrin auch der Ram seiner Nachbarn, und sah Erin vor ihrem Restaurant stehen, wie sie gerade ihre Stehtafel aufklappte und an den Straßenrand stellte und sich daneben kniete und zu schreiben begann.

Ein neuer Tag mit neuen Touristen, die alle gefüttert werden wollten.

Palmer stieg aus. „Erin, hey."

„Hi Palmer." Erin, ein Stück Kreide in der Hand, schrieb, ohne zu ihm hochzuschauen.

Die ersten Gäste saßen bereits unter den Bäumen und den dazu gestellten Sonnenschirmen im Garten. An einem Tisch sah er Ruth sitzen, allein. Sie sah ihn auch und winkte. Er winkte zurück. Mark war nicht bei ihr.

Palmer las und sagte, „Frühstück, huh?"

„Blaubeerpancakes, Joghurt, Kartoffeln, Eier von fröhlichen Hühnern, alles aus heimischem Anbau. Aber du frühstückst ja nicht."

„Aus heimischem Anbau? Wo baust du denn Kartoffeln und Blaubeeren an? Und wo Joghurt?"

„Hab ich gesagt, aus *meinem* heimischen Anbau? Hab ich nicht. Und natürlich nicht Joghurt, den hab ich aus Santa Fe. Im Übrigen, der Typ, der mir den Joghurt liefert, will seine Frau *und* seine Freundin für mich verlassen. An dem solltest du dir ein Beispiel nehmen."

„Ich habe keine Frau und keine Freundin, die ich verlassen könnte. Und ich habe kein Interesse daran, Joghurt zu verkaufen. Ich esse noch nicht mal welchen."

„Ist aber gesund. Rechtsdrehende ... oder links? Kulturen." Die Kreide quietschte. „Und die Blaubeeren tue ich selbst in die Pancakes, und die Eier sind von ... Organic will ich nicht sagen, sonst fragen die mich, von wem meine Sachen zertifiziert sind. Heimisch, und keiner fragt, weil heimisch ist halt hier, wo wir-" Erin stand auf und streckte den Rücken. „Mensch, Palmer, du weißt doch, wie das ist."

„Uh–huh." Palmer lehnte sich an die Tür seines Trucks. „Sag mal, deine Anwältin ..."

„Nina?"

„Die ist okay, hast du gesagt."

„Du brauchst einen Anwalt?"

Palmer nickte. „Ich kenne hier niemanden. Also, keinen Anwalt. Wo genau hat sie ihre Kanzlei?"

„Lomas Boulevard und San Pasquale."

„Nahe Old Town, oder? Nicht weit vom Plaza."

„Old Town Plaza, ja."

„Kannst du sie anrufen und ihr sagen, dass ich auf dem Weg bin?"

„So dringend?"

„In gewisser Weise dringend, ja."

„Okay, ich rufe an. Hör zu, Palmer, wenn ich dir helfen kann, dann sags. Es wäre schön, dann könnte ich mich bei dir revanchieren."

„Tust du doch gerade", sagte Palmer. Er stieg wieder in seinen Truck und guckte aus dem Fenster. „Heimischer Anbau, Erin, wirklich."

Im Augenwinkel sah er, wie Ruth ihn beobachtete. Sie saß immer noch allein.

„Nina Martinez, Attorney at Law."

Die Anwältin saß hinter einem Schreibtisch aus schwerem, dunklem Holz und nahm, als sie das sagte, ihr Notebook und kam um den Tisch herum auf Palmer zu. Sie gaben sich die Hand.

„Schön, Sie kennen zu lernen, Mister Palmer."

„Danke, dass Sie sich so schnell Zeit für mich genommen haben, Miss Martinez."

„Ich weiß, was Sie für Erin getan haben", sagte sie, „und für jemanden wie Sie habe ich immer Zeit. Und es ist Nina, bitte. Kommen Sie, wir setzen uns da hin."

Sie ging zu vier Sesseln aus Leder, die um einen kleinen Tisch gruppiert waren und setzte sich. Palmer setzte sich ihr gegenüber.

„Ein schönes Büro haben Sie, Nina", sagte er. „Hell. Geschmackvoll eingerichtet."

Sie legte das Notebook auf den Tisch. „Meinen Sie die Möbel oder die Teppiche?"

Er betrachtete die bunten Teppiche, einer auf dem Fußboden, zwei an den Wänden; indianische Arbeit, Navajo, handgeknüpft. Er kannte das aus den Galerien in Benson Trail und Santa Fe.

„Beides", sagte er.

„Verzeihen Sie, wenn ich das sage, Mister Palmer-"

„Nur Palmer, bitte."

„-als Sie hereingekommen sind, haben Sie sehr erstaunt geguckt. Sie haben *mich* sehr erstaunt angeguckt, um genau zu sein. Als hätten Sie noch nie eine indianische Anwältin gesehen."

„Doch, das habe-" Palmer lächelte. „Nein, ehrlich gesagt, habe ich nicht."

Sie nahm eine Flasche Wasser vom Tisch und goss zwei Gläser ein und schob ihm eines hin. „Schon okay, das passiert mir oft. Ich möchte das nur gleich aus dem Weg räumen. Das reinigt die Luft, ist meine Erfahrung."

Sie tranken, und Palmer sagte, „Erin ... Sie hat mir von Ihnen erzählt. Die Verhandlungen mit ihrem Mann und seinem Anwalt. Erin hat dabei immer von Ihrer Erfahrung gesprochen, die Sie mit dieser Art von Fällen haben. Hunderte, hat sie gesagt. Aufgrund dessen habe ich Sie für älter gehalten. Bedeutend älter. Deshalb habe ich geguckt."

„Ah", machte die Anwältin, und Palmer dachte, sie würde ein wenig lächeln. „Es ist leicht, in Fällen wie dem von Erin schnell viel Erfahrung zu sammeln. Hier in Albuquerque zumindest. Mit häuslicher Gewalt haben wir es in unserer Kanzlei sehr oft zu tun. Nahezu wöchentlich."

„Wöchentlich?"

„Was gut ist."

„Was ... ist daran gut?"

„Missverständlich", sagte Nina. „Es ist natürlich nicht gut, dass so viele Männer ihre Frauen prügeln. Das ist ganz und gar nicht gut. Aber die Frauen wehren sich, immer öfter. Auch unsere Frauen. Sie verlassen ihre Männer und kommen zu uns und unseren Kollegen und fragen um Rat. Und vor allem: viele von ihnen klagen vor Gericht. Und das ist gut. Noch vor ein paar Jahren war das anders."

„Unsere Frauen? Sie meinen, indianische Frauen?"

„Ja."

„Sie meinen, einige der indianischen Frauen werden ... geprügelt?"

„Nicht einige. Viele. Sehr viele. Und vergewaltigt. Ebenfalls sehr viele."

Palmer war still.

„Sie haben das nicht gewusst?"

„Nein, habe ich nicht", sagte Palmer. „Ich dachte, die Frau hat in der indianischen Kultur einen hohen Stellenwert. Die Männer eines Stammes hören auf die Frauen. Die Frau gibt die Familienlinie weiter, nicht der Mann, es heißt Mutter Erde, nicht Vater Erde und so."

„Das ist die eine Seite. Die andere sieht düster aus." Sie warf ihm einen Blick zu, bei dem sich Palmer wie ein Schüler vorkam. Und nicht wie der beste in der Klasse. „Ich kenne diese romantische Vorstellung von uns. Vom edlen Indianer, der in Harmonie mit seinen Mitmenschen lebt und im Einklang mit der Natur und den Müll trennt und" – sie deutete auf die Flasche auf dem Tisch – „solche Glasflaschen benutzt, nicht Plastikflaschen. Aber wenn es diesen edlen Indianer je gab, dann war das lange vor meiner Zeit. Sehr lange." Sie sagte, „Jede dritte erwachsene indianische Frau in den USA wurde vergewaltigt oder hat eine versuchte Vergewaltigung erfahren, ergab unlängst eine Untersuchung des Justizministeriums. Das ist das Doppelte des nationalen Durchschnitts. Es ist nicht in allen Reservaten dasselbe. In den einsamen Dörfern Alaskas ist es schlimmer als hier im Süden. Aber was bedeutet das schon für die betroffenen Frauen?"

Sie machte eine Pause, vielleicht, um Palmer Gelegenheit zu geben, etwas zu sagen. Aber er wusste nichts zu sagen und schwieg.

„In manchen Reservaten, Palmer, auch hier, *wissen* die Bewohner, dass die jungen Frauen ihres Stammes verprügelt und vergewaltigt werden. Sie befürchten es nicht, sie *wissen* es. Verstehen Sie, was ich meine? Von ihren eigenen Ehemännern, von anderen Männern des Stammes, von Männern anderer Stämme und natürlich von Weißen, Schwarzen, Latinos. Von allen, die im Stehen pinkeln können."

„Das kann ich auch", sagte Palmer.

„Uh, tut mir leid, so habe ich das nicht gemeint. Männer sind nicht alle gleich, selbstverständlich nicht, die allermeisten tun keiner Frau etwas zu leide. Aber wenn Sie lange genug ... Wie soll ich sagen? Wenn Sie lange genug schlechte Erfahrungen gesammelt haben, dann schleichen sich schon einmal solche Formulierungen ein."

„Ich weiß", sagte Palmer.

„Sie wissen?", sagte sie.

Als Palmer das nicht erklärte, sprach sie weiter. „Die Frauen berichten uns über die Versuche der Tribal Police, ihnen auszureden, ihre Angelegenheit vor Gericht zu bringen. Ihre eigene Polizei. Ihre eigenen Leute. Und von den Krankenhäusern in den Reservaten wissen wir, dass sie viel zu schlecht ausgerüstet sind, um die vergewaltigten Frauen medizinisch so zu behandeln, dass die Untersuchungsergebnisse später auch Bestand in einem Gerichtsverfahren haben. Zu wenig ausgebildetes Personal, zu wenige Gerätschaften. Manchmal fehlt es sogar an so einfachen Dingen wie einer Kamera für hundert Dollar, mit der die Verletzungen dokumentiert werden können."

„Aber die Frauen haben Anwälte wie Sie.“

„Der *Violence Against Women Act* hilft uns. Er wurde auf Tribal Land ausgeweitet, vor zwei Jahren erst, fast zwanzig Jahre, nachdem Präsident Clinton das Gesetz unterschrieben hat.“ Sie seufzte. „Es hat lange genug gedauert. Aber damit stehen indianischen Frauen jetzt ebenfalls diese Gelder zur Verfügung, und sie können bei Gewalt gegen sie vor Gericht klagen und eine Entschädigung erwirken. Bislang konnten die Frauen kaum auf finanziellen Ausgleich von ihren Männern hoffen, denn die haben ja selbst nichts. Das durchschnittliche Einkommen in den Reservaten im Umkreis liegt – Wissen Sie, wie hoch?“

Palmer schüttelte den Kopf.

„Rund zehntausend Dollar. Pro Kopf und pro Jahr. Könnten Sie mit zehntausend Dollar pro Jahr überleben?“

„Das ist sehr wenig“, sagte Palmer und sah, wie Nina mit der Schulter zuckte.

„Bei jemandem wie Erin ist das anders“, sagte sie dann. „Erin ist eine Weiße, ihr Mann ist ein Weißer. Und ihr Mann verdient gut als Manager bei Albertsons. Und weil Sie, Palmer, bereit waren, vor Gericht auszusagen, hatten wir die besseren Karten. Dieser Typ hatte nicht einmal mehr die Courage, Sie wegen seiner gebrochenen Nase anzuzeigen. Und Erin hat die Abfindung bekommen, die sie verdiente, ohne eine Verhandlung vor Gericht durchstehen zu müssen, wo jeder einzelne Übergriff bis ins Detail ausgebreitet wird und der Anwalt der Gegenseite Fragen stellt wie, Kann es nicht doch sein, dass Sie nur die Treppe hinuntergefallen sind?“ Nina sagte, „Sie haben ihr all das erspart, Palmer. Und sie konnte sich eine eigene Existenz aufbauen. Wie geht es Erin?“

Er war auf den Parkplatz des Supermarktes gefahren, den Erins Mann managte, vor ein paar Monaten. Da kannte er weder Erin noch ihren Mann, er wollte nur etwas einkaufen. Er hatte den Mann in seiner Albertsons Uniform gesehen, der einer Frau mit Wucht die Faust ins

Gesicht schlug. Später hatte er dann erfahren, dass die Frau Erin hieß und sie bereits zwei Jahre diesen Kerl ertrug.

„Sie macht Frühstück für hungrige Touristen in kurzen Hosen, sie hat keine blauen Flecken an den Armen und keine aufgeplatzten Lippen und ist ständig gut gelaunt. Also denke ich, es geht ihr gut. Sie sollten nach Benson Trail kommen, Nina, und bei Erin essen. Alles aus heimischem Anbau."

„Vielleicht mache ich das tatsächlich einmal. Ich war lange nicht in Benson Trail." Die Anwältin klappte ihr Notebook auf. „Also, was kann ich für Sie tun? Das heißt, wenn ich Ihnen nicht zu jung bin."

„Und ich Ihnen nicht zu unwissend, was Ihre Kultur betrifft", sagte Palmer.

„Solange Sie Frauen wie Erin helfen, kann ich damit leben", sagte sie mit einem Augenzwinkern.

Ein freundliches Augenzwinkern.

„Gut, wenn Sie noch ein paar Nasen kennen, die es verdient haben, gebrochen zu werden, geben Sie mir Bescheid."

„Vorsicht, Palmer, es könnte sein, dass ich Sie beim Wort nehme", sagte Nina, und Palmer sah, dass die Anwältin es ernst meinte.

Er sagte, „Nina, dies ist ein privilegiertes Gespräch, nicht wahr? Mit Schweigepflicht und all dem?"

„Natürlich."

„Gut. Sie wissen, wo ich wohne. Erin hat es Ihnen gesagt. Ein paar Meilen außerhalb von Benson Trail."

„Am Highway, ja. Ortiz Apache Reservation."

„Mein Nachbar ist ein Cop. BIA Police."

„BIA Police? Wie heißt er?"

„Mark. Seine Frau heißt Ruth. Sie ist Ortiz Apache mit Vorfahren aus Deutschland, hat sie gesagt. Soweit ich weiß, haben die beiden keine Kinder."

„Mark New Holy. Ein großer, stämmiger Kerl, immer ein Grinsen im Gesicht. Navajo."

Palmer nickte. „Mit einem langen, schwarzen Zopf, fast so lang wie Ihrer."

„Was ist mit ihm?"

„Gestern Morgen-"

„Montagmorgen."

„Montagmorgen. Er kam zu mir, er und ein Special Agent Yazzie-"

Sie nickte. „Chad Yazzie."

„Mark hat mir gesagt, ich sollte ein Shirt anziehen."

Sie sagte, „Ein Shirt anziehen?"

„Ich war draußen bei der Arbeit. Ich grabe Löcher für einen Zaun."

„Auf Tribal Land?"

„Auf *meinem* Land. Die Ranch liegt im Reservat, ist aber mein privater Besitz."

„Und dort graben Sie Löcher. Mit freiem Oberkörper."

„Ihn stört das. Das heißt, er sagt, dass es seine Frau stört."

Die Anwältin lachte und ließ ihren Blick über sein Shirt gleiten. Als ob sie sich fragte, was darunter steckte, was wohl dieser Mark gesehen haben konnte.

„Nun, die Rechtslage ist da eindeutig", sagte sie dann und sah erst jetzt wieder in sein Gesicht, „Sie können auf Ihrem Land solange mit freiem Oberkörper arbeiten, wie Sie-"

„Das ist nicht der Grund, weshalb ich hier bin, Nina. Es ist nur Teil der Vorgeschichte. Vergangene Nacht, gegen drei Uhr heute Morgen, habe ich ihn auf meinem Land erwischt. Hundert Meter von meinem Haus, an meinem alten Trailer. Ich habe ihn gefragt, was er auf meinem Land zu suchen hat mitten in der Nacht. Er hat irgendetwas von Jugendlichen gefaselt, die er bei dem Trailer gesehen haben will. Er wollte nur nachsehen, dass sie keine Dummheiten machen, hat er gesagt."

„Aber Sie glauben ihm nicht."

„Ich bin von dem Geräusch aufgewacht, das er, ein einzelner Mann, verursacht hat. Und er hat versucht, leise zu sein. Jugendliche, die einen Trailer für sich entdecken, versuchen das nicht. Die wollen Spaß haben. Party machen. Die wollen nicht leise sein."

„Wie ging es weiter?"

„Ich habe ihn zum Camino begleitet, und er ist gegangen. Vorher hat er mich gewarnt, ich sollte ihm nicht drohen-"

„Sie haben ihm gedroht?"

„Ich habe ihm gesagt, ich würde ihm die Ohren langziehen, wenn ich ihn noch einmal auf meinem Land erwische."

„Die Ohren langziehen?"

„So hat meine Mutter immer zu mir gesagt. Ich habe gedacht ... Egal. Er hat gesagt, er würde auf mein Land kommen, wann immer es ihm passte, Tag oder Nacht, er wäre Cop. Und dann hat er noch etwas von Title 18 gesagt und Section 111 und zwanzig Jahren Gefängnis."

Palmer zuckte mit den Schultern.

„Dann wollten Sie ihm also nicht nur die *Ohren langziehen*, sondern Sie hatten eine Waffe?"

„Sie war nicht geladen."

„Title 18 des United States Code", sagte sie. „Strafgesetzbuch. Das ist ernst, wenn er sich darauf beruft. Und in Kapitel 7, Abschnitt 111, da geht es um Widerstand gegen die Staatsgewalt. Werden Sie dafür angeklagt, können Sie fünf Jahre bekommen. Und wenn Sie eine Waffe dabei hatten, geladen oder nicht, dann können es zwanzig werden. Das ist sehr ernst, Palmer."

„Hört sich ernster an, als es ist. Dieser Mark New Holy ist ein Stänkerer, der es auf mich abgesehen hat. Vergessen Sie das", sagte Palmer. „Das ist ebenfalls nur Teil der Vorgeschichte."

„Wenn das alles nur Vorgeschichte ist", sagte die Anwältin, und Palmer sah zu, wie sie ihren Zopf nahm und ihn über die Schulter nach vorne auf die Brust legte und sich anlehnte, „dann bin ich aber jetzt auf die ganze Geschichte gespannt." Sie verschränkte ihre Arme.

Ihr Kleid hatte kurze Ärmel, und Palmer sah schlanke, drahtige Arme, die Haut dunkel und samtschimmernd.

„Als es hell wurde, habe ich alles abgesucht. Zuerst die Umgebung, dann den Trailer. Unter meinem Trailer habe ich eine Tasche gefunden, abgedeckt mit grauer

Folie, so grau wie der Wüstenboden. Auf der Folie ein paar Steine. In der Tasche war Geld."

„Geld?"

„Eine viertel Million Dollar."

„Eine viertel ... Wow."

„Zweihundertfünfzigtausend. Exakt."

„Und Sie glauben, Mark New Holy hat es dort versteckt? Eine viertel Million Dollar?"

„Da ich es nicht getan habe ..."

„Käme sonst jemand in Frage?"

Palmer dachte darüber nach. „Wenn Sie es so formulieren", sagte er, „die gesamte Bevölkerung New Mexicos. Der USA, wenn Sie wollen. Aber wie wahrscheinlich ist das? Die Tasche sieht neu aus. Weiches, sauberes Leder, bunt bestickt. Nur wenige Kratzer von den Steinen, die darauf lagen, ansonsten makellos. Eine schöne Tasche."

„Sie könnte trotzdem bereits seit einiger Zeit dort liegen, oder? Mit Folie abgedeckt?"

„Nina, wenn Sie hier bei uns durch die Wüste laufen und finden ein zurückgelassenes Shirt oder eine Tasche, die ein Hiker vergessen oder verloren hat, dann können Sie auf den ersten Blick sagen, ob Shirt oder Tasche eher seit einem Tag dort liegen oder seit einem Jahr. Nicht?"

Sie zögerte und nickte dann. „Die Tasche lag nicht lange unter dem Trailer", sagte Palmer.

„Lag? Sie haben sie nicht zurückgetan?"

„Nein, natürlich nicht. Wenn dieser komische Heilige mit einem Dutzend seiner Kollegen ankommt und mich mitnehmen will, dann nicht wegen einer Tasche voll Geld, deren Herkunft ich nicht erklären kann."

„Aber woher soll Mark so viel Geld haben? Als Cop? Und wenn er so viel Geld hat, warum sollte er es bei Ihnen verstecken?"

„Darüber habe ich nachgedacht. Die einzige plausible Erklärung, die ich gefunden habe: das Geld stammt aus einem Verbrechen. Wir haben es hier mit Diebstahl zu tun oder einem Raub."

Sie sagte, „Wir?"

„Ja, wir. Deshalb bin ich zu Ihnen gekommen. Mit Mark komme ich klar. Aber das Geld gehört jemandem. Es wurde jemandem weggenommen. Ich will es nicht behalten, und ich habe keine Zeit und keine Lust, den rechtmäßigen Besitzer ausfindig zu machen. Der womöglich auch nicht *rechtmäßiger* Besitzer ist. Das sollte die Polizei tun. Ich habe noch hundert Löcher zu graben und einen Zaun zu bauen."

„Warum sind Sie dann nicht zur Polizei gegangen?"

„Zu wem, Nina? Mark New Holy? Denn er und sein Kollege Yazzie wären zuständig."

Die Anwältin war still.

„Oder seinen anderen Kollegen von der Tribal Police? Sheriff's Department? Cop-Kollegen vom SFPD? Albuquerque PD? Zu wem?"

„Polizisten des Santa Fe oder Albuquerque Police Department sind nicht Kollegen der BIA Police", sagte sie.

„Kommen Sie, Nina. Cops sind Cops sind Cops. Es mag Ausnahmen geben, aber die muss man sich erst suchen. Und auch dazu habe ich weder Lust noch Zeit. Ich habe hier keine Kontakte zur Polizei. Keinen Vertrauten."

„Aber anderswo schon? Kontakte?"

Palmer zögerte.

Nina wartete.

„Anderswo schon", sagte er dann.

„Wo ist anderswo?"

Palmer zögerte wieder. „Hong Kong", sagte er dann. „Aber behalten Sie das für sich, okay? Niemand hier weiß viel über mich. Definitiv weiß niemand über meine Verbindung zu Hong Kong. Und ich möchte, dass das so bleibt."

„Keine Sorge", sagte sie, „alles, was Sie sagen, ist vertraulich, das haben wir ja bereits geklärt." Sie sagte, „Sie stecken in Schwierigkeiten, Palmer, ich kann das sehen. Aber was genau wollen Sie von mir?"

„Dass Sie zur Polizei gehen. Oder zur Staatsanwaltschaft. Sagen Sie denen, jemand hat Ihnen eine

Tasche mit Geld vor die Tür gestellt. Dann können die damit machen, was sie wollen."

„Sie haben die Tasche dabei? In Ihrem Auto?"

Palmer schüttelte den Kopf. „Ich würde sie dann holen."

Sie hatte noch kein Wort in ihr Notebook getippt. Jetzt klappte sie das Gerät zu und ging ans Fenster und schaute hinaus. „Das geht so nicht, Palmer. Das wäre eine Lüge. Und ich bin Anwältin, ich darf nicht lügen. Hätten Sie die Tasche vor meine Tür gestellt, dann hätte ich das tun können. Und ich hätte es tatsächlich genau so getan. Jetzt geht das nicht mehr."

Wie sie vorhin, ließ Palmer jetzt seinen Blick an ihr herabgleiten. Ihre schmalen Schultern und ihre noch schmaleren Hüften unter dem Kleid, das so bunt war wie die indianischen Teppiche an der Wand, und der lange schwarze Zopf, den sie beim Aufstehen wieder nach hinten geworfen hatte und der ihr bis zum Po reichte. Das Kleid fiel bis über die Wade, ihre Füße steckten, und über Palmers Gesicht huschte ein Lächeln, ihre Füße steckten in modernen Sneakers.

Er sagte, „Was können wir dann tun?"

„Es gibt da ein Gerücht, das Ihnen nicht gefallen wird", sagte sie und drehte sich um. Sie bemerkte seinen Blick und zögerte. „Denn falls das Gerücht stimmt, dann sind Ihre Probleme weitaus größer, als Sie das ahnen könnten." Jetzt lächelte sie. „Haben Sie Hunger?"

12

Am Plaza kauften sie sich gefüllte Burritos und setzten sich auf eine Bank im Schatten unter den Bäumen.

„Erzählen Sie mir von dem Gerücht, Nina."

Auf dem Weg hierher hatte sie geschwiegen, aber nachgedacht, Palmer hatte die Falten auf ihrer Stirn gesehen und gesehen, dass sie zwei Mal zum Sprechen angesetzt hatte und dann doch still gewesen war.

Jetzt hatte sie den Mund voll und kaute und schluckte.

„Ich hatte kein Frühstück." Sie wischte sich mit der Serviette und kaute wieder und schluckte wieder. „Ich muss erst etwas essen."

„Ja, das kann ich sehen."

Palmer guckte ihr eine Weile zu, was sie nicht zu stören schien, obwohl sie sich bei jedem Bissen Soße an die Wangen schmierte, die sie jedes Mal sogleich wegwischte.

Dann packte sie ihren zweiten Burrito aus und biss hinein, nahm Palmers Serviette und wischte sich die Wange und sah sich um, als ob sie befürchtete, jemand würde ihnen zuhören.

„Das Gerücht", sagte sie kauend, „also ... Die Staatsanwaltschaft hat Hinweise erhalten, dass Polizisten der BIA Police selbst gesetzwidrig handeln."

„Gesetzwidrig. Inwiefern gesetzwidrig?"

Sie schluckte. „Kriminell. Unrechtmäßig. Illegal", sagte sie und schluckte wieder. „*Gesetzwidrig.*"

„Ich kenne die Bedeutung des Wortes gesetzwidrig, danke. Aber gesetzwidrig kann vieles sein."

„Es heißt, BIA Police würde Straftaten im Rez vertuschen."

„Jetzt plötzlich BIA Police und nicht mehr einzelne Polizisten?"

Sie zuckte mit der Schulter.

„Welche Art Straftaten? An indianischen Frauen, wie Sie vorhin erzählt haben?"

„Nein, das ist kein Gerücht. Das sind Tatsachen. Wie es auch eine Tatsache ist, dass indianische Frauen nicht nur geschlagen und vergewaltigt werden, sondern auch spurlos verschwinden. Und eine Tatsache ist, dass niemand, weder Tribal Police noch State Police noch FBI, ein nennenswertes Engagement zeigt, nach diesen Frauen zu suchen. Seit einiger Zeit, und das ist völlig neu, verschwinden Natives nicht nur in den Reservaten, sondern sogar in Albuquerque. Neun in zehn Monaten. Auch hier kümmert sich niemand. Außer dem Sheriff von Bernalillo County."

„Sheriff Tipps."

„Sie kennen ihn?"

„Wir sind uns einmal begegnet."

„Aha." Sie schaute auf den Burrito in ihrer Hand. „Gerücht über das Rez ist, dass Ortiz gelegentlich Besucher abzocken. Touristen, die mit dem Wagen ins Rez fahren oder Wanderer. Wegegeld von ihnen fordern, sozusagen."

„Wie früher im Mittelalter, in Europa? Wegezoll?"

„So ungefähr."

„Mm–hmm, können die das nicht machen, wie sie wollen? Es ist ihr Gebiet, ihr Land, oder?"

„Es gibt Gesetze, die auch im Rez gelten. Und Touristen anhalten und von ihnen Geld zu nehmen, ist gegen jedes Gesetz. Albuquerque PD ist da dran, aber sie haben ihnen bislang nichts nachweisen können. Und letztlich sind sie auch nicht zuständig. Um alles, was im Rez passiert, kümmert sich das FBI." Sie sagte, „Aber eigentlich will ich Ihnen von etwas anderem erzählen."

„Etwas anderem?", sagte Palmer, als sie schwieg.

„In den vergangenen Jahren sind mehrere Personen verschwunden. Alles Männer, alle Weiße. Auch ein Cop. Sie alle wurden zuletzt im Rez gesehen oder in der Nähe. Niemand weiß, was aus ihnen geworden ist."

„Wie viel ist mehrere?"

„Vier."

„Gab es keine Untersuchungen?"

„Sicher gab es eine Untersuchung. Als der Albuquerque Cop verschwand. Das war so ein Outdoortyp, verbrachte immer wieder Zeit im Rez, jagte dort sogar. Alles ohne Erlaubnis der Ortiz. Als er verschwand – es leben knapp vierhundert Indianer im Rez, die Hälfte davon sind Männer. Als der Cop verschwand, hat Albuquerque PD alle, auch die Alten, die kaum mehr gehen können, vorgeladen und befragt. Das war eine riesige Veranstaltung."

„Und?"

„Nichts bei rausgekommen. Alle haben dasselbe gesagt."

„Keine Ahnung", sagte Palmer.

„Genau. Niemand hat etwas gesehen oder gehört."

„Sie halten zusammen."

„Sie sind ein Stamm. Eine Familie. Sie mögen gelegentlich Familienstreit haben, sie mögen sogar ihre jungen Frauen vergewaltigen. Aber nach außen halten sie zusammen. Denn von außen, das ist unsere Erfahrung, kam noch nie etwas Gutes."

Palmer sah sie an. *Unsere Erfahrung.*

„Bei den anderen drei", sagte Palmer, „gab es da keine Untersuchung?"

„Doch. Aber nicht in dem Ausmaß. Und auch hier ..." Sie schüttelte den Kopf.

„Vier Weiße", sagte er. „Für ihr Verschwinden kann es viele Gründe geben."

„Sicher", sagte sie und legte den Burrito neben sich auf die Bank. „Kann es."

„Aber Sie glauben, es gibt ganz bestimmte Gründe. Oder einen ganz bestimmten Grund."

„Es gibt viel Hass zwischen uns und den Weißen. Die Weißen haben den Hass zu uns gebracht, vor vielen Generationen. Sie haben unser Land genommen und uns gesagt, wir wären keine vollwertigen Menschen. Viele tun es immer noch. Viele Weiße sind immer noch Rassisten. Und sie machen es uns nicht leicht, sie zu mögen.

Tatsächlich haben sie auch manche von uns zu Rassisten gemacht."

Nina, die Indianerin.

Palmer war still.

„Tut mir leid", sagte Nina, „das war mehr Antwort, als Sie hören wollten."

„Und Sie glauben, das Verschwinden dieser Vier hat etwas mit diesem Hass zu tun?"

„Ich weiß es nicht. Ich hoffe nicht. Aber Injuns, besonders die jungen, die lassen sich nichts gefallen. Und wenn sie im Reservat leben, wo ihre eigenen Väter und Onkel die Polizei sind ... Wer soll sie dort zur Rechenschaft ziehen?"

„Erzählen Sie mir etwas über die BIA Police. Wie viele Leute haben die?"

„Insgesamt? An die dreitausend, verteilt auf sechs Distrikte in ganz USA. Das Headquarter liegt hier bei uns in Albuquerque. Und da ist zugleich das Büro für unseren Distrikt, Distrikt IV."

„Und Mark New Holy ist der Boss für diesen Distrikt? Boss der Stammespolizei in den Ortiz Mountains?"

Sie schüttelte den Kopf. „Das ist Yazzie. SAC Yazzie. Special Agent in Charge. Mark ist Assistant Special Agent in Charge."

„ASAC."

„Hm, ja, vielleicht ... Ich weiß nicht, ob es diese Abkürzung gibt."

„Dreitausend", sagte Palmer. „Und diese dreitausend Leute stehen in engem Kontakt?"

„Sie stehen in Kontakt, ja. Aber, wie gesagt, die Distrikte verteilen sich in ganz USA, überall, wo es Indianer gibt, die sich keine eigene Polizei leisten wollen oder leisten können. Die Navajo zum Beispiel haben ihre eigene Police Force, die Oglala Sioux auch, glaube ich. Ortiz Apache wiederum haben das nicht, und ein paar Meilen südlich im San Felipe Pueblo ebenfalls nicht. Daher gibt es hier die BIA Police. Und solche Distrikte der BIA Police gibt es auch in Arizona, Wyoming, South Dakota, Tennessee, Montana, Oklahoma." Sie benutzte ihre Hände zum Aufzählen. Gepflegte Hände mit langen Fingern, die Fingernägel nicht lackiert. An keinem der Finger sah Palmer einen Ring. Aber würde sie einen Ring tragen, als Indianerin? „Zwischen ihnen gibt es Kontakt, aber natürlich keinen täglichen Austausch. Warum sollte es."

„Aber Mark ist Navajo, nicht Apache. Warum ist er trotzdem bei der BIA Police und arbeitet in einem Reservat der Apachen?"

„Das Bureau of Indian Affairs rekrutiert gerne aus den Stämmen, für deren Reservate sie die Police Force stellt. Aber meist haben sie nicht genügend Bewerber, was auch logisch ist, sonst könnten die Stämme ja selbst die Polizei stellen. BIA Police muss daher auch andere Diné rekrutieren, manchmal sogar Weiße, was dann aus den genannten Gründen eine Menge Probleme mit sich bringt. Sie müssen von den Stämmen anerkannt werden, da die Stämme die Erlaubnis erteilen, auf ihren Reservaten das Gesetz zu vertreten. Stämme wie die Apachen haben sogar Probleme mit anderen Stämmen, den Sioux und Hopi zum Beispiel."

„Den Navajos wie Mark New Holy?"

„Nicht so sehr mit den Navajos, nein, mit den Navajos sind wir enger verwandt als mit anderen. Kulturell und sprachlich enger verwandt, meine ich. Trotzdem, von Mark New Holy weiß ich, dass er vom Ältestenrat der Ortiz Apache erst im dritten Durchgang akzeptiert wurde. Obwohl er Navajo ist und seine Frau eine Ortiz."

„Sie sind also eine Apache?"

Nina nickte.

„Ortiz Apache?"

„Mescalero Apache."

„Ah, unten aus Ruidoso."

„Ah, unten aus Mescalero", sagte sie, wieder mit diesem Augenzwinkern. „Ruidoso liegt bereits außerhalb des Rez."

„Ich war einmal dort, im Reservat. Im Casino."

„Haben Sie gespielt?"

„Nein, nur angesehen. Sehr eindrucksvoll."

„Lassen Sie sich vom Casino nicht blenden, Palmer. Das Inn of The Mountain Gods ist ein teurer Bau mit einem luxuriösen Hotel, und es liegt an einem phantastischen See. Aber es sichert meinem Volk nur eine minimale Grundversorgung. Mehr nicht. Vielen meiner Leute geht es sehr schlecht. Anstatt nach Ruidoso, sollten Sie mal nach Mescalero fahren, dann sehen Sie das."

Wieder war Palmer still. Er dachte an den Mann, den seine Mutter geheiratet hatte. Jack Walsh. Walsh war Navajo gewesen, genau wie dieser Mark. Bevor sie nach Hong Kong gezogen waren, hatten seine Mutter, Walsh und er ein Jahr in New Mexico gelebt. Die Erinnerung an ihre gemeinsame Zeit in New Mexico war im Laufe der Jahre verblasst und jetzt nur noch in Bruchstücken vorhanden, einzelne Bilder, ein paar Gesichter, ein paar Gerüche. Aber die Bruchstücke hatten ausgereicht und ihn zurück nach New Mexico und schließlich nach Benson Trail geführt. An Walsh erinnerte er sich kaum mehr. War Walsh ein richtiger Indianer gewesen? Ein richtiger Diné? Palmer wusste es nicht. Er wusste nicht einmal, was ein richtiger Indianer war. Er lebte selbst am Rande eines Reservats und sah fast täglich Indianer in ihren alten Trucks auf dem Highway oder in Santa Fe, am Plaza, wo sie unter dem Gewölbe saßen und ihren Silberschmuck verkauften, gestern erst war er an ihnen vorbeigegangen. Und er wusste doch fast nichts über deren Leben. Und Nina, Anwältin vom Stamm der Mescalero Apachen, hatte ihm das gerade mit wenigen Worten sehr deutlich gemacht.

„Was ich mit all dem verdeutlichen will", sagte sie. „Mark New Holy und Chad Yazzie, wenn diese beiden es auf Sie abgesehen habe, aus welchem Grund auch immer. Und sei es aus einer Art Eifersucht, wie ich bei Mark vermute-"

„Eifersucht?"

„Er hat seine Frau vorgeschoben. Ruth würde sich an Ihrem freien Oberkörper stören. Das hört sich für mich nach Eifersucht an. Oder Neid. Mark New Holy ist ein Bully, das weiß hier jeder. Sie selbst haben ihn sofort durchschaut. Und solche Typen sind unsicher und neidisch und eifersüchtig auf jeden und alles. Was ich also sagen will, Palmer, weshalb ich Ihnen das erzählt habe von den im Reservat verschollenen Weißen? Seien Sie vorsichtig. Mark und Chad Yazzie haben Möglichkeiten, Ihnen das Leben hier nicht nur verdammt schwer zu machen, sondern Sie, Palmer, wenn die Gerüchte stimmen, sogar verschwinden zu lassen."

Er sah zu, wie Nina aufstand und den Rest ihres Burritos in den Papierkorb neben der Bank warf und sich wieder setzte.

„Immer dasselbe", sagte sie. „Ich bekomme Hunger und fange zu essen an und dann-" Sie schnippte mit den Fingern. „Wie ist das bei Ihnen? Sie haben schon keinen Hunger mehr, bevor Sie anfangen zu essen?"

Der Burrito in Joshuas Hand war noch in die Folie gewickelt.

„Es ist noch zu früh", sagte er.

„Es ist elf", sagte Nina, „fast Mittag."

„Ja, das ist es", sagte Palmer. „Erst elf."

Dann nickte er in Richtung der beiden Motorradpolizisten an der Straße. Sie saßen auf ihren Maschinen und hielten den Platz im Auge. Ihre Kopfbewegungen zeigten, dass sie auch zu ihm und Nina hersahen.

„Kennen Sie die? Die gucken ständig zu uns herüber. Als würden sie uns beobachten."

Nina guckte hin. „Lustige Geschichte, mit den beiden. Es war in meinem ersten Jahr als Anwältin hier in Albuquerque, ich kam von zu Hause – aus Mescalero – und bin um den Platz gefahren, und die beiden haben mich angehalten. Genau da, wo sie jetzt stehen und die Leute anglotzen, als ob jeder ein Verbrecher wäre. Eine Native in einem BMW Cabrio, da haben sie wohl gedacht, die gucken wir uns mal genauer an."

„Als junge Anwältin aus einem armen Reservat konnten Sie sich ein BMW Cabrio leisten?"

„Da war dieser Fall, mein erster. Keine Scheidungssache, sondern Schadensersatz gegen ein Unternehmen."

„Und Sie haben gewonnen."

„Es ging nicht vor Gericht. Wir haben uns vorher geeinigt, im Sinne meiner Klienten, und ich habe meinen Anteil bekommen. Ich brauchte keinen Kredit und war zum ersten Mal in meinem Leben unvernünftig. Aber es war mein Traum, Anwältin zu sein und ein blaues BMW Cabrio zu fahren. Ein gebrauchtes, im Übrigen. Was war Ihr Traum, als Sie jung waren?"

Nicht mehr hungern, dachte Palmer.

Er sagte, „Wieso ein blaues?"

Sie zuckte mit den Schultern. „Vielleicht war Blau damals meine Lieblingsfarbe? Ganz ehrlich, ich erinnere mich nicht."

„Und dann wurden Sie von den beiden kontrolliert?"

„Fahrzeugpapiere und Führerschein, Haben Sie getrunken? Die ganze Palette. Kurz vor Mittag, fast wie jetzt."

„Papiere und Führerschein waren in Ordnung, nehme ich an, und um die Uhrzeit hatten Sie auch nicht getrunken."

„Sie haben mich trotzdem aussteigen lassen. Ich sollte auf einem Bein stehen, was ich getan habe, dann eine gerade Linie gehen. Hab ich auch getan. Einer von beiden hat mich dabei fotografiert. Heimlich, von hinten. Ich habs gesehen. Ich hatte ein Kleid an wie heute."

„Haben Sie die beiden angezeigt?"

„Bei wem? Der Polizei? Ihren Kollegen?"

Palmer war still.

„Haben Sie vorhin auch gesagt, ich weiß", sagte Nina.

„Nicht wirklich eine lustige Geschichte", sagte Palmer.

„Nein, nicht wirklich", sagte Nina und stand auf. „Kommen Sie, wir gehen. Vielleicht ... vielleicht kann ich ja doch etwas für Sie tun. Es gibt da einen Staatsanwalt, den ich kenne."

13

Gut, also keine Barmherzigkeit. Angekommen. Ich habs kapiert. Fuck you.

Du bist hier auf dich selbst angewiesen. Hast du das auch kapiert?

Kapiert.

Also, was jetzt?

Jetzt werde ich versuchen, mich zu bewegen.

Versuchen? Ich dachte, du hättest kapiert?

Ich habe kapiert. Ich werde mich jetzt bewegen. Ich richte mich jetzt auf.

Sie versuchte, sich mit den Armen abzustützen, rechts, links, versuchte dann, die Beine anzuziehen, versuchte dann, die Muskeln im Bauch anzuspannen und sich mit einem Ruck aufzurichten. Nichts.

Ich schaffe es nicht. Ich kann nicht mal meinen Arm bewegen. Nicht einmal einen blöden Finger an meinen Händen. Und meinen Bauch kann ich auch nicht anspannen. Ich kann mich nicht aufrichten.

Wie heißt du?

Was?

Wie heißt du?

Was hat das mit allem zu tun?

Wie heißt du?

Ich heiße ... Du weißt doch, wie ich heiße.

Wie heißt du?

Ich heiße ... ich ...

Deinen Namen. Wie heißt du?

Ich bin ... mein Name ...

Wie? Heißt? Du?

14

„Eine viertel Million Dollar? In einer Tasche? Woher hast du die Tasche?"

Nina saß im Büro von Second Judicial District Attorney Randy Walter Holden II., dem zuständigen Staatsanwalt für Albuquerque und Bernalillo County, und sagte, „Das kannst du jetzt nicht im Ernst fragen, Randy."

Und Randy in seinem hellgrauen Anzug und der Krawatte einen Grauton tiefer produzierte wie aus dem Nichts seine professionellen Sorgenfalten auf die Stirn und schüttelte den Kopf, als wäre diese Antwort nicht nur völlig inakzeptabel, sondern geradezu respektlos.

„Ich muss das fragen, ich bin der DA."

Dann stand er auf und ging zum Fenster und zurück, mit dem einzigen Zweck, sich dann mit dem Hintern gegen die Kante seines Schreibtischs zu lehnen. Weil es, wie er fand, verdammt lässig aussah, aber, vor allem, weil er von dort den besseren Blick hatte.

Und das lohnte sich, boy, wie sich das lohnte. Nina saß auf seiner Couch und sah phantastisch aus. Absolut phantastisch. Wie ein Filmstar bereit zum Interview. *Welcome to Good Morning America, Wir sind hier bei Nina Martinez, dieses Jahr wieder nominiert für den Oscar in der Kategorie Beste Schauspielerin Drama. Zunächst einmal, Nina, was unsere Zuschauer am meisten beschäftigt: Wie schaffen Sie es, trotz Ihrer vielen Arbeit so phantastisch auszusehen? Selbst jetzt, am frühen Morgen? Und vor allem, Nina, hat DA Holden II. bei Ihnen noch eine Chance? Sagen Sie Ja! Nina?*

„Randy?"

„Was?"

„Ich sagte, darauf antworte ich nicht."

Er räusperte sich und sagte, „Du kommst hier hereingeschneit, ohne Termin, und redest von Geld in einer

Tasche – zweihundertundfünfzigtausend Dollar. Und ich soll das regeln? Einfach so? Das wirft ein schlechtes Licht auf dich. Und auf mich. Die Leute könnten den Eindruck haben, du wärst Anwalt für eine ... für eine bestimmte Klientel in New Mexico. Und du und ich, Nina, bitte, denk doch mal nach, wir wollen nicht mit dieser Klientel in Verbindung gebracht werden." Er sagte, „Okay, du meinethalben, du kannst ja verteidigen, wen du willst. Aber ich nicht. Mein Job ist es, solche Leute ins Gefängnis zu schicken."

Er sah Nina dabei zu, wie sie ihre Beine übereinanderschlug, lange Beine, und das wenige, was er von ihnen sehen konnte, die Haut braun und glänzend gegen das Hellgrau seiner Couch. Und wie sie dann die Arme hob und an ihrem schwarzen Zopf herummachte, die Achseln perfekt rasiert, an der Seite linsten die Spitzen ihres BHs hervor, ein Weinrot gegen das Braun ihrer Haut ... Umwerfend.

Er war versucht zu fragen, ob sie beim Essen weiterreden sollten, im High Noon, wohin er sie einmal eingeladen hatte, schon eine Weile her, hauptsächlich, weil er nur ein paar Blocks davon entfernt wohnte. Vom Tisch im Restaurant bis in sein Schlafzimmer in nur zehn Minuten. Und es hatte funktioniert. Nur ein Mal ... Doch dieses eine Mal? Denkwürdig. Er hatte nie zuvor eine Indianerin gehabt. Und nie danach.

Aber sie nahm die Arme herunter und schien plötzlich angekratzt.

„Du starrst schon wieder, Randy."

„Du siehst phantastisch aus", sagte er.

„Ich weiß", sagte Nina, und wenn sie damit eine Wirkung bei ihm erzielen wollte, dann hatte sie.

Er hielt den Mund.

Fuck the High Noon. Fuck Good Morning America.

„Welchen Eindruck die Leute von mir haben, ist meine Sache", sagte Nina, „nicht deine."

Er schüttelte den Kopf. „Das stimmt so nicht, meine Liebe, das ist sehr wohl auch meine Sache. Wir waren einmal zusammen. Und lange genug, dass das, was du tust, immer noch auf mich abfärbt. Vor ein paar Tagen erst hat Richter Mayers nach dir gefragt. Wie es dir ginge, ob bald die Hochzeitsglocken läuten, ob-"

„*Hochzeits* ...?"

„Ja, Hochzeitsglocken. Ob wir eine Familie gründen wollten, hat er auch gefragt, der Richter. Da draußen, Nina, da glauben immer noch eine ganze Menge Leute, dass wir zusammen sind. Wichtige Leute."

Randy ging um den Schreibtisch herum und setzte sich auf seinen Stuhl und strich seine Krawatte glatt und wollte sagen, Wogegen ich im Übrigen gar nichts einzuwenden hätte, aber verkniff es sich. Und war froh darüber, als er Ninas Blick sah.

Er sagte, „Ich brauche den Namen deines Klienten. Und ich muss wissen, wo die Tasche jetzt ist. Was für eine Tasche überhaupt?"

„Wir waren keine zwei Wochen zusammen, Randy. Ganze zehn Tage. Und in diesen zehn Tagen sind wir uns nur ein einziges Mal" – sie kniff den Mund zusammen – „näher gekommen. Und danach war es auch schon vorbei. Nicht wahr?" Nina sagte, „Hochzeitsglocken? *Familie? Ehrlich?*"

Randy schwieg.

„Ich denke, ich muss mal mit dem Richter sprechen und ein paar Dinge klarstellen. Er scheint ein völlig falsches Bild von uns-"

„Das ist nicht notwendig, ich habe Richter Mayers bereits gesagt, dass aus uns vermutlich nichts-"

„Vermutlich? Oh, Randy, Randy, ich muss *definitiv* mit dem Richter sprechen."

„Vergiss das jetzt, okay? Die Tasche ... Was für eine Tasche?"

Nina atmete aus. „Eine Tasche."

„Eine Tasche. Was, eine Einkaufstasche? Plastik? Eine ... Was für eine Tasche?"

„Eine ... keine Ahnung, Tasche eben, mein Gott. Leder. Bestickt. Das ist doch völlig unwichtig."

„Ach ja? So unwichtig wie der Name deines Klienten?"

„Du bekommst den Namen nicht, Randy, vergiss es. Du hast alle Informationen, die du brauchst. Finde heraus, woher das Geld stammt. Das ist dein Job."

Randy wollte antworten, noch einmal nach ihrem mysteriösen Klienten fragen, aber die Tür ging auf und Susan steckte ihren hellen Lockenkopf herein.

„Randy, Cassandra Boyd möchte Sie sprechen."

„Danke, Susan, eine Minute, dann können Sie durchstellen. Wir sind hier gleich fertig."

„Nein, ich meinte, Direktorin Boyd ist hier. Sie wartet draußen."

Hier? Wartet draußen? Die Direktorin? *Hier?* Was hatte das ... Ah, das konnte nichts Gutes bedeuten. Nichts Gutes. Was wollte ...? Hierher in sein Büro, das war ... Er schüttelte den Kopf. Das könnte doch Fragen aufwerfen, verdammt, und Fragen konnten sie doch beide nicht-

„Randy?"

„Was?"

„Direktorin Boyd?"

„Ja, ja. Sagen Sie ihr, ja, ein paar Minuten."

Susan nickte und ging.

Nina hatte ihn beobachtet.

„Über was schüttelst du den Kopf?"

„Was? Nichts."

„Und was will die Boyd hier?"

„Das werde ich vermutlich gleich erfahren. Was ist nun, Nina?"

Nina stand auf. „Nun tust du deinen Job, Randy."

Vor der Tür kam ihr die Boyd entgegen. Nina sah an ihr herab und wieder hinauf; die blonden Haare jetzt kurz geschnitten, fast rasiert, so ganz anders als noch vor ein paar Monaten. Das Kleid endete früh genug, um Knie und die harten Waden nicht zu verdecken und hing oben an dünnen Trägern, die diese drahtigen Schultern und aderigen Arme noch mehr betonten. Cassandra Boyd trainierte sechsmal die Woche in einem Gym, jedes Mal eine Stunde, so hatte sie ihr irgendwann einmal erzählt.

Nina hatte freundlich gelächelt und gedacht, Ja, Blondie, man siehts.

„Nina."

„Cassandra."

„Wie schön. Sie sehen blendend aus", sagte Cassandra.

Aber wenn sie gedacht hatte, sie könnte Nina damit ebenfalls zu einem Kompliment verleiten, hatte sie sich geirrt.

„Sie haben sich die Haare geschnitten", sagte Nina.

„Ja." Und die Boyd strich sich über den Kopf. „Pflegeleichter. Ich trainiere ja fast jeden-"

„Ich weiß."

„Ja. Da sind kurze Haare viel praktischer. So lang wie Ihre, das ging bei mir gar nicht."

Die Boyd grinste.

„Würde Ihnen auch nicht stehen. Und wie geht es Bob?", sagte Nina. „Wir haben uns lange nicht gesehen."

„Ach ja, wie eigentlich immer. Spielt viel Golf, manchmal auch mit dem DA" – Kopfnicken zur offenen Tür – „Handicap ... irgendwas. Bob erzählts mir immer wieder, aber ich weiß nicht, ob es besonders gut ist oder schlecht, ich kenne mich nicht aus damit." Sie lachte und eine Ader an ihrem Hals blähte sich auf. „Ich weiß nicht mal, was Handicap bedeutet ... Also, ich weiß natürlich schon, was das bedeutet, aber nicht beim Golf." Wieder lachte sie, und wieder blähte sich diese Ader auf.

Nina wünschte, die Boyd würde nicht mehr lachen.

„Ja", sagte Nina, „ich kenne mich damit auch nicht aus."

„Irgendwann werde ich Bob mal fragen, dann soll er mir erklären ... Ah, vielleicht auch nicht. Ich sage ihm jede Woche, er soll mit mir ins Gym gehen. Ist völlig außer Form. Ein paar Treppenstufen, und er keucht und schwitzt und sein Bauch ..." Sie deutete mit den Händen an, was sie meinte. „Aber er hat keine Lust. Spaziert lieber übers Grün und schlägt ab und zu gegen einen Ball. Er könnte dabei so schön entspannen, sagt er. Männer und ihre Hobbies, nicht?"

Männer, hörte Nina und dachte an Joshua Palmer, der auch trainierte, sein Shirt hat es nicht verbergen können. Aber so sehr sie sich auch bemühte, sie konnte sich diesen Palmer nicht an verchromten Geräten in einem Gym vorstellen. Mit freiem Oberkörper draußen in der Hitze einen Zaun bauen, ja, das ging schon eher. Ob Ruth ihn dabei beobachtet hatte?

Cassandra sagte, „Ich richte ihm Grüße aus?"

„Huh? ... Oh, Bob ... Ja, auf jeden Fall."

„Er wird sich freuen", sagte Cassandra, aber da hatte sich Nina bereits umgedreht und war losgegangen.

Cassandra musterte die Anwältin von oben bis unten, während sie ihr hinterher sah, und sagte dann zu Susan, „Der DA möchte jetzt nicht gestört werden."

Cassandra kam herein, und Randy sah zu, wie sie die Tür hinter sich schloss. Cassandra ‚Cassy' Guadalupe Boyd, Direktorin und alleinige Besitzerin der Bank, die ihr *Daddy* aufgebaut hat; der alte Boyd seit einem Jahr sechs Fuß unter der Erde.

„Ich sehe, Sie sind immer noch mit dieser Indianerin zusammen", sagte sie.

Randy korrigierte sie nicht. Was konnte er dafür, dass die Leute Rückschlüsse aus dem zogen, was sie sahen?

Er guckte in das Gesicht mit den harten Linien und ließ seine ausgestreckte Hand wieder sinken.

„Direktor Boyd ... Cassy, schön, Sie zu sehen."

Und dann flog sein Blick über sie. Schultern, Brust, Beine, Brust.

Randy sah dann zu, wie sie sich auf seine Couch setzte, unaufgefordert. Wie dabei ihr Kleid über die Knie rutschte und die halben Oberschenkel freilegte, hart und muskulös und weiß, aber sie zupfte nicht. Und wie sie ihm dann tatsächlich mit einer Handbewegung andeutete, sich ihr gegenüber zu setzen.

In seinem eigenen Büro.

Randy blieb stehen.

„Setzen Sie sich hin, DA", sagte Cassandra. „Und schalten Sie Ihr Mobiltelefon ab."

Reflexartig griff er in seine Hosentasche, zog die Hand aber wieder heraus, die Augenbrauen im Ärger zusammengeschoben.

Er setzte sich dann aber doch und sagte, „Wenns geht, dann rufen Sie das nächste Mal bitte an, bevor Sie herkommen, Cassy. Und was Sie draußen zu Susan gesagt haben? Der DA möchte nicht gestört werden? Ehrlich, das geht so nicht. Was glauben Sie, wie das hier ankommt? Cassandra Boyd hat den Staatsanwalt in der Tasche."

„Und genau so ist es, Randy."

„Genau so ist es nicht, Cassy. Niemand hat mich in der Tasche. Wieso sagen Sie das? Weil ich Ihrer Bank ein paar Dollar schulde?"

Er lockerte die Krawatte, öffnete den obersten Knopf seines schneeweißen Hemdes und drückte mit beiden Zeigefingern rechts und links gegen den harten Teil seiner Wangen, bis es knackste.

Vor zwei Monaten hatte das Piepsen begonnen, eines Morgens war es da gewesen, einfach so. Er war aufgestanden und unter die Dusche, hatte dann seine neue Nespresso angeschaltet und gedacht, die blöde Maschine im Wert seines ersten Autos – ein Volkswagen für zwölfhundert Dollar, zusammengespart mit einem Job in einem Burgerladen, dem unappetitlichsten Job seines Lebens – die blöde Maschine wäre kaputt. Aber er schenkte sich aus und setzte sich hin und das Piepsen war immer noch da.

Seine Kaffeemaschine wäre in Ordnung, aber er hätte Verspannungen im Kiefer, hatte sein Arzt gesagt, ob er nachts die Zähne zusammenbiss? Woher sollte er das wissen, nachts schlief er ja.

Also war er zu Pete in die Praxis gegangen. Pete, Golfpartner und Zahnarzt hatte gesagt: Deine Zähne zeigen deutlichen Abrieb, ich hab das schon gesehen, wenn du spielst, vor jedem Schlag knirschst du, du musst dich mal entspannen, Randy, auf dem Grün und überhaupt. Er hatte Pete gefragt, wie er denn *Entspannen* und *Müssen* miteinander vereinbaren soll und keine

Antwort bekommen, nur einen Rat und eine Adresse. Seitdem fuhr er einmal die Woche hoch nach Rio Rancho zu einem dürren Kerl, der versuchte, ihm Techniken zur Entspannung beizubringen. Bislang ohne Erfolg.

Randy wusste, was ihn entspannen würde: seine verdammten Schulden bei dieser Cassy bezahlen zu können und nicht mehr ihr Handlanger zu sein. Und sie einmal tatsächlich auszuziehen, wie er es bereits ein halbes Dutzend Mal in Gedanken getan hatte, sie auf die Couch zu werfen, hier in seinem Büro, wo eben noch Nina gesessen hatte und ...

Das würde ihn entspannen.

„Randy? Träumen Sie schon wieder?"

„Träumen?" Er sagte, „Und was würden Sie sagen, wenn ich in Ihr Büro stürme und Ihrer Sekretärin zurufe, Die Direktorin möchte jetzt nicht gestört werden?"

„Ich bin nicht gestürmt, Randy."

„Sie wissen, was ich meine."

„Und wir beide wissen, dass Sie das nicht tun würden, DA, und jetzt hören Sie mit der Jammerei auf. Konzentrieren Sie sich. Wir haben etwas zu besprechen."

Cassy schenkte sich ein Glas Wasser ein und trank, hielt ihm die Flasche hin mit fragendem Blick und stellte sie dann zurück auf den Tisch.

Sein Glas. Seine Flasche. Sein Tisch. Sein verdammtes Büro.

Er sagte, „Zu besprechen?"

„Ja, oder was meinen Sie, warum ich hier bin? Wegen Ihres lauwarmen Wassers?"

Randy schüttelte den Kopf. „Es gibt keine Untersuchung, die in Ihre Richtung führt, Cassandra. Ich habe da alles unter Kontrolle."

„Das will ich hoffen, DA. Deswegen bin ich auch nicht hier."

„Sondern? Etwa ... wegen meines ... Kredits?"

Es musste der Kredit sein, verdammt. Aber was sollte das? Warum jetzt? Sie brauchte ihn doch. Oder brauchte sie ihn nicht mehr?

„Zu Ihrem Kredit kommen wir gleich, Randy. Zunächst etwas anderes: Mir ist etwas abhanden gekommen. *Gestohlen* worden, um genau zu sein. Vermutlich. Auf jeden Fall abhanden gekommen. Ich muss das wiederhaben."

Randy nahm sein Moleskine vom Tisch und den Stift und atmete durch. Das vertraute Gefühl war zurück.

„Dann erzählen Sie. Waren Sie bereits bei der Polizei?"

Randy, der District Attorney, war wieder in seinem Metier.

Sie warf einen Blick auf sein Notizbuch. „Bei der Polizei? Was soll ich bei der Polizei, Randy" – sie legte den Kopf zur Seite – „wo ich doch Sie habe?"

„Mich?"

Flirtete sie etwa mit ihm? Von einem Moment auf den anderen? Er wusste, dass Cassy und Bob eine, nun, eine moderne Ehe führten und dass Bob nichts dabei fand, wenn Cassy außerhalb ihrer Ehe hin und wieder Spaß hatte. Genau wie Bob das hatte. Und auf dem Golfplatz ständig damit prahlte.

Warum dann nicht einmal mit dem DA? Vielleicht. Er sah schließlich gut aus. Ziemlich gut, sogar. Und war erfolgreich.

„Okay, mich", sagte Randy. „Wie kann ich denn helfen, Cassie?"

„Sie können das Albuquerque Police Department anweisen, nach meiner Tasche zu suchen."

Was?

„Haben Sie gehört, was ich gesagt habe, Randy?"

„Ihrer Tasche?"

„Nach meiner Tasche mit einer viertel Million United States Dollar."

Sonofabitch.

„Genau zweihundertundfünfzigtausend. Ich will hier genau sein. Bei Geld kommt es auf Genauigkeit an, nicht?"

„Geld?"

„Was habe ich gerade gesagt?"

105

„Eine Tasche mit einer viertel Million Dollar?"

„Sind Sie taub?"

Son–of–a–fucking–bitch. Erst Nina und jetzt die Boyd?

Er warf Notizbuch und Stift auf den Tisch, der Kugelschreiber, fünfundzwanzig Dollar hatte er dafür bezahlt, rollte, rutschte, aber nicht auf den Boden, blieb neben der Flasche liegen.

„Wenn jemand Ihnen eine Tasche mit Geld gestohlen hat, Cassy, dann müssen *Sie* zur Polizei, nicht ich."

„Sie hören mir nicht zu, DA."

„Woher haben Sie eine Tasche mit-"

„Den Teil lassen wir für den Moment weg. Für den District Attorney reicht es zu wissen, dass zweihundertfünfzigtausend Dollar verschwunden sind. Zweihundertfünfzigtausend Dollar, die mir gehören. Und die will ich wieder haben."

„Verschwunden. Gestohlen also?"

„Vermutlich, wie gesagt. Oder geraubt. Auch möglich."

„Wann ist das passiert?"

„Sonntagabend", sagte Cassy und spannte die Finger der rechten Hand über das linke Handgelenk und drückte. Das Handgelenk gab mit einem lauten Knacken nach. „Jemand sollte die Tasche nach Santa Fe bringen, von Albuquerque. Aber dieser Jemand ist nie angekommen." Und tat dasselbe mit dem rechten Handgelenk. Wieder ein lautes Knacken.

Randy antwortete nicht. Sein Blick hing auf ihren Oberarmen. Wie gedrechselte Balken. Er fragte sich wieder, wie der Rest ihres Körpers aussah, unter dem Kleid. Genauso hart, da würde er wetten, der Hintern, ihr Bauch, die Oberschenkel auf jeden Fall, das sah er ja; nicht diese beiden Dinger, da hatte sie nachhelfen lassen, das war offensichtlich, aber es störte ihn nicht. Wie alt sie war? Anfang vierzig, so ungefähr. Älter als er, und deutlich besser in Form.

„Das alles scheint Sie nicht sehr zu interessieren, DA."

Und Besitzerin einer Bank und einer Tasche mit Geld war sie auch noch.

„Eine viertel Million Dollar", sagte er. „Wie kommen Sie an eine Tasche mit so viel Geld? Gehört die Ihrer Bank?"

„Sie stellen zu viele Fragen, DA."

„Ich muss diese Fragen stellen. Denn wenn ich es nicht tue, tun es bald andere. Und dann muss ich einmal mehr sehen, wie ich diese anderen davon überzeugen kann, nicht Ihre Bank unter die Lupe zu nehmen. Was zunehmend schwieriger wird, Cassy. Zunehmend schwieriger, das kann ich Ihnen sagen. Außerdem muss ich diese Fragen stellen, weil, das ist mein Job. Ich-"

„Jetzt ist das nicht Ihr Job."

Randy räusperte sich. Er musste sich räuspern, nicht weil er belegt war, sondern damit sie verstand: Sie saß in seinem Büro, und er war der verdammte DA.

Aber er sah, dass sie es nicht verstand. So, wie sie ihn angrinste. Oder dass sie es nicht kümmerte.

Er sagte, „Und was, Cassy, ist dann mein Job?"

„An diesem Punkt kommen wir", sagte Cassy, „zu Ihrem Kredit. Knapp dreihunderttausend Dollar Schulden, Randy. Ich halte ja meine Hand über Sie, damit Sie Ihr nettes Heim drüben in Old Town behalten und weiter diesen schönen ausländischen Wagen fahren können und für die vielen Sonnentage im Land of Enchantment noch Ihr Motorrad obendrauf haben. Und sich Ihre Frauengeschichten leisten können, wie mit dieser Indianerin und all den anderen Mädels, alle paar Wochen eine andere, tsk–tsk. Aber ehrlich? In den vergangenen vier Monaten haben Sie nicht nur nichts zurückbezahlt, keinen einzigen Dollar, sondern es sind noch zwanzigtausend dazu gekommen. Zwanzigtausend in vier Monaten. Was meinen Sie, würde Daddy dazu sagen, huh? Sie brauchen gar nicht raten, ich sags Ihnen: Daddy würde sagen, Lieber District Attorney, *so geht das doch nicht.*"

Und Randy sah Cassy wieder grinsen.

„Und ich", sagte er mit fester Stimme, „halte meine Hand über Sie. Das wollen wir auch nicht vergessen."

Aber Cassy schien ihn nicht gehört zu haben.

„Und wenn ich ehrlich bin, ich weiß nicht, wie Sie jemals Ihre Schulden werden zurückzahlen können bei einem Gehalt von ... Wie viel? Hundertfünfzehntausend im Jahr? Wenn Sie jedes Jahr zweihunderttausend ausgeben? Rechnen Sie mal nach. Wie soll das gehen?"

Als ob er nicht längst nachgerechnet hätte. Ein Dutzend Mal im vergangenen Monat.

„Zweihundertfünfzigtausend", sagte er, „dreihunderttausend", und merkte erst dann, dass er laut sprach.

„Fällt es Ihnen auch auf, huh? Ja, mit dem Geld, wenn Sie das hätten, da könnten Sie Ihre Schulden mit einem Schlag begleichen. Fast. Und ein bisschen so kann es auch werden, denn deswegen bin ich hier." Sie beugte sich vor. „Ich sagte, ein bisschen, und was ich meine: Wenn das Geld gefunden wird, dann wird es keine Untersuchung in meine Richtung geben. Das werden Sie verhindern. Wie Sie das sonst auch tun. Ich gebe Ihnen dafür ein halbes Jahr. Ein halbes Jahr keine Zinsen für Ihren Kredit, keine Raten, die Sie zurückzahlen müssen."

„Ein halbes Jahr keine Raten und keine Zinsen", sagte Randy und guckte in ihre Augen und nicht in diesen tiefen Ausschnitt, den er sah, verdammtes peripheres Sehen, und dachte, Die mit ihrem Körper und ihrem Geld, die ist so verzweifelt über diese Sache, dass sie zu dir kommt, anstatt zur Polizei zu gehen oder doch wenigstens einen Privatdetektiv anzuheuern, das wäre ja viel einfacher und sicherer. Aber sie will etwas von dir, DA, und das kann dein Glück sein. Wenn du es richtig anstellst.

„Und wie soll ich das wohl machen, Cassandra?"

„Sie weisen einen Ihrer Chief Deputies – Wer ist zuständig für diese Art von Verbrechen?"

„Welche Art denn nun? Diebstahl? Raub? Von was sprechen wir hier?"

„Sagen wir ... Raub."

„Das wäre Helen."

„Dann weisen Sie also Helen – Vorname oder Nachname Helen?"

„Helen Montgomery."

„Dann weisen Sie also Helen Montgomery an, danach zu forschen."

„Das geht nicht", sagte er.

„Natürlich geht das. Helen gibt der Albuquerque Police den Auftrag, nach meinem Geld zu suchen. Und nach dem Mann, der das Geld transportierte."

„Der das Geld transportierte?"

„Sie hören sich an wie ein Papagei, Randy. Ja, ein Kurier. Ein Officer des Albuquerque Police Department. Officer Mitchell. Everett Mitchell."

Das wird ja immer besser.

„Und dieser Officer Mitchell ist ebenfalls verschwunden?"

„Mitchell hat nicht geliefert, sein Mobiltelefon ist ausgeschaltet, und seine Frau weiß auch nicht, wo er ist. Ich denke, das ist die Definition von Verschwunden."

Er musste jetzt entscheiden, wie er vorging.

„Sie haben seine Frau angerufen?"

„Nicht ich, nein."

Er goss sich vom Wasser aus und lehnte sich zurück und trank. Es stimmte, das Wasser war lauwarm. Wie oft hatte er Susan gesagt, das Wasser kalt? Kaltes Wasser, nicht warm, war das so schwer?

„Ich sagte, nicht ich."

„Ja ... Wer dann?"

„Spielt das eine Rolle?"

„Direktor ... Cassy, das funktioniert so nicht. Wenn ich Chief Osborne sage, er soll nach einem seiner Officers suchen, dann fragt der mich, woher ich denn weiß, dass einer seiner Officers verschwunden ist."

„Das sollen Sie ja auch nicht. Das wird Ihre Helen tun. Sagen Sie Helen, sie soll mit Commander White sprechen. Nicht mit Osborne."

„Jeremy White? Southeast Command?"

„Gibts im APD noch einen anderen Commander White? Also, es geht hier nur darum, dass sich die Staatsanwaltschaft frühzeitig in diesen Fall einklinkt. Und das sollten natürlich nicht Sie persönlich sein, sondern einer ihrer Chief Deputies. Helen berichtet an

Sie, Sie berichten an mich. So behalten wir die Kontrolle. Und wenn meine Tasche gefunden wird, dann bringen Sie mir den Inhalt und schließen den Fall ab. Ganz offiziell. *Das*, DA, ist ihr Job."

„So funktioniert das aber nicht", sagte er wieder. „Wir können keinem ganz bestimmten Cop einen Auftrag geben, auch keinem ganz bestimmten Commander. Wir beauftragen das Police Department. Und das PD regelt eigenständig, wer den Auftrag bearbeitet. Die haben ihre Abteilungen, genau wie Sie in Ihrer Bank und wir hier. Und die haben ein Rotationsprinzip, um genau das zu vermeiden, was Sie hier ... Hinzu kommt, Chief Osborne lässt sich über jeden Auftrag, der von der Staatsanwaltschaft kommt, informieren. Über jeden. Osborne ist-"

„Dann lassen Sie sich etwas einfallen. Sie sind der verdammte District Attorney."

Er trank noch einen Schluck.

„Ja, genau das bin ich."

Er musste ihr von dem Geld erzählen, es gab keine andere Möglichkeit. Oder? Nein. Zumindest sah er keine. Aber er musste vorsichtig sein, sonst würde Cassy selbst zu Nina gehen. Und wo blieb dann sein Vorteil? Er wäre außen vor und könnte dann sehen, wie er seine Schulden bezahlte.

„Warum schütteln Sie den Kopf, DA?"

Sein Herz schlug schnell. Er atmete flach, damit Cassy es nicht bemerkte.

Das hier ist deine Chance. Eine einmalige Möglichkeit. Versau es nicht.

Er stellte das Glas zurück, mit beiden Händen, denn er zitterte – verdammt, wo kam das denn jetzt her – nahm Kugelschreiber und Notizblock, weil er sich an etwas festhalten musste. Cassy durfte das Zittern nicht sehen.

Er sagte, „Etwas anderes ist es mit dem Geld."

Cassy schaute ihn an. „Was heißt das?"

Er war Anwalt. Staatsanwalt sogar. Er wusste, wie man trickste. Er wusste, wie man Dinge verschleierte. Wie man Fakten in einem Haufen schöner Worte versenkte und daraus eine Theorie zauberte, die jeder Richter glaubte. Und diese Boyd war kein Richter. Sie war Chefin einer Bank. Was wusste die schon?

„Ich habe heute Morgen einen Anruf bekommen", sagte er. „Die Rufnummer war unterdrückt. Eine Männerstimme. Der Kerl sagte, er hätte Geld gefunden. In einer Tasche." Randy atmete. „Auf meine Aufforderung hin hat er gesagt, wie viel. Eine viertel Million. Exakt. In einer Tasche, hat er gesagt."

„Eine Tasche?"

„Leder. Bestickt."

„Bestickt?"

„Ihre Tasche, Cassy."

Cassy starrte ihn an. „Meine? Woher wissen ..."

Er lächelte. Ja, was wusste die schon.

„Weil nicht viele Taschen mit einer viertel Million US-Dollar darin im Umlauf sein werden. Oder?"

„Das ist ja ..." Er sah Cassy aufstehen, leicht und geschmeidig, wie ein Athlet. „Wo denn gefunden? Wo ist die Tasche jetzt?"

„Er will wieder anrufen", sagte Randy.

Er stützte sich mit beiden Händen ab und schob sich hoch. Er konnte nicht zulassen, dass sie auf ihn herabsah. Sein Rücken schmerzte vom vielen Sitzen.

Cassy kam näher. „Er will wieder anrufen? Will? Sie haben diesen Kerl auflegen lassen, ohne zu erfahren, wer er ist? Und wo meine Tasche ist?"

Randy versuchte, nicht zu blinzeln. Darauf kam es doch an, oder? Cool zu bleiben, nicht zu schwitzen, nicht zu zittern, nicht zu blinzeln. Er legte Notizblock und Kugelschreiber zurück auf den Tisch, langsam, mit kontrollierter Bewegung. Und ohne Zittern. Sehr gut.

Er sagte, „Seien Sie doch vernünftig, Cassy, zu dem Zeitpunkt wusste ich doch nicht, dass es Ihre Tasche war." Er steckte die Hände in die Hosentaschen. „Aber ich werde herausfinden, wer er ist. Keine Sorge. Ich verspreche es."

Dann blinzelte er doch. *Shit.*

„Sie versprechen, soso. Das soll mich wohl beruhigen, huh?" Er sah sie nachdenken. „Mitchell vielleicht?"

„Weiß ich nicht. Ich habe den Namen vorhin zum ersten-"

„Das war auch keine Frage an Sie." Cassy ging zwei Schritte zur Tür und drehte sich um. „Hören Sie zu, Randy. Sie haben bis morgen, Ihr *Versprechen* einzulösen. Und hoffen Sie darauf, dass dieser Typ wieder anruft. Wenn nämlich nicht, dann wird – glauben Sie besser nicht, dass ich nur drohe – dann wird übermorgen meine Bank Ihren Kredit kündigen."

Randy streckte den Oberkörper und sagte, „Und falls ich Ihre Tasche besorgen kann und die Untersuchung von Ihnen weghalte, dann, Cassy, keine Raten und keine Zinsen", und er nahm Luft, „für ein Jahr. Ein Jahr. Und fünfzig Prozent Schuldenerlass."

Sie sah ihn an, überrascht, aber gar nicht mal wütend, wie er erwartet hatte; die Andeutung eines Lächelns in ihrem Gesicht sogar, nicht das schmierige Grinsen von zuvor. Also sagte er es noch einmal.

„Ein Jahr. Keinen Tag weniger. Und fünfzig Prozent."

Und sie überraschte ihn ein zweites Mal.

„Gut, wir werden sehen, DA."

Randy lehnte sich gegen den Schreibtisch und atmete durch und spürte, wie die Anspannung in ihm nachließ. Er hatte es geschafft. „Wir sind ein gutes Team, Cassy. Finden Sie nicht?"

„Team?" Sie sagte, „Vorhin haben Sie sich gefragt, wie der Rest von mir wohl aussieht. Das, was von meinem Kleid verdeckt wird."

„Habe ich?"

„Sie haben Ihre Augen nicht im Zaum."

Randy war still.

„Was ich damit sagen will, Staatsanwalt, Sie sind nicht halb so smart wie Sie glauben."

Als Cassy verschwunden war, ging Randy ans Fenster und sah hinaus auf den Lomas Boulevard und den Parkplatz gegenüber, flimmernd vor Hitze und voll mit Mittelklassewagen, die meisten aus dem Ausland, Japan oder Korea oder sonst woher. China vielleicht, die Chinesen bauten inzwischen doch bestimmt auch schon Autos. Und nur eine Handvoll Chrysler und Ford. Die Autos seiner Staatsanwälte und ihrer Mitarbeiter. *Made in USA* war eben nicht mehr viel wert, daran konnte auch der in Washington nichts ändern. Sein Volvo SUV stand auch da, nagelneu und frisch gewaschen. Das teuerste Gefährt hier.

Und, abseits, der alte Truck seines Ermittlers. Des legendären Tom Sands.

Er rief Susan herein und fragte sie.

„Uh, keine Ahnung, wo Tom jetzt ist, aber er ist im Gebäude, ich habe ihn vorhin gesehen. Soll ich ihn rufen?"

„Er soll in mein Büro kommen."

„Sofort?"

„Natürlich sofort. Und Susan, kaltes Wasser. Ja? Bitte. Kaltes."

Und nach einem halbstündigen Fußweg vom Büro des DA zurück in ihrem Büro, las Nina Martinez die Nachricht, die auf ihrem Tisch lag.

In roter Schrift und mit zwei Ausrufezeichen.

Sie rief daraufhin sofort ihre Mutter an in ihrem alten Trailer unweit von Mescalero.

Und Nina erfuhr, dass ihre kleine Schwester Dahteste spurlos verschwunden war.

15

Den Rest des Tages verbrachte Palmer damit, Balken zu setzen. Hacken, schaufeln, die großen Steine von Hand herausnehmen. Balken in die Löcher setzen, Steine dazu werfen und mit dem schweren Hammer fest verkeilen. Erde darauf und verdichten.

Und dann alles von vorne.

Nur einmal machte er eine kurze Pause, als eine Tarantula unter einem Stein hervorkroch und sich genau dahin setzte, wo er weitergraben wollte. Er musste das Tier, groß wie seine Hand, mehrfach stupsen, bis es endlich begriff und sich aus dem Staub machte.

Schließlich stützte sich Palmer auf die Schaufel und besah seine Arbeit. Wenn er in diesem Tempo weitermachte, würde er bald fertig sein. Dann noch die Seile, und er konnte damit anfangen, sich nach Pferden umzugucken.

Palmer wusste nicht viel über Pferde. Woher auch, aufgewachsen in Frankfurt und Hong Kong, und in beiden Städten war er niemals einem Pferd begegnet, keinem einzigen. Er würde jemanden mitnehmen müssen. Jemanden, der Ahnung von Pferden hatte.

Er räumte das Werkzeug zusammen und guckte nach Westen und atmete tief ein. Die Luft war sauber, der Himmel klar und blau und unendlich weit. In einer Stunde würde die Sonne hinter den Ortiz Mountains verschwinden. Dann eine kurze Dämmerung, und es wäre dunkel.

Den Hund sah er nicht.

Er ging ins Haus und zog sich um und ging in den Schuppen, wo er sich aufwärmte. Übungen, die seine Gelenke und seine Muskeln auf die Belastung vorbereiten. Zehn Minuten. Dann begann er mit seinem Training.

Weil die ungewohnte Arbeit seine Muskeln ausreichend beanspruchte, besonders im Oberkörper, bestand sein Training seit ein paar Tagen ausschließlich aus Sprints und Sprüngen. Intervalltraining. Unterschiedlich lange Belastung, unterschiedlich lange Pausen. Heute zwanzig Sekunden Sprint mit voller Belastung, gefolgt von zehn Sekunden Pause. Acht Runden. Anschließend zwanzig Sekunden Kniebeugensprünge, zehn Sekunden Pause. Wieder acht Runden.

Acht Minuten später war er fertig. Er überprüfte seinen Puls. Zweiunddreißig Schläge in zehn Sekunden. Hundertzweiundneunzig pro Minute. Noch deutlich unter seinem Maximalpuls, aber das reichte für heute.

Dann machte er wieder Übungen für seine Gelenke, zum Schluss Übungen für den Nacken, den unteren Rücken, einige Gleichgewichtsübungen. Dann ging er zurück zum Haus.

Auf der Terrasse vor der Tür saß der Hund.

Der Hund saß auf seinen Hinterläufen, die Brust herausgedrückt und mit einem Blick, so stolz, als würde das Haus ihm gehören. Als Palmer näher kam, sprang er auf und trabte weg. Aber ein paar Meter nur, dann blieb er stehen und drehte sich um.

Palmer konnte jetzt genau sehen, wie abgemagert er war. Die Rippen standen hervor, das Fell war stumpf und an mehreren Stellen herausgerissen; das Lederhalsband mochte ihm einst gepasst haben, stand aber jetzt weit ab. Der Hals war zu dünn geworden.

Palmer kniete sich auf den Boden, damit das Tier die Scheu verlieren sollte, und begann, mit ihm zu sprechen. Der Hund schaute Palmer an und lief nicht weg, kam aber auch nicht näher. Dann legte er sich hin, die Augen immer noch auf Palmer gerichtet.

Palmer stand schließlich auf und ging ins Haus. Er duschte, zog sich an, kochte Kaffee in der Küche. Auf dem Tisch lag der Burrito, immer noch eingepackt. Er nahm Kaffee und Burrito und ging hinaus. Der Hund lag noch auf derselben Stelle und schob sich mit den

Vorderbeinen langsam auf, als er Palmer sah. Und drückte wieder die Brust heraus.

Palmer setzte sich auf die Treppe und wickelte den Burrito aus und legte ihn neben sich auf den Boden. Wie zuvor beobachtete der Hund ihn.

Und wie zuvor beobachtete Palmer den Hund.

Nach einer Weile nickte Palmer auf den Burrito. Und in der Tat kam der Hund zu ihm, langsam, vorsichtig, bis er unmittelbar vor ihm stand. Palmer hätte ihn anfassen können, tat es aber nicht. Es wäre ihm falsch vorgekommen. Wie eine Bezahlung. *Du bekommst das Essen nur dann, wenn du dich von mir anfassen lässt.*

Palmer nickte wieder, und der Hund nahm den Burrito ins Maul und drehte sich um und trabte davon. Palmer sah ihm nach, bis er unter den Pinoykiefern hinter dem Schuppen verschwunden war.

Palmer trank vom Kaffee und schaute über sein Land. Genug Platz für zwanzig Pferde. Und eine Familie mit einem Dutzend Kinder. Und einen Hund. Einen Familienhund.

Und wieder dachte er an Liz.

Die Agentin des Bundesnachrichtendienstes war in Shanghai gewesen, um deutsche Wirtschaftsspione zu enttarnen. Was ihr letztlich auch gelungen war, sie aber mit dem ultimativen Preis bezahlt hatte. Palmer war in Shanghai gewesen, um einem Mitglied der Triaden das wegzunehmen, was der ihm fast dreißig Jahre zuvor in Hong Kong genommen hatte. Das Erbe seiner Mutter und seines Stiefvaters. Er hatte den Chinesen, Leo Shen, gefunden und sich mit ihm geeinigt, obwohl der zwei Mexikaner mit Waffen und einem klaren Auftrag zu ihm nach Benson Trail geschickt hatte – von ihnen stammten die Löcher in seinem Truck. Seine Strafe hatte der Chinese dennoch bekommen, wenig später, durch einen anderen Chinesen, den Polizisten Daniel Tang aus Hong Kong. *Ich bin zu müde zum Hassen*, hatte Tang gesagt, und kurz darauf Shen in den Kopf geschossen. Tang hatte dann zu Palmer gesagt, er musste sich geirrt haben mit seiner Müdigkeit und mit seinen Gefühlen.

Liz und er hatten sich durch einen Zufall getroffen, und was für ein Zufall es war bei mehr als zwanzig Millionen Menschen in Shanghai. Heute bedauerte Palmer das Zusammentreffen, so beeindruckend und schön für ihn diese Begegnung auch war, denn er kam nicht von dem Gedanken los, dass es letztlich das Zusammentreffen mit ihm war, das Liz das Leben gekostet hatte.

Und er kam nicht von dem Gedanken los, dass Liz vielleicht die Eine gewesen ist.

Die Eine, die er nie gesucht hatte.

Die Eine für den Rest des Lebens.

Palmer trank wieder und schaute wieder über sein Land hinweg und hinaus ins Reservat. Zusätzlich zu den dreihundert Acre hier gehörten ihm dort weitere einhundertsechzig Acre, mitten im Reservat, zwölf Meilen entfernt. Er hatte nur beides zusammen kaufen können, beides zusammen oder nichts, aus rechtlichen Gründen, der Homestead Act aus dem Jahr 1862 spielte dabei eine Rolle und alte Schürfrechte, hatte ihm Samantha erklärt, seine Immobilienmaklerin. Ihm war es recht gewesen.

Samantha hatte auch gesagt, dass dort noch ein altes Ranchhaus stünde, das aber mittlerweile wohl unbewohnbar wäre. Bislang hatte er noch nicht die richtige Gelegenheit gefunden, dort hinaus zu fahren. Auf der Karte immerhin hatte er sich die Lage einmal angesehen. Seitdem lag die Karte mit dem eingezeichneten Kreis in seinem Handschuhfach. Vielleicht nächste Woche. Oder übernächste.

Der Kaffee war stark und schwarz. Und als der Becher leer war, stellte er ihn auf den Tisch und setzte sich in seinen Truck und fuhr los.

Er wollte heute nicht alleine sein.

Im Rückspiegel sah er den Hund, wie der ihm hinterher sah.

Wenn Palmer es nicht gewusst hätte, die Fahrzeuge auf dem Parkplatz vor der Tavern hätten ihm gezeigt, dass es mitten in der Woche war. Keine glänzenden Muscle Cars und Cabrios der College Kids aus Albuquerque oder

Santa Fe wie an den Wochenenden, sondern nur eine Handvoll alter, staubiger Trucks und Kleinwagen von Leuten aus Benson Trail und Umgebung. Palmer parkte seinen Truck neben den anderen vor der Veranda. Aufgewirbelter Staub tanzte im Schein des gelben Lichts aus dem großen Saal.

Drinnen saßen die Besitzer der Fahrzeuge, dazu ein Dutzend Leute, die so nahe wohnten, dass sie für den Weg kein Auto brauchten. Palmer kannte die meisten vom Sehen. Künstler und Rentner und Geschäftsleute wie Gloria, in deren kleinem Laden außer frischen Lebensmitteln so ziemlich alles zu finden war, was man hier draußen brauchte, und Samantha, die ihr Immobilienbüro in Sichtweite der Tavern hatte, was gut für den Umsatz von Jason und Danny war, aber nicht so gut für Samanthas Gesundheit. Einige saßen an der Theke, die lang war von der Eingangstür bis hinunter zu den Toiletten, andere saßen an Tischen mitten im Raum. An einem Tisch auch Erin mit zwei Freundinnen, die eine davon Samantha, den Namen der anderen hatte er vergessen. Die kleine Bühne hinter ihnen war dunkel und leer. Keine Livemusik heute.

Er winkte Erin und Samantha und setzte sich an die Theke und nickte, weil man das so tat, dem Graubärtigen drei Stühle weiter zu in seinen nicht mehr ganz sauberen Khakis und der abgegriffenen Bud-Light-Baseballkappe. Der Graubärtige wusste vielleicht, wer Palmer war, oder er wusste es nicht, jedenfalls nickte er zurück, ohne die Hand von seinem Bier und den Blick länger als die eine Sekunde von seiner Zeitung zu nehmen.

Jason kam, ein frisch gezapftes Guinness in der Hand, ein wohlwollendes Lächeln um den Mund und sagte, „Der Einsiedler aus der Wüste", und stellte das Glas vor Palmer. „Hunger?"

Palmer nickte, während er Jason musterte und dann die Augenbrauen zusammenzog.

Das Lächeln in Jasons Gesicht verschwand. „Jetzt fang du nicht auch noch an."

„Du hast ganz schön viele Falten, Jason. Hätte ich gar nicht gedacht."

„Ist das so?"

Palmer sagte, „Jason, was soll das?"

„Frag Danny."

„Was hat Danny damit zu tun?"

„Ah, ja, du lebst allein, das merkt man sofort. Danny", sagte Jason, „und jetzt hör gut zu, wollte beim Küssen nicht mehr gekratzt werden."

„Ihr küsst euch? Warum?"

„Wenn sie den Burger bringt, dann kann sie dir das selbst erklären."

Palmer saß einen Moment alleine, dann schob Erin ihr Glas neben ihn und stieß es gegen seins und setzte sich.

„Unglaublich, nicht? Was fällt Danny ein? Sie kann doch nicht einfach von Jason verlangen, sich den Bart abzuschneiden. Ohne einen von uns zu fragen, was wir davon halten."

„Hab ich auch gerade gesagt."

Erin sagte, „Du gehst also doch ab und zu mal aus." Sie sah sich um. „Auf wen wartest du? Blond? Rot? Oder" – sie zupfte an ihren Haaren – „ein aufregendes Mittelbraun?"

„Uh, Erin."

„Schon gut. Wie wars bei Nina?"

„Sie hatte Zeit für mich. Danke."

„Aha." Sie wartete und sagte, „Das ist alles?" Und als Palmer nickte, „Nichts, was du mit mir teilen willst?"

„Vielleicht ist es besser für dich, wenn ich nichts teile."

„O-kay. Wie du willst." Erin hob ihr Glas zum Mund, zögerte, „Da kommt das Gesetz", und trank.

Palmer drehte den Kopf.

Zwei Cops waren hereingekommen. Sie standen an der Tür und sahen sich um. Mit ihren breiten Hüten und den Händen auf ihren Revolvern sahen sie aus, als ob sie es ernst meinten.

Erin sagte, „Hast du etwa auf die gewartet?"

Palmer guckte auf die Abzeichen an den Ärmeln. „Albuquerque PD. Was machen die hier?"

„Was auch immer, zum Feiern sind die nicht gekommen." Erin trank wieder und sagte, „Man munkelt, dein Haus ist fertig."

Palmer hatte keine Ahnung, wer ‚man' sein konnte, wollte aber auch nicht fragen. Er nickte nur und hoffte, das Thema wäre damit erledigt.

„Was machst du jetzt mit deinem Trailer? Du brauchst ihn nicht mehr."

„Warum interessiert sich jeder für den alten Trailer?"

„Wenn du ihn stehen lässt und nicht darin wohnst, dann verrottet er im Laufe der Zeit. Aber wenn du ihn verkaufst, bringt er dir noch etwas ein."

„Warum muss er mir noch etwas einbringen? Ich hab eine ganze Weile darin gelebt. In dem Trailer stecken ein paar Erinnerungen, und es sind keine schlechten. Vielleicht will ich ihn nicht verkaufen."

„Okay, okay", sagte sie. „Hab ja nur gemeint."

Neben sich hörten sie, „N'Abend, Ma'am", aber als sie hinguckten sahen sie, dass nicht Erin gemeint war, sondern Danny, die gerade mit Palmers Burger kam – der Burger zwischen zwei Salatblättern, kein Brötchen, keine Fritten, dafür zwei Scheiben Fleisch und Brokkoli und Bohnen.

Danny stellte den Teller vor Palmer auf die Theke und sagte, „Und was kann ich für Sie tun, Officer? Kaffee?"

„*Sergeant*", sagte der Cop und deutete auf das Abzeichen an seinem Ärmel, sein Blick aber auf dem Teller.

„Sie können auch einen Burger haben, wenn Sie möchten, Sergeant, Sie und Ihr Kollege", sagte Danny.

„Das ist kein Burger", sagte der Cop.

„Unser Tavern-Spezial-Burger. Gemüse, Salat und ein ganzes Pfund mageres Bisonfleisch. Keine Mayonnaise und kein Ketchup, überhaupt keine Soße. Dafür Paprika, Chili, Zwiebeln, Knoblauch, Kräuter. Alles frisch. Sehr beliebt ... bei manchen unserer Gäste. Wie auch immer, Sie können einen haben, wenn Sie möchten. Heißt *Der Josh*."

„Danke. Sieht mir zu gesund aus", sagte der Cop. „Wir suchen eine Ana oder Dana. Soll regelmäßig hier sein. Hier in der Tavern, meine ich."

Erin sagte, „Sagt mal, ist euch nicht warm unter den Hüten?"

Der Cop sah Erin an, sagte aber nichts.

„Wie denn nun, Dana oder Ana?", sagte Danny. „Gelegentlich haben wir beides hier."

„Na, dann beide. Sind sie heute hier?"

Danny sah sich um und schüttelte den Kopf.

„Sind Sie sicher, Ma'am? Vielleicht fragen Sie besser mal nach?"

Danny warf dem Cop einen Blick zu und rief, „Hey, Jasonbabe, ist Dana heute hier? Oder Ana?"

Jason, vom anderen Ende der Theke, ohne den Blick vom Zapfhahn zu nehmen, schüttelte den Kopf.

Danny, ihr Blick auf den Sergeant, zuckte mit der Schulter und ging.

„Und Sie, Sir? Wissen Sie, ob eine von beiden heute hier ist? Oder hier war? Oder wo sie zu finden ist? Die eine oder die andere?"

Palmer nahm sein Besteck und schüttelte ebenfalls den Kopf.

Die beiden Cops sahen sich an, und der Sergeant rief, „Hey, Jasonbabe, dreh mal die Musik aus."

Jason sah zu ihnen herüber und ließ ein paar Takte verstreichen, wischte sich dann die Hände am Tuch über seiner Schulter ab und schob einen Regler an der Anlage. Die Musik wurde leiser.

Der Sergeant nahm einen Stuhl und stieg darauf. „Hey Leute, hört mal zu." Ein paar Köpfe drehten sich zu ihm und wieder weg. „Wenn wir keine Antwort bekommen, Leute, dann könnte es passieren, dass wir nach draußen auf den Parkplatz gehen und uns umsehen. Ich bin sicher, wir finden was. Kaputtes Rücklicht, gerissene Windschutzscheibe, abgelaufene Zulassung. Und wenn wir *in* euren Trucks nachgucken, könnten wir auch was finden. Gras, Alkohol. Eine kurze Achtunddreißiger ohne die dazugehörige Erlaubnis. Also, wir suchen Ana oder Dana. Oder beide. Sind sie hier?"

Einige zuckten mit der Schulter wie Jason und Danny zuvor, andere rührten sich gar nicht. Und niemand sagte ein Wort, bis auf Samantha. „Hier ist Wüstenland. Hier wächst kein Gras. Was ich persönlich sehr bedaure." Ein paar lachten.

Der andere Cop sagte zu Palmer, „Hey, wie heißen Sie, Sir?"

Palmer legte das Besteck hin, drehte sich auf dem Sitz und sah den Cop direkt an. „Wie heißen *Sie*?"

Der Cop schien verdutzt. „Officer Vazquez. Das ist Sergeant Peña. Und Sie?"

„Ich kenne keine Dana."

„Und Ana?"

„Auch keine Ana."

„Und Ihren Namen wollen Sie mir nicht verraten, huh? Sie wissen, dass Sie sich damit verdächtig machen. Vielleicht nehmen wir uns Ihren Truck als erstes vor. Wer ist das neben Ihnen?"

Palmer guckte auf Erin und dann zurück.

„Sie können sie direkt fragen. Sie kann sprechen. Haben Sie ja vorhin gehört."

„Ihr *müsst* unter diesen Hüten schwitzen, Officer."

„Wie heißen Sie, Ma'am?"

„Jetzt kommt schon, Jungs, nicht so steif. Und lasst die Leute hier in Ruhe. Es kommen viele hierher, auch von außerhalb. Da sind auch Anas und Danas dabei und viele andere. Wenn die Leute hier sagen, dass heute keine Dana und keine Ana hier ist, dann ist das so."

Vazquez guckte erneut zu Palmer. „Und Sie wollen mir immer noch nicht sagen, wie Sie heißen, huh?"

„Wir sind hier in der Tavern in Benson Trail", sagte Palmer, Besteck wieder in den Händen. „Und Benson Trail liegt – zumindest war das so das letzte Mal, als ichs überprüft habe – Benson Trail liegt nicht in Bernalillo County. Und damit nicht in Ihrem Zuständigkeitsbereich."

Der Cop guckte Palmer an. Er wusste wohl nichts Cooles zu sagen, denn er sagte gar nichts.

„Sollte sich das einmal ändern, kommen Sie wieder. Vielleicht beantworte ich dann Fragen."

„Vielleicht, huh?", sagte Vazquez jetzt, und das war in demselben Moment, als die Tür aufging und eine junge, nicht sehr große Frau hereinkam.

„Oh–oh, das Gesetz", sagte sie und schwang sich auf den Stuhl neben Erin. Sie nahm einen Schluck aus Erins Glas und sagte, „Kann ich auch so eins haben, Jason?"

„Kommt sofort, *Kleine*."

„Und wie heißen Sie, Ma'am?", sagte Peña.

„Ich bin die Dana", sagte sie und zeigte sehr weiße Zähne. „Und Sie sind ein verdammt gut aussehender Officer, Officer."

Vazquez und Peña sahen sich an.

„Ich bin Sergeant Peña. Das ist Officer Vazquez. Wir haben ein paar Fragen an Sie." Peña nahm Dana am Arm. „Wir setzen uns dort drüben hin."

Erin sah ihnen nach. „Was die wohl von ihr wollen?"

„Geh hin und frag sie, wenn es dich so interessiert, Erin", sagte Palmer und steckte ein großes Stück Fleisch in den Mund.

Als Palmer auf dem Rückweg vom Highway in den Camino abbog, stand ein Police Cruiser auf dem Parkplatz. *Albuquerque Police. To protect and to serve.*

Die beiden Cops von vorhin.

Sie hatten mit dieser Dana gesprochen und waren dann gegangen, ohne ein weiteres Wort zu den übrigen Gästen. Dana hatte ihr Glas von der Theke genommen und sich zu Samantha an den Tisch gesetzt. Sie hatte nicht besorgt ausgesehen.

Und jetzt waren die Cops hier.

Mit dem Cruiser konnten sie nicht weiterfahren, der Wagen hätte aufgesetzt, bevor auch nur die Hinterreifen im Flussbett angekommen wären. Aber sie sind ausgestiegen und zu Fuß gegangen, denn im Wagen saß niemand.

Als Palmer weiterfuhr – er hatte schon gedacht, die Cops wären vielleicht zu ihm gegangen – sah er Licht bei seinem Nachbarn.

Die beiden Cops mit ihren Hüten standen an der Tür. Mark stand vor ihnen, groß im Türrahmen und die Arme verschränkt.

Palmer konnte die drei deutlich sehen.

Er fragte sich, warum sie draußen stehen blieben, warum Mark seine Kollegen nicht hereinbat.

16

„Überlegen Sie nochmal, Mister Holly. Vielleicht haben Sie ja doch etwas gesehen", sagte Vazquez, die Hand auf dem Griff seines Revolvers und den Hut tief ins Gesicht gezogen, genau wie Peña neben ihm. „Vergangener Sonntag? Ist ja noch nicht so lange her."

„Mark New *Holy*. Nicht Holly, okay?"

„Ein roter Camaro, dreihundert PS, der müsste hier doch auffallen", sagte Peña. „In dieser Gegend?"

Mark sagte, „Guckt doch mal hinter euch. Dodge Ram. Sechslitermaschine, V8, dreihundert*achtzig* PS. Glaubt ihr, wir reiten hier noch auf Pferden rum? Außerdem, was haben wir mit Benson Trail zu tun? Benson Trail gehört zu eurem Gebiet."

„Wir sind aus Albuquerque, Benson Trail gehört-"

„Zu euch Weißen, meine ich. Wir sind hier auf Tribal Land. Sobald wir auf den Highway fahren, sind wir raus aus dem Rez und haben nichts mehr zu sagen. Draußen sind wir keine Cops mehr, nur noch Injuns. Bushniggers." Mark grinste. „Genau wie umgekehrt. Sobald ihr vom Highway runterfahrt zu uns, habt *ihr* nichts mehr zu sagen. Hier im Rez seid Ihr keine Cops, sondern nur Blancos. Also seht Euch vor. Obwohl, ihr zwei seid ja nicht mal richtige Blancos. Ich wette, eure weißen Kollegen nennen euch hinter eurem Rücken Fence hoppers oder Bean–Niggers. Sehr populär unter der weißen Bevölkerung soll im Moment ja auch Mexcrement sein. Huh?" Kurze Blicke auf ihre Hände immer noch auf den Revolvern, und Mark sagte, „Für mich, wie ihr denen in den Arsch kriecht, für mich seid ihr aber nichts weiter als Potatoes. Eure Haut noch braun, aber innen seid ihr schon genauso weiß wie die."

„Mach weiter so, Mark Holy Fuck", sagte Vazquez.

„Das heißt also ... was", sagte Peña, „wir sollen verschwinden, oder wie? Keine Hilfe? So von Cop zu Cop?"

„Das habt ihr richtig erkannt, Señores. Hat lange genug gedauert. Da oben steht euer Gefährt."

Peña und Vazquez sahen Mark an und hielten seinen Blick.

Sekunden vergingen.

„Wir", sagte Peña dann und nahm die Hand von der Waffe und tippte mit dem Mittelfinger gegen seine Hutkrempe, „kommen wieder."

„Der hat was zu verbergen", sagte Vazquez, „aggressiv wie der war. Und hast du gesehen, wie der geschwitzt hat?"

„Big Fucking Injun", sagte Peña und drückte das Gaspedal auf den Boden. Schotter flog gegen die Karosserie, einen Moment später quietschten die Reifen auf dem Asphalt des Highways. „Aggressiver Big Fucking Injun."

„Potato? Fence Hopper?", sagte Vazquez, „*Mexcrement?* Wenn ich den das nächste Mal auf dem Highway sehe, der wird sich wundern."

Peña sagte, „Ich hab so ein Gefühl, das nächste Mal, wenn wir den sehen ...". Aber ihm fiel nichts Gutes ein.

„Ja", sagte Vazquez, „das nächste Mal. Aber das war cool, Wir kommen wieder, und deinen speziellen Finger gegen deinen Hut." Vazquez machte die Bewegung nach und imitierte Peñas Stimme. „*Wir ... kommen wieder.* Du hättest vielleicht noch sagen sollen: Asshole. *Wir ... kommen wieder, Asshole.*"

Peña sah seinen Partner von der Seite an und grinste.

„Yeaah. Wir kommen wieder, Asshole." Dann sagte er, „Sag mal, was hältst du eigentlich von dieser Dana?"

„Hübsches Mädel."

„Raul, was hältst du von der?"

„Leicht zu haben, würde ich sagen. Sie kennt Mitchell flüchtig und hat mit ihm rumgeknutscht, was ja nicht so flüchtig geht. Das wird der Doris zuhause mit den beiden kleinen Mitchells nicht gefallen."

„Die Doris wird es nicht erfahren. Nicht von uns."

„Rumgeknutscht und getrunken und jede Menge Drinks und – wie hat die Kleine gesagt? *Euer Kollege hat beim Tanzen seine Hose gegen meinen Bauch gedrückt, aber da war wohl nicht so viel drin in der Hose.*" Raul lachte. „Mann, Da war wohl nicht so viel drin? Ja, passt zu Mitch the Bitch. Auf dicke Hose machen und nix drin."

„Dark'n'Stormy", sagte Peña. „Was ist das? Wodka? Gin? Ist aber beides nicht dunkel. Oder?"

Raul schüttelte den Kopf. „Vielleicht was mit Cola, Cola ist dunkel. Vielleicht Cola mit Whisky oder so."

„Aber was ist daran Stormy? Und Cola mit Whisky ist eben Cola mit Whisky, oder?"

„Dann eben nicht mit Whisky, war auch nur so 'ne Idee. Versuchs mit Bubblewasser."

„Sekt? Cola und Sekt?"

„Stürmisch genug?"

„Würd ich nicht trinken", sagte Peña. „Und für Sonntag hatten die beiden dann wohl die *Fortsetzung ins Auge gefasst.* Aber Mitchell ist nicht gekommen."

Raul atmete gespielt ein und aus und sagte, „Sergeant, wie meinst du das jetzt, *Mitchell ist nicht gekommen?*"

„Verdammt, Raul, hör auf. Das gibt Bilder in meinem Kopf, die will ich nicht haben, ehrlich."

„Okay, okay, ernst also. Keine feste Verabredung, kein richtiges Date. Wir wissen also nicht, ob er überhaupt vorhatte, nach Benson Trail zu fahren."

„Falls doch?"

„Zwei Möglichkeiten. Die Fünfundzwanzig nach Santa Fe und zurück nach Benson Trail oder den Highway über Cedar Crest."

„Hm", machte Peña. „Was ist kürzer?"

Vazquez zuckte mit der Schulter.

Peña sagte, „Vielleicht spielt das auch keine Rolle, was kürzer ist. Vielleicht stellen wir die falsche Frage, Partner. Mitchell fährt einen Camaro, mehr als dreihundert Caballos, nicht? Hat er oft genug erzählt. Also, wenn ich so ein Ding fahren würde, ich würde mich nicht fragen, welche Strecke die kürzere ist."

„Sondern welche die schnellere?"

„Genau."

„Auf der Interstate kann er Gas geben. Hier auf der Vierzehn, eine Kurve nach der nächsten."

„Also würde Mitchell die Interstate nehmen."

Vazquez nickte.

„Dann sollten wir den Freunden von der Highway Patrol sagen, sie sollen die Augen aufmachen. Vielleicht sollten die auch gleich den Highway bis Benson Trail übernehmen, was meinst du? Alles in einer Hand, ist besser." Er überlegte, „Ja, das ist besser."

„Ja", sagte Vazquez und sah Peñas Gesichtsausdruck. „Was?"

„Mir gefällt das nicht."

„Was gefällt dir nicht?"

Peñas Finger suchte und fand den Knopf und die Scheibe surrte herunter und Peña spuckte weit über die Schulter hinaus in die Nacht. Er ließ das Fenster unten.

„Interstate, Highway. Hätte Highway Patrol ihn nicht längst gefunden? Ich meine, wenns ein Unfall wäre?" Peña klopfte mit der Hand aufs Lenkrad. „Das entwickelt sich in die falsche Richtung."

„Du meinst ..." Vazquez hatte keine Ahnung, was Peña meinte.

Peña sagte, „Wenns kein Unfall war, Raul, was kommt dann noch in Frage? Überleg mal."

„Fuck", sagte Vazquez.

Am nächsten Morgen in Whites Büro.

„Diese Dana sagt also, sie und Mitchell hätten ein Date gehabt?" White lehnte mit Kopf und Schultern gegen die Wand, Hände im Rücken und wippte vor und zurück. „Ein Date für Sonntag also. Aber sie war nicht da, huh? Sie hatte Besseres zu tun."

„Sie hat nicht *Date* gesagt, Sir, sie hat etwas von *vielleicht eine Fortsetzung* gesagt. Sie und Officer Mitchell wollten vielleicht fortsetzen, was sie am Wochenende zuvor angefangen haben."

Peña saß auf dem Stuhl vor Whites Schreibtisch, der Schreibtisch ein abgenutztes Möbelteil aus Pressplatte mit lackierter Oberfläche. Billig als es neu war und jetzt reif für den Sperrmüll. Genauso billig wie der von Peña und die Tische aller anderen. Bis auf Osbornes Schreibtisch, natürlich. Als White vor ein paar Jahren Commander des Southeast Command wurde, sollte er ebenfalls einen besseren Schreibtisch bekommen. Nicht so gut wie der von Osborne, aber besser als die anderen. Aber er hatte das abgelehnt. Er wäre der neue Commander, ja, aber er wäre nichts Besseres als seine Officers und Sergeants, hatte er gesagt. Und das war gut angekommen bei Peña und seinen Kollegen.

Peña sagte, „Tanzen, knutschen, Drinks, das hat sie damit gemeint. Sie trinkt Cola mit Sekt, er Old Fashioned. Nein, genau hat sie gesagt, sie hätten *eine Fortsetzung ins Auge gefasst*. Also kein Date, und nichts direkt verabredet. Deshalb ist sie mit einer Freundin losgezogen, als die angerufen hat. Und mit ihr, mit der Freundin, war sie den ganzen Abend in einer Bar in Santa Fe. Wir haben schon überprüft."

„Eine Fortsetzung ins Auge gefasst", sagte White. „So redet die, huh? Und trinkt Cola mit Sekt?"

„Ja. Dark'n'Stormy, hat sie gesagt. So nennt sich das."

„Dark'n'Stormy?", sagte White und schüttelte den Kopf und erklärte seinem Sergeant, dunkler Rum und Ginger Beer, das nennt man einen Dark'n'Stormy. „Auf jeden Fall, das mit dieser Dana, das behalten wir zunächst für uns. Das muss niemand wissen. Geben Sie das auch weiter an Vazquez. Schon gar nicht seine Frau, uh, ...?"

„Doris."

„Doris. Ja. Genau. Also, wir behalten das für uns."

„Selbstverständlich, Sir."

White sagte, „Sie haben gestern noch Highway Patrol unsere Anfrage durchgegeben?"

„Ja."

„Schon Rückmeldung?"

Peña schüttelte den Kopf.

White sagte, „Aber letztlich wissen wir nicht, ob Mitchell tatsächlich nach Benson Trail gefahren ist, oder? Nicht definitiv. Er musste nach Santa Fe."

„Nun, wir wissen, dass er sich nicht mit Dana getroffen hat. Aber er kann natürlich trotzdem dort gewesen sein, und sie war bereits weg. Unterwegs mit ihrer Freundin. Kann sein."

„Wir sollten das überprüfen."

„Die Leute dort sind nicht sehr gesprächig, Sir. Hinterwäldler. Könnte daher schwierig werden."

„Okay, dann später vielleicht. Wenns dann noch nötig ist." White schüttelte den Kopf. „Was für ein Typ, dieser Mitchell. Hat einen Job zu erledigen und macht Station in einer Bar?"

„Falls er dort war. Aber irgendwie ... Ich schätze mal, jemand wie Mitchell wird sich eine solche Gelegenheit ... Wie soll ich mich ausdrücken?"

„Schon gut." White federte sich von der Wand ab und schlenderte an die Wand gegenüber und lehnte sich wieder an. „Und diese Doris, die hat Ihnen und Vazquez also gesagt, Mitchell hätte Fahrten gemacht?"

„Fahrten, ja. Dreihundert Dollar pro Fahrt, sagt sie noch."

„Aber sonst weiß sie von nichts, huh?"

„Behauptet sie."

„Glauben wir ihr das?"

„Vielleicht. Warum nicht? Mitchell ist dumm, aber auch vorsichtig. Ihm wurde gesagt, Klappe halten. Und er weiß, was ihm blühte. Und von wem. Er hat Angst vor dem Indianer."

„Jeder hat Angst vor dem Indianer", sagte White und federte wieder von der Wand ab und setzte sich hinter seinen Schreibtisch. Er nahm seinen Kugelschreiber und klackte damit auf die Platte.

Peña nervte das Geräusch. Und er verstand es nicht. Wie konnte ein ehemaliger Marine seine Gefühle so wenig unter Kontrolle haben?

Nach der Aktion mit dem Schreibtisch und der öffentlichen Zurschaustellung seiner Bescheidenheit dauerte es eine Weile, bis Peña das Vertrauen des neuen Commanders gewonnen hatte. Und Vazquez auch. Aber dann haben sie erfahren, dass er sehr wohl wusste, aus seiner neuen Stellung Nutzen zu ziehen. Für sich. Für Peña. Und für Vazquez.

Ein verdammt guter Schauspieler eben.

Von wegen bescheiden.

White klackte weiter mit seinem Stift. Peña ließ sich nichts anmerken und wartete.

„Die Boyd hat mich angerufen", sagte White dann. „Wegen Mitchell. Ich habe ihr gesagt, dass wir bereits dran sind und alles unter Kontrolle haben. Hat sie aber nicht beruhigt. Will sich selbst darum kümmern."

„Selbst darum kümmern?" Peña steckte die Hände in die Hosentaschen. „Was soll das?"

„Meint, es wäre gut, wenn von vorgesetzter Seite noch zusätzlich Druck gemacht wird."

„Vom DA?"

White nickte. „Ich konnte ihrs nicht ausreden. Hoffentlich kommt das nicht auf uns zurück und beißt uns in den Arsch."

„Haben die sich schon gemeldet? Vom DAs Office?"

„Vorhin. Helen Montgomery."

Peña nickte. „Die ist harmlos genug. Das sollte in Ordnung gehen."

White nickte wieder. „Blöde Aktion von der Boyd. Völlig überflüssig."

„Die Boyd will sich absichern", sagte Peña. „Doppelt absichern. Dass diese Geschichte nicht irgendwann zu ihr führt. Dann würde bei ihr alles zusammenbrechen."

„Bei uns auch", sagte White. „Na gut, warten wir ab. Die Truppe? Stimmung?"

„Achtzehn vorläufige Festnahmen; neun Natives, drei Erwachsene und zwei Jugendliche mexikanischer Herkunft, drei Weiße. Und ein Schwarzer, keine Ahnung, was der hier wollte. Allerdings mussten wir elf wieder laufen lassen, auch alle Natives und sogar den Schwarzen, es gab einfach nichts. Die anderen ein bisschen Gras, einer eine Tüte mit Meth, den haben wir weitergegeben, zwei der Weißen hatten Messer, aber eins war ein Taschenmesser, da gabs trotzdem eine Anzeige. Aber das wars auch. Keiner der achtzehn wusste etwas über Officer Mitchell. Wir müssen die nächste Runde abwarten" – Peña nickte nach draußen – „jeder Kollege hat einen, manche haben zwei zum Verhör, die meisten natürlich wieder Indianer. Bis jetzt bleibt jeder dran, wir haben keine Ausfälle, keine Krankmeldung, insofern also gute Stimmung. Aber keine Spur von Mitchell, keine von seinem Auto, keine von der Ladung. Wie viel wars diesmal?"

„Zweihundertfünfzig."

Peña pfiff durch die Zähne.

„Haben Sie sich das bei Vazquez abgeguckt? Der macht das auch dauernd. Hören Sie auf damit, das nervt."

Peña nickte. Er sagte, „Vielleicht ..."

„Vielleicht was?" Und als Peña schwieg, „Reden Sie, Sergeant. Ganz frei."

„Vielleicht sollten wir ins Rez fahren. Mitchell wäre nicht der erste Cop, der im Rez zuletzt gesehen wurde. Und nicht der erste Weiße. Und wir wissen besser als alle anderen, das sind nicht nur Gerüchte."

„Was heißt, im Reservat gesehen? Wer hat Mitchell-"

„Niemand, Sir. Aber Vazquez meint, vielleicht ist dieser Mark New Holy tatsächlich nicht nur ein Großmaul, sondern hat etwas zu verbergen. Hat geschwitzt wie ein Tier, dieser Holy. Angstschweiß. Könnte doch sein. Außerdem, Yazzie duckt. Lässt sich verleugnen. Das tut doch niemand, der nichts zu verbergen hat."

White nickte.

Zuletzt hatte White diesen Yazzie vor einer Stunde angerufen, sein vierter Versuch seit gestern, Tut uns leid, Sir, wir können SAC Yazzie nicht erreichen, nein, auch nicht auf seinem Mobiltelefon, wir versuchens ständig, aber die Verbindung in den Bergen?

Da stimmte was nicht.

Peña sagte, „Und es fällt doch schon auf, wir haben mal darüber nachgedacht, Vazquez und ich. Das Rez grenzt im Westen an die Fünfundzwanzig und im Osten an die Vierzehn. Und beide Routen ist Mitchell gefahren, wie wir jetzt wissen. Beide. So nah am Reservat."

White sah auf die Uhr am Stahlrahmen über der Tür. Hatte sie selbst gekauft, in einem dieser Baumärkte, die es überall gab, jeder wollte ja selbst reparieren – musste, weil sich niemand mehr einen Handwerker leisten konnte. Die Uhr war rund und aus grünem Plastik und hatte drei Dollar gekostet und tat, wozu sie da war.

„Halb zehn. Wir warten besser noch ein paar Stunden. Wir lassen uns später nicht vorwerfen, wir hätten ... aus der Hüfte geschossen", sagte White, sein Blick wieder durch die Glastür nach draußen. White nickte. „Da hinten ... der Cowboy."

Aus der Hüfte geschossen, das war ihm nur eingefallen wegen dieses Cowboys – stand da, als würde er dazugehören. Hut tief im Gesicht und dazu die Lederjacke, die er immer trug, selbst im Sommer, wegen seiner Waffe am Gürtel. An der Hüfte. Die Jacke verdeckte sie. Keine Neun Millimeter, wie alle anderen, oder eine Achtunddreißiger, sondern eine verdammte Vierundvierziger Magnum.

Dirty Harry.

„Sands", sagte Peña. „Was macht der wieder hier? Und an meinem Schreibtisch?"

„Hat angerufen. Wollte vorbeikommen."

„Und was will er?"

Tom Sands, der Ex–Staatsanwalt, der in Gerichtssaal 640 seinen eigenen Angeklagten erschossen hat. Erschossen. Damals, vor fast dreißig Jahren im feinen Zwirn, war er der Chefankläger und hatte dem Mexikaner mit seinen sechzehn Tattoos auf dem Leib, für jedes seiner Opfer eins, den eingeschmuggelten Revolver weggenommen, gerade als der mit fettem Grinsen im Gesicht auf unschuldig plädiert hatte und abdrücken wollte. Die Richterin hätte keine Chance gehabt. Der

Mexikaner – aggressiv, aufgepumpt und mit der deprimierenden Perspektive auf zweihundert Jahre Knast – hat sich dann aber von Sands losgerungen und auf die Richterin geworfen und ihr den eigenen Brieföffner in den Hals gerammt. War das zu glauben? Zwanzig Jahre Richterin und Hunderte Verfahren gegen das Organisierte Verbrechen, und bringt einen *Brieföffner* mit in den Saal? Wie auch immer, sie hat; und Sands hat abgedrückt. Ein Schuss, ein Treffer. In den Kopf. Des Mexikaners, nicht der Richterin. Obwohl die es auch verdient gehabt hätte für ihre Dummheit. Hat damit der Richterin das Leben gerettet, Sands, und vermutlich noch einigen anderen. Die Richterin hat ein paar Wochen im Krankenhaus gelegen und danach nie wieder einen Brieföffner mit in ihren Gerichtssaal genommen. Und Tom Sands, der selbst District Attorney hätte werden können, wurde Ermittler fürs DAs Office. Und hat nie wieder feinen Zwirn getragen.

„Keine Ahnung. Wenn du fragst, gibt der ja keine Antwort", sagte White. Er stand auf.

„Wegen unserer Sache? Hat die Montgomery ihn geschickt?"

„Ich hoffe nicht." White sagte, „Kann Tom was finden?"

„Auf meinem Schreibtisch? Nein, da liegt nichts, keine Papiere, keine Notizen. Also keine, die damit zu tun haben."

„Der Computer?"

Peña überlegte. „Zuletzt hab ich den Bericht fertig gemacht, die Befragung von Doris. Aber der Schirm ist aus."

„Von Mitchells Fahrten steht natürlich nichts im Protokoll?"

Peña guckte. „Uh ..."

„Sergeant?"

„Nein, Sir. Also, doch, Sir. Das Protokoll ist vollständig, weil, ich hab doch gleich mitgeschrieben bei der Doris, bei ihrer Befragung ... Ich nehms natürlich raus. Dummer Fehler." Peña streckte sich. „Aber, wie gesagt, der Bildschirm, der ist aus, da kann Sands nichts sehen. Aber die Kollegen verhören halt, da kann er schon was mitkriegen."

„Also", sagte White, „dann los."

17

Tom sah Peña mit White zusammen; White hinter seinem Schreibtisch mit dem Telefon, Peña davor in seiner Haltung. Die beiden Soldaten. Hatten sich gesucht und hier im Albuquerque PD gefunden. Hätten ihn viel früher sehen müssen, aber erst jetzt redeten sie über ihn, beide hatten kurz zu ihm herüber geguckt, dann schnell wieder weg. Hatten ihre Blicke nicht im Griff, ihre Gestik.

Amateure.

Und jetzt kam Ex–Army Peña heraus und hinter ihm Ex–Marine White, sein hartes Lächeln im Gesicht.

„Ich hab gedacht, du kommst später."

Tom sagte, „Warum?"

„Im Laufe des Tages, hast du gesagt."

„Ja."

„Ich bin auf dem Weg nach draußen", sagte White. „Du kennst ja Sergeant Peña?"

Tom sah Peña schnelle Blicke auf seinen Schreibtisch werfen und dann Papiere von der einen Seite auf die andere schieben. Er wartete noch einen Moment, aber der Cop guckte nicht zu ihm hoch. Tom sagte, „Nach draußen? Wundert mich nicht, hier ist ja was los."

„Viel Zeit hab ich aber nicht", sagte White.

„Ich auch nicht."

„Ich meins ernst."

Tom sagte, „Ich auch."

Sie stiegen in den Aufzug und fuhren nach unten. Als sie an der Anmeldung vorbeigingen, tippte Tom an seinen Hut für die Blonde in Uniform, die ihm vorhin schon diesen Blick zugeworfen hatte und es jetzt wieder tat und dazu lächelte.

Vor der Tür blieb Tom stehen und schob den Hut tiefer in die Stirn, seine Augen jetzt ganz im Schatten.

„Du krempelst die ganze Stadt um auf der Suche nach einem Kollegen, hab ich gehört."

White drehte sich zu ihm mit diesem lauernden Blick, aber er sagte nur, „Officer Mitchell."

„Oben im Büro, das waren fast alles Natives. Gibts dafür einen Grund?"

„Ja", sagte White. „Erfahrungswerte."

„Erfahrungswerte? Hm. Und, schon was gefunden?"

„Nein, nichts. Wie vom Erdboden verschluckt, unser Mitchell."

Tom sah White an.

„Was guckst du? Wenn ich sage, wir haben nichts, dann haben wir nichts."

„Schon okay, Jeremy. Ich gucke, wohin wir gehen. Du warst auf dem Weg nach draußen. Wohin also?"

White zögerte. „Einmal um den Block. Ich brauche Auslauf."

„Bei der Hitze."

„Seit wann hast du Probleme mit der Hitze?", sagte White und sie gingen los. „Was interessiert dich denn Mitchell?"

Tom an seiner Seite musste kleinere Schritte machen.

„Tut er nicht", sagte er, weil Lügen nun mal zu seinem Job gehörten.

White blinzelte ihn von der Seite an, gegen die Sonne. „Weshalb bist du dann hier?"

„Du brauchst einen Hut, Jeremy, eine Baseballkappe der Isotopes oder so. Du siehst nichts und verbrennst dir die Nase."

„Wenn ich mir eine rote Nase hole, dann ist das meine Sache. Weshalb bist du hier, Tom?"

Susan hatte ihn angerufen, Komm nach oben, Tom, Randy will dich sprechen; Susan, die Holden beim Vornamen nannte, nur weil sie miteinander schliefen. Er war hochgegangen, und Holden hatte an seinem Schreibtisch gelehnt – was Randy the Dandy häufig tat, dachte wohl, das sähe lässig aus, wenn ihm die Kante gegen seinen flachen Hintern drückte und vorne seine Hose spannte – und er hatte Holden gefragt, was los wäre: Finden Sie alles über einen Officer, und Holden musste auf den Zettel in seiner Hand gucken, über einen Officer Mitchell heraus, Officer Everett Mitchell, ABQ PD. Welchem Commando Mitchell zugehört, persönlicher Hintergrund und alles, vor allem, ob es eine Verbindung zwischen ihm und Nina Martinez gibt. Sie wissen, die indianische Anwältin? Hat ihre Kanzlei Lomas Boulevard und San Pasquale? Und, hören Sie zu, Tom, ganz ganz wichtig, versuchen Sie herauszufinden, wen die Martinez in den vergangenen, ... na, sagen wir in den vergangenen vierundzwanzig Stunden getroffen hat. Sagen wir seit gestern Morgen. Da muss es jemanden geben, einen Klienten. Und dann schicken Sie jemanden zu Cassandra Boyd. Ich will wissen, wohin sie fährt, mit wem sie sich trifft, all das. Kein Hintergrund, nur Beschattung. Und das Ganze diskret. Kein Wort zu Osborne, erst recht keins zu White.

Und als Tom fragte: Dieser Mitchell, ist das ein Zeuge? Verdächtiger? Kläger? – da hat Holden nur gesagt, er wüsste das noch nicht.

Tom hat ihm das nicht geglaubt.

Und die Boyd, hat Tom dann gefragt, ist die auch *ganz ganz wichtig?*

Natürlich, hat Holden gesagt.

Holden hat es nicht kapiert.

Draußen hatte er dann von Susan einen Kaffee bekommen und erfahren, dass Nina Martinez und Cassandra Boyd am Morgen kurz nacheinander bei Randy gewesen waren, vor der Tür hätten die beiden gesprochen und sich beäugt wie Konkurrentinnen beim Schönheitswettbewerb, den die Martinez, hatte Susan gesagt und ihn dabei beobachtet, im Übrigen locker gewinnen würde, oder was meinst du? Ob die Boyd immer noch Probleme mit der Martinez hätte, hatte er nur gefragt. Hat so ausgesehen, aber keine Ahnung, was meinst du mit *immer noch?* Nicht wichtig; ob Holden mit einer von beiden Probleme hätte oder mit beiden sogar? Schulterzucken. Warum schläfst du mit ihm? Das geht dich nichts mehr an, Tom.

Einfach so.

Und dann hatte sie ihm auch noch den Kaffee weggenommen.

„Weshalb bist du hier?", sagte White wieder.

Tom sagte, „Ihr hattet doch mal den alten Boyd im Visier – Victor Boyd?"

„Boyd-Bank New Mexico. Schon 'ne Weile her. Aber wir hatten nicht Boyd im Visier, sondern Pope und seine Firma. New Mexico Mining Corp. Boyd war nur dabei, weil Pope seiner Bank 'ne Menge Geld schuldete."

„Um was gings da?"

„Lies die Akte."

„Ich habe die Akte gelesen. Ich will wissen, was nicht in der Akte steht."

„Zum Beispiel?"

Dieser White, immer dasselbe; als wären sie nicht auf derselben Seite. Aber dann wiederum, für den Ex–Marine war jemand wie Tom nur ein Zivilist. Und ein Marine war nie auf derselben Seite wie ein Zivilist.

„Zum Beispiel Boyds Tochter. Cassandra Boyd."

„Cassandra Boyd?" White schüttelte den Kopf. „Was ist mit der?"

„Cassandra war zu der Zeit bereits für die großen Unternehmen in der Bank ihres Vaters verantwortlich, soweit ich weiß, Key Account. Aber nicht für New Mexico Mining. Warum nicht?"

„Der alte Boyd und Zach Pope waren Schulfreunde, Golfpartner, im selben Schießclub. Deshalb."

„Und ihr hattet Zach Pope im Visier? Warum?"

„Weil er pleite gegangen ist und einen Sack voll Schulden hinterlassen hat, auch privat. Solche Leute haben wir immer im Visier."

„Was habt ihr erfahren?"

„Hat noch während seines Insolvenzverfahrens versucht, Werte auf die Seite zu schaffen, der Alte."

„Pope selbst?"

„Natürlich nicht. Über einen Mittelsmann. Aber beweisen konnten wirs ihm nie."

Tom sagte, „Die Arbeiter der New Mexico Mining Corp., die hatten Nina Martinez als Anwältin."

„Ja, hatten sie. Ganz neu im Geschäft, und dann gleich so ein Ding. Verdammtes Glück. Und hats auch gezeigt. Hat sich gleich ein Auto gekauft, die kleine Indianerin. Ich glaub ein deutsches. Ein Porsche? Oder ein-"

„Bei den Verhandlungen um Schadensersatz, war da Cassandra auch dabei?"

„Was fragst du mich? Du hast die Akte gelesen. Die Sache ist nie vor Gericht gekommen. Und zu den Verhandlungen zwischen dieser Martinez und Popes Anwälten waren wir nicht eingeladen. Einen BMW hat sie sich gekauft, die Martinez, kein Porsche. Die Indianer, sobald die mal 'ne Handvoll Kohle-"

„Natürlich wart ihr nicht eingeladen, aber war sie auch dabei? Cassandra Boyd?"

White guckte wieder hoch, blinzelte wieder gegen die Sonne. Tom wusste, der Marine konnte nicht erkennen, ob Tom ihn ansah oder an ihm vorbei die Zigarettenkippen auf dem Gehweg zählte.

White sagte, „Was willst du wissen?"

Tom blieb stehen. „Ein Unglück in einem der größten Unternehmen der Region, dazu die größte Privatbank weit und breit, Schulden in Höhe von dreißig Millionen Dollar und eine Schadensersatzklage – Du kannst mir nicht erzählen, dass ihr darauf kein Auge hattet. War Cassandra dabei, Jeremy? Ich habe nicht viel Zeit."

„Ja, shit, Cassandra Boyd war jeden Tag da."

„Gut", sagte Tom und tippte an seinen Hut und ging.

Er hörte White hinter sich, „Mehr wolltest du nicht wissen, huh?"

Die wenigen Blocks zum Metropolitan Court ging Tom zu Fuß. Er hatte es nicht eilig. Holden konnte warten.

Als die Anwältin Nina Martinez Schadensersatz für fünf verunglückte Arbeiter gegen die New Mexico Mining Corp. herausgeholt hat, war Cassandra Boyd also auch dabei gewesen, zusammen mit ihrem Vater. Tom erinnerte sich gut an den Fall, Zeitungen und lokales

Fernsehen waren voll davon, jeden Tag, elf Tage hintereinander. Die Boyd-Bank war bei den Verhandlungen beteiligt, weil ihr die New Mexico Mining Corp. wegen der dreißig Millionen Dollar Schulden praktisch gehörte. Ja und dann, Pech für die Bank, hat New Mexico Mining Corp. dichtgemacht. Das Metall immer tiefer aus dem Boden zu holen, war zu aufwendig geworden, die Goldpreise zu gering; der Schadensersatz war nur der ‚Sargnagel‘ gewesen, so hatte eine Zeitung geschrieben, er wusste aber nicht mehr welche. Zach Pope hatte sich dann zur Ruhe gesetzt, er hatte früh genug sein privates Vermögen seiner Frau und den beiden Kindern überschrieben. Die New Mexico Mining Corp., jetzt bis auf die Maschinen wertlos, ging an die Boyd-Bank. Die dreißig Millionen wurden nie zurückgezahlt. Und Victor Boyd, der das alles nicht hatte kommen sehen, setzte Cassandra als seine Nachfolgerin ein, hinterließ ihr alle Schulden und schluckte sich zu Tode. Was nur ein paar Monate gedauert hat. Jack Daniel's war die Marke des alten Boyd, hatte Tom einmal gehört und gedacht, ein teurer Tod für einen, der pleite war. Eine Kugel im Kaliber achtunddreißig in den Mund hätte wie viel gekostet, vierzig Cent?

Natürlich hatte Cassandra danach Probleme mit Nina.

Aber die Boyd-Bank gabs noch. Cassandra Boyd hat es bis heute irgendwie geschafft, die Insolvenz abzuwenden. Nahezu unglaublich.

Konnte diese alte Geschichte hier eine Bedeutung haben?

Er würde Margy darauf ansetzen. Sie würde herausfinden, wie es mit den Finanzen der Boyd-Bank heute stand.

Mitchell jedenfalls hatte damit nichts zu tun, vor zwei Jahren war der noch in Colorado. So stand es in seiner Personalakte, die Tom sich geholt hatte, gleich nach dem Gespräch mit Holden. Und so hatte es ihm auch einer von Mitchells Kollegen gesagt, am Telefon. Das und noch ein paar andere Sachen. Mitchells Rang auf der Beliebtheitsskala im PD zum Beispiel. Und seinen Spitznamen.

Aber Officer Everett Mitchell, Mitch the Bitch, und das war wirklich interessant, hatte seit drei Monaten einen kleinen Nebenjob: er transportierte irgendetwas in seinem privaten Camaro von Albuquerque nach Santa Fe. Und das sagte jemand, der es wissen musste: seine Frau Doris. Zwei oder drei Mal pro Monat, immer sonntags; bis zu seinem Verschwinden also sechs bis neun Mal.

Dieser Peña hatte seinen Computer eingeschaltet gelassen und – wie viele Bürotypen das tun, wenn sie rausgehen und nicht wollen, dass andere sehen, an was sie arbeiten – nur den Bildschirm ausgeschaltet.

Ein Cop wie Peña sollte es besser wissen.

Tom hatte den Bildschirm angedrückt, lange bevor die beiden ihn in dem Tumult von Cops und Indianern gesehen hatten, und da war es gewesen: Protokoll von Sergeant Julio Peña über die Befragung der Zeugin Doris Mitchell, Los Ranchos, durch Sergeant Julio Peña und Officer Raul Vazquez. Mit Adresse, Fallnummer und alles.

Frage: Wo könnte Everett hingefahren sein Sonntagnacht?

Antwort: Nach Santa Fe vielleicht.

Frage: Wieso nach Santa Fe? Hat er dort seine Freizeit verbracht?

Antwort: Seit ein paar Monaten hat er Fahrten gemacht, nach Santa Fe.

Frage: Seit ein paar Monaten?

Antwort: Seit drei Monaten. Vier, glaube ich.

Frage: Welche Art Fahrten?

Antwort: Fahrten eben, Transportfahrten. Er hat etwas transportiert, in seinem Auto. Seinem Camaro. Aber privat, das hat nichts mit seinem Job zu tun.

Frage: Wie oft im Monat?

Antwort: Zwei oder drei Mal. Aber das hat nichts mit seinem Job zu tun, okay?

Frage: Was hat er transportiert?

Antwort: Weiß ich nicht. Er hat nicht darüber gesprochen.

Frage: Kann es nicht doch sein, dass er seine Freizeit in Santa Fe verbracht hat? Oder in Benson Trail? Vielleicht nicht allein?

Antwort: Benson Trail? ZEUGIN SCHÜTTELT DEN KOPF Er hat jedes Mal, jeden Sonntag, wenn er fuhr, drei Scheine mitgebracht.

Frage: Dreihundert Dollar?

Antwort: Dreihundert Dollar. Drei Scheine.

Frage: Das sind pro Monat sechshundert bis neunhundert Dollar.

Antwort: Nein, sechshundert oder neunhundert Dollar. Nichts dazwischen. Entweder sechshundert oder neunhundert.

Frage: An wen hat er geliefert?

Antwort: Keine Ahnung.

Frage: Was hat er transportiert?

Antwort: Hab ich doch gesagt, ich weiß es nicht.

Frage: Drogen? Methamphetamin vielleicht?

Antwort: ZEUGIN LEHNT SICH ZURÜCK, SCHWEIGT

Frage: Sie wissens also nicht. Und Sie haben Ihren Mann auch nicht danach gefragt?

Antwort: Fuck, oft genug.

Holden sagte, „Und das alles wissen Sie auswendig, Tom?"

Tom setzte sich vor Holden auf die Couch, legte seinen Hut aufs Knie und wischte sich mit dem Handballen über die Stirn und den oberen Teil der Wangen, unter den Augen, und trocknete die Hand an seiner Jeans. Er war geschwitzt, obwohl er langsam gegangen war und die Strecke nicht weit. Die Hitze in der Stadt war unglaublich.

Er wollte ihm eigentlich nicht antworten, diesem Holden, der schon wieder gegen den Schreibtisch lehnte in seinem Anzug mit dem Seidentuch aus der Brusttasche herauslugend, das Tuch im selben dunklen Grau wie Anzug und Krawatte und wie Toms Haare. Und der einen Zettel brauchte, weil er sich den Namen eines einzelnen Officers nicht merken konnte. Officer Everett Mitchell; einfach genug, oder?

Tom sagte dann aber doch, „Es waren nur sechs Seiten", und verkniff sich sogar ein Grinsen.

Er sah Holden ihn mustern und wusste, was kam.

„Sie meinen das ernst, was? Wahnsinn."

Immer, wenn Tom ihm von Nachforschungen berichtete und dabei in seinen Augen etwas Ungewöhnliches getan hatte, sagte dieser Holden dasselbe: *Wahnsinn*. Er sprach es Waaahn-sinn aus, langgezogen, das –sinn kurz, und seine Stimme ging dabei nach oben mit zu viel Betonung.

Tom hatte keine Ahnung, was Holden mit seiner Version vom Wahnsinn sagen wollte.

Toms Blick wanderte zum Fenster, aber auf der Couch sitzend sah er nur ein Stück vom blauen Himmel und zwei weiße Wolken, die sich langsam zum Fensterrahmen hin bewegten. Er fragte sich, was dieser Holden zu verbergen hatte.

Tom sah Holden an. „Frage ist jetzt nur, was transportiert Mitchell da zwei oder drei Mal im Monat. Und von wem bekommt er seine Ladung. Und an wen geht sie. Und natürlich: was hat das mit Cassandra Boyd und Nina Martinez zu tun."

Tom wartete noch auf eine Antwort, als es klopfte und Susan den Kopf hereinsteckte.

„Das Büro von Richterin Hermosillo hat angerufen. In einer halben Stunde geht es weiter. Randy."

Und Holden schien erleichtert, weggucken zu können, zu Susan, ohne dass es ein Eingeständnis wäre.

„Danke Susan."

Tom sah zu, wie Susan die Tür schloss ohne einen Blick für ihn. Er sagte, „Wenn Sie mir nicht erklären, was Boyd und Martinez damit zu tun haben, DA, dann weiß ich nicht, wonach ich suchen soll."

„Ich weiß das selbst noch nicht", sagte Holden.

„Und schlimmer, es kann passieren, dass ich den falschen Leuten Fragen stelle."

„Ich *weiß* das selbst noch nicht."

Tom zuckte mit der Schulter.

Holden sagte, „Wie sieht es denn bei der Boyd aus und bei Nina Martinez? Gibt es da schon Neuigkeiten?"

„Cassandra Boyd wird überwacht, soweit nichts Überraschendes. Sie war den gesamten Morgen in der Bank, heute Mittag – jetzt – sitzt sie mit einem Kunden im Hyatt."

Er würde Holden sagen, mit wem die Boyd beim Essen saß, aber nur, wenn er fragte.

Holden sagte, „Im Hotel mit einem Kunden", und lächelte. „Diese Cassy."

Er hatte nicht gefragt, richtig?

„Im Forque, DA, nicht in einem Zimmer. Woody wird Ihnen den Bericht heute Abend zumailen, und ab da jeden Abend, solange Sie es für nötig halten. Ihre Ex–Freundin", sagte Tom, „da ist Margy dran, aber das dauert noch."

„Sprechen Sie nicht von meiner Ex–Freundin, das gehört nicht hierher. Okay?"

Holden drehte sich um und griff nach einer Tasse und trank. Tom fragte sich, ob Susan ihm Tee kochte und dazu Biskuits reichte, Susan, deren Familie aus Europa stammte.

Holden sagte, „Wen Miss Martinez gesehen hat, das ist sehr wichtig. Wichtiger als alles andere."

Ganz ganz wichtig, dachte Tom.

Nur um zu sehen, wie groß die Probleme wirklich waren, in denen Holden steckte, sagte er, „Vielleicht sollten wir dann noch einen weiteren Mann darauf ansetzen."

Drei Mann rund um die Uhr und mit Tom vier, das hat es noch bei keinem Fall gegeben. Viel zu teuer. Und hätte einer seiner Staatsanwälte das je beantragt, Holden hätte es abgelehnt.

„Gute Idee, Tom, sorgen Sie dafür. Am besten sofort."

„Uh, wirklich?"

„Ja, wirklich. Sie habens doch gerade selbst vorgeschlagen. Warum denn nicht?"

Sehr groß waren Holdens Probleme, daran bestand kein Zweifel.

Tom sagte, „Dieser Mitchell, der gilt als Außenseiter. Hat außer zu seinem Partner kaum Kontakt zu jemandem. Was ihn natürlich zur ersten Wahl macht für jeden, der einen dreckigen Job anzubieten hat."

„Woher wissen Sie das?"

„Von einem anderen Cop."

„Von wem?"

„Spielt das eine Rolle?"

„Für mich ... ja."

Tom überlegte und fand einen Namen, der sich gut anhörte. „Officer Hunter." Keine Chance, dass er Holden seine Quelle verriet.

„Hunter?" Holden schüttelte den Kopf.

„Und Mitchell war knapp bei Kasse", sagte Tom. „Zwei Kinder, die Frau, Doris, putzt morgens drei Stunden in einer Bar. Was bekommt sie dafür, zehn Dollar? Miete fürs Haus, Lebensmittel, die Kinder kosten, dann der teure Wagen, auf den er offensichtlich nicht verzichten konnte. Das Gehalt eines Officers reicht da nicht weit. Sechshundert Dollar pro Monat machen hier einen großen Unterschied."

„Aber ein Risiko für Mitchell."

„Die Ladung muss in den Kofferraum eines Camaro passen, kann also nicht sehr groß sein. Der Kofferraum ist so breit und so tief" – Tom zeigte mit den Händen, was er meinte – „gerade mal Platz für zwei Sporttaschen, einen mittelgroßen Koffer, so was in der Art. Groß genug für Waffen, Drogen ... Aber nichts, was größer ist."

„Wieso Kofferraum? Mitchell fährt allein, er könnte seine Ladung doch auch auf den Rücksitz legen. Oder den Rücksitz ausbauen, dann hat er noch mehr Platz. Da könnte er alles Mögliche transportieren. Auch große Sachen."

Tom schüttelte den Kopf.

Hör dir diesen DA an.

„Mitchells Ladung hat einen solchen Wert, dass jemand es für nötig hält, einen Cop für den Transport anzuheuern. Dieser Jemand wird Mitchell nicht erlauben, die Ladung in den Fahrerraum zu legen, wo sie bei jeder Routinekontrolle gesehen werden kann. Außerdem, was glauben Sie, was Mitchell transportiert hat? Panzerabwehrraketen?"

Was für ihn so offensichtlich war, was für jeden offensichtlich sein musste, für Holden war es selbst mit Fernglas und Lupe nicht zu erkennen.

Tom fragte sich, ob sie Holden genau deswegen zum District Attorney gemacht hatten, und lächelte für einen kurzen Moment.

„Vielleicht haben Sie recht", sagte Holden. „Und jetzt ist dieser Mitchell verschwunden, und das Police Department dreht jeden Stein nach ihm um. Aber warum eigentlich hier in Albuquerque? Wenn seine Frau sagt, er transportiert etwas nach Santa Fe, dann müssten sie doch auf dem Weg zwischen hier und Santa Fe suchen, oder?" Holden sagte, „Was ist daran so lustig?"

„Dass Mitchell Transportfahrten macht", sagte Tom, „haben die erst heute Morgen erfahren. Datum und Uhrzeit standen auf dem Protokoll. Die Aktion in der Stadt war bereits gestern."

Holden stieß sich von seinem Schreibtisch ab und setzte sich auf den Sessel gegenüber Tom, der Sessel in dem gleichen Hellgrau wie die Couch. Er legte ein Bein auf das andere, so dass die Hose nach oben rutschte und Tom sah, dass der Staatsanwalt lange, schwarze Socken aus Seide trug.

Holden sagte, „Ich hätte da mit einbezogen werden müssen, verdammt nochmal. Aber ich wurde nicht einmal informiert. Ich werde nachher Osborne anrufen, er soll mir mal sagen, warum das nicht geschehen ist. Und White. Ehemaliger Marine, hält sich für was Besseres, nicht?"

Holden sah Tom an.

Tom sah ihn zurück an.

Holden. Wollte Zustimmung erheischen, Tom am liebsten die Schulter klopfen als wären sie Kumpel, sich mit ihm verbrüdern, wie solche Typen das ihr ganzes Leben lang tun. Die alles dafür tun, um dazuzugehören.

„APD hat die Suche bereits ausgeweitet, Highway Patrol ist informiert", sagte Tom. Weil er zu Margy wollte, stand er auf und sagte, „Sie müssen los. Die Hermosillo wartet nicht gerne."

„Sie müssens ja wissen, Tom", sagte Holden und stand auf. „Sie haben mir noch nicht gesagt, was Sie vorhin so lustig fanden."

Tom schüttelte den Kopf. „Ich finde hier gar nichts lustig, DA."

18

*Es ist kalt. Mir tut alles weh. Ich will nicht mehr. Hör
auf.*
    Wie? Heißt? Du?
    Hör auf. Bitte.
    Wie? Heißt? Du?
    Ich heiße ... Mary-Lynn. Du weißt doch, wie ich heiße.
Mary-Lynn. Was soll das? Ich will nicht mehr. Lass mich.

19

Cassy legte die Silbergabel auf den Teller, tupfte mit dem Leinentuch ihre Mundwinkel, trank einen kleinen Schluck vom Rotwein – ein Sechsundachtziger Chateau Lafite-Rothschild, ausgezeichnet mit vollen einhundert Parker-Punkten – und sagte, „Nein, hat er nicht, verdammte Scheiße."

Sie saß mit Pope an einem Zweiertisch am Fenster mit Aussicht auf den nahezu leeren Parkplatz vor dem Forque. Niemand beachtete sie. Die anderen Gäste, drei Männer und drei Frauen an einem Tisch hinten nahe dem Eingang, vermutlich Hotelgäste von außerhalb, die sie nicht kannten.

Klapperten mit ihrem Geschirr wie Texaner.

Pope in seinem weißen Anzug und auf dem Kopf der Fedora, den er selbst am Tisch nicht abnahm, sein Lieblingshut. Genau wie der von Humphrey Bogart, hatte Pope ihr einmal erzählt, Bogart in Casablanca, nur dass der von Bogart grau war und seiner weiß, eine Sonderanfertigung aus Italien. Aber Pope hatte nichts von Bogart, fand Cassy, er sah vielmehr aus wie die verlebte Version des Gatsby, der Große Gatsby, in der Verfilmung mit diesem ... Wie hieß der noch? ... Leonard? So ähnlich. Dieser Leonard sollte sich Pope angucken, dann wusste er, wie er in vierzig Jahren aussah.

Pope war vor ihr da gewesen, jedoch nicht lange, der doppelte Whisky war noch unberührt, ein Georg Dickel, sie würde wetten, und der Zigarillo zwischen seinen Fingern angezündet, aber noch ohne Asche. Sie hatte sich gesetzt – kein Handschlag, keine Freundlichkeiten, nicht mal zugenickt hatten sie sich, darüber waren sie lange hinaus – und bestellt und ihm gesagt, dass er hier nicht rauchen dürfte.

Sie hatte keine Reaktion erwartet und keine bekommen.

Pope hatte dann nach Holden gefragt mit einem Gesichtsausdruck, als ob er bereits alles wusste, und ihr dann doch zugehört; der Anruf, den Holden angeblich bekommen hat, ein Zufall so groß, dass sie nicht daran glauben konnte.

Irgendetwas stimmte da nicht, hatte Pope auch gesagt. Ob Holden sich denn seitdem bereits bei ihr gemeldet hätte?

Nein, hat er nicht, verdammte Scheiße.

„Die Scheiße haben Sie angerichtet", sagte Pope jetzt, und im Augenwinkel sah sie ihn ein Stück von seinem glasierten Huhn in den Mund stecken, sein Blick aber starr auf ihrem Bisonsteak von der Abendkarte.

Das ist die Abendkarte, Ma'am, fürs Lunch haben wir dieses Gericht leider nicht vorgesehen.

Sie hatte trotzdem auf dem Steak bestanden. Nicht, weil sie hungrig war – eben erst hatte sie einen Kreatinshake getrunken, und das widerliche Zeug machte sie immer für Stunden satt – und erst recht nicht, weil sie unbedingt eine drei Zentimeter dicke blutige Scheibe Bison essen wollte. Nein, sie hatte auf dem Steak bestanden, weil sie damit Pope ärgern konnte. Zach Pope hasste Huhn und Pute und Fisch. Zach Pope war Fleischesser, und nur rotes Fleisch. Bison am liebsten. Aber dafür hatte er nicht mehr die Zähne.

Cassy nahm die Wasserflasche und schüttete einen großen Schluck auf ihren Rotwein.

Pope kaute zwei Mal und legte den Kopf in den Nacken und ließ vom Whisky darauf laufen und kaute weiter.

Sie sah hin und sogleich wieder weg. „Müssen Sie trinken, wenn Sie den Mund voll haben?"

Ein ekelhafter Anblick. Sie kannte das von ihrem Daddy, der hat das genauso gemacht, nur mit Jack Daniel's. Bis er es dann endlich hinter sich hatte. Cassy pikste ein Stück Brokkoli auf die Gabel.

Sie hatte Erfolg mit ihrem Steak, denn Pope ließ sie warten. Er kaute und kaute, die Falten um die lange Nase mit den blauen Adern zeigten seinen Ärger. Dann schluckte er, wobei er den Kopf jetzt senkte. Offensichtlich bereitete das Schlucken ihm Probleme.

„Junge Frau", sagte er, „ich bin achtzig Jahre alt. Ich trinke und esse, wie ich will und was ich will und in der Reihenfolge, in der ich das will." Er trank wieder und hielt das leere Glas hoch. Der Kellner nickte und verschwand hinter der Theke. „Und von allem so viel ich will."

„Dann machen Sie eben, was Sie wollen."

„Baby, natürlich mach ich was ich will. Machen Sie ja auch. Wasser in einen Sechsundachtziger Lafite, my-oh-my."

„Sagen Sie nicht Baby zu mir, Pope. Und nicht junge Frau. Und sehen Sie mich nicht so an."

Pope nahm den Zigarillo von dem kleinen Teller eigentlich fürs Brötchen vor dem Hauptgang bestimmt, das Brötchen hatte er auf den Tisch gelegt neben das Stück Butter in Goldfolie, klopfte Asche ab, zog an dem Zigarillo und legte ihn zurück auf den Teller. Cassy wedelte mit der Hand.

Pope sagte, „Hätten Sie mal nicht versucht, den DA darauf anzusetzen. White und seine beiden Mexikaner waren doch bereits bei der Arbeit, Sie wussten das doch, Sie haben doch mit White telefoniert. Und gehen trotzdem zum DA. Was soll das Doppelgetue? Was soll das bringen, außer Ärger? Außerdem, wenn White nichts gefunden hätte, ich habe ja auch noch Leute für so etwas."

„Leute? Sie meinen Ihren Indianer. Der hätte mir gerade noch gefehlt."

„Wir hätten Ake die Fahrten machen lassen sollen, von Anfang an, wie ich das gesagt habe. Ake hätte das hinbekommen wie" – Cassandra sah ihn mit dem Fingern schnippen, aber einen Ton hörte sie nicht, seine Haut zu trocken, wie das bei alten, faltigen Leuten so war – „und wir würden jetzt nicht hier sitzen, weil wir eine viertel Million Dollar vermissen. Wenigstens sollten wir jetzt Ake einschalten. Er-"

„Ihr Akecheta-" Cassy schnaufte und beugte sich über die Tischkante. „Wenn Mitchell mit dem Geld abgehauen ist, und Ihr Akecheta würde ihn finden, dann würde er Mitchell umbringen. Oder wenn Mitchell überfallen und ausgeraubt wurde, dann würde Ihr Akecheta diese Typen umbringen. Das geht nicht. So etwas tue ich nicht. Hier geht es um die Rettung meiner Bank. Mit Mord habe ich nichts zu tun. Verstehen Sie das, Pope? Deswegen habe ich Holden eingeschaltet. Ich gehe nicht in den Knast."

Sie sah seinen Blick und legte ihre Hand aufs Dekolleté und lehnte sich wieder an.

Der Kellner kam, stellte das leere Glas auf sein Tablett, das volle auf den Tisch, warf einen Blick auf den Zigarillo und einen zweiten auf Cassys Rotwein und ging.

Pope sagte, „Ihre Bank ist eine einzige riesige Waschmaschine. Wenn das rauskommt, wandern Sie genauso lange ins Gefängnis wie für Mord." Er trank einen großen Schluck. „Und in einer solchen Situation gehen Sie zu Holden. Etwas Dümmeres hätten Sie nicht tun können. Ihr Daddy-"

„Holden ist kein Problem. Den habe ich im Griff. Und lassen Sie Daddy aus dem Spiel."

„Mag sein, dass Sie den DA im Griff haben. Aber seinen Ermittler, den haben Sie nicht im Griff. Und das ist ein verdammtes Problem."

„Das Problem im Moment sind Sie. Sie starren mir immer noch auf die Titten. Hören Sie verdammt nochmal auf damit."

Als sie von Holden kam, hatte sie wieder ihre Jacke übergezogen, die Jacke kurz und passend zum Kleid, aber, weil ohne Knöpfe, vorne offen. Und, wie ihr in diesem Moment erst auffiel, in exakt demselben Blau wie die blöde Tischdecke.

„Ich lach mich tot", sagte Pope. „Sie lassen sich diese Dinger aufblasen, ziehen sich so an, wie Sie sich anziehen, beugen sich dann noch nach vorne. Und beschweren sich? Außerdem kann ich nichts mehr sehen, Sie halten ja Ihre Hand davor."

„Ich dachte, Sie sind achtzig Jahre alt?"

„Ja", sagte Pope. „Und?"

Cassy wollte etwas antworten, aber ihr fiel nichts ein. Achtzig Jahre alt. Das hört bei denen wohl nie auf. Sie nahm die Gabel und steckte das Gemüse in den Mund, beide Ellbogen eng vor dem Körper und sah an Pope vorbei.

„In den meisten Vierteln hier ... Wenn Sie so herumlaufen, die Kerls fragen Sie, was es kostet", sagte Pope. „Und Sie könnten auch schon was verlangen. Sie pflegen sich, haben gute Haut, gute Hände, Sie machen Maniküre. Ich denke, fünfzig Dollar für einen Hand-"

„*Was* hat Holdens Ermittler damit zu tun?"

„Sie haben wirklich keinen Schimmer, wie Holden funktioniert, Kleine. Tom Sands ist der Kopf im Office von District Attorney Holden. Sie sollten das wissen. Sands war ein besserer Staatsanwalt als Holden, und jetzt ist er ein besserer Ermittler, als Holden je hatte. Nicht nur Holden, als die Staatsanwaltschaft je hatte. Holden verlässt sich auf ihn. Völlig. Blind. Ihm bleibt nichts anderes übrig. Und dass Sie gehört haben, wie er seine Sekretärin nach Sands gefragt hat, kaum dass Sie aus seinem Büro raus waren?" Pope schüttelte den Kopf. „Das hätte selbst Ihnen sagen müssen, wie wichtig Sands für Holden ist. Überprüfen Sie denn nicht die Leute, mit denen Sie es zu tun haben? Was hat Ihr Daddy Ihnen eigentlich beigebracht?"

„Sie habe ich überprüft, Pope, keine Sorge."

Was sie auf eine Art auch getan hat. Ihr Daddy hat von Pope erzählt, immer wieder, es hat ihr damals zum Hals herausgehangen, die Abende am Kamin, auf dem Tisch die Flaschen und dazu *I did it my Way* und die Reden über Pope und vor allem über sich selbst. Aber dann hatte sie die Bank geerbt und dreißig Millionen Schulden mit ihr und hatte sich an die Geschichten erinnert. An die Sache mit dem Hut. An Popes Freundinnen, manchmal drei zur selben Zeit und zuhause die Frau. Vor allem aber an die Betrügereien: Bestechung von Beamten der Minenaufsicht, Tricks bei den Steuern, illegale Beseitigung der Giftabfälle aus den Minen. Und so

154

hatte sie den ehemals mächtigen Zachary Pope dazu gebracht, seine Schulden zu bezahlen – zumindest die
Hälfte. Fünfzig Cent auf den Dollar hatte er angeboten
an dem Nachmittag vor ein paar Monaten, nach vier
Stunden Verhandlung, Streit, Drohungen in seinem
Haus mit fünfhundert Quadratmetern und drumherum
sein riesiges Land, ein Viertel – ein Viertel! – von Santa
Fe County: Fünfzig Cent, hatte Pope gesagt, Ende, Take
it or leave it, mein letztes Angebot, Sie können mir nichts
nachweisen, Cassandra.

Dann war Popes Indianer hereingekommen und hatte
sie angeguckt und sie hatte akzeptiert.

Danach haben sie überlegt, wie Pope an Geld kommen
konnte, und er hat seine Beziehungen ins Spiel gebracht.

Und ein Spiel ist es geworden. Poker. Illegal. Geheim.
Einmal im Monat, manchmal zweimal. Auf dieser Ranch
im Rez, die irgendjemandem gehörte, nicht den Indianern, und die seit Jahrzehnten leer stand. Buy in
fünfzigtausend Dollar pro Spieler. Und ein fester Pro-
zentsatz ging an die Bank.

Aber es war zu wenig. Was übrig blieb, reichte nicht
aus, um ihre Schulden zu bezahlen. Die Bankenaufsicht
scharrte schon mit den Hufen, wollte ihr die Bank endgültig wegnehmen.

Also hat sie dem anderen Geschäft auch zugestimmt.
Popes Beziehungen reichten zu denen hin, die das Licht
scheuten. Nicht, dass sie mit solchen keine Erfahrung
hatte. Sie waren oft gute Kunden. Schwierig manchmal,
aber gute Kunden. Als sie von Pope hörten, es gäbe da
jemanden, dem eine Bank gehörte, eine echte
gottverdammte Bank gehörte ... Da wollten sie nicht
mehr nur spielen, sondern brachten auch ihre Taschen
mit. Hunderttausend hier, dreihunderttausend da.

Ehe sie sichs versah, bezahlte Pope seine Schulden
nicht mehr nur mit illegalem Poker, sondern damit, dass
Cassy das Geld dieser Kriminellen unauffällig in den
Wirtschaftskreislauf schleuste.

Illegal erworbenes Bargeld rein in die Bank, legale
Überweisungen raus aus der Bank.

Waschmaschine.

Aber sie hatte keine Wahl. Entweder das oder der Bankrott.

Fuck You very much, Daddy.

Aber Pope hat sie nicht machen lassen, sondern hat selbst gemacht: diesen White angeheuert und die zwei Mexikaner, Peña und ..., na, Vazquez, so hieß der andere, die die Mädchen besorgten. Die Fahrten sollte sein Akecheta machen, aber da hatte sie auf den Tisch gehauen. White hatte dann Mitchell vorgeschlagen.

Und der hatte jetzt eine Tasche verloren. Eine viertel Million Dollar, die sie waschen sollte. Es würde nur wenige Tage dauern, bis sich der Besitzer bei ihr meldet und fragen würde, wo zur Hölle sein Geld bleibt.

Verschwunden, war bei dieser Klientel nicht die beste Antwort.

Sie sagte, „Dieser Tom Sands, warum soll der ein Problem sein? Wenn er wirklich so gut ist, dann findet er ja vielleicht unsere Tasche. Und Ihren Mitchell.“

„Und dann?“

„Und dann werden wir keine lebensbedrohlichen Probleme mit Leuten bekommen, die andere wegen bedeutend kleineren Summen auch schon mal die Beine brechen oder in Beton eingießen“, sagte Cassy. „Wäre doch schon mal was, oder?“

Aber sie wusste, dass Pope das nicht meinte.

„Und dann, wenn Sands die Tasche findet, was dann, Cassandra?“

„Dann wird Holden mir die Tasche übergeben und nicht nachfragen und er bekommt von mir ein halbes Jahr Aufschub. Und alle sind zufrieden.“

„Zwei Dinge dazu: Holden wird sich nicht mit einem halben Jahr Aufschub zufrieden geben-“

„Dann bekommt er eben ein ganzes Jahr, was solls.“

Cassy hätte damit kein Problem, es wäre ein geringer Preis. Und Holden hatte ihr sogar imponiert mit seiner Forderung. Hatte vielleicht doch ein bisschen Mumm, der Dandy.

„Ich vermute, dass er auch damit nicht zufrieden ist –
wir werden sehen. Und zweitens wird Sands wissen wollen, was es mit dem Geld auf sich hat."

„Holden ist sein Boss, er wird ihm eine Antwort geben
und dieser Tom wird nicken und sagen, Yes, Sir."

„Sie haben mir vorhin nicht zugehört, Cassy. Ich
glaube nicht, dass Sands jemals zu Holden ,Sir' gesagt
hat. Zu seinem Dad vielleicht, wahrscheinlich sogar,
Sands hat Anstand, von irgendwem muss er den ja haben. Aber nicht zu Holden."

„Wir werden sehen", sagte jetzt Cassy. „Etwas Anderes, Pope: Wie geht es weiter?"

Pope guckte und kaute und trank.

Cassy sagte, „Ich brauche Nachschub. Wir sollten ein
Spiel ansetzen. Für jetzt. Also morgen. Morgenabend. Ich
habe darüber nachgedacht, wir nennen es ein Midweek
Special."

Pope schüttelte den Kopf. „Besser nicht. Zu viel los im
Moment. Die ganzen Cops."

„Und das frische Geld geht dann raus als Überweisungen. Damit kaufen wir uns ein paar Tage."

„Kein guter Gedanke, Cassy. Ein Loch stopfen und
zugleich ein anderes aufreißen."

„Haben Sie einen besseren?" Sie wartete. „Dachte ich
mir."

Sie nahm ihr Telefon hervor und fing an zu wählen.

„Los, Pope, Sie auch. Midweek Special. Rufen Sie Ihre
Leute an."

Weniger als eine halbe Stunde und das neue Spiel war
angesetzt.

Cassy steckte ihr Telefon zurück in die Tasche.

„Das hätten wir schon früher machen sollen", sagte
sie. „Mehr Spiele, mehr Umsatz. Jetzt brauchen wir nur
noch einen neuen Kurier."

Pope zog wieder an dem Zigarillo und blies Ringe in
die Luft.

„Und wen? Im Moment suchen die Cops überall nach
Mitchell. Sie halten Autos an, auch auf dem Highway.
Dieser Idiot White will sich wichtig tun, dabei macht er

die Situation nur schlimmer. Behauptet, er hätte alles im Griff. Genau wie Sie. Meine Güte, können Sie mal mit dieser Wedeloi aufhören?"

„Dann blasen Sie Ihre Ringe in die andere Richtung."

„Uns bleibt nur Ake."

„Oh, nein, nein, nein, Pope, wir waren uns einig. Wir haben uns vor drei Monaten bereits gegen Ihren Indianer entschieden. Kommen Sie jetzt nicht wieder mit dem. Natives werden schon an normalen Tagen mehr als andere kontrolliert, und jetzt sind all diese Cops auf den Straßen. Das sagen Sie selbst."

„*Sie* haben gegen Ake entschieden. Dann kam dieser Mitchel, und was das gebracht hat, sehen wir jetzt."

Cassy schüttelte den Kopf. „Keine Chance. Ihr Indianer würde nicht eine einzige Fahrt überstehen. Und jeder weiß, dass er für Sie arbeitet. Er wird mit einer Tasche Geld im Kofferraum erwischt, dann steht eine halbe Stunde später das gesamte FBI-Büro von Albuquerque vor Ihrer Tür."

„Ich kenne die Leute vom FBI in Albuquerque."

„Das ist nicht der Punkt, Pope."

Sie sah, dass er nicht verstand und sagte, „Ihr Indianer wird ja nicht vom FBI angehalten, sondern vom Sheriff's Department oder von der Highway Patrol oder von unseren Cops in Santa Fe. White hat hier keine Kontrolle. Und Sie? Wollen Sie die alle schmieren? Soviel Geld haben Sie nicht, und wenn doch, dann denken Sie daran, dass Sie das alles mir schulden."

„Dann müssen wir das neue Geld bunkern und warten."

„Ich *kann* nicht warten. Wir müssen zweihundertfünfzigtausend Dollar überweisen. Wenn sich rumspricht, dass ihr Geld bei uns nicht sicher ist, verlieren wir unsere Kundschaft. Dann ist unser Geschäftsmodell am Ende. Schluss. Aus. Und meine Bank und ich sind auch am Ende. Die Maschine muss weiter laufen, Pope. Ich brauche jeden Cent. Jetzt. Nicht in ein paar Wochen. Verstehen Sie das?"

Der Kellner kam und sagte, „Entschuldigen Sie bitte."

Cassandra sah den Kellner zum ersten Mal an in seiner schwarzen Hose und dem gestärkten weißen Hemd und der Flasche in der Hand – Georg Dickel Tennessee – und sagte, „Was ist?" In der Vermutung, sie hätte zu laut gesprochen.

„Die Herrschaften dahinten" – der Kellner drehte sich zu dem Tisch am Eingang und wieder zurück – „haben sich, nun ja, beschwert. Wegen des Zigarrenrauchs. Das Rauchen ist hier eigentlich nicht gestattet-"

„Eigentlich?", sagte Pope. „Dann ist ja alles in Ordnung, junger Mann."

„Nun, nicht eigentlich, das habe ich nur so gesagt. Es ist nicht gestattet. Also, nebenan in der Bar schon, aber hier leider nicht, das tut mir sehr leid. Vielleicht könnten Sie bitte die Zigarre ausmachen?"

„Sind das Texaner?", sagte Cassy.

„Das ist ein Zigarillo", sagte Pope, „keine Zigarre."

Der Kellner goss Whisky ins Glas, einen doppelten, dann noch einen Schluck. „Der geht aufs Haus. Danke für Ihr Verständnis. Ist mit dem Rotwein alles in Ordnung?"

Cassy nickte.

Sie sah dem Kellner hinterher und fragte sich, vor wem er wohl die größere Angst hatte, den Texanern oder Pope oder seinem Boss.

Sie sagte, „Jetzt machen Sie dieses Ding schon aus, Pope."

„Ich bin achtzig-"

„Geben Sie her", und Cassy nahm den Zigarillo und warf ihn in den dreifachen Georg Dickel.

Pope sah sie an.

„Wir werden einen Ersatz für Mitchell finden", sagte Cassy in sein Gesicht. „Nicht Ihren Indianer. Sondern jemanden wie Mitchell. Einen anderen Cop. Nur Cops werden heutzutage nicht mehr kontrolliert. Und wieder Mädchen besorgen, das werden wir auch. Sie sprechen mit White. Der soll das regeln. Sofort. Ist das klar, Pope?"

„So, wie White das für Sie mit der kleinen Mescalero geregelt hat?"

Cassy nahm Messer und Gabel und schnitt ein Stück Fleisch und steckte es in den Mund und sah wieder an Pope vorbei aus dem Fenster. Die Ellbogen hielt sie eng am Körper.

„Genau so", sagte sie.

20

Randy nahm sein Glas und trank und stellte das Glas
wieder auf den Tisch neben den Zettel, den ihm der Indianer hingelegt hatte. Dann sah er kurz zu ihm hoch und
lächelte und nickte ihm zu, als wäre der ein alter
Bekannter. Nahm dann den Zettel mit Daumen und
Zeigefinger und las.

Der Indianer war zur Tür hereingekommen, hatte die
Bedienung mit den Speisekarten auf dem Arm und ihrem
How many? ignoriert und sich umgeschaut und war mit
weiten, federnden Schritten zu ihm in die Ecke gekommen. Selbstbewusst, als würde ihm dieses verdammte
Restaurant gehören. War vor seinem Tisch stehen
geblieben, hatte den Zettel von seinem Block abgerissen
und ihn zwischen seinen Rotwein und der Schale mit
Gazpacho Andaluz geschoben, der Spezialität des Café
Granada und Randys Lieblingsessen, wenn immer er
hierher kam. Und ihn stumm angeguckt.

Und der Indianer guckte jetzt immer noch, die Blicke
der anderen Gäste auf ihn gerichtet; manche tuschelten,
weil er groß war wie ein Baum und das Gesicht so
verdammt regungslos und die Haare so schwarz und lang
und sie sich fragten, Was will dieser Injun von unserem
District Attorney?

Genau das fragte sich Randy auch.

Auf dem Zettel standen nur wenige Zeilen, und als er
sie gelesen hatte, sagte Randy, „Setzen Sie sich doch,
Mister" – und er musste wieder auf den Zettel gucken –
„Akecheta. Wie wäre es mit einem Drink? Rotwein? Oder
ein Bud? Der Rotwein ist gut, nicht aus Andalusien – das
ist in Spanien, wissen Sie, in Europa? – sondern aus
Kalifornien, aber immerhin ... Die Flasche hat einen
echten Korken, keinen Drehverschluss."

Randy lächelte.

Das Gesicht von Akecheta blieb regungslos. Sein Mund stumm.

Randy lächelte immer noch und sagte, „Keinen Drink also?"

Der Indianer schüttelte den Kopf.

Randy sah die Sehnen im Hals des Indianers zucken und sah – *heavens!* – Ein Loch, ein richtiges Loch mitten im Hals! Ein Loch so groß, Randy hätte den Korken der Flasche hineinstecken können.

Das Lächeln aus Randys Gesicht verschwand.

„Entschuldigung, ich wollte nicht ..."

Akechetas Gesicht blieb regungslos, als er sich setzte und auf den Zettel tippte.

„Ja, der Zettel ..." Randy sprach leise, ein schneller Blick auf die Hände des Indianers mit den langen Fingern, ein zweiter schneller Blick – er konnte nicht anders – noch einmal auf dieses unglaubliche Loch im Hals. „Also, Mister Pope schickt Sie?"

Akecheta nickte.

„Und Mister Pope meint, ich sollte" – Randy las – *„Weisen Sie Ihre Staatsanwältin an, die Sache ab sofort ruhen zu lassen."*

Akecheta nickte.

„Und Mister Pope meint, ich sollte vor allem und sofort meinen Ermittler von der Sache abziehen?"

Akecheta nickte zum dritten Mal.

„Und Sie sind hier, weil" – und Randy las – *„Sonst wird sich Akecheta um Sie kümmern?"*

Und Akecheta lächelte.

Randy sah sich um und sah immer noch Blicke auf den Indianer und auf sich, die Blicke von Bürgern auf ihren Staatsanwalt; dazu die Unsicherheit der Bedienung, die immer noch mit den Speisekarten im Arm bei der Tür stand und zu ihnen sah. Er nickte den Bürgern zu, die sein Gehalt bezahlten und dafür Recht und Ordnung von ihm erwarteten, und er zwang sich zu einem Lächeln für die Bedienung: *Alles in Ordnung.*

Ein dicker Schweißtropfen lief ihm den Rücken hinab.

Und obwohl sein Magen wie zugeschnürt war, nahm er einen Löffel Gazpacho, vorsichtig, die Suppe war heiß, und dazu einen Bissen Brot und kaute und schaute dann wieder hoch und lächelte rechts und links. Alles in Ordnung, wirklich.

„Wenn Sie schon keinen Drink wollen, wie wärs dann mit einer Schale Suppe? Gazpacho Andaluz, Spezialität des Hauses. Geht auf mich."

Er sah, wie Akecheta einen Blick auf seine dampfende Schale warf und leise den Kopf schüttelte.

Sein Herz pochte. Er war der District Attorney und konnte sich nicht einschüchtern lassen, nicht von einem Indianer, selbst wenn er groß war wie ein Baum und ein verdammtes Loch im Hals hatte und kein Wort sprach. Verdammter Injun. Ob der nichts trank und nichts aß, weil ihm sogleich alles aus dem Loch im Hals wieder herauslaufen würde? Aber irgendetwas musste der doch essen.

Randy zwang sich zu einem weiteren Löffel, damit er etwas zu tun hatte und cool aussah, als wäre er der Boss, und bloß nicht wieder auf dieses Loch starrte.

Der Indianer blieb sitzen.

Was hatte der vor? Sie befanden sich in einem Restaurant, es war früher Nachmittag, hell, der Laden war voll, was hatte dieser löchrige Indianer mit ihm vor?

Noch einen Löffel.

Ehrlich, was konnte der schon tun? Huh? Also, nicht einschüchtern lassen, Randy-Boy, okay? Du bist der Staatsanwalt. *You're the man.* Gerade noch hast du bei der Hermosillo im Gerichtssaal gestanden und deinen Fall vorgetragen. Der Staat gegen ... gegen ... ah, wie heißt der noch?

Randy war versucht, gegen seine Wangenknochen zu drücken bis es knackste und das Piepsen nachließ, aber das würde ihn schlecht aussehen lassen, als stünde er unter Druck, also ließ er es. Aber lächeln konnte er auch nicht mehr.

Stattdessen legte er den Löffel weg und trank sein Glas leer und schaute noch einmal auf den Zettel, nahm tief Luft und flüsterte, „Okay, Mister Akecheta, kein Drink, und essen wollen Sie auch nicht. Dann sagen Sie mir jetzt mal, was das heißen soll, *Sonst wird sich Akecheta um Sie kümmern?*" Randy sah hoch. „Soll das etwa eine Drohung sein? Denn es hört sich wie eine Drohung an. Sie wissen schon, mit wem Sie es hier zu tun haben, ja?" Und nach einem weiteren tiefen Atemzug guckte er dem Injun sogar in die Augen. „Antworten Sie gefälligst."

Was dieser Randy nicht wusste: Akecheta Skenandore war halb Oglala–Lakota und halb Franzose; Indianer sein Alter, die Mutter Französin aus Kanada. *Non, je ne regrette rien*, wie sie nach ihrem ersten Drink immer gesungen hatte – kein Budweiser und erst recht kein Rotwein, sondern illegal gebrannter Schnaps aus dem Shop im Rez. Beim dritten Drink war es bereits vorbei mit der Singerei, dann fauchte sie, *Dich Scheißkerl, dich bereue ich*, nach dem vierten und fünften kamen die richtigen Flüche hinzu. Und der Alte, genauso besoffen und mehr, fauchte zurück, bellte zurück, beide wie die Köter draußen vor dem Trailer, und der Alte schlug zu, wenn er noch halbwegs stehen konnte und sie schlug zurück. Beide waren ihr Leben lang besoffen, und beide waren schon lange tot.

Akecheta hatte von seinen Eltern eines gelernt, nur eines: Kein Alkohol. Niemals. Und er hielt sich daran.

Was dieser Randy auch nicht wusste, sonst hätte er vielleicht vorgezogen, seinen Mund zu halten: Akecheta Skenandore hatte viele Jahre damit zugebracht, Menschen vom Leben in den Tod zu befördern.

Er war darin äußerst erfolgreich.

Mehr als einhundert bestätigte Tötungen.

Akecheta wuchs in South Dakota auf, im Reservat natürlich, Pine Ridge, in einem stinkenden Trailer und mit anderen betrunkenen Indianern. In die Schule gegangen ist er vier Jahre, dann hatte er keine Zeit mehr, er musste jagen und angeln und viele Meilen weit laufen, fast jeden Tag. Gelernt hatte er in der Schule sowieso fast nichts.

Immerhin, er konnte lesen und ein wenig schreiben. Einfache Texte nur und langsam, aber das wenigstens.

Und das sollte später reichen.

Er war siebzehn, als der Soldat ihn ansprach. Er sagte, er wäre Officer der United States Army. Das hatte einen Klang: Officer der United States Army. Der Officer war kein Indianer, und er war auch nicht betrunken, sondern er trug eine Uniform mit vielen Abzeichen an der Brust und kam aus einem schönen Büro gleich neben dem Spielekonsolenladen in der Shoppingmall und hat zu ihm hochgeguckt und ihn gefragt, was er denn mit seinem Leben anfangen wollte.

Als ob Akecheta mit seinem Leben tatsächlich etwas anfangen könnte, ein Siebzehnjähriger in zerrissenen Jeans und Sandalen ohne Strümpfe und einem zu kurzen Shirt. Ein Big Fucking Injun aus dem Reservat. Als ob er tatsächlich eine Zukunft hätte.

Das hier, hat der Officer gesagt und ihm eine Broschüre gezeigt, das hier könnte deine Zukunft sein.

Auf dem Cover ein junger Mann in Uniform, vielleicht Indianer, vielleicht nicht, auf jeden Fall frisch rasiert und gut aussehend, mit weißen Zähnen lächelnd. Und wo saß er? In einem verdammten Monster von einem Hubschrauber.

Unser neuester Heli, hat der Officer gesagt. So einen könntest du bald fliegen.

Auf dem Heli stand *United States Army*.

Wie wärs mit einer ehrenvollen Sache, hat der Officer gesagt.

Zum Beispiel?

Du bist wie groß, was ... zwei Meter? Und stark. Du bist Amerikaner. Dienst an deinem Vaterland, natürlich. Wir brauchen Männer wie dich.

Bis zu diesem Zeitpunkt hatte ihn niemand je *Amerikaner* genannt, wie auch, er hatte keinen Pass, nicht mal eine Geburtsurkunde, und er kam nur einmal im Jahr aus dem Reservat raus in diese Stadt, in die Mall.

Und niemals hatte jemand gesagt, Wir brauchen Männer wie dich. Aber so, wie der Officer in seiner Uniform das sagte ...

Wie ist dein Name?

Akecheta Skenandore.

Der Officer hat genickt und gesagt, Okay, Private First Class Akecheta Skenandore.

Und Akecheta hatte gelächelt.

Private First Class Akecheta Skenandore.

Sie gaben ihm eine Geburtsurkunde und einen Pass und schickten ihn aus dem kalten South Dakota zum Boot Camp in den Süden, nach Fort Brenning, wo sie ihn und all die anderen durchs Gelände hetzten, was ihm nichts ausmachte, weil er das im Reservat jeden Tag tat, und wo sie ihnen zeigten, wie sie Gewehre und Pistolen und Messer benutzen sollten, was er längst konnte und besser konnte, als jeder andere in seiner Gruppe und fast genauso gut wie seine Lehrer. Sie lachten und sein Drill Master schlug ihm auf die Schulter, weil er, der junge Injun, der Baum von einem Kerl, so verdammt gut war, dass sie ihm nichts mehr beibringen konnten, und zum ersten Mal in seinem Leben fühlte er sich *wert*. Dann schickten sie ihn zur Infantry School und von dort zum Nahkampftraining, wo er tatsächlich noch einiges lernte; Griffe und Schläge und Techniken, die er nie zuvor gesehen hatte und mit denen Kleinere Größere und Schwächere Stärkere besiegten, und mit denen die Großen und Starken wie er nahezu unbesiegbar wurden.

Und von dort flogen sie ihn in den Krieg.

Jahrelang, immer wieder flogen sie ihn in den Krieg. Mal erschoss er die Gegner aus der Ferne, mal war er nahe an ihnen dran und schlitzte ihnen den Hals auf, manchmal in Städten, manchmal in Wüsten, manchmal in Gebirgen. Für ihn spielte es keine Rolle. Es war überall gleich. Überall derselbe Krieg. Überall dasselbe rote Blut.

Hubschrauberpilot ist er nicht geworden, keine Chance bei seiner Größe. Der Officer in der Shoppingmall hatte das natürlich gewusst.

Aber im Töten wurde er einer der Besten.

Und die Welt gesehen hat er auch. Sogar Spanien, selbst in Andalusien ist er gewesen für einen Urlaub zwischen zwei Kriegen. Granada, Alpujarras, Almería, Málaga, die weißen Dörfer im Hinterland, wo sich die einheimische Bevölkerung erbittert und manchmal sogar erfolgreich gegen die Mauren aus Nordafrika gewehrt hatten, lange Zeit zuvor, er hatte es irgendwo gelesen. Beeindruckend. Und im Gegensatz zu diesem Holden, der da vor ihm saß und so tat, als hätte er keine Angst vor ihm, wusste Akecheta, dass diese Suppe keine original Gazpacho Andaluz war. Denn eine Gazpacho Andaluz wurde immer kalt zubereitet und kalt gegessen.

Wie lange willst du das noch machen?, fragte ihn eines Tages sein Commander, ein Major, während eines Einsatzes in irgendwelchen Bergen in irgendeinem Land. Sie waren die Vorhut, sechs Mann. Akecheta, du bist jetzt fast dreißig und einfacher Sergeant, sagte sein Commander, du kannst hier nicht mehr werden, als du jetzt bist, du hast keine Schulbildung, zu mehr reicht es nicht. Sieh dich nach etwas anderem um, solange es noch geht.

Aber er konnte nichts anderes. Und er wollte nichts anderes. Er hatte sich bereits für den nächsten Krieg gemeldet, und er würde sich danach wieder melden und wieder. Irgendwo würde es einen Krieg geben, für den sie Akecheta Skenandore brauchten.

Mehr als einhundert bestätigte Tötungen.

Solche Leute brauchte man immer.

Stunden später an diesem Tag erreichten sie ein Tal und er und drei seiner Leute wurden zur Erkundung vorausgeschickt. Sie kletterten hinab bis zum Fluss, wo es bereits dunkel war, und gingen rechts und links dem Ufer entlang, eine Stunde den Flusslauf hinab, eine Stunde zurück. Er nahm das Funkgerät und meldete seinem Commander: *All clear.*

Da wusste er noch nicht, dass das die beiden letzten Worte seines Lebens waren.

Denn er sagte All clear und hörte ein Geräusch und spürte zugleich einen Stoß gegen seinen Hals. Der Stoß war nicht fest und verursachte keine Schmerzen.

Aber dieses Geräusch. Wie ein Peitschenschlag in die Luft mit einem saftigen, dünnen Zweig.

Wupp.

Er sackte auf die Knie. Ja, ganz sicher, etwas hatte ihn getroffen. Keine Kugel aus einem Gewehr, sie hatten keinen Schuss gehört, keinen Knall, sondern etwas anderes. Etwas, das ihn jetzt am Schlucken hinderte.

Er hob die Hand und tastete an den Hals. Ein ... *Pfeil?* Tastete weiter ... nein, kürzer als ein Pfeil. Ein Bolzen. Der Bolzen steckte mitten in seinem Hals und kam – tastete nach hinten – auf der anderen Seite wieder heraus.

Das Atmen fiel ihm schwer.

Ein Bolzen wie er von Armbrüsten verschossen wird. Mitten in seinem Hals.

Sie hatten seinen Trupp gewarnt, der Feind liegt unsichtbar im Hinterhalt und tötet lautlos.

Aber sie hatten Messer gemeint, nicht beschissene Armbrüste.

Er wusste noch genau, was er in diesem Augenblick gedacht hatte: *All clear my ass.*

Dann, so hatten sie es ihm später erzählt, war er lautlos umgefallen.

Und lautlos war er seitdem geblieben.

Im Krankenhaus dann die erste Operation, dann die zweite, dann die Entzündung, die seinen Körper nicht mehr loslassen wollte. Er konnte kaum atmen und nicht schlucken und nicht essen und nicht trinken und hatte Schläuche im Hals und in den Armen.

Aber sein Körper war stark, genau wie sein Geist. Er überlebte.

Später, als er sich besser fühlte und sie ihm die Infusionen herauszogen, war ein Arzt in Uniform gekommen mit einem Block und einem Stift und hatte gesagt, Ihre Entzündungen sind fast verschwunden, Sergeant, wir können festhalten: Sie haben überlebt. Ein echtes Wunder.

Er wollte sagen, *No shit*, aber er konnte nicht.

Der Arzt fragte ihn, Wie fühlen Sie sich denn heute?, und hielt ihm Block und Stift hin, und er hatte geschrieben: Warum kann ich nicht sprechen?

Na, weil Sie keinen Kehlkopf mehr haben, natürlich.

Von dem Pfeil?

Ja, von dem Pfeil. Von dem Bolzen. Und von der Entzündung.

Wann werde ich wieder sprechen können?

Nun, Sergeant, so wie früher ... so werden Sie nie wieder sprechen können. Wir mussten eine Resektion vornehmen, eine Laryngektomie und in der Folge ein Tracheostoma–

Englisch!!!

Okay, okay. Also, wie erkläre ich das? Wir mussten Ihren Kehlkopf entfernen, Sergeant. Sie haben jetzt ein Loch in Ihrem Hals, genau hier ... Da hinein haben wir eine Atemkanüle gelegt, eine Kanüle, ein Röhrchen also, durch das Sie atmen. Sie merken ja, dass Sie den Mund geschlossen haben und trotzdem atmen, nicht?

Für wie lange?

Was meinen Sie, Für wie lange? Für immer, natürlich. Sie können essen und trinken, kein Problem, allerdings werden Sie nichts mehr schmecken und auch nicht mehr riechen können. Das tut uns leid, aber Sie müssen sehen ... Sie leben, Sergeant. Und die meisten Soldaten, glauben Sie mir, die meisten hätten diese Verletzung nicht überlebt. Und Sie werden auch bald wieder sprechen können, nur anders. Verdammte Weiber, nicht?

Weiber? Welche Weiber?

Ach, hat Ihnen das Ihr Commander nicht erzählt? In diesen Bergen, da haben nur Frauen Armbrüste. Die können verdammt gut damit umgehen, die verdammten Weiber.

Akecheta hatte sich schnell damit abgefunden, nichts mehr zu schmecken und nichts mehr zu riechen und eine Kanüle im Hals zu tragen, durch die er atmete und die sich ständig mit Schleim zusetzte und die er zwei Mal am Tag so sorgfältig reinigen musste wie seine Waffen. Und an den Befeuchter, ohne den seine Atemwege austrockneten bis er nicht mehr aufhören konnte zu husten und an die Blicke der anderen hatte er sich auch bald gewöhnt.

Er hatte überlebt, und das war der Preis dafür. So war es eben. *Non, je ne fucking regrette rien.*

Womit er sich nicht abfinden konnte, war dieses Gerät, das sie ihm gaben. Er sollte es an seinen Hals drücken und ein junger Kerl mit runder Brille zeigte ihm, wie er dazu die Lippen bewegen und wie er atmen musste, und irgendwann, nach vielem Üben, war tatsächlich ein Ton herausgekommen. Ein Ton, der ihn erschreckte; so metallisch, als hätte er gegen einen Blecheimer getreten. Und der junge Kerl hat gelacht, Ja, so reagieren die meisten, wenn sie zum ersten Mal ihre neue Stimme hören, hat er gesagt und wieder gelacht und die Brille ausgezogen und gelacht und sich die Augen gewischt. Hört sich aber auch komisch an, hahaha.

Akecheta hat gelächelt und dem nutzlosen Kerl, der nur zur Army gegangen war, weil sie ihm seine Ausbildung bezahlte, Akecheta kannte solche Typen zur Genüge – er hat dem Kerl eine Hand in den schmächtigen Nacken gelegt, freundschaftlich, von Kamerad zu Kamerad, als wollte er ihm etwas sagen. Und der Kerl hat ihn angelacht mit seinen Tränen in den Augen.

Und mit der anderen Hand, die große Hand zur mächtigen Faust geballt, hat Akecheta ihm auf den Hals geschlagen.

Genau auf den Kehlkopf.

Die Brille war ihm aus den Händen gefallen, und er hat geguckt mit seinen wässrigen Augen, gestarrt, an Akecheta vorbei, kein Lachen mehr im Gesicht sondern nur Krampf und Angst; mit beiden Händen hat er dann seinen eigenen Hals gepackt und gedrückt und geschüttelt, als wollte er etwas locker schütteln, die Adern auf der Stirn waren da schon zum Platzen geschwollen, dann sprang er auf und wollte hinauslaufen – Akecheta hätte ihn gelassen, warum nicht – aber noch vor der Tür war er auf den Boden gefallen, die Hände immer noch am Hals, Krampf und Angst immer noch im Gesicht. Das Gesicht rot angelaufen, so rot, wie eine spanische Tomate.

Akecheta hatte nicht gelacht, warum auch. Der Kerl. War erstickt.

Sie ließen Akecheta unbehelligt wegen seiner Verdienste fürs Vaterland, mehr als einhundert bestätigte Tötungen, das war ihnen etwas wert.

Aber bleiben durfte er nicht. Und reden sollte er darüber auch nicht.

No shit.

Er hatte Block und Stift mitgenommen und von da an, wenn er denn mal etwas zu sagen hatte, hat er es aufgeschrieben.

All das wusste Randy nicht, als er noch einmal sagte, „Antworten Sie gefälligst."

Und Akecheta lächelte Holden an und nahm Block und Stift und schrieb.

21

Margy O'Donnells Toyota stand auf der Straße in Sichtweite des Adobe, in dem das Büro der Anwältin Nina
Martinez und ihrer Kollegen war, die Plätze hinter ihr
frei.

Tom parkte seinen Truck und ging zur Beifahrerseite,
tippte die Flasche Wasser gegen das Fenster und
wartete, bis Margy sich herübergebeugt und die Tür ent-
riegelt hatte, ein dickes Grinsen im Gesicht.

Tom zog den Hut aus, duckte sich und stieg ein und
schob den Sitz nach hinten. Er gab ihr die Flasche. Sie
bedankte sich mit einem Luftkuss in seine Richtung und
trank, nahm eine leere Wasserflasche aus der Halterung
auf der Konsole und legte sie neben sich und stellte die
neue Flasche hinein.

Dann weckte sie den Laptop in ihrem Schoß aus dem
Schlaf.

Tom legte seinen Hut aufs Knie. „Wann kaufst du dir
endlich ein neues Auto, Margy?"

„Ein neues? Jemand wie du, der einen so alten Truck
fährt-"

„Ich meinte *neues* im Sinne von *anderes* und *anderes*
im Sinne von *größeres*. Ich weiß nie, wie ich mich setzen
soll in diesem ... Schuhkarton."

„Schuhkarton? Das ist mein Auto, von meinem Geld
gekauft, ohne Schulden, ohne Kredite, alt und zuver-
lässig, mit" – sie beugte sich nach vorne und las – „ein-
hundertsechzehntausend und ein paar Meilen ohne
größere Beschwerden. Aber an dem Tag, an dem ich dich
heirate, Tom, verkaufe ich den Schuhkarton und wir
fahren nur noch mit deinem Truck herum. Das heißt, ich
fahre, du sitzt nebendran. So wie jetzt."

Margy, klein und rund und für ihre Größe gute zwanzig Pfund zu schwer, wie sie selbst sagte, schaute ihn an
und grinste wieder. Seit dreizehn Jahren war sie verhei-

ratet, erst mit Pete, der sie wegen einer ‚unterernährten Kellnerin mit schwarz gefärbten Haaren' verlassen hatte, dann mit Hubert, den sie aber eines Abends im Fahrerhaus eines Trucks – auf der Truckerin – fand, im Übrigen auf dem Parkplatz vor der Kneipe, in der Petes unterernährte Kellnerin immer noch kellnerte. Seit einem Jahr war Margy wieder mit einem Pete verheiratet, den sie aber nur Peter nannte, um ihn nicht mit dem anderen zu verwechseln, und der soweit noch keine schlechten Angewohnheiten offenbart hat.

Margy mochte Tom, und Tom mochte Margy.

„Aber wir beide wissen, das wird nie passieren. Tut mir leid, Cowboy."

„Wie gehts Peter?"

„Hält bislang seinen Hosenstall zu und schwört mir jeden Tag von neuem ewige Liebe. Mal sehen. Und jetzt guck mal, was ich hier für dich habe." Sie nickte auf den Bildschirm.

„Du glaubst also, du hast ihn gefunden?"

Margy nickte. „Denke schon."

Sie drehte den Laptop, und Tom sah Fotos aus Überwachungskameras: schwarz–weiß, grobkörnig, drei unterschiedliche Winkel und drei unterschiedliche Bildausschnitte.

„Zwei Kameras hier in der Straße, eine Kamera nebenan im Park", sagte sie. „Ist das nicht etwas Wunderbares, diese totale Überwachung?"

Tom antwortete nicht. Er wusste, dass Margy das Gegenteil meinte und dass Margy wusste, dass er ihr zustimmte. Obwohl beide den gelegentlichen Nutzen der überall in der Stadt verteilten Kameras für ihre Arbeit nicht abstreiten konnten.

„Also, was du hier siehst, das sind Bilder von gestern und von heute Vormittag. Zwischen halb acht gestern Morgen und acht am Abend – diese Nina hat gegen acht Uhr gestern Abend ihr Büro verlassen – sind dreizehn Personen ins Haus gegangen. Zehn Frauen, drei Männer. Zwei der Frauen arbeiten für die Kanzlei, sie sind die Sekretärinnen. Die Sekretärinnen waren morgens die

173

ersten um halb acht, kamen dann um ein Uhr gemeinsam heraus, Mittagspause vermutlich, und gingen eine Stunde später wieder gemeinsam hinein; abends kamen sie nacheinander heraus, die erste um sechs, die andere eine viertel Stunde später. Die Kanzlei gehört Nina Martinez zusammen mit zwei Anwaltskollegen. Alle drei kamen später und gingen später. Die anderen – die sieben Frauen und der eine Mann – waren daher vermutlich Mandanten. Fünf der Frauen Natives, was Sinn ergibt, nicht? Die Frauen sind nach einer Zeit wieder herausgekommen, allein, während der Kerl *zusammen* mit Nina wieder herausgekommen ist, gegen elf. Hier." Sie zeigte auf das Foto. „Und mit ihm ist Nina in den Park gegangen, hier." Sie klickte zum nächsten Foto. „Sie haben gegessen und gesprochen. Zumindest haben sie nebeneinander gesessen, also werden sie wohl auch miteinander gesprochen haben, lässt sich auf den Fotos ja nicht erkennen. Dann ist sie zurück in ihr Büro, er ist zu seinem Truck und weg."

„Wer ist das?", sagte Tom.

„Moment, nicht so eilig, Boss. Eine halbe Stunde später ist Nina wieder herausgekommen. Den Aufnahmen zufolge ging sie in diese Richtung" – Margy guckte hoch und nickte – „war eine knappe Stunde verschwunden und kam dann alleine wieder zurück. Wo sie war, keine Ahnung. Nicht bei Gericht, dafür war die Zeit zu kurz und der Weg zu lang. Aber es gibt natürlich alle mögliche Erklärungen."

„Sie war bei Holden", sagte Tom.

„Uh, bei Holden. Was hat sie denn bei Randy the Dandy gemacht?"

„Ich habe keine Ahnung."

„Und woher weißt du, dass sie bei Holden war?"

„Von Susan."

"Aha. Susan. Und was macht Susan so?"

„Sie meint, das geht mich nichts mehr an."

„Ist auch besser so", sagte Margy. „Susan war ohnehin nichts für dich, Baby. Du brauchst eine von hier, nicht so ein Model aus Boston mit Sonnenbrille und High Heels und Storchenbeinen. Eine vom Land brauchst du, eine, die sich ihre Fingernägel noch selbst schneiden kann und nicht einmal im Monat zum Brasilian Waxing geht."

Er schaute Margy an mit ihrem verwaschenen Shirt und ihrer schwarzen Jeans und wusste, sie hatte recht. Trotzdem, sie hatten eine gute Zeit gehabt, er und Susan.

„Ich mag haarlose Beine", sagte Tom, „bei einer Frau."

„Vergiss sie, okay?"

Tom nickte.

„Gut, dann nun zu deiner Frage: Wer ist das? Wenn ich mit meiner Vermutung recht habe, dann heißt der Joshua Palmer. Lebt in Benson Trail. Also etwas außerhalb."

Tom sah genauer hin. „Wie kommst du darauf? Der Kerl ist kaum zu erkennen."

„Das stimmt", sagte Margy. „Aber sein Truck hat mich an etwas erinnert."

„Ein F150", sagte Tom.

„Aus den Achtzigern, genau wie deiner. Siehst du das hier?"

Sie deutete auf zwei Punkte. Einen an der Fahrertür, einen am Kotflügel über dem Vorderreifen.

Tom sah hin. „Pixel vom Foto", sagte er.

„Kann sein", sagte Margy. „Vielleicht aber auch nicht. Vielleicht sind das Einschusslöcher."

Tom sah noch einmal auf das Foto. „Da hast du bessere Augen als ich, Margy, oder mehr Phantasie. Ich tippe auf Phantasie."

„Weder noch, mein Lieber. Ich habe nur von einer Sache gehört, von der du offensichtlich nicht gehört hast. Und als ich den Truck und diese beiden Punkte sah – ich meine, stimmt schon, das könnte alles Mögliche sein – trotzdem, da ist mir diese Geschichte eingefallen. Hat mir Sheriff Tipps erzählt. Von diesem Kerl aus Benson Trail, ein Deutscher, also schon amerikanischer Pass, aber ursprünglich aus Deutschland. Eben dieser Josh Palmer."

„Was hat Big Dan erzählt?"

„Zwei Mexikaner haben diesem Palmer vor ein paar Monaten aufgelauert und auf ihn geschossen. Hätten aber nur seinen Truck getroffen, zwei Löcher in die Karosserie. Könnten die beiden Löcher sein, oder? Und weißt du was? Sheriff Tipps hat zu diesem Palmer gesagt, das wäre der Gnadenschuss für seinen alten Truck gewesen, und dem seine Antwort? Palmer hat gesagt, er mag seinen Truck und nimmt das denen übel."

„Er mag seinen Truck und nimmt das denen übel, huh?", sagte Tom. „Und die Mexikaner?"

„Palmer hat denen in die Beine geschossen, unter seinem Truck weg, ihnen dann die Waffen genommen und den Sheriff gerufen. Filmreif muss das gewesen sein. Als Tipps kam, hat Palmer neben den beiden gesessen, Tasse Kaffee in der Hand. Warum die auf ihn geschossen haben, wusste er nicht oder sagte es nicht, keine Ahnung."

„Hast du keine Ahnung oder Dan?"

„Tipps."

„Und du glaubst, der auf dem Bild ist dieser Palmer?"

Tom sah wieder hin, aber das Bild war zu körnig. Der Kerl, der da zu sehen war, konnte dreißig sein oder fünfzig, er war schlank, so viel konnte Tom immerhin erkennen, trug Jeans, Shirt. Sein Truck ... Das Nummernschild war nicht zu lesen, keine Chance.

Margy sagte, „Was von ihm zu identifizieren ist ... Er könnte es sein, von Tipps Beschreibung her."

„Das Nummernschild, ich kann da nichts erkennen. Nicht einmal aus welchem Staat."

„Stimmt", sagte Margy, „ich habs vergrößert." Sie spielte das Foto auf, das Nummernschild jetzt so groß wie der Bildschirm. „Aber auch hier nichts. Aber guck genau hin, was siehst du?"

„Nichts. Das Schild ist wie ... verwischt."

„Verwischt könnte es nur sein, wenn jemand an dem Foto manipuliert hätte. Photoshop oder so. Hat aber niemand. Ich wette, das ist Matsch auf dem Nummernschild."

„Matsch?" Tom sah sie an. „Wo soll der herkommen? Im Umkreis von hundert Meilen hat es seit Wochen nicht geregnet."

„Genau", sagte Margy.

„Du meinst also, der hat von den Kameras gewusst?"

„Gewusst und vorgesorgt. Wenn mir Sheriff Tipps die Geschichte nicht erzählt hätte, wir hätten ihn niemals identifizieren können."

„Wenn er dieser Palmer ist."

„Wenn er Palmer ist."

„Und du konntest dich sofort an seinen Namen erinnern?", sagte Tom.

„Konnte ich nicht, ich hab Tipps angerufen. Der im Übrigen immer noch nicht weiß, was die Mexikaner von Palmer wollten."

„Was hast du über ihn herausgefunden?"

„Über Palmer? Außer der Sache mit den Mexikanern, nichts."

„Nichts?"

Margy schüttelte den Kopf.

„So ein Kerl ... nichts? Schwer zu glauben."

„Nichtmal ein Verkehrsticket, Baby. Nichts."

Tom sah auf das Foto. „Joshua Palmer in Benson Trail."

„Hinter Benson Trail, Camino Cherro Chato. Du fährst durch Benson Trail, fünf oder so Meilen dahinter kommst du rechts an einen kleinen Parkplatz, da fängt der Camino an. Nur ein Flussbett zunächst, das später breiter wird und bis weit in die Ortiz Mountains führt. Ich bin da vor einer Weile mal durch, ins Reservat." Sie sagte, „Soll ich zu ihm fahren? Ich kann gut mit solchen Cowboytypen."

Tom sah hinüber. Margy lächelte.

„Der gefällt dir, huh?", sagte Tom. „Du könntest etwas anderes für mich tun. Die Boyd-Bank New Mexico-"

„Santa Fe?"

„Santa Fe – ich muss wissen, wie es mit denen finanziell aussieht."

Margy nickte. „Ich kümmere mich darum. Wenns denn sein muss. Ich wäre ja lieber nach Benson Trail gefahren. Da war ich schon lange nicht mehr."

„Ich geb ihm deine Nummer", sagte Tom.

„Du meinst, zur Abwechslung sollte ich mal ...? Hm. Vielleicht. Warum nicht."

„Er hat den beiden also in die Beine geschossen und dann den Sheriff gerufen? Und gesagt, er mag seinen Truck?"

„Genau so."

Tom stellte fest, dass ihm der Kerl nicht unsympathisch war.

Sein Telefon klingelte.

„Die Boyd-Bank ... Machs leise, okay? Wir können keine Aufmerksamkeit gebrauchen", sagte Tom, guckte aufs Display und drückte die grüne Taste. „Woody, was gibts?"

Woody berichtete, dass erst Pope aus dem Hyatt herausgekommen war, dann, etwas später, die Boyd.

„Haben miteinander gegessen, Pope in seinem weißen Anzug und Hut, hat sogar am Tisch den Hut aufgelassen und geraucht, keine Manieren dieser Typ."

„Du hast sie also gesehen?"

„Sicher."

„Aber sie haben dich nicht gesehen, oder?"

„Der Raum war leer bis auf die Boyd und Pope und weit von ihnen weg, außer Hörweite, ein Tisch mit Texanern. Deshalb hab ich nur kurz hineingeguckt, von der Tür aus, ich war vorsichtig. Du weißt, dass ich vorsichtig bin."

„Sie sind dann getrennt herausgekommen?"

„Pope zu seinem Jaguar an der Straße. Teures Auto für jemanden, der pleite ist. Hinterm Steuer sein Indianer, dieser Akecheta."

„Der ist also immer noch bei ihm, huh?"

„Yep, da hat sich nichts geändert. Ein paar Minuten später kam die Boyd. Fährt ihren Mercedes selbst, ich fahre jetzt hinter ihr. Wir sind auf der Fünfundzwanzig. Wie es aussieht, gehts zurück nach Santa Fe."

„Bleib dran, Woody, und melde dich. Und, Woody? Kein Wort zu Holden, hörst du?"

Tom steckte das Telefon ein.

„Kannst du mir mal sagen, was hier eigentlich los ist?", sagte Margy. „Eine Anwältin überprüfen, dazu brauchen wir einen richterlichen Beschluss, und da du mir nicht gesagt hast, dass wir einen Beschluss haben, gehe ich davon aus, dass das nicht der Fall ist. Richtig? Dazu Woody bei der Boyd und diesem Pope, jetzt die Boyd-Bank und *Machs leise* und *Kein Wort zu Holden?* Wenn ich wüsste, um was es geht, dann könnte ich vielleicht heute Nacht ruhig schlafen. Vielleicht." Sie wartete. „Tom?"

„Stimmt, die Sache ist heikel", sagte er. „Du musst mir hier einfach vertrauen, Margy."

„Holden hat dir also nichts gesagt, oder wie?"

Tom nickte.

„Dann steckt er in einer Sache drin, unser feiner DA", sagte Margy. „War ja auch nur eine Frage der Zeit."

„Wir werden herausfinden, in was. Bevor ich nach Benson Trail zu diesem Palmer fahre, spreche ich mit Big Dan. Und nach Palmer, wenn ich genug erfahre", sagte Tom, „spreche ich mit Westbrook."

Margy sah ihn an. „Wie bitte?"

Tom nickte.

„Du glaubst, du hast genug, um Holden zu überprüfen?"

„Ein starkes Bauchgefühl, das ist, was ich habe. Holden ... Sein neues Auto, bar bezahlt. Seine teure Bude, die Anzüge. Der Kerl gibt deutlich mehr aus, als reinkommt, das ist klar. Dann die Treffen mit der Boyd. In Cafés, in ihrer Bank, heute in Holdens Büro. Weißt du, was die Boyd zu Susan gesagt hat, bevor sie zu Holden rein ist? ,Der DA will jetzt nicht gestört werden.'"

„Der DA will jetzt nicht gestört werden? Wow."

„Für mich hört sich das eindeutig an. Die Boyd hat unseren DA in der Tasche, Margy. Und davon werde ich versuchen, Westbrook zu überzeugen." Tom trommelte mit den Fingerspitzen auf der Krempe seines Hutes.

„Versuchen?", sagte Margy. „Oh nein, nein, nein, Baby, *versuchen* reicht hier nicht. Wenn Westbrook ablehnt ... Wenn Richter Westbrook denkt, dass du nicht genug in der Hand hast, dann kannst du dir im selben Moment einen neuen Job suchen. In einer neuen Stadt. Nein, in einem neuen Staat, weit weg von hier. Alaska zum Beispiel. Denn irgendwann wird Holden erfahren, dass sein eigener Ermittler gegen ihn ermitteln wollte, und du wirst nie wieder – Tom, lass das mit deinem Hut und hör mir zu! – und du wirst nie wieder für eine Staatsanwaltschaft arbeiten. Und ich auch nicht."

22

„Sheriff? Mister Sands wäre jetzt hier."

„Danke, Gertrud." Der Sheriff schaute weiter aus dem Fenster, als er sagte, „Komm rein, Tom, setz dich. Kaffee?"

Tom guckte auf den breiten Rücken des Sheriffs und sagte, Nein, danke, und fragte, was es da draußen denn zu sehen gäbe.

Der Sheriff drehte sich um. Tom sah, wie er ihn musterte, als würden sie sich zum ersten Mal sehen.

Tom sah auch, dass der Sheriff seit ihrem letzten Treffen Gewicht zugelegt hatte. Das beige Hemd spannte noch mehr an Bauch und Hüfte.

„Dein Wandel vom Staatsanwalt zum Ermittler hat bei vielen Kopfschütteln hervorgerufen", sagte der Sheriff schließlich. „Nicht bei mir. Wusstest du das?"

Was sollte das jetzt? Das war dreißig Jahre her.

„Ich habs mir gedacht, Big Dan. Du hast für Staatsanwälte nicht so viel übrig."

„Dein Ruf als Staatsanwalt war tadellos. Du hattest zu deiner Zeit die höchste Verurteilungsrate, und deine Anklagen, ich habe dich beobachtet, musst du wissen, deine Anklagen waren gerechtfertigt. Aber trotzdem, als Ermittler gefällst du mir besser. Du bist, finde ich, authentischer. Und dass du deinen Wandel zum Ermittler nicht als Abstieg ansiehst und dich den Teufel um die Meinungen der anderen scherst", der Sheriff nickte, „dafür respektiere ich dich. Ist wichtig, das zu tun, was man für richtig hält. Authentisch zu bleiben. Sich von niemanden davon abhalten zu lassen, authentisch zu bleiben."

Authentisch bleiben. So hatte Tom das noch nie betrachtet. Er würde darüber nachdenken.

Der Sheriff sagte, „Hast du gewusst, dass Gertrud schon länger im Sheriff's Department ist als ich?"

Tom warf einen schnellen Blick hinter sich. Die Tür war geschlossen, trotzdem sprach er leise, „Nicht zu übersehen."

Ein Lächeln erschien im Gesicht des Sheriffs.

„Da ist was dran. Loretta sagt immer, sie sagt, Wenn du morgens zu Gertrud ins Office gehst, dann brauche ich mir keine Sorgen machen, dass du abends nicht wieder zu mir zurückkommst." Der Sheriff schüttelte den Kopf, das Lächeln schon wieder verschwunden. „Aber, was ich meine ... Gertrud, die hat schon alles gesehen, was es in Bernalillo County zu sehen gibt. Das Schlechte, meine ich, wir haben ja nur mit dem Schlechten zu tun. Na ja, fast immer."

Tom wartete, ob der Sheriff das erklären wollte, aber der setzte sich nur hinter seinen alten Holzschreibtisch und schwieg. Tom zog seinen Hut aus und setzte sich auf den Stuhl vor dem Tisch.

„Big Dan, alles in Ordnung?"

Es dauerte bis der Sheriff antwortete. „Da draußen", er nickte hinter sich zum Fenster, „da stimmt etwas nicht. Selbst Gertrud graust es."

Tom sah zu, wie der Sheriff sich nach vorne beugte und die massiven Arme auflegte und seine Hände zu kneten begann, als würden sie ihn schmerzen. Die Hände altersfleckig, aber immer noch groß mit Knöcheln wie Golfbälle, die ihm den Namen Big Dan beschert hatten zu der Zeit, als er Boxer in der Army war und einem Gegner mit der Statur eines Elefanten mit nur einem Schlag Nase, Wangenknochen und Oberkiefer brach. Tom hatte das von Hank gehört, Hank, dem die Boxhalle in der Westside gehörte, nicht von Big Dan. Big Dan hatte nicht darüber gesprochen. Hätte er nie getan. War nicht seine Art.

„Darf ich dich was fragen, Big Dan?", sagte Tom, und als der Sheriff nickte, „Warum hast du mit dem Boxen aufgehört? Du warst gut, richtig gut. Golden Gloves und alles. Und vor allem, du hattest Spaß daran. Nicht wie die Typen, die mit dem Boxen Geld verdienen wollen, weil sie sonst nichts können und irgendwann die Hand-

schuhe ausziehen und nie wieder einen Sandsack angucken." Tom sagte, „Und es hat dich fit gehalten."

„Wegen Loretta. Sie mochte das nicht. Jeden Tag hat
sie dasselbe gesagt, Du kommst aus der Halle und hast
das Gesicht geschwollen und stinkst nach Schweiß, und
die Schultern tun dir so weh, dass du nicht weißt, wie du
dich nachts hinlegen sollst. Und weißt du, was sie noch
gesagt hat? *All das wegen diesem Proletariersport.* So hat
sie gesagt: *Proletariersport.*" Der Sheriff schüttelte den
Kopf. „Eine Weile hab ich mir das angehört, aber wenn
du verheiratest bist, Kinder hast ... Mir war klar, ich
musste mich entscheiden. Loretta und die Kinder oder
das Boxen. Sag es niemandem weiter, Tom, aber ich habe
mich falsch entschieden. Nicht wegen unserer Kinder,
nein, bestimmt nicht. Die beiden sind das Beste, was mir
in meinem Leben widerfahren ist. Aber eine Frau, die
ihrem Mann seinen Sport nicht gönnt", und wieder
schüttelte der Sheriff den Kopf, „die ist es nicht wert.
Klingt hart, ich weiß, aber so sehe ich das. Heute. Und du
kannst das verstehen. Du bist Ermittler geworden und
hast darauf gepfiffen, was die anderen über dich denken.
So stark war ich nicht. Ich vermisse das Boxen, Tom. Die
Arbeit am Sandsack ... Das verdammte Ding wurde nie
müde, aber wenigstens schlug es nicht zurück, was? Die
Sparringsrunden im Ring, die haben mich fit gehalten,
du hast recht mit deinem Blick, fit und schlank."

Er sah an sich hinab auf seinen Bauch.

Tom wollte sagen, Du siehst immer noch fit aus, aber
er sagte es nicht. Es wäre gelogen. Er wollte auch sagen,
Was ist heute los mit dir? Knetest deine Hände, als hättest du Arthrose und redest, als wärst du zu müde für
dein Leben.

Aber auch das sagte er nicht. Er sagte gar nichts.

Der Sheriff sagte, „Du kannst dich beim Boxen nicht
verstecken, Tom. Da geht es Mann gegen Mann.
Entweder du stellst dich oder du verpisst dich. So ist es.
Ganz einfach." Er sagte, „Aber du weißt das alles selbst.
Wie gehts Hank?"

„Hank ist immer noch der Alte, trotz seiner siebzig. Lacht viel, trinkt keinen Schluck, und mit jedem Jungspund, der meint, er wäre schon perfekt und braucht seinen Rat nicht, geht er eine Runde in den Ring, und dann ist Ruhe."

„Ja, der alte Hank", sagte der Sheriff. „Hank hat sich richtig entschieden. Du hast dich richtig entschieden. Ich mich nicht."

„Was hast du gemeint, da draußen stimmt etwas nicht?"

Der Sheriff guckte auf seinen Schreibtisch. Tom hatte die Fotos bereits gesehen, wie früher aufgeklebt auf weißen Blättern Papier mit dem Siegel des Bernalillo County Sheriff's Department.

Mädchen oder junge Frauen.

Vermisstenanzeigen.

„In den vergangenen ... zehn Monaten", sagte der Sheriff. „Ja, ungefähr zehn Monate. Sind neun Natives aus ABQ verschwunden."

„Aus der Stadt?"

„Nahe dran, aber außerhalb der Stadtgrenzen. Umkreis zwei Quadratmeilen. Junge Natives. Hübsche Natives."

„Shit."

„Ja, shit. Fast jeden Monat eine. Falls wir von allen wissen, heißt das. Vielleicht also mehr als neun. Und dieser White, sobald ich ihm sage, er soll mal etwas tun wegen der verschwundenen Frauen, wird der patzig. Und jetzt – Du hast von dem Cop gehört? Mitchell, einer von Whites Leuten? Everett Mitchell?"

Tom nickte.

„White macht ein Riesending draus. Fährt Doppelschichten. Vier Stunden Straßensperren an der Interstate, an den Highways. Personenkontrollen in der Stadt, einfach so, ohne Verdacht. Wollen Präsenz zeigen – nein, White sagt, *erdrückende Präsenz* wollen sie zeigen. Du weißt, was das heißt."

Tom nickte. Einschüchterung, Festnahmen ohne Grund, Rumpöbeln und Stärke zur Schau stellen, das

184

bedeutete es, wenn Cops Präsenz zeigten. Genau wie der Bully auf dem Schulhof, der jedem klar macht, wer der Boss ist.

„Und jetzt pass auf, Kontrollen vor allem der Indianer. Mal wieder. Und wir haben heute Morgen erst die nächste Vermisstenmeldung auf den Tisch bekommen. Eine junge Apache, die in ABQ ihr Glück gesucht hat oder wenigstens ein bisschen Leben. Hat im Supermarkt gearbeitet. Verschwunden seit drei Tagen."

Tipps drehte das Blatt und schubste es über den Schreibtisch in Toms Richtung.

Auf das Blatt geklebt war das Foto einer jungen und sehr attraktiven Native. Eine Mescalero, so stand unter dem Foto, indianischer Name Dahteste und ein Geburtsdatum, das sie dreiundzwanzig Jahre alt machte. Modern gekleidet in Jeans, T-Shirt, Sneakers, die Haare schwarz und entgegen der Tradition kurz geschnitten, aufgenommen vor Panoramafenstern, die mehrere Meter hoch waren und weiten Ausblick auf einen See und die Wälder dahinter gaben. Tom wusste, wo das Foto entstanden war. In der Eingangshalle des Inn of the Mountain Gods, unten in Mescalero.

„Um die Natives kümmert sich hier niemand", sagte Tipps. „Injuns halt. Aber deswegen bist du nicht hier."

„Nein, bin ich nicht." Mit zwei Fingern schob Tom das Blatt zurück. „Ich bin hier wegen Joshua Palmer."

„Du auch? Deine Margy hat schon angerufen und nach diesem Palmer gefragt."

„Ich weiß. Palmer könnte von Interesse sein in einer Sache ... Ich kann da im Moment noch nicht drüber sprechen, Big Dan. Ich werde gleich zu ihm rausfahren, und ich wüsste gerne, auf wen ich da treffe."

„Du kannst nicht darüber sprechen, aha." Der Sheriff griff hinter sich und zog eine Akte aus dem Schrank und legte sie auf den Tisch. Die Akte war dünn, nur wenige Blätter. „Okay ... Joshua Palmer. Alles, was ich weiß, hab ich Margy bereits gesagt. Sein Anruf kam rein, ich hab kurz mit ihm gesprochen und bin rausgefahren. Als ich ankam, hat ein Kerl – eben dieser Palmer – mit einem

Becher Kaffee in der Hand neben zwei Typen auf dem Boden gesessen. Mexikaner vom Aussehen und von der Staatsangehörigkeit. Beide stanken nach Fusel und beide hatten Löcher in den Knien ... also, jeder einen Einschuss, der eine in seinem rechten, der andere in seinem linken Knie. Beide bluteten, aber nicht stark, ich hab trotzdem den Notarzt gerufen. Dieser Palmer hat gesagt, er hätte an seinem Generator hantiert, der Apparat wäre fast neu aber trotzdem nicht mehr angesprungen, und sie hätten sich an ihn herangeschlichen. Er hört sie, dreht sich zu ihnen um und sie schießen auf ihn, da hat er sich aber schon hinter seinen Truck geworfen. Unter dem Truck hindurch hat er zurückgeschossen, zwei Mal, das heißt zwei Schuss, zwei Treffer. Und beide Male exakt in die Knie." Tom zog eine Augenbraue hoch, und Tipps nickte. „Sehe ich auch so, verdammt gut aus der Position. Unsere Leute haben das später mal nachgespielt und bestätigt. Verdammt gut. Also, er hat sich dann noch beschwert", der Sheriff schüttelte den Kopf, „der hat sich richtig beschwert, dass sie zwei Löcher in seinen Truck geschossen hätten. Ist das zu glauben? Ein uralter Truck, genau wie deiner. Ich hab ihm gesagt, das wäre der Gnadenschuss für seine Kiste gewesen, und was antwortet der? Der antwortet" – der Sheriff schlug die Akte auf und drehte sie zu Tom, wie zuvor das Blatt, und tippte auf die Textstelle und Tom las mit – „‚Ich nehme das denen übel. Ich mag meinen Truck.‘" Der Sheriff schüttelte wieder den Kopf. „Was für ein Kauz."

„Ich mag meinen Truck auch", sagte Tom. „Die drei haben also auf dem Boden gesessen und Palmer hat die beiden Mexikaner mit seiner Waffe in Schach gehalten?"

„Nope. Palmer hatte nur seinen Kaffeebecher in der Hand, sonst nichts. Alle drei Waffen – sein Revolver und die Revolver der Mexikaner – lagen auf der Ladefläche des Trucks. Wenn Cops kommen, ist es immer besser, keine Waffe in der Hand zu halten, hat er mir gesagt. Aber die beiden waren verletzt und hatten getrunken", der Sheriff zuckte mit der Schulter, „das hat ihm wohl gereicht."

„Aber sie hätten trotzdem ... Ich meine, sie warten auf den Sheriff und sehen am Horizont schon zwanzig Jahre winken. Da kommen solche Typen schon auf verzweifelte Gedanken und versuchens nochmal. Immerhin waren sie zu zweit. Meinst du nicht?"

„Sie habens nicht versucht."

„Weil dieser Palmer es nicht zugelassen hat", sagte Tom. „Mit einem Kaffeebecher in der Hand." Tom strich sich über die Haare und setzte den Hut wieder auf und schob ihn tief in die Stirn. „Der Kerl wird immer interessanter. Warum die Mexikaner auf ihn geschossen haben ...?"

„Wusste er nicht. Oder hat es nicht gesagt."

„Hast du die beiden Caballeros gekannt? Waren die von hier?"

„Nein, nicht von hier. Ich hab keinerlei Verbindung zu den hiesigen Gangs finden können."

„Also eigens aus Mexiko gekommen?"

„So siehts aus."

„Wo sind die beiden jetzt? PNM?"

„Nein, da ist derzeit alles voll mit unseren eigenen Kunden. Urteil im Schnellverfahren und weg mit denen, so machen die das im Moment mit den Caballeros. Marshalls haben sie zur Grenze gebracht und den mexikanischen Kollegen übergeben. Wenn du mit denen sprechen willst, musst du nach Chihuahua."

„Ich will mit denen nicht sprechen", sagte Tom. „Das ist alles?"

Der Sheriff nickte.

„Gut." Tom stand auf und ging zum Fenster und schaute hinaus. Blauer Himmel und flimmernde Hitze und auf der Straße alles ruhig. „Hast du eine Spur? Ich meine die neun Natives. Irgendeine Spur?"

„Nichts", hörte er den Sheriff sagen. „Nichts."

Der Sheriff saß noch an seinem Schreibtisch, als Tom längst gegangen war. Wieder musterte er seine Fäuste und wieder begann er, sie zu kneten. Operation ist nicht mehr möglich, hatte der Arzt gesagt, ein dünner Mensch mit perfekt gestutztem Vollbart und rasiertem Schädel und Tattoo auf dem weichen Unterarm, irgendwelche Schriftzeichen, nicht chinesisch, thailändisch vielleicht oder indisch. *Es tut mir leid*, hatte das Männlein auch noch gesagt.

Tipps hatte gedacht, Mir auch und mehr noch als dir, und dann gefragt, was es mit dem Foto an der Wand auf sich hätte, das Foto so groß wie der Medikamentenschrank daneben, und das Männlein, sichtlich froh über die Frage, sagte, er hätte das Foto aus einem Zug geschossen, auf einer Fahrt von Singapur nach Thailand, Chiang Mai, da hätte er sich auch das Tattoo stechen lassen, die Zeichen bedeuteten Frieden. Ob er auch gerne reise, hatte das Männlein noch gefragt, dann sollte er unbedingt mal nach Thailand, ein tolles Land, die Menschen so nett, aber, und dann wieder leise, er sollte sich nicht zu viel Zeit damit lassen. Noch in diesem Monat. Am besten sofort.

Tipps hatte geantwortet, er wäre mal in der Gegend gewesen, nicht in Thailand sondern nebenan in dem Land, da hätte er auch geschossen, aber keine Fotos, und da wollte er auch nicht mehr hin.

Das Männlein war schlau gewesen und hatte den Mund gehalten.

Tipps schlug mit der Faust auf den Tisch.

„Gertrud!"

Einen Moment später riss Gertrud die Tür auf.

„Was ist los, Sheriff?"

Der Sheriff sagte, „Gertrud, rufen Sie das Büro des Bürgermeisters an und vereinbaren Sie einen Termin für später. Das heißt, für heute, sobald wie möglich. Wenn seine Sekretärin oder dieser Mensch ... Anderson, Steven Anderson, sein neuer Pressemensch, wenn der Ihnen sagt, der Bürgermeister hat zu tun, dann sagen Sie ihm, Der Sheriff scheißt darauf."

„Dass Sie ... Dem Bürgermeister, dass Sie ..."

„Wörtlich", sagte der Sheriff. „Und Gertrud? Wenn Sie sich abwimmeln lassen, werde ich Sie feuern."

23

Den Vormittag hatte Palmer verbracht wie die vorange-
gangenen: Löcher graben und Balken setzen.

Die Tasche mit dem Geld und seinen Nachbarn hatte
er da schon fast vergessen. Die indianische Anwältin
nicht.

Mittag machte er eine Pause, aß, trank Kaffee. Als er
weitermachen wollte, sah er wieder den Hund vor der
Terrasse sitzen.

Der Burrito hatte nichts angerichtet. Der Hund war
immer noch mager.

Palmer ging näher heran. Der Hund beobachtete ihn,
blieb aber sitzen. An den Stellen, wo sein Fell ausgerissen war, sah Palmer blutige Haut.

„Wir müssen etwas unternehmen, mein Freund, das
hältst du nicht mehr lange durch", sagte Palmer und ging
zu seinem Truck.

Der Hund, als ob er ihn verstanden hätte, sprang auf
und folgte ihm. Palmer öffnete die Beifahrertür und
schnalzte mit der Zunge, und der Hund sprang hinein
und legte sich auf den Boden vor der Sitzbank. Als hätte
er nie etwas anderes getan.

Gemeinsam fuhren sie nach Santa Fe, wo Palmer an
der ersten Tankstelle hielt, die er sah und aus dem Tele-
fonbuch die Adresse eines Tierarztes suchte. Er wählte
die Nummer und eine Frauenstimme meldete sich, Tier-
arztpraxis Doctor Preston, mein Name ist Elli, und
Palmer fragte, ob er jetzt mit einem Hund vorbeikommen
könnte zu einer Behandlung. Elli sagte, Ja, kein Problem.

Der Warteraum war leer bis auf eine ältere Dame mit
ihrem Hund auf dem Schoß, der zu kläffen begann, als
Palmer und der Hund hereinkamen. Der Hund beachtete
den Kläffer nicht. Die Frau versuchte, ihren Hund zu
beruhigen, was ihr aber nicht gelang und stand schlie-

ßlich auf. „Solch ein Biest müssen Sie an der Leine haben", sagte sie im Vorbeigehen zu Palmer und verschwand samt ihrem Kläffer nach draußen.

„Sie hat recht, Sie müssen Hunde immer an der Leine haben. Zumindest im Stadtgebiet, und solche allemal", sagte eine junge Frau mit kurzen, blonden Haare und einem weißen Kittel. Sie guckte dabei auf den Hund. „Ich bin Elli. Kann ich Ihnen helfen?"

„Mir nicht", sagte Palmer, „aber vielleicht dem Hund. Ich habe gerade angerufen."

Elli war etwa Mitte Zwanzig und die kleinen Falten um ihren Mund bewiesen, dass sie gerne lachte. Jetzt aber, da sie den Hund musterte, war ihre Miene sehr ernst.

Sie sagte zu Palmer, ohne ihn dabei anzusehen, „Das ist kein Hund. Und so können wir auch nicht zum Doc hinein. Haben Sie einen Maulkorb?"

„Ich habe gedacht, Sie wären die Ärztin."

„Ich bin die Helferin. Haben Sie einen Maulkorb für ihn?"

Palmer schüttelte den Kopf.

„Keine Leine und keinen Maulkorb?"

„Ich glaube nicht, dass er beißt", sagte Palmer.

Elli atmete schwer und laut und ging an einen Schrank und kam mit einem aus hartem Leder geflochtenen Gegenstand zurück, den sie Palmer hinhielt.

„Was soll ich damit?"

„Ihm anziehen, was sonst?"

„Ich ziehe dem Hund so etwas nicht an", sagte Palmer.

Elli zuckte mit den Schultern. „Dann werden wir sehen, was Doc Preston dazu sagt."

„Was meinten Sie, das ist kein Hund?"

Sie antwortete nicht und ging voran, Palmer und der Hund, der laut Elli keiner war, hinterher. Sie kamen in ein anderes Zimmer, in dem eine Frau in einem ebenso weißen Kittel wie Ellis an einem Schreibtisch saß. Als sie hereinkamen, stand sie auf und kam um den Tisch herum.

„Ich bin Doc Preston", sagte sie, ohne Palmer die Hand zu reichen. Wie Elli zuvor warf auch sie einen langen Blick auf den Hund. „Ist das Ihrer?"

Preston hatte graue Haare bis zu den Schultern und mochte um die sechzig sein und war damit alt und erfahren genug zu sehen, in welch erbärmlichem Zustand das Tier war. Und der Blick, den sie Palmer zuwarf, zeigte, wen sie dafür verantwortlich machte.

„Nein", sagte Palmer. „Er ist mir zugelaufen."

„Zugelaufen", sagte die Ärztin.

„Er hatte keine Leine und keinen Maulkorb", sagte Elli. „Und der Mister möchte ihm auch keinen Maulkorb anziehen."

„Palmer", sagte Palmer.

„Sie müssen Hunde im Stadtgebiet immer anleinen, Mister Palmer", sagte Preston. „Und solche sowieso."

„Hab ich schon gehört", sagte Palmer. „Aber das ist ja kein Hund."

„Wollen Sie lustig sein?"

„Uh, nein."

„Wenn Sie ihm den Maulkorb nicht anziehen, kann ich ihn nicht untersuchen. Und er muss dringend untersucht werden, da sind wir uns einig, nicht? Er hat einige wunde Stellen, hier und hier." Die Ärztin fasste das Tier nicht an, sondern zeigte nur mit dem Finger in Richtung der Körperregionen, die sie meinte. „Außerdem hat er eine schlecht verheilte Verletzung hier. Ich muss ihn röntgen. Als Sie mit ihm hereinkamen, habe ich eine deutliche Schonhaltung an den Hinterläufen gesehen. Und dann ist da noch sein allgemein schlechter Zustand, die starke Unterernährung ... Die Untersuchung alleine wird teuer, nicht unter tausend Dollar, wahrscheinlich aber mehr."

„Gut", sagte Palmer.

Die Ärztin wechselte einen schnellen Blick mit ihrer Mitarbeiterin. „Hinzu kommen Kosten für Medikamente und ein Spezialfutter, das er dringend benötigt. Sie wollen das alles bezahlen?"

„Das habe ich mit *Gut* gemeint, ja."

„Hm", machte Elli.

Preston sagte, „Na gut dann. Wann ist er Ihnen denn zugelaufen?"

„Gestern. In den Tagen zuvor habe ich ihn bereits mehrmals auf meinem Land gesehen, aber er blieb immer in einiger Entfernung. Gestern war er zum ersten Mal direkt am Haus."

„Lässt er sich von Ihnen anfassen?"

„Ich habe es noch nicht versucht."

„War er in irgendeiner Form aggressiv?"

Palmer schüttelte den Kopf.

„Wir müssen ihn hier auf den Tisch heben, damit ich ihn untersuchen kann. Aber ohne Maulkorb werde ich ihn nicht anfassen. Ihr Hund ist Mischling zwischen Wolf und Hund, und deutlich mehr Wolf als Hund. Genetisch, meine ich."

Palmer nickte.

„Wir müssen ihn sedieren. Aber das könnte gefährlich werden. Hunde im Allgemeinen mögen keine Spritzen, Hunde mit einem großen Anteil Wolf ... uh. Deshalb werden Sie das selbst tun müssen." Sie drehte sich zu ihrer Mitarbeiterin. „Elli, bereiten Sie alles vor?"

Palmer wartete Ellis Antwort nicht ab. Er legte dem Hund die Arme unter Bauch und Brust und hob ihn behutsam auf den Tisch. Der Hund hielt dabei seine Augen auf Palmer und grummelte leise. Palmer spürte das Grummeln in seinen Armen mehr, als dass er es hörte.

„Okay, das ging ja auch ohne", sagte Elli, und ein Lächeln erschien in ihrem Gesicht. Genau da, wo die kleinen Falten waren.

„Ein schönes Tier", sagte die Ärztin, „wenn es mal wieder aufgepäppelt ist."

Palmer fand, dass der Hund, der Wolf auch jetzt schon nicht übel aussah. Stolz und stark. Als würde er nach seinen eigenen Regeln leben. Wie ein Outlaw. Und einen Outlaw konnte man nicht an die Leine nehmen, geschweige ihm einen Maulkorb anziehen. Ausgeschlossen.

Frauen hatten manchmal seltsame Vorstellungen.

„Wir haben es hier wirklich mit mehr als einem halben Wolf zu tun", sagte die Ärztin wieder. „Welche Rasse oder welche Rassen sonst noch, das müsste ich genauer untersuchen. Kostet nicht extra."

„Müssen Sie nicht", sagte Palmer.

„Ein Rottweiler vielleicht, aber der Wolf dominiert sehr stark. Der relativ große Kopf und die breite Stirn. Sehen Sie die schräg ansetzenden Augen? Eindeutig Canis Lupus. Sie müssen aufpassen, Mister ...?"

„Palmer", sagte Palmer wieder.

„Richtig ... Mister Palmer. Der Wolf ist nur äußerlich so ruhig. Er hat seinen eigenen Kopf, und wenn ihm etwas nicht passt, dann werden Sie das sehr schnell merken. Er wird von einem Moment zum nächsten explodieren und vor nichts und niemandem halt machen. Und glauben Sie mir, er hat die Kraft dazu."

„Dann passen wir gut zusammen", sagte Palmer.

Die Ärztin sah Palmer an, sagte aber nichts.

Elli sagte, „Hat er bei Ihnen etwas gefressen?"

„Ich habe ihm einen Burrito gegeben."

„Einen Burrito?"

„Geben Sie ihm keinen Burrito", sagte die Ärztin. „Zu viele Gewürze. Das ist nicht gut für ihn. Meine Mitarbeiterin gibt Ihnen nachher Spezialfutter mit, das wird er gut vertragen und wird ihn schnell aufpäppeln. Die andere Rasse interessiert Sie also nicht?"

„Warum sollte mich die Rasse interessieren", sagte Palmer. „Er ist, der er ist."

Preston schien das zu gefallen. Sie lächelte.

„Gut, fangen wir also an. Und Sie halten seinen Kopf fest. Wenn Ihr Freund hier loslegt, dann versuchen Elli und ich uns so schnell es geht in Sicherheit zu bringen, sonst bleibt nicht viel von uns übrig. Und Ihnen wünsche ich in dem Fall viel Glück."

Palmer lächelte auch, und die Ärztin begann.

Sie untersuchte die wunden Stellen, drückte auf die Rippen, nahm die Hinterläufe und schob und drehte sie im Gelenk, tat das gleiche mit den Vorderläufen. Ließ Palmer das Lederhalsband entfernen und tastete die

Muskulatur an Hals und Bauch ab, nahm eine Taschenlampe und untersuchte Augen und Ohren. Bei all dem war sie sehr behutsam.

„Halten Sie ihm jetzt das Maul auf, wenn Sie sich trauen. Ich muss die Zähne angucken."

Palmer drückte dem Tier sanft die Finger zwischen die Lefzen, so dass es das Maul aufmachte. Die Ärztin leuchtete hinein und schob mit einem Holzstiel die Zunge zur Seite, um besser sehen zu können.

Das Tier ließ alles über sich ergehen und gab nur gelegentlich ein leises Grummeln wie zuvor von sich. Seine Augen waren die ganze Zeit auf Palmer gerichtet.

„Okay, Sie können ihn wieder loslassen", sagte Preston. „Dieser Kerl hier, der vertraut Ihnen. Deshalb war er so still. Er hat Sie die gesamte Zeit über beobachtet. Haben Sie das bemerkt?"

Palmer nickte.

„Er ist wirklich erst seit gestern bei Ihnen?"

Palmer nickte wieder.

„Ganz erstaunlich. Wir müssen jetzt noch die Wunden versorgen. Hier" – sie deutete auf eine Stelle an den Rippen – „wurde er geschlagen. Mit einem harten Gegenstand, möglicherweise einer Eisenkette. Aber die Wunde war nicht sehr tief und ist bereits geschlossen. Die wunden Stellen, wo er das Fell verloren hat, da hat er sich wund gelegen. Der arme Kerl war lange an der Kette. Irgendwie muss er sich befreit haben. Halten Sie nochmal seinen Kopf fest."

Sie sagte etwas zu ihrer Mitarbeiterin, die daraufhin zwei Tuben und eine Spritze brachte. Gemeinsam begannen sie, von dem Inhalt der Tuben auf die Wunden zu streichen. Dann nahm Preston die Spritze.

„Jetzt noch eine Impfung. Tollwut und Staupe."

„Sie wollen jetzt also doch selbst?", sagte Palmer.

„Ja. Ich vertraue Ihnen, wie er Ihnen vertraut. Enttäuschen Sie mich nicht. Bereit?"

Palmer nickte, und die Ärztin setzte die Spritze. Das Tier zuckte nicht.

Als Preston fertig war, sagte sie, „Das hat ja weit besser geklappt, als ich gedacht habe. Besser sogar als bei vielen Hunden. Die Salben müssen Sie in den nächsten Tagen noch mehrfach auftragen, morgens und abends. Dann geben Sie ihm eine Paste in sein Fressen. Er hat sich in der letzten Zeit wie auch immer ernährt, vermutlich von Abfällen, zum Jagen war er zu schwach. Wurmbefall ist da wahrscheinlich. Die Paste hilft dagegen. Dann eine andere Paste mit Vitaminen und Mineralien. Und das Spezialfutter. Elli wird Ihnen draußen alles geben und erklären, wie oft sie die Pasten ins Futter geben müssen. Bei ihr können sie auch bezahlen. Zweihundert Dollar."

Palmer sagte, „Ich dachte eintausend. Oder mehr."

Preston sah ihn an. „Das habe ich nur so gesagt, ebenso wie die Probleme mit den Hinterläufen, die er nicht hat. Er ist kerngesund, nur vernachlässigt und natürlich stark abgemagert. Ich wollte sehen, wie Sie reagieren. Wer ein Tier so herunterkommen lässt, der geht mit ihm nicht zum Arzt. Aber Sie sind mit ihm hier aufgetaucht. Ich wollte trotzdem sehen, ob Sie bereit waren, so viel Geld für die Behandlung zu bezahlen. Hatten Sie sich geweigert, dann hätte ich geglaubt, dass Sie für seinen Zustand verantwortlich sind und die Cops gerufen. Den früheren Besitzer ausfindig machen", sagte sie dann, „das wird aber schwierig. Er hat weder Chip noch Tätowierung. Sie sollten das bald ändern, wenn Sie ihn behalten wollen. Sie wollen ihn doch behalten? Sonst müssten Sie ihn ins Tierheim geben. Und dort würden sie ihn ... beseitigen. So nennt man das ja."

Preston und Elli sahen ihn an.

Palmer hatte sich noch keine Gedanken darum gemacht. Aber ihn ins Tierheim geben? Einsperren? Einen Outlaw wie ihn? Oder töten?

„Ich denke, wir behalten uns", sagte er.

„Schön", sagte Elli, wieder ein Lächeln im Gesicht.

Palmer sagte, „Können Sie das machen? Mit dem Chip, meine ich?"

Die Ärztin nickte. Aus dem Schrank holte sie ein Gerät, das wie eine große Zange aussah und hantierte damit am rechten Ohr des Wolfs.

Dann sagte sie, „Halten Sie wieder den Kopf fest." Palmer hörte ein Klacken. „Okay, das wars schon. Jetzt gehört er zu Ihnen."

„Und wenn wir dem eigentlichen Besitzer über den Weg laufen?"

„Welcher eigentliche Besitzer?", sagte Preston. „Sie sind der Besitzer. Immer schon gewesen. Der Wolf ist circa drei Jahre alt und seitdem in Ihrem Besitz. Genau so steht es auf dem Chip, und genau so wird es in dem Pass stehen, den ich Ihnen noch ausstellen werde."

Die Ärztin grinste.

„Kommt mit, ihr beiden", sagte Elli.

Zurück im Warteraum erklärte sie Palmer, in welchen Abständen er die Wurmkur bei dem Wolf machen und wie lange er ihm die Vitaminpaste geben musste, wie er das Futter zubereiten und wie die Salben auftragen sollte.

„Wenn die Haare wieder sprießen", sagte sie, „können Sie mit der Salbe aufhören. Sie müssen auch auf die Klauen achten. Wenn er nicht häufig auf Asphalt läuft oder auf anderem harten Untergrund, müssen Sie ihm die Klauen schneiden. Oder kommen Sie einfach mit ihm her. Ich kann das auch machen."

„Sie haben also keine Angst mehr vor ihm?"

„Nicht, wenn Sie dabei sind. Haben Sie denn schon einen Namen für ihn?"

Hatte er nicht.

Elli sagte, „Es gibt viele schöne Namen-"

„Ich habe ihn Hund genannt", sagte Palmer. „Jetzt scheint mir Wolf passend."

Elli lachte. „Allerdings."

„Wo ist eigentlich die ältere Dame hin mit ihrem Kläffer? Sie war vor mir hier, ist dann aber gegangen."

„Doc Mayer. Das war mal ihre Praxis. Sie schaut öfter mal rein, der alten Dame ist langweilig, besonders, seit ihr Mann gestorben ist. Sie kommt wieder, spätestens morgen, keine Sorge." Elli sagte, „Und wann kommen Sie noch einmal her? Ich meine, um den Pass für Wolf abzuholen?"

24

Es war Nachmittag, als Palmer den Highway zurück
nach Benson Trail fuhr. Wolf lag neben ihm, auf dem
Boden vor der Sitzbank, wie bei der Hinfahrt. Das Tier
schaute immer wieder zu ihm hoch, Schnauze offen und
Zunge heraushängend. Für Palmer sah es aus, als würde
Wolf lächeln.

Am Haus angekommen, lief Wolf voran auf die Ter-
rasse und blieb vor der Tür stehen. Palmer folgte mit
Futter und Pasten und zwei Näpfen, die er ebenfalls von
Elli bekommen hatte. Auf den Näpfen stand *Big Boy*.

Er öffnete die Tür und ging als erster hinein, drehte
sich um und nickte. „Na los."

Das Tier verstand und kam hinter ihm her.

Die Rangfolge war endgültig etabliert.

Palmer beobachtete Wolf, der im Wohnzimmer herumging, langsam, aufmerksam, aber nicht ängstlich,
seine Krallen klackten auf dem Holzboden; wie er an der
Couch schnupperte, an den Sesseln, am Boden und in
den Ecken und an den Schränken und sich alles genau
anzusehen schien. Wie er von dort in die Küche trabte,
klack, klack, klack und wieder schnupperte, von dort an
der Treppe vorbei ins Badezimmer, dann in ein Zimmer,
das Palmer als Gästezimmer eingerichtet hatte mit
Schrank und Bett und Nachttisch und an der Treppe
vorbei zurück zu ihm.

Vor Palmer setzte er sich auf den Boden.

„Das ist dein neues Zuhause. Oben haben wir auch
noch eine Etage, aber das gucken wir uns später an. Jetzt
musst du erst einmal essen."

Gemeinsam gingen sie in die Küche, und Palmer
machte Wasser heiß und bereitete das Spezialfutter, wie
Elli ihm das erklärt hatte. In das Futter gab er von beiden Pasten und vermischte alles. Dann nahm er den

Fressnapf und ging damit hinaus auf die Terrasse. Wolf folgte ihm.

Palmer stellte den Napf auf den Boden. Wolf setzte sich und guckte auf den Napf und sah dann Palmer mit großen Augen an.

„Hier wird gefuttert, mein Freund."

Wolf guckte wieder auf den Napf, dann wieder auf Palmer.

„Na los", sagte Palmer und nickte.

Wolf verstand wieder und ging zu dem Napf und schnupperte, ging um den Napf herum und schnupperte erneut. Und fing langsam an zu fressen.

Palmer setzte sich auf die Bank und sah zu. Wolf fraß den Napf leer und leckte ihn aus.

„Morgen gibt es die nächste Portion, und etwas mehr als heute. Du musst dich erst wieder ans Fressen gewöhnen. Hat Elli gesagt."

Dann holte Palmer den anderen Napf und füllte ihn mit Wasser und stellte ihn auf den Boden und ging wieder hinein. Die Tür ließ er offen.

Danach kochte Palmer für sich selbst – Steak und Gemüse – und aß und räumte ab und machte das Geschirr sauber. Wolf hatte sich neben ihn gelegt mit einem lauten und, wie Palmer glaubte, zufriedenen Seufzer.

Er füllte Wolfs Wassernapf nach und setzte sich dann draußen auf die Bank. Gleich würde er am Zaun weiterarbeiten. Er freute sich darauf, fragte sich aber auch, wie Wolf mit Pferden klar kommen würde. Und vor allem die Pferde mit ihm.

Wolf war neben der Bank stehengeblieben und starrte in Richtung des Camino.

Eine Minute später hörte Palmer ein Motorengeräusch, eine weitere Minute später sah er den Verursacher. Ein Pickup Truck kam den Camino heruntergeschaukelt, vorbei an der Einfahrt der Nachbarn bis zu seiner Einfahrt. Vor dem Tor blieb er stehen.

„Du hast bessere Ohren als ich", sagte Palmer, „das ist jetzt endgültig klar."

Wolf starrte auf den Truck, sein Körper angespannt.

Ein Mann stieg aus.

Er rief, „Mister Palmer?"

Breitkrompiger Hut mit grauen Haaren darunter, die bis auf die Schultern fielen. Stiefel, Lederjacke. Wie ein Cowboy. Zugleich aber sah er *offiziell* aus. Wie jemand, der es gewohnt war, fremden Leuten Fragen zu stellen und eine Antwort zu bekommen. Wie jemand mit einer Dienstmarke in der Tasche.

Palmer befolgte zwei klare Regeln, wenn es um den Umgang mit Offiziellen ging: Halte dich von ihnen fern. Halte sie von dir fern.

Palmer antwortete nicht.

Der Cowboy rief, „Okay wenn ich zu Ihnen hoch komme?"

Aber Palmer hatte auch keinen Grund, jemandem, der höflich fragte, den Zugang zu verwehren.

Er winkte, und der Cowboy winkte auch und stieg wieder in den Truck und fuhr langsam die Einfahrt hoch.

Tom Sands parkte seinen Truck neben dem Truck, der bereits da stand und wohl diesem Palmer gehörte; Joshua Palmer, der unter seinem Truck hinweg zwei Mexikanern in die Beine schießt und sie dann mit einem Becher Kaffee in der Hand in Schach hält. Und der jetzt auf seiner Terrasse saß, wieder ein Becher in der Hand und ihn beobachtete.

Wenn es dieser Palmer war. Der Kerl hatte ja nicht geantwortet.

Und neben dem ein großer Hund saß. Ein riesiger Hund. Der ihn anstarrte.

Tom stieg aus.

„Alles okay", hörte er den Mann zu dem Tier sagen.

Tom sah genauer hin. Er hatte sich geirrt. Kein Hund, sondern ein Wolf.

Ein verdammter ausgewachsener Wolf.

Das Tier setzte sich, den Blick weiter starr auf Tom gerichtet. Selbst im Sitzen war es noch sehr groß. Dünn, mager fast und vernachlässigt, das Fell an mehreren

Stellen ausgerissen. Aber trotzdem stark und verdammt eindrucksvoll.

Tom hatte einmal gesehen, was Wölfe einem Menschen antun konnten, und seine Hand glitt instinktiv zu dem Revolver unter der Jacke.

Der Wolf starrte weiter, blieb aber sitzen.

Im Vorbeigehen begutachtete er den Truck, ein F150, achtziger Jahre, wie auf den Fotos und fand die zwei Einschusslöcher in der Karosserie. Der Matsch auf dem Nummernschild war verschwunden, aber nicht abgewaschen, nur getrocknet und heruntergefallen, Reste waren noch da.

Der Truck war hellgelb, während seiner weiß war und natürlich keine Einschusslöcher hatte. Aber ansonsten sahen die beiden Trucks aus wie Zwillinge.

Der Mann hatte ihn weiter beobachtet.

Der Wolf ebenso.

Tom blieb vor den Stufen zur Terrasse stehen. „Der Kerl da an Ihrer Seite", er nickte auf den Wolf, „kann der damit leben, wenn ich jetzt zu Ihnen hoch komme?"

„Denke schon", sagte der Mann. „Und ich kann auch damit leben, solange ich Ihre Hände sehen kann und Sie nicht wieder unter Ihre Jacke greifen."

Tom nickte. Der Kerl hatte also die Handbewegung gesehen und richtig gedeutet. Nun, nachdem, was Big Dan von ihm erzählt hat, wunderte ihn das nicht.

Tom tippte an seinen Hut. „Tom Sands. Ich bin Ermittler der Staatsanwaltschaft von Bernalillo County", und ging die drei Stufen nach oben auf die Terrasse.

Der Mann stand auf, geschmeidig und ohne Anstrengung. T–Shirt, Jeans, barfuß. Näher an fünfzig als an vierzig und etwas kleiner als Tom, sehr schlank und zugleich sehr muskulös. Die Arme von Adern durchzogen und wie es aussah hart wie Taue, ebenso Hals und Nacken und der Rest des Körpers. Unter dem Shirt waren die Muskeln deutlich zu sehen.

Kein Bodybuilder, urteilte Tom, keiner, der an glänzenden Maschinen in einem Raum mit Spiegeln an den Wänden trainierte und Eiweißpulver mit Schokoladengeschmack in Milch einrührte und trank. Sondern pure Kraft. Rohe Natur.

Eher ein wildes Tier als ein Mensch,

Eher wie ein ... Wolf.

„Palmer", sagte der Mann, das braungebrannte Gesicht mit den grauen Stoppeln regungslos, aber nicht unfreundlich. Eine Hand bot er nicht. „Setzen Sie sich, Mister Sands. Aber vorher tun Sie mir einen Gefallen und nehmen die Waffe aus Ihrem Gürtel. Nur mit Daumen und Zeigefinger. Und langsam, bitte, damit ich nicht unruhig werde."

Tom tat genau das.

„Okay, und jetzt legen Sie das Ding hier auf den Tisch."

Tom tat auch das.

Dieser Palmer war stehengeblieben, immer noch den Becher in der Hand. Tom fragte sich, was Palmer getan hätte, hätte Tom den Revolver gezogen und auf ihn gerichtet. Fragte sich, zu was dieser Kerl fähig war.

Die beiden Mexikaner hatten sich das wohl auch gefragt und vorsichtshalber die Füße still gehalten. Vielleicht waren sie deshalb heute noch am Leben, wenn auch nicht in Freiheit.

„Setzen Sie sich", sagte Palmer. „Kaffee?"

Tom setzte sich ans andere Ende der Bank und zog seinen Hut aus und legte ihn aufs Knie und versuchte, wieder locker zu werden. „Ein Kaffee wäre jetzt nicht schlecht."

Und dieser Palmer ging hinein, ohne eine Warnung, ohne einen Blick auf den Revolver zu werfen, kam kurz darauf mit einem zweiten Becher wieder heraus.

Aber der Kerl wusste, was er tat.

Tom hätte keine Chance gehabt, nach dem Revolver zu greifen. Der Wolf hatte sich, kaum war Palmer in der Tür verschwunden, vor ihn auf den Boden gesetzt und seine Intentionen deutlich gemacht, indem er ihn anstarrte.

„Ihr Freund hier", sagte Tom ohne mehr als Lippen und Zunge zu bewegen, „der mag Fremde nicht."

Palmer stellte den Becher auf den Tisch, neben den Revolver.

„Ich vermute, er hat Grund dazu. Außerdem wohnt er hier und fragt sich, was Sie hier wollen." Dann schnalzte er mit der Zunge und deutete mit einem Kopfnicken neben sich. Der Wolf folgte und legte sich auf den Boden.

„Genau wie ich", sagte Palmer und wartete.

„Der hört gut auf Sie", sagte Tom. „Haben Sie ihn abgerichtet?"

Wölfe lassen sich nicht abrichten, niemals, hatte ihm ein Tierforscher einmal erzählt, ein Biologe, der sein ganzes Leben diesen Tieren gewidmet hatte und dem deswegen zwei Frauen weggelaufen waren, seine Ehefrau und seine Tochter. Aber wenn man ihre Verhaltensweisen kennt und sie respektiert, hatte der Forscher zu Tom gesagt, dann hat man von den Wölfen nichts zu befürchten.

Palmer schüttelte den Kopf. „Wir kennen uns erst seit kurzem", sagte er, „und ich glaube nicht, dass er sich abrichten lässt." Er nickte auf den Becher, „Keine Milch, kein Zucker. Ich hab beides nicht im Haus."

Tom nickte und trank einen Schluck. Der Kaffee war gut, aber viel stärker, als er es gewohnt war. Er trank seinen Kaffee nie mit Zucker und nur einmal hatte er Milch hinein getan und das auch nur, weil Susan ihn darum bat. *Probier mal.* Am nächsten Nachmittag sollte er sogar Tee trinken – auch der Tee mit Milch, das hatte er noch nie gehört – und dazu Biskuits essen. Aus einer Porzellanschale. Auf seinen Blick hin hatte Susan gesagt, Meine Familie stammt ursprünglich aus England. New England? Nein, England, Großbritannien, von der Insel, hatte sie gesagt, aus der Nähe von Bath.

Als ob das alles erklärte.

Tom hatte keinen Tee getrunken und keinen Biskuit gegessen. Abends hatten sie noch miteinander geschlafen, nicht besser und nicht schlechter als sonst, am Morgen waren sie beide zur Arbeit gegangen und am Mittag hatte sie mit ihm Schluss gemacht. Am Telefon. Er hatte gefragt, Wegen diesem blöden Tee und den Biskuits in der Porzellanschale? Ehrlich? Sie hatte aufgelegt, ohne zu antworten.

Dieser Palmer wartete noch immer.

„Gestern am späten Vormittag", sagte Tom, „waren Sie bei Nina Martinez. Anwältin in Albuquerque. Sie waren in ihrem Büro, dann sind Sie zusammen mit ihr in den Park gegangen. Sie haben auf einer Bank gesessen und miteinander gesprochen. Sie haben etwas gegessen. Das heißt, die Anwältin hat, Sie nicht."

Tom sah Palmer nachdenken, und ihm war klar worüber. Woher weiß der Ermittler das? Nun, von den Überwachungskameras natürlich, wegen der Kameras hatte er schließlich sein Nummernschild mit Matsch beschmiert. Und ein Ermittler der Staatsanwaltschaft hat natürlich Zugriff auf die Aufzeichnungen öffentlicher Kameras. Aber die eigentlichen Fragen, die sich Palmer wohl gerade stellte: *Für wen interessiert sich der Ermittler? Für mich? Für Nina? Wie hat er mich identifizieren können?*

Tom wartete. Er hatte das Gefühl, Palmer war einer, mit dem er klar kommen konnte. Einer, der nichts beschönigte und nicht herumredete. Der kein Interesse an Spielchen hatte wie Holden und all die anderen, mit denen er jeden Tag zu tun hatte. Anwälte, Cops, Politiker. Susan. Dieser Palmer würde auf ein klares Wort ein klares Wort zurückgeben.

Und so war es.

„Ja", sagte Palmer.

„Sie haben vor ein paar Monaten ein Problem mit zwei Mexikanern gehabt. Hier, auf Ihrem Land. Die beiden haben auf Sie geschossen." Tom schaute auf Palmers Truck, die Einschusslöcher in der Karosserie selbst von hier deutlich zu sehen. „Meine Ermittlerin hat davon gehört, Sheriff Tipps hat ihr die Geschichte erzählt. Sie kennen ja Sheriff Tipps. Als sie die Bilder der Überwachungskamera sah, die Löcher in Ihrem Truck ... Da hat sie sich an die Geschichte erinnert. So habe ich Sie gefunden."

Palmer nickte, als wäre er zufrieden mit der Erklärung.

„*Ihre Ermittlerin*", sagte er dann. „Sie sind also nicht nur irgendein Ermittler der Staatsanwaltschaft. Sie sind der Chef. Chefermittler oder welcher Titel auch immer auf Ihrer Visitenkarte steht."

„Ich habe keine Visitenkarten", sagte Tom. „Aber wenn ich welche hätte, würde das darauf stehen, das stimmt." Er sagte, „Können Sie mir sagen, was Sie mit Miss Martinez besprochen haben? Sie müssen natürlich nicht, Mister Palmer. Ich habe keinen richterlichen Beschluss gegen Sie, und ich werde vermutlich auch in Zukunft keinen solchen Beschluss haben."

„Vermutlich."

„Aber es würde mir helfen zu wissen, was Sie mit ihr besprochen haben."

„Geht es hier um mich? Oder um Martinez?"

Tom war still und nippte am Kaffee, für den er tatsächlich Milch gebrauchen könnte. Er beobachtete Palmer, wie der ihn beobachtete.

Eine volle Minute verging.

Dieser Palmer hatte geradeheraus geantwortet. Er hätte fragen können, Wie kommen Sie denn darauf? Sein Blick unschuldig oder empört, wie Leute das tun. Er hätte schlicht verneinen können. Hätte ihn sogar hinauswerfen können. All das hat Palmer nicht getan. Er hat *Ja* gesagt, offen und ehrlich.

Und nach Toms Verständnis hatte sich Palmer damit eine ebensolche Antwort verdient. Offen und ehrlich. Er würde später beurteilen, ob das eine gute Entscheidung war.

„Nicht um Sie", sagte er daher. „Ich bin hier im Auftrag, aber ohne Wissen von District Attorney Walter Holden. Holden hat mir mehrere Aufträge gegeben. Einer davon war, herauszufinden, mit wem Nina Martinez in den vergangenen Stunden Kontakt hatte. Einer dieser Kontakte, und der einzig interessante, das waren Sie. Warum ich das herausfinden soll, hat mir Holden nicht gesagt. Zu diesem Zeitpunkt, also zum jetzigen Zeitpunkt, habe ich nicht einmal eine Vermutung. Ob Holden Sie also jemals offiziell befragen wird, weiß ich nicht. Aber ich vermute nicht. Außerdem", sagte Tom, „bislang weiß er nichts von Ihnen. Und ich habe keinen Grund, ihm von Ihnen zu berichten."

„Sie arbeiten für den DA. Sie sind verpflichtet, ihm von Ihren Ermittlungen zu berichten."

Tom lächelte dazu.

„Habe ich etwas Falsches gesagt?"

„Ganz und gar nicht. Völlig richtig, ich bin Holden verpflichtet. Allerdings, mehr noch als Holden bin ich Recht und Gesetz verpflichtet", sagte Tom, „und im Moment ..." Er trank einen Schluck und noch einen, betont langsam, weil er die Sekunden brauchte, um einen Entschluss zu fassen, und dann fasste er den Entschluss und sagte, „Im Moment bin ich mir nicht sicher, ob sich DA Holden an Recht und Gesetz hält."

Hier. Offener und ehrlicher konnte er nicht sein.

„Hm. Das heißt, Sie haben gerade Ihren eigenen Chef im Visier."

Tom schwieg.

„Haben Sie denn schon mit Miss Martinez gesprochen?"

Tom schüttelte den Kopf.

„Warum nicht?"

„Ich kenne Nina Martinez. Sie ist eine gute Anwältin, sie hätte mir nicht von dem Gespräch mit Ihnen erzählt, und ich wollte sie gar nicht erst in Verlegenheit bringen. Holden", Tom atmete ein und aus, „ist in eine Sache verwickelt. Ich weiß nicht, in was. Aber ich werde es herausfinden."

Palmer sagte nichts und trank. Nach einem Moment stand er auf und ging ins Haus und kam mit der Kanne zurück. Er goss erst Tom und dann sich selbst nach, stellte die Kanne auf den Tisch und setzte sich.

Wieder hatte der Wolf ihn angestarrt.

Wenn man ihre Verhaltensweisen kennt und sie respektiert, dann hat man von den Wölfen nichts zu befürchten, hatte der Biologe gesagt. Und bei seinem nächsten Besuch bei ihm hatte Tom zugesehen, wie der Biologe angegriffen wurde von den Tieren, die er respektierte und deren Verhaltensweisen er kannte wie nur wenige und vor denen man nichts zu befürchten hatte. Tom hatte den Angriff nicht kommen sehen. Er war zum Wagen gerannt und hatte seine Büchse geholt und drei der Wölfe erschossen, die anderen liefen weg. Aber da war es bereits zu spät gewesen. Arme, Beine, Oberkörper des Mannes waren übersät mit Bisswunden, aber am schlimmsten war der Hals. Der Hals war durchgebissen, so dass der Kopf nur noch an Sehnen und Gewebe hing.

Und dieser Palmer, kultiviert genug, seinem Gast zuerst einzuschenken, holte sich so etwas ins Haus.

„Sie wissen nichts", sagte Palmer. „Also können Sie auch nicht wissen, ob es nicht doch um mich geht."

Tom nickte.

„Oder ob Ihr Boss Holden die Sache, in der er steckt, nicht irgendwann so hindreht, dass ich plötzlich im Mittelpunkt stehe und den ganzen Wind abbekomme."

Ihr Boss. Als ob Palmer noch nicht entschieden hätte, wie unabhängig Tom tatsächlich war. Ob er ihm vertrauen konnte.

Tom nickte wieder und stand auf. „Ich kann verstehen, wenn Ihnen das Risiko zu hoch ist."

„Ich wollte das nur klarstellen, damit es zwischen uns keine, nun ja, Unklarheiten gibt. Also setzen Sie sich wieder." Tom setzte sich, und auch der Wolf legte sich wieder hin. Palmer sagte, „Es geht um Geld. Eine Tasche voll. Eine viertel Million Dollar. Gestohlen oder geraubt, vermutlich."

Tom sah ihn an.

Geld ... *Geld?*

Palmer trank und erzählte dann von seinem Nachbarn, Mark New Holy, Cop der BIA Police. Von Drohungen, von der Tasche mit Geld unter dem Trailer. Von dem Gespräch mit Nina Martinez.

„Nina ist damit also tatsächlich zur Staatsanwaltschaft gegangen", sagte Palmer dann.

Tom nickte. Ja, natürlich. Zuerst Nina Martinez bei Holden. Sie berichtet von der Tasche mit Geld und sagt ihm, Finde den Besitzer. Nina gibt sich die Klinke in die Hand mit Cassandra Boyd. Was die Boyd bei Holden wollte, wusste er noch nicht, aber, und das war bemerkenswert und keineswegs ein Zufall, kaum war die Boyd aus Holdens Büro verschwunden, sollte er in Holdens Auftrag die Martinez und die Boyd durchleuchten. Und was beide, Martinez und Boyd, zu diesem Zeitpunkt verband, war ihr Besuch bei Holden. Der von einer Tasche mit einer viertel Million Dollar erfahren hatte.

Und unmittelbar nach Holden traf sich die Boyd mit Zachary Pope. Und dieses Treffen im Forque ergab einen Sinn, sobald Geld im Spiel war. Besonders, wenn es illegal erworbenes Geld war. Denn Pope hatte vielfältige Kontakte zu Leuten mit illegalem Geld. Und Pope hatte immer noch Schulden bei der Boyd-Bank.

Welchen Schluss ließ all das zu?

Nur den einen. Pope und die Boyd haben mit illegalem Geld zu tun.

Und der DA, wie viel weiß der davon?

„Das bringt Sie zum Nachdenken, huh?", sagte Palmer.

„Das tut es. Wo ist die Tasche jetzt?"

„Darüber sprechen wir vielleicht später."

„Okay, fair", sagte Tom. „Frage ist, was Holden mit seinem Wissen angefangen hat." Er sagte, „Mister Palmer, kennen Sie-"

„Palmer."

Tom nickte. „Kennen Sie eine Cassandra Boyd? Cassandra Guadaloupe Boyd, Boyd-Bank New Mexico? Filiale in Albuquerque, Hauptsitz in Santa Fe? Freunde nennen sie auch Cassy, so sagt sie zumindest, obwohl", er lachte kurz, „ich glaube nicht, dass sie Freunde hat."

Palmer musste nicht nachdenken. „Nie gehört."

„Sagt Ihnen denn der Name Zachary Pope etwas? Zach Pope?"

Wieder sagte Palmer, „Nie gehört."

„Zach Pope ist eine kleine Berühmtheit in diesem Teil von New Mexico. War einmal sehr reich, Typ Großgrundbesitzer? Läuft selbst heute noch immer im weißen Anzug herum, mit so einem Ostküstenhut ... in Albuquerque, kaum zu glauben."

„Ich lebe noch nicht so lange in diesem Teil der Welt", sagte Palmer. „Und ich neige dazu, mich für mich zu halten. Ich kenne hier kaum jemanden", und mit einem schnellen Zucken der Augenbrauen, „nicht einmal die Berühmtheiten."

„*Kleine* Berühmtheit", sagte Tom. „Was ich sagen wollte, diesem Pope gehörten Minen oben in Colorado, einige in Arizona, einige hier in New Mexico. Kupfer, Erze, so was."

„Und?"

„Popes Minengesellschaft, die New Mexico Mining Corporation, ging bankrott. Pope hat einen Teil seines Vermögens rechtzeitig in Sicherheit gebracht, wie das solche Leute tun, sehen den Bankrott schon von weitem kommen und handeln. Verschieben ihr Vermögen in die Karibik oder in die Schweiz ... Uh, nicht mehr in die Schweiz, das hat sich ja geändert. Oder plötzlich haben die kleinen Kinderchen dicke Bankkonten, die Ehefrau ist Besitzerin eines schönen Hauses oder zwei, Neffen und Nichten haben ein dickes Portfolio. Aber Pope hat bei der Pleite das meiste verloren. Und seine Hausbank? Tja, das ist die andere Seite der Geschichte. Seiner Hausbank hinterließ er eine Menge Schulden."

„Wie viel ist eine Menge?"

„Dreißig Millionen Dollar."

„Das ist eine Menge", sagte Palmer. „Und seine Hausbank, vermute ich mal, war die Boyd-Bank New Mexico."

Tom nickte. „Und Cassandra Boyd war bei Holden im Büro, unmittelbar nachdem Nina Martinez bei ihm war."

„Unmittelbar?"

„Nina kam aus Holdens Büro heraus, sie und Cassandra haben kurz miteinander gesprochen, und Cassandra ging hinein. So hat mir seine Sekretärin gesagt."

Palmer sagte, „Zufall?"

„Das zeitliche Zusammentreffen der beiden Ladies? Denke schon. Auf jeden Fall, nachdem sie bei Holden war, trifft sich Cassandra mit Zach Pope zum Mittagessen. Und das, so habe ich jetzt das Gefühl, war kein Zufall. Erst geht Cassandra zu Holden und bespricht, was sie mit ihm zu besprechen hat. Dann trifft sie sich mit Pope und berichtet von ihrem Gespräch mit Holden." Tom sagte, „Und zwischenzeitlich gibt Holden mir zwei Aufträge: Erstens, Cassandra Boyd zu beschatten, und, zweitens, zu überprüfen, mit wem sich Nina Martinez in den vergangenen vierundzwanzig Stunden getroffen hat."

Sie saßen eine Weile still, tranken Kaffee, schauten in die Ferne, wo in zwei Stunden die Sonne hinter den Bergen verschwinden würde.

Palmer sagte, „Die Tasche mit dem Geld ..."

Tom guckte seinen Gastgeber an. Dieser Palmer wartete, wollte wohl sehen, ob sie denselben Gedanken hatten.

„Ist der gemeinsame Nenner", sagte Tom und stand auf.

Palmer nickte.

Der Wolf hob den Kopf und starrte ihn wieder an, blieb aber liegen.

Palmer sagte, „Sie wollen die Tasche haben?"

Tom überlegte und sagte, „Nein. Wenn sie sicher ist ... nein."

„Sie ist sicher."

„Dann lassen Sie sie, wo sie ist. Für jetzt. Irgendwann wird sie irgendjemand bekommen. Der rechtmäßige Besitzer."

„Oder jemand, der mehr Rechte hat als der Besitzer", sagte Palmer.

Tom nickte. Damit wäre er einverstanden.

Er zog seinen Hut auf und tippte wie bei seiner Ankunft mit dem Zeigefinger an die Krempe.

„Sie haben mir geholfen, Palmer. Wenn ich mal etwas für Sie tun kann, jederzeit."

„Können Sie."

Tom guckte.

„Halten Sie mich aus Ihren Nachforschungen raus“, sagte Palmer. „Ich habe einen Zaun zu bauen und mich um meinen neuen Freund zu kümmern. Sie sehen ja, er muss aufgepäppelt werden. Das reicht mir für den Moment. Ich habe kein Interesse an den Streitigkeiten anderer.“

„Und wenn Ihr Nachbar wiederkommt?“

„Der ist kein Problem“, sagte Palmer.

Toms Erfahrungen mit Cops waren andere. Cops waren immer ein Problem; weiße, mexikanische, schwarze, indianische Cops, da gab es keinen Unterschied. Aber dieser Palmer brauchte seinen Rat nicht, also behielt er seine Meinung für sich.

Er sagte, „Ich denke, ich kann Sie heraushalten.“

„Thanks“, sagte Palmer.

Tom sah Palmer an und deutete auf seinen Revolver. Erst als Palmer nickte, schob er die Waffe ins Holster.

Er warf einen Blick auf den Wolf, der ihn immer noch beobachtete, aber ansonsten keine Probleme mit ihm zu haben schien, und ging die Stufen hinunter zu seinem Truck. Dort drehte er sich um.

„Sagen Sie, Palmer, die beiden Mexikaner ... Sheriff Tipps sagt, Sie hätten damals nicht gewusst, was die beiden von Ihnen wollten. Warum sie auf Sie geschossen haben.“

Palmer nickte.

„Wissen Sie es heute?“

„Sie sollten mich töten“, sagte Palmer.

„Sollten?“, sagte Tom.

„Ein Auftrag.“

Tom lehnte sich an die Fahrertür. Ein Auftrag also. Mit so etwas hatten sie immer mal wieder zu tun in Bernalillo County. Auftragsmorde. Allerdings nur zwischen den mexikanischen Gangs. Und immer ging es um Drogen oder Geld oder beides. Dieser Palmer jedoch gehörte keiner Gang an, und er sah nicht so aus, als ob er mit Drogen zu tun hatte.

Tom sagte, „Wissen Sie, von wem?“

Palmer nickte wieder und sagte, „Einem Chinesen. Aus Shanghai."

„Shanghai?"

Einem Mann vom Mond, hätte Palmer auch sagen können, Tom wäre nicht erstaunter gewesen. Was hatte Joshua Palmer mit Shanghai zu tun? Mit China? Und warum schickte ein Chinese zwei mexikanische Revolvermänner bis nach Benson Trail, New Mexico, um ihn zu töten?

Tom sah Palmer an, ob der vielleicht noch etwas sagen wollte. Etwas erklären.

Wollte er nicht.

Also sagte Tom, „Und, wird dieser Chinese es wieder versuchen?"

Palmer schüttelte den Kopf. „Der Chinese ist tot", sagte er.

Tom nickte. Er war nicht im Mindesten überrascht.

25

Cassy fuhr deutlich schneller, als ihr angenehm war, aber der Anruf von Holden hatte sie zum Schwitzen gebracht. Verdammter Pope. Was fiel dem ein, seinen Indianer zu Holden zu schicken?

Der DA hatte schnell gesprochen, laut, hysterisch und heiser. So ein furchtbarer Indianer mit einem Loch im Hals – Einem Loch im Hals, Cassy! – hätte ihn bedroht, öffentlich, zwei Dutzend Leute hätten dabei zugesehen, in seinem Lieblingsrestaurant in Old Town, wohin er jetzt nie wieder gehen konnte. Café Granada.

Wir müssen uns sprechen, Cassy, ich komme nach Santa Fe.

Sie hatte geantwortet, dass sie gerade in Albuquerque wäre und ihn in einer halben Stunde treffen könnte, kein Problem. In Wahrheit war sie in Santa Fe im Studio zusammen mit Shellie, ihrer Trainerin, die ihr zugehört und bei dieser Lüge gegrinst und den Kopf geschüttelt hatte, und dann, lautlos, nur ihre Lippen hatten sich bewegt, *Mindestens eine Stunde, Baby.*

Cassy war in ihren Wagen gesprungen – Sporttasche in der einen Hand, Autoschlüssel in der anderen, Telefon zwischen Ohr und Schulter geklemmt – Ich bin unterwegs, wohin genau?

Holden hatte einen Starbucks vorgeschlagen, zwei Blocks von diesem Café Granada entfernt, von dem Cassy noch nie gehört hatte.

Das hätte ihr gerade noch gefehlt, mit Holden in Santa Fe gesehen zu werden.

Zweimal rief sie Holden vom Auto aus an und sagte, sie hätte sich verfahren, während sie in ihrem schwarzen Coupé mit fast einhundert Meilen pro Stunde nahezu lautlos über die Interstate rauschte, ihre Hände ins Lenkrad gekrallt vor Anspannung wegen der Geschwindigkeit, und ihr Blick alle paar Sekunden in den Rückspiegel, aber kein Cop in Sicht. Dann endlich die Stadt und dann Old Town und ihre Suche nach der richtigen Shoppingmall, hier gabs ja eine Mall nach der anderen, und ihre Gedanken schon wieder bei Pope. Wie kam der alte Mann dazu, sich in die Sache zwischen ihr und Holden zu mischen? Hatte sie heute Mittag nicht deutlich gemacht, dass das ihre Entscheidung war? Ihre allein? Seinen Indianer zu Holden in ein verdammtes Restaurant mit zwei Dutzend Zuschauern schicken ... Was soll das?

Sie schlug gegen das Lenkrad.

Verdammter Pope.

Dann über eine Kreuzung, die Ampel sprang gerade auf Rot, aber sie schaffte es wohl noch, sie war nicht sicher, und endlich die Mall. Fünfzig Minuten nach Holdens Anruf. So schnell war sie die Strecke noch nie gefahren.

Sie lenkte auf den Parkplatz und fuhr im Schritttempo weiter.

Wallmart ... Target ... Borders ... Big Five Sporting Goods ... Arby's ... Starbucks.

Sie parkte, stieg aus und drückte die Fernbedienung, der Mercedes gab zwei glucksende Laute von sich, als wäre er stolz auf seine Leistung. Sie ging hinein in die kalte Klimaanlagenluft, die ihr nach der Hitze draußen doppelt unangenehm war. Sie wischte über ihr Dekolleté. Schweißnass. Sie hätte sich Zeit für eine Dusche nehmen sollen.

Holden saß am Fenster, sein aufgeschlagenes Notizbuch und einen Becher vor ihm auf dem Tisch.

Er winkte ihr.

Als ob sie blind wäre und ihn nicht längst gesehen hätte.

Sie zog den Reißverschluss ihrer Trainingsjacke ganz nach oben und setzte sich auf den Stuhl gegenüber. Ihr Shirt klebte am Rücken. „Also?", sagte sie und sah zu, wie Holden einen Zettel aus dem Notizbuch fischte.

Dasselbe Moleskine, das er im Büro benutzt hatte.

„Dieser verdammte Indianer hat versucht, mich ein-
zuschüchtern, Cassandra. Er hat mir geschrieben" –
Holden hielt ihr den Zettel vors Gesicht, Hand und Papier zitterten im Gleichklang – „Hier, er hat geschrieben,
Do what Mr Pope say or I kill ya." Holden faltete den Zettel zusammen und legte ihn zurück. „Oder ich werde Sie
töten. Alleine dafür könnte ich ihn vors Gericht bringen.
Der würde so was von ins Gefängnis gehen."

„Der hat echte Probleme mit dem Schreiben, huh?"

„Der hat mir mit dem Tode gedroht, Cassy. Mir, einem
Staatsanwalt."

„Er wird Ihnen nichts tun, Holden, beruhigen Sie
sich."

„Unsere Richter sind da nicht zimperlich, wenns um
einen Anwalt des Staates geht. Einem Staatsanwalt drohen, mit dem Tod. Einem Anwalt des Staates, Cassandra.
Ich vertrete den Staat. Ich bin praktisch der Staat."

„Sie sind der Staat? Meine Güte, Holden."

Und Cassy winkte einem Mann in der Warteschlange
vor der Theke, nur um Holden zu zeigen, was sie von
seinem Gerede hielt; der Mann, ein kleines Mädchen an
der Hand, winkte zurück, unsicher und schien zu überlegen, zu ihr herüber zu kommen, vielleicht um Hallo zu
sagen, vielleicht um zu fragen, wer zum Henker sie denn
wäre, aber da hatte sie sich bereits wieder zu Holden
gedreht.

Holden trank von seinem Kaffee, und Cassy sah, dass
er immer noch zitterte.

Sie sagte, „Ich sehe, Sie sind ein richtiger Gentleman,
Holden", und nickte auf seinen Becher.

Cassy hätte lieber ihre Sportflasche – kein Kreatin
jetzt, sondern Milch und Kohlenhydrate – aber die hatte
sie bei Shellie vergessen. Ein Smoothie mit Erdbeere
würde aber auch helfen. Sie war müde und fühlte sich
schlapp, nach dem Training war ihr Blutzuckerspiegel im
Keller. Sie brauchte Kohlenhydrate. Eiweiß konnte sie
auch später noch nehmen, aber jetzt brauchte sie
Kohlenhydrate.

Ihre Hand schmerzte vom Schlag auf das Lenkrad.

Holden sah sie an. „Bitte was? Gentleman? Sie versuchen, mich zu erpressen, und jetzt soll ich Ihnen auch noch einen Kaffee holen? Ich wurde gerade mit dem Tode bedroht, von einem Kerl, den ich ohne Sie nie kennen gelernt hätte, und Sie ... Sie beschweren sich darüber, dass ich Ihnen keinen Kaffee geholt habe?"

„Sprechen Sie leiser, Holden, oder wollen Sie, dass uns jeder hier hört?"

Holden wollte etwas erwidern, aber sie wehrte ihn mit einer Handbewegung ab.

Sie musste Holden beruhigen, bevor er etwas Dummes tat, musste ihn von seinem Treffen mit Akecheta ablenken.

Ja, ablenken.

Und wie beiläufig zog sie den Reißverschluss ihrer Jacke wieder auf, so weit, dass ihr schwarzer Sport–BH zu sehen war. Shellie, amtierende Bodybuildingmeisterin in New Mexico und Anwärterin auf einen der vorderen Plätze bei irgendeiner Misswahl im nächsten Monat, hatte sie durch eine Reihe von Druckübungen gescheucht – Bankdrücken mit der Langhantel, Nackendrücken an der Maschine, Kickbacks für die Trizeps. Cassy wusste, ihr Oberkörper war immer noch aufgepumpt, die Adern an Hals und Dekolleté prall gefüllt.

Aber Holden sah nicht hin. Nicht einmal ein kurzer, schneller Blick.

Sie sagte, „Hat sich denn dieser Kerl wieder gemeldet?"

„Kerl?" Holden schüttelte den Kopf, zuckte mit der Schulter. „Welcher Kerl?"

„Welcher Kerl ... Der Kerl am Telefon, Holden, wer sonst? Der Kerl, der Sie angerufen hat. Der Kerl, der gesagt hat, er hätte meine Tasche mit dem Geld."

„Uh, der", sagte Holden und lehnte sich zurück, „natürlich."

Cassy musterte ihn. Hatte sich Holden gerade erschreckt, als sie ihn nach dem Anrufer gefragt hat? *Welcher Kerl?* Als ob er tatsächlich keine Ahnung hatte, von wem sie sprach. Und dieses gepresste *Uh, der, natürlich* hinterher. Seine Lässigkeit gespielt.

Dieser verdammte Holden. Hatte er sie etwa angelogen?

Sie sagte, „Und was *natürlich?* Er hat also?"

Holden schüttelte den Kopf.

„Er hat also nicht? Was habe ich Ihnen gesagt, Randy, huh? Der Mann ruft nicht wieder an, und es könnte passieren, dass meine Bank Ihren Kredit kündigt."

„Aber ohne mich werden Sie Ihre Tasche nicht zurückbekommen."

„Das würden wir dann sehen, nicht wahr?" Als Holden schwieg, sagte sie, „Okay, District Attorney, wenn ich ohne Sie meine Tasche nicht zurückbekomme, dann sagen Sie mal: Was haben Sie denn bislang herausgefunden?"

Holden schüttelte wieder den Kopf.

„Verdammt, Randy, alles, was Sie tun, ist den Kopf schütteln. Sie haben doch ein ganzes Team von Leuten zu Ihrer Verfügung. Und dieser ehemalige Staatsanwalt, Ihr Sands, der soll doch so ein Ass sein. Der hat auch nichts gefunden?"

„Er ist nicht mein Sands", sagte Holden und bereute es im selben Moment, Cassy sah es ihm an, seine Augenbrauen zusammengekniffen, wie er das oft tat im Ärger.

Ihr war klar, warum Holden sich ärgerte. *Er ist nicht mein Sands*, das ließ ihn schlecht aussehen, als ob dieser Tom Sands sein eigener Boss wäre und District Attorney Holden ihm nichts zu sagen hätte. Und jeder in Albuquerque wusste, dass es genau so war, mittlerweile wusste sie es sogar. Und wenn Holden ehrlich zu sich war, dann wusste er es auch.

Sie sah ihn an und überlegte. Was stimmt hier nicht?

„Sie waren erst gestern bei mir, Cassandra", sagte Holden. „Ein Tag. Tom ist gut, aber nicht so gut. Was erwarten Sie?"

Cassy sagte, weil er es verdient hatte, „Er ist also nicht Ihr Sands, huh?" Und als Holden nicht antwortete,

„Ich war gestern Mittag bei Ihnen. Jetzt haben wir Donnerstagabend." Sie sah auf die Anzeige an ihrem Telefon. „Acht Uhr. Das sind zweiunddreißig Stunden. Und welche Ergebnisse haben Sie? District Attorney?" Sie schüttelte den Kopf wie eine enttäuschte Geliebte, die zum Geburtstag Modeschmuck aus dem Supermarkt bekam statt der versprochenen Perlenkette. „Ich habe mich auf Sie verlassen."

Es fiel ihr schwer, sich das einzugestehen, aber sie brauchte Holden. Nur mit ihm konnte sie Pope und seinen Indianer im Zaum halten. Nur zusammen mit Holden hatte sie eine Chance, diese ganze leidige Angelegenheit zu einem guten Ende zu führen. Die Tasche zu finden, ihre Bank zu retten, nicht in einem Betonfundament zu verschwinden und auch *nicht nicht nicht* ins Gefängnis zu gehen.

„Worüber schütteln Sie den Kopf, Cassandra?"

Aber sie brauchte einen motivierten DA. Stark und selbstbewusst. Holden musste Ergebnisse liefern. Und schnell.

Aber er saß immer noch vor ihr wie ein kleiner Junge, den man auf dem Schulhof verhauen hatte.

„Cassy?"

Ihr blieb keine Wahl. Ablenken hatte nichts gebracht, aber sie musste Holden sein Selbstvertrauen wiedergeben, ihn aufbauen, egal wie. Das war jetzt ihr wichtigster Job.

Und darüber hätte sie kotzen können.

Oder war ihr übel, weil der Blutzucker immer noch unten war?

„Ich weiß, dass Sie gut sind, Randy, ich weiß es. Und nicht nur ich. Jeder im District und weit darüber hinaus weiß das. Deshalb sind Sie der DA. Und nicht in irgendeinem District, sondern im Second Judicial District. In Albuquerque und Bernalillo County. Der wichtigste District des Staates New Mexico, Randy. Sie haben hier bereits ganz andere Dinge geleistet. Sie haben Mörder und Vergewaltiger ins Gefängnis gebracht, das Organisierte Verbrechen in die Knie gezwungen, die mexikanischen Banden, diese Drogendealer von den Straßen geholt. Unser aller Leben sicherer und besser gemacht, Randy. Eine blöde Tasche mit Geld zu finden ist für Sie doch ein Klacks. Ein Klacks."

Bei jedem der beiden *Klacks* schnippte sie mit den Fingern, und anders als bei Pope war es deutlich zu hören.

Die Wahrheit war, DA Randy Walter Holden II. hatte die schlechteste Statistik aller seiner Vorgänger im zweiten District. Die Wahrheit war auch, er hatte die schlechteste Verurteilungsstatistik aller dreizehn District Attorneys in New Mexico.

Aber ebenfalls Wahrheit war: District Attorney Holden glaubte nicht, dass er daran Schuld hatte.

Sie sah, wie sich Holdens Gesichtszüge entspannten.

„Ein Klacks, DA", sagte sie noch einmal. Dieses Mal ohne zu schnippen.

„Es ist kein Klacks, Cassy, selbst für mich nicht. Aber ich habe vier Leute auf diese Sache angesetzt. Vier. Mehr als bei jeder Mordanklage und jeder Vergewaltigung und so viel wie bei Anklagen gegen die großen mexikanischen Gangs. Und bei der letzten Anklage, puh, da gings um Mengen von Meth und um Waffen, da machen Sie sich keine Vorstellungen. Im zweistelligen Millionenbereich. Sie habens sicherlich verfolgt, Zeitungen und Fernsehen waren ja voll davon."

Hatte sie nicht, aber sie sah, dass Holden bereits wieder der alte wurde. Dass das Selbstvertrauen bereits zurück war in diesem glattrasierten Gesicht, das arrogante Lächeln des Dandys, die Überheblichkeit, mit der er jetzt auch die Krawatte lockerte und den obersten Knopf seines Hemdes öffnete. Mit einer Hand, die bereits nicht mehr zitterte.

Ging ja schnell.

„Ich habe gewonnen", sagte Holden. „Acht der gefährlichsten Mexikaner sitzen seitdem in den härtesten Gefängnissen unseres Landes. Zwei von ihnen im PNM. Keine Chance auf Bewährung."

Und jetzt guckte er ihr sogar wieder auf die Titten.

Na also.

Sie sagte, „PNM?"

„Penitentiary of New Mexico? Unser größtes und härtestes Gefängnis hier, mit Hochsicherheitstrakt und allem. Hat eine eigene Ausfahrt an der Fünfundzwanzig, südlich von Santa Fe. Sie fahren jedes Mal daran vorbei, wenn Sie nach Albuquerque kommen. Haben Sie noch nie darauf geachtet? Da habe ich viele böse Kerls hingeschickt, sehr viele."

„Böse Kerls, soso", sagte sie. „Schön, dann beweisen Sie jetzt mal, wie gut Sie wirklich sind, Randy, und geben Sie Gas. Okay? Gas geben. Ich will meine Tasche zurück."

„Dann sagen Sie mir zuerst einmal, was dieser Zachary Pope und sein Indianer mit der Angelegenheit zu tun haben. Immerhin, dieser Pope und Ihre Bank haben ja eine gemeinsame Geschichte. Und auf dem Zettel des Indianers steht, dass die Tasche Pope gehört."

Cassy sagte, „Das steht da?"

Holden öffnete das Moleskine und fischte einen anderen Zettel heraus und las vor, *„Beeilen Sie sich und finden Sie heraus, wer Nina Martinez von meiner Tasche erzählt hat.* Da steht: von *meiner* Tasche. Also, was haben Pope und der löchrige Indianer mit dieser Angelegenheit zu tun?"

„Das spielt keine Rolle, Randy, Sie-"

„Das spielt sehr wohl eine Rolle. Verstehen Sie nicht, Cassy? Je weniger ich weiß, desto länger dauert es, bis ich Ihre Tasche wiederfinden kann. Und umgekehrt: Je mehr ich weiß-"

„Sie wissen doch bereits mehr." Und als Holden sie stumm ansah, „Sie haben mich doch angelogen, nicht wahr? Es gibt gar keinen Anrufer, der ihnen von einer Tasche mit Geld erzählt hat." Cassy packte seinen Oberarm und drückte zu. „Also, woher wissen Sie von meiner Tasche? Und erzählen Sie jetzt verdammt nochmal keinen Mist, DA."

„Lassen Sie." Holden drehte seinen Arm, bis sie schließlich losließ. „Sie haben mich ebenfalls angelogen.

Zweimal verfahren", sagte er, „als ob ihr Schlitten da draußen kein Navi hätte."

Sie saßen sich einen Moment stumm gegenüber.

„Sie wollten nicht, dass ich nach Santa Fe komme", sagte Holden dann. „Sie wollen nicht mit mir gesehen werden. Gut, kann ich verstehen. Ich will mit Ihnen auch nicht gesehen werden."

Holden. Schon wieder der kleine Junge.

„Man kennt mich in Santa Fe", sagte Cassy. „Während-"

„Und man kennt *mich* hier."

„Ja, aber Albuquerque ist", sie musste überlegen, „ Albuquerque ist zehn Mal so groß wie Santa Fe. Die Wahrscheinlichkeit-"

„Acht Mal, höchstens. Vielleicht, rechnet man den gesamten Bezirk, dann vielleicht zehn-"

„Gut, dann ist Albuquerque eben acht Mal so groß. Was zählt ... Die Wahrscheinlichkeit, dass uns hier jemand erkennt, ist acht Mal geringer. Seien Sie also vernünftig." Cassy sah zur Theke. Keine Warteschlange mehr. Der Mann mit seiner Tochter auch verschwunden. „Ich brauche Sie, um meine Tasche zu finden. Sie brauchen mich, um nicht pleitezugehen. Denken Sie darüber nach. Wenn ich zurückkomme, will ich wissen, ob ich mich auf Sie verlassen kann."

Sie stand auf und ging zur Theke und verlangte einen Erdbeersmoothie, aber Erdbeere war aus, wie es mit Himbeere wäre, würde ja fast genauso schmecken; nein, dann lieber Banane.

Sie trank den ersten Schluck noch an der Theke und den zweiten, als sie wieder saß.

Sie sah Holden an. „Und?"

„Ich melde mich bei Ihnen", sagte er.

„Wann?"

„Morgen."

„Wann morgen?"

„Mein Gott, Cassy."

„Wann morgen, Randy?"

„Morgen", sagte Holden und stand auf. „Vormittag."

„Morgen Vormittag." Cassy nickte. „Also gut. Und sehen Sie Sands auf die Finger. Da stimmt etwas nicht."

„Sands? Was meinen Sie, da stimmt etwas nicht?"

„Nur so ein Gefühl. Schauen Sie Ihrem Ermittler auf die Finger, DA. Ja, und noch etwas."

Holden sah sie an.

„Werfen Sie Ihr Notizbuch weg, okay? Moleskine benutzen nur Leute, die davon träumen, Reisejournalist im Neunzehnten Jahrhundert zu sein. Vielleicht sage ich Ihnen damit etwas Neues, Holden, aber Sie sind kein Journalist. Sie leben auch nicht im Neunzehnten Jahrhundert. Und ich hoffe, Holden, ich hoffe sehr, Sie sind auch kein Träumer. Sonst könnten Sie bald ganz unsanft aufwachen."

Cassy sah Holden hinterher, wie er zu seinem Volvo – goldfarben, gabs sowas – ging, seine Jacke auszog, auf links zusammenfaltete und auf den Beifahrersitz legte, sein Hemd glattstrich, seine Hose glattstrich, dann endlich einstieg und einen Moment später losfuhr.

Und sie sah, wie ein Police Cruiser neben ihrem Mercedes hielt und ein Cop ausstieg. Wie der Cop um den Wagen herumging, auf das Nummernschild guckte, in den Cruiser einstieg und wieder herauskam und ihr ein Ticket unter den Scheibenwischer steckte.

Die Ampel musste doch bereits rot gewesen sein.

Verdammter Holden.

Verdammter Pope.

Sie trank einen weiteren Schluck von ihrem Smoothie und schob den noch halbvollen Becher von sich. Zu süß, dieses Zeugs. Aber sie fühlte sich bereits besser.

Zumindest war ihr nicht mehr übel.

Oder war das, weil Holden endlich weg war?

Tom stand auf dem kleinen Platz zwischen Camino und Highway und wollte gerade weiterfahren, als sein Telefon vibrierte. Holden sitzt seit einer Stunde in einem Starbucks, sagte Margy, er war allein, aber gerade ist die Boyd gekommen und hat sich zu ihm gesetzt; Woody ist auch hier, er parkt eine Reihe vor mir ... ich winke ihm mal ... Okay, er holt sein Telefon.

„Hallo Boss", hörte Tom, „hi Marg."

Margy sagte, „Zum zweiten Mal innerhalb von zwei Tagen treffen sich die Boyd und Holden. Was halten wir davon?"

„Und dieses Mal in einem Staaarbucks", sagte Woody. „Ich hasse Staaarbucks. Der schlechteste Kaffee der Welt."

Tom sagte, „Wo genau?"

„West Mall Old Town", sagte Margy, „Holden war vorher im Café Granada, keine fünf Minuten von hier."

„Café Granada?"

„Keine Ahnung, muss neu sein. *Original Andalusische Küche* steht über der Tür. Karibik, schätze ich mal."

„Uh-uh, das ist *Gren*ada", sagte Woody.

„Allein?"

„Zunächst allein, dann aber bekam er Besuch. Und ihr werdet nicht erraten, von wem."

„Wir haben auch keine Lust zum Raten, Marg", sagte Woody.

Margy sagte, „Popes Indianer."

„Akecheta?" Akecheta Skenandore, ehemaliger Army–Scharfschütze und nach Meinung der Staatsanwaltschaft von Santa Fe eine Person von größtem Interesse in fünf ungeklärten Todesfällen in den vergangenen drei Jahren. Wenn Zachary Pope seinen Indianer zu Holden schickte, dann wurde es ernst. Tom sagte, „Wie lange war er bei Holden?"

„Keine fünf Minuten. Kam raus und ist weggefahren. Kaum war er weg, kam Holden raus und ist in seinen Wagen gesprungen, Telefon am Ohr und auf direktem Weg hierher. Hier zum Starbucks, meine ich. Hat sich ans Fenster gesetzt und noch einmal telefoniert, hat sich etwas zu trinken geholt und wieder ans Fenster gesetzt und hinausgeguckt, immer das Telefon in der Hand. Dreiviertel Stunde später kam die Boyd. Seitdem sitzen sie gemeinsam am Fenster."

„Und unterhalten sich", sagte Woody. „Mit hektischen Handbewegungen, besonders von Holden. Hat der Boyd zweimal einen Zettel vor die Nase gehalten."

„Von Akecheta vielleicht", sagte Tom. „Der Indianer spricht ja nicht viel. Schreibt lieber."

Woody lachte. Er sagte, „Die Boyd, also: nach ihrem Essen mit Pope war sie zunächst in der Bank, dann zuhause, dann im Gym. Marg, wann war das mit Holden? Wann kam der aus diesem Granada–Café?"

„Ist jetzt ziemlich genau eine Stunde her."

„Okay, das passt. Vor einer Stunde kam die Boyd aus ihrem Fitnessstudio gelaufen, Telefon am Ohr, genau wie Holden, ziemlich in Eile, die Tasche noch offen. Auf dem Weg zum Auto hat sie ihr Handtuch verloren und es nicht bemerkt."

Margy sagte, „Warum geht die eigentlich ins Gym? Die sieht doch jetzt schon aus, als ob sie es mit diesen Käfigtypen aufnehmen könnte. Steht ihr Kerle auf solche?"

„Käfigtypen?"

„MMA meint Marg", sagte Tom.

„Oh."

Einen Moment lang war es still, dann sagte Tom, „Akecheta war also bei Holden. Holden ruft dann die Boyd an, und die beiden treffen sich. Aber nicht in Holdens Büro im Metro Court und nicht in einem Restaurant, sondern in einem Starbucks. Die Boyd unterbricht sogar ihr Training, und das ist ihr heilig, wie ich zufällig weiß, und fährt schon wieder die ganze Strecke bis nach Albuquerque. Zum zweiten Mal für heute."

„*Rast* die Strecke", sagte Woody. „Ich hatte Probleme, an ihr dran zu bleiben. Die ganze Zeit hab ich in den Rückspiegel geguckt. Wäre die Highway Patrol aufgetaucht, dann hätte ich wieder den Ärger gehabt. Die lachen doch nur, wenn die meine Marke sehen. Und bis mein fürsorglicher Arbeitgeber mir das Ticket erstattet hätte, wären wieder Monate vergangen, wenn überhaupt."

„Mach dir keine Gedanken um Tickets, wenn du observierst, Woody", sagte Tom. „Frage ist, was die beiden so eilig zu besprechen haben."

„Und was Akecheta von Holden wollte", sagte Woody.

„Was *Pope* von Holden wollte", sagte Margy. „Dieser Akecheta überbringt nur die Nachrichten."

„Überbringt Nachrichten *und* vollstreckt", sagte Tom. „Margy, die Boyd-Bank New Mexico, schon etwas herausgefunden?"

„Ich habe ein paar Anrufe gemacht und warte auf Rückrufe und Emails. Ich bin dran, Tom, keine Sorge."

„Hey, Leute", sagte Woody. „Der Holden kommt raus."

„Allein?"

„Ja."

Als Woody still war, sagte Tom, „Woody? Was macht Holden? Fährt er weg?"

„Uh, nope, das geht nicht so fix bei unserem Randy–Dandy. Jetzt hat er erst einmal seine Jacke zusammengefaltet-"

„Die Jacke gefaltet?"

„-und gerade streicht er sich das Hemd glatt, bloß keine Falte im Rücken ... Und jetzt auch noch das Höschen ... Uh, jetzt steigt er ein. Soll ich Holden übernehmen, oder bleibe ich bei der Boyd, wenn sie denn mal rauskommt?"

„Du bleibst bei der Boyd, Woody. Margy, du wieder Holden."

„Holden, okay. Sag mal, wie wars eigentlich bei diesem Palmer?"

„Wer ist Palmer?", sagte Woody.

Margy sagte, „Tom?"

„Ich war gerade erst bei ihm, ich stehe noch am Highway vor Benson Trail. Ich erzähle euch das später."

„Okay", sagte Margy. „Sagt mal, ihr beiden, ihr wart vorhin so still ... Ihr steht also auf Muskeln bei Frauen, huh?"

„Könnte mir nicht gleichgültiger sein", sagte Woody.

Tom lachte. „Also, Woody, Margy, haltet Abstand, lasst euch nicht erwischen. Und meldet euch, okay?"

Tom steckte sein Telefon ein und startete den Truck und steuerte ihn auf den dunklen Highway.

Aber er kam nur eine Meile weit, dann wurde er von seinen eigenen Gedanken gestoppt. Er lenkte an den Straßenrand und hielt an.

Er war noch nicht bereit gewesen, Margy und Woody von der Tasche mit Geld zu erzählen, weshalb er bei der Frage nach Palmer gezögert hatte. Er war sich nicht im Klaren gewesen, wie er weiter vorgehen sollte, wie er Holden überführen sollte. Aber während der vergangenen Meile ...

Nina Martinez war bei Holden wegen der Tasche. Cassandra Boyd war ebenfalls bei Holden, und trifft sich anschließend mit Pope.

Aber woher stammte das Geld? Und wieso ging die Boyd gerade zu Holden? Sie musste etwas gegen Holden in der Hand ...

Tom zog wieder sein Telefon hervor, starrte dann aber auf das Display, ohne zu wählen. Er musste sicher sein, bevor er den Anruf machte.

Holden mit seinen teuren Anzügen, seiner Eigentumswohnung in einem der teuersten Compounds der Stadt, seinem neuen Auto. Auf einem Motorrad hatte er ihn auch schon gesehen, einer schweren Maschine, nagelneu. Und Tom wusste genau, wie viel Holden verdiente.

Tom wählte die Nummer und wartete.

Dann erzählte er Richter Westbrook, was er wusste.

Westbrook sagte, „Und was wollen Sie jetzt von mir, Tom?“

„Die Erlaubnis, auf DA Holdens Konto zu schauen. Oder Konten.“

Westbrook war still.

„Ich muss herausfinden, ob der DA Schulden hat, Richter. Und bei wem. Hat er bei der Boyd-Bank Schulden – ich bin davon überzeugt – dann hat er sich erpressbar gemacht. Damit wissen wir, was Cassandra Boyd gegen ihn in der Hand hat.“

„Wüssten wir, Tom. Konjunktiv.“

„Ich bin davon überzeugt, Richter."

„Sie sind also überzeugt, das freut mich sehr", sagte Westbrook. „Sie sollten auch überzeugt sein, wenn Sie mich anrufen. Aber selbst wenn Sie damit richtig liegen, wir wissen dann immer noch nicht, ob sich der District Attorney von Cassandra Boyd tatsächlich hat erpressen lassen. Oder von sonst irgendjemandem."

„Das stimmt", sagte Tom und wartete.

Westbrook sagte, „Sie verlangen viel, Tom. Sie wissen das, ja?"

Und ob Tom das wusste.

„Was sagen Sie, Richter?"

Sekunden vergingen.

„Mit Ausnahme von Ihnen, Tom, wenn jemand mit einem solchen Ansinnen zu mir käme, und ich meine hier jeden anderen im Courthouse ... Staatsanwälte genießen einen besonderen Schutz, mit gutem Grund." Westbrook sagte, „Okay, Sie haben meine Erlaubnis. Ich setze das Schreiben auf. Aber Sie werden es persönlich bei mir abholen. Ich will das nicht in der Hauspost haben. Und ... Tom?"

„Richter?"

„Ich hoffe, Sie haben recht. Und zugleich hoffe ich, Sie haben unrecht."

Tom sagte, „Ja."

Dann wählte Tom Margys Nummer.

„Hier gibt es noch nichts Neues, Tom."

„Wo bist du jetzt?"

„Holden ist nach Hause gefahren. Ich stehe auf der Straße vor dem Condo, ich kann seine Wohnung sehen, das Licht ist an. Den Volvo hat er in die Tiefgarage gefahren. Es sieht nicht so aus, als ob er heute noch mal wegwollte. Soll ich die ganze Nacht hier bleiben?"

„Nein, nicht nötig. Aber da gibt es etwas anderes."

Und Tom erklärte, was sie stattdessen tun sollte.

„Du willst, dass ich Holdens finanzielle Situation durchleuchte? Und Westbrook hat zugestimmt? Wirklich?"

„Niemand kann das so gut wie du, Margy."

„Hör auf, Tom." Sie sagte, „Ich machs, natürlich mach ich es. Oh Mann, Nachforschungen über einen District Attorney ... Auf seine Konten schauen, seine Kreditkartenabrechnungen ... Oh, Mann, ich hoffe, du hast recht mit deinen Vermutungen."

Tom sagte, „Ja, da sind wir schon zu dritt."

„Der Richter auch, huh?", sagte Margy. „Ja, Westbrook lehnt sich hier weit aus dem Fenster für dich. Für uns. Wir sollten ihn nicht enttäuschen. Gut, aber heute wird das nichts mehr."

„Fahr nach Hause und ruh dich aus und mach dich gleich morgen früh daran, als erstes", sagte Tom. „Margy, hör zu: Meine Vermutung ist, dass Holden bei der Boyd Schulden hat. Das bedeutet, deine Suche wird dich höchstwahrscheinlich zur Boyd-Bank führen. Aber ich will auf keinen Fall, dass einer dieser übereifrigen Bankangestellten nach oben meldet, dass die Staatsanwaltschaft im Haus ist und das Konto eines DAs überprüft. Zumindest nicht in den nächsten Tagen. Wir müssen also sehr diskret sein, sonst erfährt Cassandra Boyd davon, okay?"

„Und wen genau meinst du mit *Wir?*"

Tom lächelte. „Dich meine ich, Baby, dich."

„Aha. Okay, dann werde ich also diskret sein, Tom. Ich melde mich."

Dann rief Tom Woody an, der wieder auf der Interstate Richtung Santa Fe unterwegs war, zum zweiten Mal an diesem Tag, vor ihm der Mercedes von Cassandra Boyd.

„Wenigstens fährt sie jetzt langsamer", sagte Woody. „Da brauche ich mir keine Sorgen wegen eines Tickets machen."

„Ich hab dir doch vorhin gesagt, das brauchst du sowieso nicht." Tom sagte, „Hör zu: Holden ist in seiner Wohnung, und Margy ist auf dem Weg nach Hause. Für dich gilt das auch. Sobald die Boyd zuhause ist und du den Eindruck hast, sie bleibt dort, kannst du auch Schluss machen."

„Ich kann die Nacht über bei ihrem Haus bleiben", sagte Woody. „Im Auto. Nur für den Fall."

„Nein, ich brauche dich morgen ausgeschlafen. Aber du musst früh wieder bei ihr sein, damit du sie nicht verpasst. Das heißt, du kannst nicht zurück nach Albuquerque. Du hast deine Tasche dabei?"

„Seit ich für dich arbeite, habe ich immer meine Tasche dabei", sagte Woody. „Frische Wäsche, frische Klamotten, mein Lieblingsduschgel ... Hey, du solltest morgen früh hierher kommen, ich werde riechen wie ein Pfefferminzkaugummi."

„Pfefferminz? Hör zu, Pfefferminz, such dir ein gutes Motel in der Nähe, okay? Dazu ein gutes Restaurant, ich brauch dich ausgeschlafen *und* wohlgenährt."

„Du kümmerst dich um deine Leute. Ich weiß das zu schätzen. Ehrlich, Mann."

„Und Woody? Du kannst dir ein Doppelzimmer nehmen und deinen Freund anrufen. Ich regele das mit den Kosten."

„Ehrlich?"

„Ehrlich."

Mary-Lynn. Du heißt nicht Mary-Lynn. Mary-Lynn ist der weiße Name, den du dir gegeben hast. Damit du in Albuquerque nicht auffällst unter all den Weißen. Aber du bist eine Diné. Und du solltest stolz darauf sein. Also, dein Volk hat dir einen Namen gegeben. Deinen richtigen Namen. Wie heißt du?

Lass mich in Ruhe. Mir tut alles weh, also lass mich.

Wie heißt du?

Mir tut alles-

Wie! Heißt! Du!

Dahteste. Dahteste. Ich heiße Dahteste, verdammt, du kennst doch meinen Namen. Dahteste.

Du heißt Dahteste. Du bist eine Mescalero und heißt Dahteste. Warrior Woman. Also, Warrior Woman. Tue etwas. Überlebe. Vergiss Barmherzigkeit. Niemand gibt dir Barmherzigkeit. Nur du kannst etwas tun. Was kannst du tun, Warrior Woman?

Am nächsten Morgen guckte Ruth in den Spiegel und dachte, *Shit.*

So konnte sie nicht vor die Tür. Makeup, und mehr als sonst, viel mehr, dazu jede Menge Lippenstift, aber von dem dunkelroten. Das könnte helfen.

Mit einem Lappen wusch sie das getrocknete Blut ab und pinselte Lippenstift und schminkte, wo die Haut nicht aufgeplatzt war. Hielt das Gesicht näher an den Spiegel, begutachtete und pinselte weiter und schminkte weiter. Die Haut unter ihrem Auge brannte, die Lippe fing wieder zu bluten an. Sie drückte ein Taschentuch darauf.

Verdammtes Arschloch.

Sie stieg in den Dodge und fuhr los. Sie mochte den großen Wagen nicht, der Motor, Geräusche wie ein Lastwagen, und wenn sie aufs Gaspedal tippte schoss der Truck nach vorne und sie rutschte im Sitz hin und her und konnte leicht die Kontrolle verlieren. Und das würde dem heiligen Mark ganz und gar nicht gefallen.

Also langsam.

Am Camino hielt sie an.

Rechts ging es zum Highway und nach Santa Fe, dort wollte sie hin. In eine neue Praxis, zu einem neuen Arzt. Und anschließend? Egal, Hauptsache alleine sein, Hauptsache weg von diesem verdammten Haus, diesem Gefängnis. Spazieren gehen vielleicht in Cerrillos, im Park oben auf den Hügeln, da kam kaum jemand hin außer Nick und Marie, die hatten dort ihre Pferde und nutzten den Park zum Ausreiten mit Touristen. Vielleicht wurde sie dort auch ihr Kopfweh los. Einfach ein paar Stunden weg. Alles vergessen.

Bevor sie wieder zurückmusste.

Aber sie stand immer noch. Und guckte nach links, wo ihr Nachbar wieder draußen war und Löcher grub.

Der dicke Motor wackelte an der Karosserie, die Klimaanlage kühlte ihr Gesicht und trocknete bereits die Tränen, die ihr zum eigenen Erstaunen vorhin die Wangen hinuntergelaufen waren. Sie nahm die Hände vom Lenkrad und verschränkte die Arme.

Etwas in ihr weigerte sich, schon wieder nach Santa Fe zu fahren. Schon wieder einen neuen Arzt zu suchen und schon wieder irgendein Märchen von einem Treppensturz oder einem heruntergefallenen Ast zu erzählen – *Das hätten Sie sehen sollen, Doc, wie aus dem Nichts und mitten ins Gesicht, so schnell kann kein Mensch reagieren, unmöglich* – und die wissenden Blicke von Arzt und Schwester zu ertragen. Und dann zurück zu fahren und Abendessen zu kochen und sich Sugar Pie nennen und mit der Faust ins Gesicht schlagen zu lassen.

Sie drehte den Rückspiegel und betrachtete ihr Gesicht. Sie sah so ähnlich aus wie sonst, die Knochen geschwollen und die aufgeplatzte Haut; aber sie war nicht wütend wie sonst und nicht verzweifelt. Sie hatte gestern Nacht auch keine einzige Träne vergossen, heute Morgen auch nicht. Nur vorhin. Aber die Tränen waren getrocknet und sie war wieder völlig ruhig.

Das erste Mal völlig ruhig.

Als ob etwas in ihr sich weigerte weiterzufahren – kein Geist, nichts Übernatürliches, sie war eine Diné, aber an so etwas glaubte sie nicht. Vielleicht ihr Überlebenswille ganz tief drin, unerreichbar für Mark, als ob ihr Überlebenswille eine Entscheidung getroffen hätte. Und als ob sie wusste, dass damit bald alles gut wäre.

Aber welche Entscheidung?

Rechts geht es nach Santa Fe.

Sie guckte wieder zu ihrem Nachbarn und lenkte nach links.

Als sie näher kam, sah sie Palmer hochgucken, auf die Schaufel gestützt. Es war erst kurz nach acht, aber schon heiß und er trug wieder kein Shirt. Braungebrannte Haut und harte Muskulatur, und dann, als sie ihren Arm aus dem Fenster streckte und winkte und er sie erkannte, sein Lächeln – offen, ehrlich, vertrauenswürdig.

Sie stieg aus und ging zu ihm und sagte bereits von weitem Guten Morgen, und er sagte Guten Morgen zurück.

„Ich sah den Dodge", sagte er, „zuerst habe ich ... gedacht es wäre Mark."

Sie beobachtete, wie er ihr Gesicht musterte, ihr Auge, ihre Wange, die Lippe. Ihr machte das nichts, sollte er ruhig sehen, was für ein Typ sein Nachbar war.

Er sagte, „Wie geht es Ihnen, Ruth?"

Sie sagte, „Wie üblich", und wusste, wie sich das anhörte.

„Mark macht das öfter?"

„Immer mal wieder."

Palmer war still.

„Bringe ich Sie in Verlegenheit?"

„Nein. Wenn Mark das öfter macht, dann sollten Sie sich von ihm trennen."

„Mm–hmm."

„Solche Typen", sagte er, „die hören nicht auf damit."

Sie guckte an ihm vorbei, auf die Büsche, auf sein Haus, nur um nicht auf seinen nackten Oberkörper zu starren, aber er verstand das anders und sagte, „Entschuldigung, ich wollte Ihnen keine Ratschläge erteilen."

Seine Stimme sanft und tief und unendlich beruhigend.

„Schon in Ordnung", sagte sie und sah ihm in die Augen. „Im Moment kann ich Ratschläge gut gebrauchen. Haben Sie einen Augenblick Zeit?"

Er legte die Schaufel auf den Boden und wischte die Hände an seiner Jeans; seine Beine so muskulös wie der Oberkörper, sie konnte das durch den eng anliegenden Stoff deutlich sehen.

„Sicher", sagte er, „kommen Sie."

Sie gingen zum Haus. Ruth setzte sich auf die Terrasse, Palmer ging hinein. Als er wieder herauskam, hatte er ein Shirt übergezogen und eine Flasche Mineralwasser in den Händen und zwei Gläser, die er auf den Tisch stellte und in die er einschenkte.

„Mark kam spät nach Hause gestern. Weit nach Mitternacht. Er hatte Metallstaub an sich, überall, seine Hose, sein Hemd, an den Armen, sogar im Gesicht", sagte Ruth und nahm das Glas aus seiner Hand. „Danke. Keine Ahnung woher. Körperliche Arbeit ist nicht gerade Marks Hobby. Und er war nicht gerade bester Laune. Ich hätte es wissen müssen ..." Sie schüttelte den Kopf. „Nein, ich habe es gewusst. Aber ich hatte den ganzen Tag auf ihn gewartet, da darf ich doch wohl fragen, wo er gewesen ist und was er gemacht hat, oder?" Sie trank einen kleinen Schluck und sah Blut am Glasrand und wischte es mit dem Finger weg und nahm ein Taschentuch aus der Hose und drückte es wie zuvor leicht gegen die Lippe. „Ich habe also gefragt, und da hat er mir eine gelangt. Und dann noch eine. Zwei Schläge, zwei Treffer. Er ist gut darin. Ich habe auf der Couch geschlafen."

Ich habe auf der Couch geschlafen, was redest du denn da? Als ob es deinen Nachbarn interessiert, wo du die Nacht verbracht hast.

„Warum bleiben Sie bei ihm?", sagte Palmer. Und als sie nicht antwortete, „Geld?"

Und brachte es mit diesem einen Wort auf den Punkt.

„Das Haus ist in seinem Namen", sagte Ruth, „das Auto ebenso, das Konto. Alles ist in seinem Namen. Beim Haus hat er gesagt, es steht im Ortiz Reservat, als Navajo müsste er sich deshalb alleine eintragen lassen, sonst würde es automatisch nur mir gehören, da ich eine Ortiz bin. Ich weiß nicht, ob das stimmt. Den Truck hat er alleine gekauft, da war ich nicht dabei, er kam eines Tages damit an, die Papiere in seinem Namen. Das Konto hatte er schon, bevor wir uns kannten. *Sugar, wozu brauchen wir ein zweites Konto?* Ich habe keine Bankkarte, keine Kreditkarte, ich kann keine Schecks ausstellen. Wenn ich einkaufen gehe, bekomme ich Geld von ihm." Sie sagte, „Wenn ich weggehe, habe ich nichts", und nickte auf den Truck. „Wenn ich weg*fahre* und bis zum Abend nicht zurück bin, dann zeigt er mich wegen Diebstahls an, und der nächste Cop wird mich stoppen und festnehmen."

„Mark nennt Sie Sugar?"

„Manchmal auch Sugar Pie. Können Sie sich vorstellen, dass in Deutschland jemand seine Frau Sugar Pie nennt? Sugar Pie, ich weiß nicht mal, was Sugar Pie überhaupt sein soll. Kann man den backen? Gleiche Anteile Zucker und Mehl oder was?"

Palmer sagte, „Und Mark würde das tun? Sie anzeigen?"

Sie sagte, „In a heartbeat, wie wir hier so schön sagen. Romantisch, nicht, in a heartbeat? Aber Mark würde tatsächlich keinen Herzschlag lang zögern."

Sie drehte das Glas in der Hand und schwieg.

Und was genau wollte sie jetzt von diesem Joshua Palmer? Es tat gut, mit ihm zu sprechen. Und sie hatte das Gefühl, ihr Nachbar würde nie eine Frau Sugar Pie nennen oder sie prügeln, und sie hoffte, hoffte so sehr, er wäre altmodisch und würde sich als Gentleman sehen, als Beschützer, als Kavalier. Wie sich das Frauen wie sie immer noch wünschten, auch in der heutigen Zeit. Auch als Indianerin. Anständige Behandlung war eben keine Frage von Zeit und Herkunft. Und sie hoffte, er würde sie nicht betteln lassen.

Und als sie ihn ansah, wusste sie, dass sie sich nicht in ihm geirrt hatte.

„Ich kenne da eine Anwältin", sagte er, „die kann Ihnen helfen. Sie ist auf solche Fälle spezialisiert."

„Solche Fälle, uh", sagte sie. „Ich kann mir keine Anwältin leisten."

„Brauchen Sie auch nicht, Ruth. Wie ich die Sache sehe, wird Mark Ihre Anwältin bezahlen müssen. Und die Gerichtskosten. Sie sollten zu ihr fahren und mit ihr zusammen zu einem Arzt, der Sie untersucht und das da begutachtet."

Ruth betastete ihr Gesicht und musterte dann ihre Fingerkuppen. Wenigstens blutete die Lippe nicht mehr.

Sie sagte, „Diese Anwältin-"

„Nina Martinez."

„–arbeitet in Santa Fe?"

„In Albuquerque."

„Albuquerque? Bis nach Albuquerque, in Marks Truck?"

„Wenn es Ihnen ernst ist", sagte er, „wenn Sie sicher sind ..."

„Ich habe erst vor ein paar Tagen zu Mark gesagt, dass ich über eine Scheidung nachdenke. Das ist meine Art, ihm Hinweise zu geben, aber er ..." Sie sagte, „Ich bin sicher. Aber ich kann trotzdem nicht mit Marks Truck nach Albuquerque fahren. Dort ist sein Headquarter. Unmöglich."

„Dann fahre ich Sie. Aber Sie müssten heute Ihr Haus verlassen. Jetzt. Und Sie könnten nicht zurück."

„Es ist nicht mein Haus. Mark hat das gestern wieder sehr deutlich gemacht."

Sie sah Palmer an.

Sie könnten nicht zurück.

„Ich bin sicher", sagte sie wieder.

„Gut, dann helfe ich Ihnen. Das heißt, wenn Sie möchten, dass ich Ihnen helfe."

Sie sagte, „Das wäre phantastisch."

„Abgemacht dann." Palmer sagte, „Wo ist Mark jetzt?"

„Ich weiß es nicht. Nicht im Haus. Chad kam heute Morgen, sie sind zusammen – Wer ist *das?*"

Wolf war aus dem Haus gekommen und hatte sich neben Palmer gelegt, kaum ein Blick auf Ruth.

Ruth starrte das Tier an.

„Das ist Wolf." Er sagte, „Sie brauchen keine Angst haben", und als Ruth sich nach vorne beugte, „Sie sollten ihn aber auch nicht anfassen. Er mag das nicht so."

Sie zog langsam die Hand zurück. „Warum um alles in der Welt haben Sie sich denn einen Wolf zugelegt? Ich meine, einen Hund, ja, Katzen, Pferde, das sind Tiere, die man sich zulegt, Alpakas vielleicht auch, aber einen ... Wolf?"

„Ich habe ihn mir nicht zugelegt. Vor einigen Tagen war er da, und er ist geblieben." Palmer sagte, „Alpakas?"

Ihr Blick weiter auf Wolf sagte sie, „Nun ja, für die Zucht, halt, für die Wolle, verstehen Sie? Ich wollte das mal versuchen, ist aber schon Monate her, wir haben ja Platz genug da drüben. Ich habe alles über Alpakas gelesen: Sie stammen aus Südamerika, sind leicht zu halten, ihre Wolle ist sehr weich und sehr begehrt. Alpakawolle hält deutlich wärmer als Schafwolle zum Beispiel, weil, die Alpakawolle hat Innenräume mit Luft gefüllt ... oder so ähnlich. Geschoren werden sie einmal pro Jahr und man kann mit etwa sechs Pfund Wolle rechnen. Die Wolle ist sogar geeignet für Allergiker. Ich habe nachgelesen, wie viele Wollallergiker es hier bei uns gibt, also insgesamt, meine ich, in den Staaten." Sie sah Palmer an. „Die genaue Zahl habe ich vergessen, aber es waren eine ganze Menge. Ich wollte zunächst mit fünf Tieren anfangen, aber Mark meinte, das würde in dieser Gegend nicht funktionieren." Sie sagte, „Vermutlich hat er ja recht."

„Ich weiß nichts über Alpakas und nichts über Wolle für Allergiker", sagte Palmer. „Aber ich habe in der letzten Zeit den Eindruck bekommen, dass Mark selten recht hat mit dem, was er sagt." Er stand auf. „Bringen Sie den Truck zurück zum Haus, Ruth, packen Sie ein, was Sie nicht zurücklassen wollen. Persönliche Dinge, Ihre Papiere, Kleidung, so was. Und nicht mehr als eine Tasche, Sie wollen beweglich bleiben. Ich rufe Nina an und hole Sie ab und wir fahren nach Albuquerque. Danach finden wir für Sie einen Platz, wo Sie unterkommen können. Vielleicht hat Nina eine Idee, falls nicht ... Wir werden etwas finden. Notfalls können Sie bei mir bleiben. Vorübergehend, meine ich. Okay?"

Sie hätte gerne diesen Palmer umarmt, vielleicht sogar auf die Wange geküsst oder ihn wenigstens angelächelt. Aber von all dem würde ihre Lippe wieder aufplatzen, also nickte sie nur. Und dachte bereits ans Packen.

Was schnell gehen würde. Ihre Papiere und so viel Kleidung, wie in ihre Umhängetasche passte. Dazu die Schmuckstücke von ihrer Mutter: die Kette mit unechten

Perlen, zwei Broschen, der Ehering, den die Mutter nicht mit ins Grab nehmen wollte, den Ruth aber auch nie trug, ihre Eltern hatten sich schließlich scheiden lassen, und sie dachte, den Ring zu tragen könnte für ihre eigene Ehe ein schlechtes Omen sein. Sie hatte ihn daher ins Kästchen gelegt und seit Jahren nicht herausgenommen. Ruth musste plötzlich lächeln über so viel Ironie.

Sie würde auch etwas von Mark mitnehmen, zwei Dinge sogar: Das Geld, das er vor ihr in der Garage versteckte, zwischen seinem Werkzeug, vierhundert Dollar. Und die Pistole, die sie vorhin im Nachttisch im Schlafzimmer gesehen hat.

Sie spürte etwas an ihrer Lippe und tastete und sah Blut am Finger. Durch das Lächeln war die Lippe wieder aufgesprungen.

„Bis gleich", sagte sie.

„Bis gleich", sagte Palmer.

Palmer brachte Ruth nach Albuquerque zu Nina, zusammen machten sie sich gleich auf den Weg zu einer Ärztin, die Nina kannte. „Ich habe uns angekündigt, wir müssen nicht warten."

Die Ärztin hatte schon viele Frauen behandelt und sah Ruth an und begann sogleich mit ihrer Arbeit. Sie begutachtete, fotografierte, reinigte die Wunden, ließ Ruth Grimassen schneiden - „Ich muss sehen, ob Muskeln oder Nerven verletzt wurden ... aber da scheint alles in Ordnung" – vergewisserte sich, dass Jochbein und Oberkiefer nicht gebrochen waren und alle ihre Zähne noch festsaßen und schloss dann jeden der beiden Cuts mit zwei schmalen Klammerpflastern. „Das reicht, da müssen wir nicht nähen."

Dann setzte sie sich vor ihren Computer, rückte ihre Brille zurecht und fing an zu tippen, stellte zwischendurch Fragen und schrieb, während Ruth erzählte, was passiert war.

„In diesem Gutachten beschreibe ich, was ich gesehen habe", sagte die Ärztin, ohne vom Bildschirm hochzugucken. „Ihre Verletzungen, wie alt, wie schwer, wie lang und tief die Schnitte sind, sowas. Wie viel Zeit der Heilungsprozess beanspruchen wird. Welche Gegenstände diese Verletzungen hervorgerufen haben könnten – Gegenstände, das schließt menschliche Fäuste ein, die mir hier am wahrscheinlichsten erscheinen. Ihr Mann ist Rechtshänder?"

„Ja."

„Und trägt einen Ring an der rechten Hand?"

„Ja, woher-"

„Aber keinen normalen Ehering, nicht rund."

„Kein Ehering, nein, der Ring ist viereckig mit Kanten und breit wie sein Finger."

Die Ärztin nickte. „Das erklärt die Wunden. In meinem Bericht halte ich auch alles fest, was Sie mir sagen. Aber Sie müssen verstehen, ich gebe das wieder, ohne es zu bewerten. Was ich also hier *nicht* tue", jetzt sah sie Ruth über den Rand ihrer Gläser an, „ich bescheinige Ihnen hier nicht, dass Ihr Mann Sie verprügelt hat. Ihnen ist klar, dass ich das nicht kann, ja?"

„Das heißt, Sie glauben mir nicht?"

Ruth guckte von ihr zu Nina, ratlos, aber Nina lächelte ihr zu.

„Glauben", sagte die Ärztin, „das ist nicht mein Geschäft. Dazu müssen Sie in eine Kirche gehen oder warten, bis Sie vor einem Richter stehen – einem irdischen Richter, denn der andere weiß ja sowieso alles. Der irdische glaubt Ihnen dann oder nicht, aber meine Einschätzung ist, er wird Ihnen glauben. Was meinen Sie, Nina?"

„Ich denke, unsere Chancen stehen nicht schlecht."

„Und wenn wir einen Staatsanwalt davon überzeugen könnten, diesen Mark von einem Forensiker untersuchen zu lassen, besonders seinen Ring", sagte sie, „ich wette, der findet darauf Spuren von Ihnen, Ruth. Hautpartikel. Im besten Fall sogar Blut. Aber das sollte sofort geschehen."

„Ich habe auch schon daran gedacht", sagte Nina.

„Ich gebe Ihnen noch Medikamente mit", sagte die Ärztin und nahm aus der einen Schublade eine Tube, aus der anderen zwei kleine Dosen und stellte alles auf den Tisch. Sie deutete auf die Dosen. „Für die Schmerzen. Nehmen Sie nach Bedarf eine Tablette, höchstens zwei und über den Tag verteilt nicht mehr als vier, okay?" Ruth nickte. „Die Tube", sagte die Ärztin und hielt Ruth einen Handspiegel hin. „Sie sehen ja, die Pflaster sind schmal und im rechten Winkel zum Schnitt angebracht, denn sie sollen die Wunde nur zusammenhalten, nicht vollständig bedecken. Der Großteil der Haut bleibt daher frei. Streichen Sie vom Inhalt der Tube darauf, ohne die Pflaster abzunehmen. Zur Desinfektion. Ein Mal am Tag, morgens oder abends, wie Sie möchten. Sie dürfen Ihr Gesicht auch waschen, mit Wasser, auch mit einer milden Seife. Aber schminken Sie sich nicht und verwenden Sie keinen Lippenstift, bis die Wunden wieder geschlossen sind. Seien Sie gewissenhaft damit und Sie bekommen keine Probleme bei der Wundheilung."

„Keine Schminke, kein Lippenstift", sagte Ruth.

„Es werden Narben zurückbleiben, aber sie werden schmal sein und im Laufe der Zeit mehr oder weniger vollständig verschwinden. Lassen Sie aber unbedingt die Pflaster auf den Wunden, bis sie vollständig verschlossen sind. Und bis dahin sollten Sie Ihr Gesicht nicht in die Sonne halten", und zum ersten Mal lächelte die Ärztin, „sonst wird Ihr Gesicht noch dunkler und die Haut unter den Pflastern bleibt hell. Gelegentlich habe ich so etwas schon gesehen. Schaut drollig aus."

Ruth nickte.

„Und jetzt noch ein Rat aus meiner Erfahrung, aus fast vierzig Jahren, in denen ich Frauen wie Sie behandele, Ruth. Trennen Sie sich von Ihrem Mann. So schnell es geht. Am besten sofort. Denn solche Kerle, glauben Sie mir, die hören nie damit auf."

„Jeder scheint das zu wissen", sagte Ruth. „Jeder außer mir."

„Sie können einen Platz im Frauenhaus bekommen", sagte die Ärztin.

„Frauen- ...?"

„Es ist alles vorbereitet", sagte Nina.

„Meine Assistentin kann Sie hinfahren."

„Was ... jetzt?"

„Ja, jetzt. Zu früh?"

Ruth zögerte. Sie sah Palmer an, der neben Nina stand. Palmer nickte.

„Okay", sagte Ruth. „Frauenhaus."

28

„Commander? Anruf für Sie, Sir. Die Vier."

White, auf der Fensterbank sitzend, schien die Morgensonne ins Gesicht. Der dritte Morgen seit Mitchells Verschwinden, und er war müde wie ein Hund. Achtzig Injuns hatten sie hereingeholt, achtzig. Jeden einzelnen durchsucht und befragt und waren dabei nicht zimperlich gewesen. Manchen hatten sie mit Haft gedroht, ohne etwas in der Hand zu haben, andere gleich über Nacht eingesperrt, und ihnen Versprechungen gemacht, von denen sie keine eingehalten hatten, warum auch. Cops hielten nie ihre Versprechen. Mussten sie auch nicht, Cops durften lügen.

Was herausgekommen war?

Ein paar Messer, eine Schusswaffe, eine Handvoll Drogen und ein abgelaufener Führerschein.

Ein abgelaufener Führerschein.

Und nicht ein einziger der achtzig hatte etwas über den verschwundenen Officer Everett Mitchell gewusst.

White schloss die Augen.

Keine Spur.

Keine.

Nichts.

Stattdessen aber hing ihm der Bürgermeister in den Ohren. Ob sie nicht zu weit gehen würden mit ihrer Aktion, die Indianer, wenn die Presse davon Wind bekommt; Sheriff Tipps hätte auch noch einmal mit ihm gesprochen und seine Bedenken klargemacht, Verdammt klargemacht, Commander White, und ich tendiere dazu, Tipps zu folgen.

Ja, Bürgermeister, fuck you.

Auch bei ihm hatte Tipps angerufen, mal wieder wegen der verschwundenen Natives. Er sollte endlich seinen Arsch hochkriegen, eine neue wäre ja gerade hinzugekommen, Dahteste, die Schwester einer Anwältin aus Albuquerque. Machen Sie Dampf, White, sonst mache ich Ihnen Dampf.

So redete dieser verdammte Tipps mit ihm.

Und dann natürlich dieser Pope. Wollte seine Tasche zurück. Zweihundertfünfzigtausend.

Ja, Pope, wo soll ich sie denn herholen?

Und einen neuen Kurier wollte er auch noch.

Ah, müde wie ein Hund. Aber die Arbeit, die vielen Stunden, die wären gar nicht so schlimm, wenn er denn nachts wenigstens schlafen könnte. Konnte er aber nicht, denn die Klimaanlage in seinem Haus war ausgefallen und keine Firma hatte Zeit für ihn, weil in der ganzen Stadt die Anlagen versagten, es war einfach zu heiß. Zwei Stunden Schlaf pro Nacht, in Minutenhappen, mehr war nicht drin. Und das waren locker sechs Stunden weniger, als er brauchte.

„Commander? Sir?"

White öffnete die Augen.

„Sergeant Morales. Ein Anruf?"

„Die Vier, Sir. Ich glaube, das könnte interessant sein. Highway Patrol."

„Highway Patrol?"

„Yes, Sir."

Er ging zum nächsten Schreitisch und hob den Hörer ab und drückte die Taste.

„Hier Commander White."

Interessant konnte er jetzt gut gebrauchen.

„PO McPeak, Highway Patrol, Sir."

White wartete. Aber entweder war dieser Police Officer McPeak schüchtern oder plötzlich stumm geworden, jedenfalls war er still, also sagte White, „Reden Sie, Officer."

„Ich habe Ihr BOLO zu Officer Everett Mitchell gesehen, Sir. Ich kann dazu Angaben machen."

White setzte sich und fingerte nach einem Notizblock. „Warum erst jetzt? Die BOLOs sind drei Tage alt."

„Ich hatte frei, Sir."

Das obere Blatt des Blocks war bekritzelt mit Telefonnummern, Smileys, ausgemalten Mustern, Rauten, Ka-

243

ros, Sprechblasen mit Bitch und Fuck und Shit; dazu ein paar Gesichter, eines sollte wohl ein böse dreinguckender Kerl sein, er hatte Federn im Haar, also vermutlich ein schlecht gelaunter Indianer; das andere, kugelrund und nur drei Haare auf dem Schädel ... keine Ahnung ... Snoopy? Nein, der hat ja gar keine Haare ... Charly Brown? Hm, vielleicht. Oder Osborne? Das Blatt war voll damit. Und der Zeichner, Mann, hatte nicht das mindeste Talent.

Er blätterte um.

„Sir?"

„Ich höre zu. Sie hatten frei."

„Ja, mein erster Urlaub in diesem Jahr, drei Tage, obwohl, was heißt schon Urlaub, meine Frau musste zu ihrer Mutter nach New Jersey, die ist krank, und ich musste schnell jemanden für die Kinder finden. Meine Schwester hat das sonst gemacht, aber die ist nach Denver Colorado gezogen, und ich hatte niemanden. Ich kann Ihnen sagen, finden Sie mal jemanden, auf den sie sich verlassen-"

„Okay, Sie hatten frei, McPeak, nicht Ihre Schuld. Was haben Sie für mich?"

„Was ich für Sie habe, Sir ... An dem Abend, als PO Mitchell verschwunden ist? Ich habe ihn gesehen. Wir haben miteinander gesprochen."

Und der Anrufer hatte Whites volle Aufmerksamkeit.

„Gesprochen? Wann?"

„Gegen elf Uhr, Sir."

Gegen elf. Nach Dienstschluss.

White guckte hoch, an das andere Ende des Raums, wo Osborne in seiner Glaskabine saß, größer als die von White aber nicht sehr viel. Der Schädel weiß, mit nur ein paar Haaren an den Seiten, aber das Gesicht nicht so rund wie die Zeichnung, eher oval. Osborne blätterte in irgendwelchen Papieren und kaute auf einem Kugelschreiber.

„Wir hatten eine Sperre auf der I25", sagte McPeak, „zwei Trucks, einer mit Rindern, und dazu ein Ehepaar von der Ostküste in einem RV. Ein Zweihunderttausend–

Dollar–Bus mit allem Drum und Dran, professionell lackiert, Wälder und Gebirge, die Rockys eben. Hat allein zehntausend gekostet, mindestens. Die Lackierung, meine ich."

„Haben sich die reichen Ostküstler mal wieder überschätzt in unseren Bergen, huh?"

„Tun Sie doch ständig. Kommen hier zu uns in den Westen und glauben, alles ist easy und-"

„Mitchell kam also zu der Straßensperre. Und dann?"

„Ja, also, der kam zu der Sperre in seinem roten Camaro, ein feines Geschoss, und er-"

„Sie und Mitchell kennen sich?"

„Nein, PO Mitchell hat mir seinen Dienstausweis gezeigt."

„Wieso sagen Sie dann in *seinem* Camaro?"

„Uh, nur so, Sir. Er hat den Wagen ja gefahren, also war es seiner, denke ich. War es nicht?"

„Doch, war es. Ist es. Und weiter?"

„Mitchell wollte nach Santa Fe. Unbedingt, hat er gesagt. Ich hab ihm vorgeschlagen, zurück nach Albuquerque und die Vierzehn über Benson Trail, aber das war ihm zu weit. Er hatte es wohl eilig. Ich hab ihn dann zum Exit 259 begleitet."

„Exit 259?"

„Yes, Sir."

„Mitchell hat auf der Interstate gewendet?"

„War kein Problem, Sir, wir hatten ja abgesperrt, und ich war dabei."

„Exit 259 führt auf die Drei", sagte White. „Und die Drei führt quer durchs Reservat."

„Das stimmt, Sir. PO Mitchell wusste das nicht, ich habs ihm aber gesagt. Er hat gemeint, er wollte das machen."

White atmete durch. „Mitchell wollte nachts durchs Reservat fahren?"

„So sieht es aus, Sir."

„Und er ist auch tatsächlich abgefahren? Sie haben das gesehen?"

„Er ist von der Fünfundzwanzig ab und auf die Drei, ich hab ihm hinterher geguckt. Es war dunkel, aber die Rücklichter waren deutlich zu sehen. Ich kann natürlich nicht sagen, ob er irgendwann wieder umgedreht und zurückgekommen ist, ich musste zu meinen Leuten. Aber ich denke, er ist weiter gefahren. Er war entschlossen."

White wartete und sagte dann, „Ist das alles?"

„Yes, Sir."

„Gut. Danke, Officer. Damit haben Sie uns sehr geholfen. Gute Arbeit. Wir machen uns große Sorgen um unseren Kollegen."

„Natürlich. Viel Glück bei der Suche, Sir. Und wenn Sie weitere Hilfe benötigen, die Highway Patrol hat-"

„Ich weiß."

White legte auf. Er grinste.

Mitchell ist durchs Reservat gefahren.

Was für ein Idiot.

Was für ein grandioser Idiot.

White stand mit einem Ruck auf und brauchte mit großen Schritten nur Sekunden bis zu Osbornes Büro. Er klopfte an die Glastür und war drin, bevor Osborne winken konnte.

„Chief?"

„Komm rei- ... Setz dich. Was gibts?"

Whites Blick schweifte über den Tisch, hinter dem Osborne saß. Massives, dunkles Holz, hochglanzpoliert. Darauf Formulare, Papiere, Aktenordner; der Schreibtisch war voll damit. Links zwei Fotos in Bilderrahmen, so aufgestellt, dass Besucher sie sehen konnten: Osborne und seine Frau in dem einen, Osborne und seine Söhne in dem anderen, die beiden vielleicht achtzehn und zwanzig. Sie würden bald genauso wenige Haare haben wie ihr Daddy.

White setzte sich auf einen von zwei Stühlen vor Osbornes Schreibtisch. Zum ersten Mal fiel ihm auf, dass sogar die Stühle im Büro des Chiefs besser waren. Kein billiges Metall mit Plastik, wie alle anderen Stühle hier, sondern Holz mit Armlehnen und dickem Polster, das Polster angeraut und – er strich mit dem Finger über eine Ecke des Sitzes – vielleicht sogar aus echtem Leder, so fühlte es sich an.

Er sagte, „Neuigkeiten. Anruf von der Highway Patrol, einem Officer McPeak. Er hat Mitchell am Sonntagabend gesehen und sogar mit ihm gesprochen." White machte eine Pause. „Gegen elf Uhr."

Der Chief warf Papiere und Kugelschreiber neben die Tastatur.

„Elf Uhr", sagte er. „*Nach* seinem Dienst."

White nickte. „Sie hatten einen Unfall auf der Fünfundzwanzig", sagte er, „zwei Trucks und ein RV, wie es aussieht ein Ehepaar von der Ostküste. Die Interstate war mehrere Stunden gesperrt."

„Welche Richtung?"

„Norden."

„Und Mitchell wollte um elf da vorbei?"

„In seinem Camaro. McPeak sagt, Mitchell hätte ihm seine Marke gezeigt und gesagt, er müsste unbedingt nach Santa Fe. Warum, hat er nicht gesagt. Also Mitchell. McPeak hat Mitchell dann vorgeschlagen, zurück nach Albuquerque und Highway Vierzehn zu fahren, aber das war Mitchell zu weit. Er hatte es wohl eilig. Das ist zumindest der Eindruck, den McPeak hatte. McPeak hat Mitchell dann zurückbegleitet, bis zum Exit 259." White machte wieder eine Pause. „Von dort führt die Drei durchs Reservat bis zum Highway."

„Das weiß ich, Jeremy", sagte Osborne. „Die haben also auf der Interstate gewendet?"

White nickte.

„Hm. Und Mitchell hat die Drei genommen?"

„Das hat er-" White wollte anfügen *Sir*, aber er tat es nicht. Er war gut gelaunt, aber so gut dann doch nicht. „Wir können ab sofort offiziell davon ausgehen, dass Officer Mitchell durchs Rez gefahren ist."

„Durchs Reservat. Ist der verrückt?" Osborne schüttelte den Kopf und lächelte. „Und McPeak ist sich sicher?"

„Ich habe selbst mit ihm gesprochen. Absolut sicher."

„Gut", sagte Osborne. Er lächelte immer noch. „Wir hatten recht. Das sind gute Nachrichten, Jeremy."

White nickte. „Ich habe es von Anfang gewusst."

„Ja, das haben wir. Erfahrungswerte eben."

Wir?

White nahm sich Zeit. „Ja. Erfahrungswerte."

„Ich werde den Bürgermeister und die anderen informieren. Das sind verdammt gute Nachrichten."

White nickte.

Osborne sagte, „Was sagt eigentlich SAC Yazzie?"

„Lässt sich nach wie vor verleugnen."

„Verleugnen?"

„Ich habe mehrmals in seinem Büro angerufen. War angeblich nie da, angeblich konnte auch nie zu ihm durchgestellt werden. Ich habe Nachrichten hinterlassen, aber Rückrufe gab es auch keine." White zuckte mit den Schultern. „Ich würde das verleugnen nennen."

„Wir sollten es noch einmal versuchen, dann sind wir auf der ganz sicheren Seite. Was meinst du, Jeremy?"

White hätte nicht noch einmal bei diesem Yazzie angerufen. Vier Mal, das war genug. Aber wenn er darüber nachdachte ... War vielleicht schlau. Noch ein Anruf, und niemand konnte später sagen, sie hätten es nicht ernsthaft versucht. Nicht der Bürgermeister, nicht dieser verdammte Tipps. Nicht die Staatsanwaltschaft, wenn es eine Untersuchung geben sollte, nicht der Richter, wenn es zu einem Verfahren käme. Und wer konnte das schon hundertprozentig ausschließen?

„Okay, ich rufe noch einmal an", sagte White. „Und dann werde ich zusammen mit zwei meiner Leute ins Reservat fahren."

„Nur zwei?" Osborne guckte.

Osborne durfte nicht auf den Gedanken kommen, so schnell den Bürgermeister und die anderen Area Commander zu informieren, geschweige denn das FBI. Und eine ganze Mannschaft durfte er auch nicht schicken. Mitchell ist durchs Rez gefahren, die Chance, seinen Camaro und vielleicht das Geld zu finden, war jetzt groß.

Da wollte er mit Peña und Vazquez ungestört sein. Die Mannschaft konnte später nachkommen.

White zog ein Gesicht, von dem er glaubte, dass es den höchsten Grad von Selbstsicherheit zeigte.

„Selbstverständlich nur zwei, Chief. Dann kann man uns hinterher noch weniger Vorwürfe machen. Nicht?" Er stand auf. „Mit den übrigen Anrufen sollten wir noch warten. Besonders zu den Kollegen vom FB-Alles-hört-auf-unser-Kommando-I. Sonst sind wir unseren Fall los. Was meinen Sie?"

Osborne grinste. „Okay, ich warte."

„Meine Leute und ich haben es verdient, als erste im Reservat zu sein."

„Das haben sie, Jeremy", sagte Osborne, „unsere Leute." Die Augen bereits wieder auf den Papieren, den Kugelschreiber wieder zwischen den Lippen.

White stand auf und ging. Er zog die Tür hinter sich zu und warf durch das Glas noch einen Blick auf Osborne und seinen Schreibtisch.

Dann nahm er sein privates Mobiltelefon hervor und wählte Popes Nummer.

29

Sie waren die Interstate von Norden her nach Albuquerque gekommen, hatten die Abfahrt Alameda genommen, den Rio Grande überquert und folgten jetzt der Jefferson in Richtung Süden. Yazzie, die eine Hand spielte an der Oberlippe, die andere hielt das Lenkrad, erzählte Mark von White, der ständig anrief, zuletzt vor einer Stunde.

„Dieser Typ hört einfach nicht auf. Und ich weiß genau, was der will."

„Ja, genau", sagte Mark, sein Blick geradeaus die Straße hinunter, mit den Gedanken schon wieder bei diesem Mitchell, Cop und freiberuflicher Geldtransporteur, mit dem alles angefangen hat. Jetzt lag er im Wald, tot, mit einem Loch in der Brust und ... skalpiert ... Jesus fucking Christ! ... und wurde von einem Puma aufgefressen. Sie hätten ihn wenigstens verscharren können, oder? Nur Barbaren lassen die Toten für die Tiere zum Fraß liegen. Verdammte Sauerei.

Yazzie wartete immer noch. „Ja, genau – Was?"

„Was?"

Yazzie sah hinüber, „Was ist los mit dir, huh? Seit Montag bist du so drauf", und guckte wieder nach vorne und musste bremsen, weil er zu dicht aufgefahren war. Ein Unfall in der Stadt, mit all den Citycops, das würde jetzt noch fehlen. „Abwesend. Dein Kopf auf der Schulter als wärst du da, aber deine Gedanken immer ... Keine Ahnung, irgendwo, nur nicht beim Job."

„Mir geht dieser Cop nicht aus dem Sinn. Wir hätten ihn begraben sollen."

Yazzie wechselte die Spur, bald mussten sie abbiegen.

„Begraben?"

„Ja, begraben. Nur Barbaren lassen-"

„Kannst du das jetzt mal vergessen, oder was? Der Cop ist tot. Basta. Ende. Vorbei. Und er ist selbst schuld."

Mark legte die Hand auf seinen Bauch. Er atmete tief ein und aus, aber der Druck im Magen blieb. Gestern hatten sie den ganzen Tag damit verbracht, den Camaro dieses Cops klein zu machen. Ein paar Injuns, Verwandte von Yazzie, wollten den Camaro behalten, dann zumindest die Teile wiederverwerten – Musikanlage, Reifen, Karosserie, Getriebe, den Motor sowieso und erst recht die Beretta, die sie im Handschuhfach gefunden haben. Die Dienstwaffe von diesem Mitchell. Es hatte Streit gegeben, bis Yazzie ihnen gedroht hat, sie einzusperren. Dann hat Mark die Beretta eingesteckt und selbst den Stahlschneider in die Hand genommen und ihnen gezeigt, was zum Teufel sie damit machen sollten, und sie habens dann auch gemacht. Erst nach Mitternacht war er zurück gewesen, müde, verdreckt, und anstatt Ruhe und ein Bier, dieses Gejammere von Ruth: *Wo bist du gewesen? Ich war den ganzen Tag allein. Wie siehst du denn aus, woher kommt der ganze Staub?* Und dann: *Wir unternehmen gar nichts mehr zusammen. Verdammt, Mark.* Da hat er ihr eine geknallt und noch eine hinterher. Oder zwei? Er wusste es nicht mehr genau.

Gut hat es getan. Nicht ihr, aber ihm.

Beleidigt war sie danach, aber wenigstens still. Und gut geschlafen hat er, das Bett ganz für sich alleine und die Beretta von dem Cop in der Schublade.

Aber der erste Gedanke heute Morgen? Mitchell, natürlich.

Er sagte, „Meinethalben, ja, der Cop war selbst schuld, aber was? Dieser Schädel ohne Haut-"

„Geez, Mac. Ein weißer Cop fährt ohne Erlaubnis durch unser Reservat und glaubt, er kann sich so benehmen wie zu Hause, zieht dann noch einen Revolver – Was erwartet der? Dass sich unsre Jungs vor ihm auf den Boden werfen und um Gnade betteln? Oder sich erschießen lassen? Oder was?" Yazzie schüttelte den Kopf. „Denk an das Geld. Vergiss den Cop."

„Ich hab noch nie einen Skalpierten gesehen, das kann ich nicht einfach so vergessen." Blutrot der Schädel, kahl, ohne Haut und ohne Haare. Das heißt, hinten und an den Seiten noch etwas Haare, aber obendrauf war alles weg. Mark hatte das Bild noch vor Augen und würde es auch nicht so schnell vergessen, da war er verdammt sicher. „Nur im Fernsehen hab ich das gesehen, in alten Western, John Wayne und, wie hieß dieser Ford, der Regisseur, wie hieß der … Henry Ford? Nicht Henry Ford … das ist der mit den Autos … Aber nicht in Wirklichkeit, da hab ich das noch nie gesehen."

Mark öffnete das Handschuhfach und kramte einen Schokoriegel aus seinem Vorrat und riss die Verpackung auf. Ein Stück vom Papier blieb an der Schokolade kleben, aber er biss trotzdem hinein. „Hatte der eigentlich Familie?" Er kaute und kaute und nahm den Rest des Riegels aus der Verpackung. „Frau? Kinder? Hund?"

Aber Yazzie antwortete nicht.

Mark sah ihn an. Yazzie war mit dem Verkehr beschäftigt. Hielt Abstand zum Vordermann und fuhr – Mark warf einen Blick aufs Tacho – keinen Strich schneller als die erlaubten dreißig; setzte jetzt sogar den Blinker, viel zu früh.

„SAC Yazzie, der Cop, der sich an die Verkehrsregeln hält", sagte Mark. Er kaute und schluckte. „Hey, hört sich an wie eine Comedyserie."

„Ein echt beschissener Titel", sagte Yazzie. „Und es wäre auch eine beschissene Serie. Was glaubst du, warum ich das mache, langsam fahren, Blinker setzen? Denk doch mal nach, Mac. Dieser White und seine Leute warten doch nur auf eine Gelegenheit."

„Stimmt." Mark steckte den Rest des Riegels in den Mund.

„Scheint dir ja Appetit zu machen, der Schädel ohne Haut. Du brauchst gerade mal zwei Bissen für dieses Ding? Ehrlich?"

„Mein Blutzucker war im Keller, und so ein Riegel hilft." Mark knüllte die Verpackung zusammen. „Auf den Gedanken hätte ich früher kommen können." Er kaute und schluckte. „Das Geld, Chad, das Geld ist die andere

Sache. Ich finde, wir sollten es uns zurückholen. Ich trau diesem Palmer nicht. Wenn der das findet-"

„Dann was?" Sie waren abgebogen, jetzt nur noch Minuten bis zum Headquarter. „Jemand wie der, der geht nicht zu den Cops. Der behält das. Irgendwann gehen wir zu ihm, finden das Geld – Hey, anonymer Anruf, Nachbar – nehmen ihn mit. Soll das FBI gucken, was sie mit dem Kerl und mit dem Geld machen. Genau das war deine Idee." Yazzie schüttelte den Kopf. „Aber im Moment ist die Tasche bei ihm am sichersten aufgehoben. Dieser White? Seine Anrufe, die haben nur einen Grund, einen einzigen: Die wollen zu uns ins Reservat kommen, die wollen unsre Leute befragen, und wir wissen, wie die das machen, wir habens oft genug gesehen. Die wollen uns einen verdammten Krieg bringen. Und ich sag dir, Big Mac, wir werden nicht fliehen. Wir werden uns nicht vertreiben lassen, so wie früher." Yazzie schlug mit der Hand aufs Lenkrad, dass Mark zusammenzuckte. „Diese Kerle wollen Krieg? Sie werden ihren Krieg bekommen."

„Niemand will Krieg, Yazzie", sagte Mark. „Vielleicht sollten wir mit White sprechen. Vielleicht sollten wir ihm die Tasche geben. *Hey, Mann, wir haben gerade euren Mitchell gefunden und seinen Camaro.*" Er spürte ein Stück Papier im Mund und schob es mit der Zunge hin und her, unschlüssig, ob er es herausnehmen sollte oder schlucken. „Was wollen die uns schon beweisen, huh? Mitchell wurde getötet, aber wer sagt denn, dass er von einem von uns getötet wurde, Mann? Wir hätten-"

„Wir haben den Camaro gefunden? Den Camaro gibt es nicht mehr, und mein Sohn hat Mitchell skalpiert, schon vergessen?"

„Vergessen? Ich denke an nichts anderes mehr. Aber trotzdem, von wem wurde Mitchell skalpiert, huh? Die können niemandem von uns etwas nachweisen. Hey, pass auf, nach allem, was wir wissen, hat ein Weißer diesen Cop getötet, im Streit zum Beispiel, und ihn dann skalpiert. Du weißt schon, damit es so aussieht, als wärs einer von uns gewesen? Und hat den Camaro mitgenommen. Ohne den Camaro und ohne die" – er

253

schluckte den Schnipsel hinunter - „Ja, genau, ohne die Leiche ... Wir sollten Mitchell wegbringen, weiter in die Berge und ihn begraben, dann findet ihn niemand. Ohne die Leiche hat niemand was in der Hand. Vielleicht ist Mitchell ja untergetaucht, abgehauen mit dem Geld. Richter brauchen klare Beweise, sonst zerpflücken die den Staatsanwalt wie" – er überlegte, aber ihm fiel kein Beispiel ein. „Na ja, wie die das immer machen. Die lassen dann keine Anklage zu, und niemand kann beweisen, dass Mitchell tot ist oder wer Mitchell getötet hat, wenn er verschwunden ist. Niemand. So ein Richter ..."

Mark zuckte mit der Schulter. Eigentlich hatte er ja gesagt, was er sagen wollte.

„Was willst du sagen, Mac?"

„Ich will sagen, wir könnten den ganzen Ärger vermeiden. Wir habens in der Hand." Dabei guckte er auf seine Faust und sah, dass er immer noch die Verpackung festhielt. Er drückte den Knopf, und die Scheibe neben ihm surrte herunter.

„Wirfs ins Handschuhfach zu den anderen, nicht aus dem Fenster, verdammt." Sie standen an der Ampel, das Licht gerade auf Rot gesprungen. Yazzie guckte geradeaus. „Mann, ich habs geahnt. Ich habe es geahnt."

Mark ließ das Papier aus dem Fenster segeln. „Was? Dass ich keinen Krieg will? Es ist immer besser, einen Krieg zu vermeiden, wenn man das kann. Ist es nicht?"

„Ich habe geahnt, dass du Angst hast. Verdammt, Big Mac, wovor hast du Angst? Vor ein paar Weißen? Sollen die kommen, was solls, wir werden sie empfangen. Wir sind im Recht, oder? Sie sind zuerst auf unser Land gekommen." Das Licht sprang auf Grün und Yazzie drückte sachte aufs Gaspedal. „Und jetzt reiß dich zusammen, okay? Könnten wir bitte zu unseren Leuten reingehen und nicht so aussehen, als ob wir die Hosen voll haben? Huh? Wenn wir aussehen, als hätten wir Angst, was sollen dann unsere Leute von uns denken? Wir müssen ihnen zeigen, dass wir unseren Stolz haben", sagte Yazzie. „Dass wir stolze Krieger sind."

„Stolze Krieger. Was redest du denn da?" Mark rutschte tiefer in den Sitz und wischte sich mit der Hand den Mund ab. Er sagte, „Du weißt also auch nicht, ob der Familie hatte, was?"

„Welchen Unterschied macht das jetzt?"

Mark dachte darüber nach und musste Yazzie recht geben.

Yazzie sagte, „Lass die Scheibe wieder hoch, sonst nutzt die Klimaanlage nichts."

Im Headquarter kam ihnen Charlene entgegen, die Hand voll mit gelben Notizzetteln.

„Chief, dieser White hat schon wieder angerufen. Außerdem der Bürgermeister, sein Pressesprecher, wie heißt der noch? Und Sheriff Tipps." Charlene wedelte mit den Zetteln. „Ich weiß nicht mehr, was ich denen sagen soll."

Yazzie guckte auf die Zettel und sagte im Weitergehen, „Im Moment gar nichts. Ich muss erst mit unseren Leuten reden. Sind alle drin?"

Yazzie sah Charlene nicken.

„Ich rufe zurück, wenn wir fertig sind, okay? Leg mir die Dinger auf den Tisch." Dann zögerte er. „Warte. Gib mir Whites Nummer." Yazzie nahm den Zettel und nickte Mark zu. Gemeinsam gingen sie in sein Büro und Yazzie wählte die Nummer.

„SAC Yazzie. Sie haben versucht, mich zu erreichen, Commander? Was gibt es denn so Dringendes?"

Minuten später, nach einem Gespräch, das auf beiden Seiten ruhig verlaufen war, gingen Yazzie und Mark zu ihren Leuten in den Besprechungsraum. Yazzie unterrichtete sie über den verschwundenen weißen Cop und dass der Cop angeblich zuletzt gesehen wurde, wie er Exit 259 in die Berge genommen hat. „Unsere Berge, Leute." Und dass möglicherweise White und die anderen Weißen ins Reservat kommen würden. „Wir bereiten uns vor, Leute. Aber wir bleiben noch ruhig. Okay, das war auch schon alles für heute."

Vor der Tür sagte Yazzie, „Wo willst du denn hin?"

„Nach Haus", sagte Mark. „Die Beretta von dem Cop holen."

„Okay, wir fahren zusammen."

Eine Stunde später fuhren sie in den Camino. Mark guckte auf sein Haus.

„Sieht verlassen aus. Der Wagen steht da, aber, hm. Wo ist Ruth?"

Im Haus das gleiche.

Stille. Niemand.

Mark ging nach oben.

„Wo ist deine Frau?", sagte Yazzie, als Mark zurück-kam. Er öffnete die Kühlschranktür. „Ihr habt kein Bier mehr."

„Ruth wollte welches kaufen."

„Sie ist nicht hier."

„Das sehe ich auch."

„Du gibst ihr lange Leine, huh?"

„Nein."

„Nein? Wo ist sie dann, Big Mac? Ah, vergiss es. Hol die Beretta und dann raus hier."

„Die Beretta ist weg."

„Was heißt, weg?"

„Ich hab sie in den Nachttisch gelegt, in die Schublade. Aber da ist sie nicht mehr."

„Vielleicht hast du sie – Es kommt jemand."

Mark hatte auch das Geräusch gehört, draußen, vor der Tür. Ein Truck.

„Mit wem war die ... Die wird was erleben. Verdammtes Weib."

Mark riss die Tür auf und hatte schon Luft geholt-

„Guten Tag, Mister Holy."

„Wer ... sind Sie?"

Obwohl Mark verdammt gut wusste, wer da vor ihm stand. Den alten Mann mit dem weißen Anzug und dem blöden Hut kannte hier in der Gegend jeder. Zachary Pope. Und neben ihm der Indianer. Akecheta Skenan-dore.

Mark starrte auf das Loch in seinem Hals.

„Dürfen wir hereinkommen?", sagte Pope, und Mark wurde im selben Moment von dem Indianer mit einer großen Hand zur Seite geschoben.

„Ach, SAC Yazzie ist auch hier. Hervorragend, hervorragend. Dann lassen Sie mich gleich auf den Punkt kommen, meine Herren. Ich hätte gerne meine Tasche zurück. Mit meinem Geld, selbstverständlich."

„Welche-"

„Wir wissen, dass Mitchell durchs Rez gefahren ist. Und wir wissen, dass im Rez Sie das Sagen haben, Gentlemen. Dass dort nichts passiert, ohne Ihr Zutun. Oder Ihre Kenntnis." Pope machte eine Pause. „Meine Tasche. Mein Geld. Und bevor Sie jetzt auf den Gedanken kommen, Spielchen mit mir zu spielen ..." Pope schüttelte den Kopf. „Zu diesem Zweck habe ich meinen Indianer mitgebracht. Er mag Spielchen so wenig wie ich."

Yazzie und Mark guckten auf Skenandore. Dessen Gesicht war ungerührt, die Augen kalt.

„Und das lässt du dir gefallen", sagte Yazzie zu Skenandore, „*mein Indianer?*"

Skenandore verzog keine Miene.

Dann nahm er seinen Block hervor und schrieb etwas darauf, riss das Blatt ab und hielt es Mark hin.

Mark nahm das Blatt mit zwei ausgestreckten Fingern.

„Antwort", las er.

Skenandore nickte.

„Ja, ich weiß nicht, welche-"

Weiter kam er nicht.

Skenandore machte einen großen Schritt auf Mark zu und schlug ihm die Faust mitten ins Gesicht mit einer solchen Schnelligkeit, dass Mark nicht einmal Zeit bekam, seinen Mund zu schließen, geschweige, seine Hände zum Schutz nach oben zu heben und mit einer Kraft, dass sein Kopf in den Nacken flog und Mark New Holys Körper, selbst über einsneunzig groß und an die dreihundert Pfund schwer, vollständig die Spannung verlor und in sich zusammensackte.

257

Yazzie bewegte sich nicht. Er griff nicht nach seinem Revolver, er sprach nicht in das Mikro auf seiner Schulter. Er guckte nur stumm auf Mark am Boden und auf das Blut, das Mark aus dem Mund lief.

Skenandore bückte sich und hob den Zettel auf und hielt ihn Yazzie hin.

„Ich weiß, wer Ihre Tasche hat", sagte Yazzie. „Der Mann heißt Palmer. Ich weiß auch, wo dieser Palmer wohnt."

30

Ruth fuhr mit der Assistentin los.

Palmer und Nina sahen ihnen hinterher.

„Gute Entscheidung", sagte Palmer.

„Im Frauenhaus ist sie fürs Erste gut untergebracht", sagte Nina. „Danach sehen wir weiter. Ich muss los."

Palmer erwartete, dass Nina losgehen würde, aber sie blieb stehen.

„Ja, wenn Sie los müssen ... Dann danke nochmal. Dass Sie Ruth geholfen haben."

„Keine Ursache. Und Ruth hat sich bereits bedankt, Sie müssen das nicht mehr. Ich war im Übrigen beim Staatsanwalt wegen Ihrer Sache. Mit der Tasche."

„Ich weiß."

„Tatsächlich? Von wem?"

„Seinem Ermittler. Sands. Er war bei mir."

„Oh. Was hat denn Tom ... Holden muss ihn angestellt haben, wegen der Tasche zu ermitteln." Sie schüttelte den Kopf. „Ich kann mich jetzt nicht damit befassen. Ich muss los."

Aber wieder blieb sie stehen.

„Sie sehen besorgt aus, Nina."

„Ich bin besorgt."

Palmer wartete.

„Meine kleine Schwester. Sie hat sich seit Tagen nicht bei meiner Mutter gemeldet. Und sie meldet sich immer bei meiner Mutter. Täglich. Ich muss nach ihr suchen."

„Ihre Schwester ist verschwunden?"

Nina nickte. „Hier in Albuquerque. Ich habe mit Sheriff Tipps telefoniert, er hat die Vermisstenanzeige aufgenommen und eine Fahndung rausgeschickt. Aber ich muss selbst los und sie suchen. Tipps hat zu wenige Leute und zu viele verschwundene Indianerinnen."

„Albuquerque", sagte Palmer, „wäre das nicht-"

„Die Zuständigkeit des Albuquerque Police Department, ich weiß. Aber zu Sheriff Tipps habe ich Vertrauen. Zum PD nicht so sehr."

„Ein besonderer Grund?"

„Das Albuquerque PD geht immer wieder hart gegen uns Indianer vor. Ich will nicht von Rassismus sprechen, das könnte mir eine Klage einbringen, aber ..."

„Aber das Police Department ist rassistisch."

Nina sah ihn an. „Ja, das ist es. Die Führung. Osborne, die Area Commander, vor allem White. Und wenn die Führung so ist, dann geben die das auch an ihre Leute weiter. Ist jeder Cop im PD rassistisch? Sicher nicht. Aber sie arbeiten in einem System, das Rassismus fördert. Sich dagegen zu wehren, ist für den einzelnen dann sehr schwierig. Wenn ich zu ihnen gehe und sie auffordere, nach meiner Schwester zu suchen, dann passiert – Nichts. Gar nichts."

„Okay, dann suchen wir eben selbst nach Ihrer Schwester."

Nina sagte, „Wir?"

„Ja, wir."

„Aber Sie haben zu tun. Haben Sie selbst gesagt, Sie haben gesagt, Ich muss noch hundert Löcher graben und einen Zaun bauen."

Palmer lächelte.

„Der Zaun kann warten. Sie und Ihre Schwester nicht. Und ich bin gut darin, Menschen zu finden. Also, erzählen Sie mir von Ihrer Schwester. Wie heißt sie? Welche Interessen hat sie? Welche Gewohnheiten, Hobbies, Vorlieben? Was isst sie gerne? Wo isst sie gerne? Wo verbringt sie ihre Freizeit? Hat sie von ungewöhnlichen Dingen erzählt, die ihr jüngst widerfahren sind? Menschen, denen sie begegnet ist? Wer sind ihre Freunde? Hat sie Feinde? Und vor allem: Wo wohnt sie, und wo arbeitet sie? Denn dort sollten wir mit unserer Suche beginnen. Wohnort und Arbeitsstelle."

„Wow", sagte Nina. „Sie scheinen wirklich gut zu sein. Haben Sie das mal beruflich gemacht? Leute suchen?"

„Was meinen Sie mit ‚haben'?"

Nina suchte in seinen Augen.

„Sie meinen das ernst. Leute suchen, das ist ihr Job."

„Ein Teil", sagte Palmer. „Also, Nina, wo arbeitet Ihre Schwester? Welche Richtung müssen wir gehen?"

„Gehen? Wir nehmen Ihren Truck, Palmer."

Sie fuhren zu dem Supermarkt, in dem Ninas Schwester arbeitete, und fragten nach dem Manager. Nina zeigte dem Manager ihre Karte, die sie als an den Gerichten der Stadt zugelassene Anwältin auswies, und fragte ihn nach Dahteste.

„Wer?"

„Meine Schwester Dahteste."

„Ich kenne keine Dahteste, sorry."

„Meine Schwester. Ihr indianischer Name lautet Dahteste. Ansonsten heißt sie so, wie ich. Martinez. Sie hat hier gearbeitet."

„Ach, die Mary-Lynn. Ja, unglaublich, erscheint einfach nicht mehr auf der Arbeit. Dabei war sie so fleißig. Nett auch. Hat sich gut mit den anderen aus ihrer Abteilung verstanden. Ich dachte noch, mit der haben wir hier einen guten Fang gemacht. Versteh ich gar nicht." Der lange, dürre Kerl schüttelte dabei den haarlosen Kopf.

„Mary-Lynn?" Nina sah den Manager an.

„Na, Sie müssen doch wissen, wie Ihre Schwester heißt."

„Haben Sie ein Foto von ihr?"

„Ein Foto? Jetzt wissen Sie schon nicht mehr, wie Ihre Schwester aussieht? Kann ich bitte Ihren Ausweis nochmal sehen?"

Nina zeigte dem Manager erneut den Ausweis.

Sie sagte, „Vielleicht in der Personalakte?"

Der Manager schnaufte und ging los. Nina und Palmer hinterher.

Im Büro griff der Lange in eine Schublade, suchte und nahm eine dünne Akte heraus, schlug sie auf und drehte sie Nina und Palmer hin.

„Mary-Lynn."

Das Foto zeigte eine junge Frau mit dunklen Haaren und dunklem Teint. Trotzdem die Haare kurz waren, war die Ähnlichkeit mit Nina nicht zu übersehen.

„Das ist meine Schwester. Sie hat sich hier in Albuquerque also einen weißen Namen gegeben. Mary-Lynn. Gut zu wissen. Können wir mit ihren Kolleginnen sprechen? Nur mit denen aus ihrer Abteilung. Geht das?"

Der Manager schnaufte wieder. „Aber nur fünf Minuten. Die Mädels müssen arbeiten."

Er ging los und schickte nacheinander vier Frauen in sein Büro, das er Nina und Palmer überließ.

Nina befragte die ersten drei Frauen, die alle dieselbe grüne Uniform trugen und im gleichen Alter wie Mary-Lynn waren. Ungefähr zwanzig. Zwei von ihnen waren Weiße, eine war mexikanischer Herkunft. Brauchbare Informationen bekam sie von ihnen nicht. Keine hatte mit Mary-Lynn außerhalb der Arbeit Kontakt, keine hat wirklich viel mit ihr gesprochen, keine hatte eine Ahnung, wo Mary-Lynn sein könnte.

„Jetzt noch die letzte", sagte Nina, „aber ich befürchte, da haben wir auch nicht viel Glück."

Palmer sagte, „Darf ich es mal probieren?"

Nina zuckte mit der Schulter. *Meinethalben.*

„Spielen Sie mein Spiel mit, okay?"

„Welches Spiel."

„Sie werden sehen."

Die vierte kam herein, ebenfalls in Grün und im selben Alter wie die anderen. Auch ihre Familie stammte aus Mexiko.

Palmer fragte sie nach ihrem Namen.

„Jodie. Sie suchen Mary-Lynn, nicht wahr?"

Palmer guckte überrascht. „Sie sind Jodie?"

Das Mädchen nickte unsicher. „Ja."

Dann sah Palmer Nina an. „Das ist Jodie, Nina."

Nina zögerte. „Oh, Jodie."

Jodie sagte, „Warum-?"

„Jodie", sagte Palmer. „Wir wissen von Mary-Lynn, dass sie gerne mit Ihnen zusammen arbeitete. Sie wären sehr, sehr nett, hat Mary-Lynn ihrer Schwester" – Palmer deutete auf Nina – „gesagt."

„Das hat sie?" Nina nickte, und auf Jodies Gesicht erschien ein Lächeln. „Ja, wir mögen uns. Mary-Lynn ist auch sehr, sehr nett. Wie kann ich Ihnen denn helfen?"

„Das ist die Frage, Jodie. Mary-Lynn ist ... Als Ihrer Freundin ist Ihnen das ja sofort aufgefallen, als sie nicht zur Arbeit kam." Palmer machte eine Pause.

„Natürlich. Mary-Lynn ist pünktlich, immer. Sie ist immer als erste hier, sogar noch vor mir. Und als sie am Montag nicht erschien ... Ich bin sofort zu Caspar."

„Caspar ist der Manager."

„Der Store-Manager. Caspar. Aber der konnte nichts machen. Der wusste nichts."

„Hatten Sie denn eine Vermutung, Jodie? Sie und Mary-Lynn, Sie haben ja miteinander gesprochen."

„Gar nicht so viel. Es war mehr eine stille Freundschaft, verstehen Sie? Wir haben uns unausgesprochen verstanden."

„Aber Sie hatten vielleicht doch eine Vermutung, wo Mary-Lynn sein könnte. Oder wer wissen könnte, wo Mary-Lynn war."

Jodie antwortete nicht. Sie überlegte, und Palmer beobachtete, wie die Zwanzigjährige dabei ihren Zeigefinger an die Nasenspitze legte.

„Die Cops könnten es wissen", sagte Jodie dann.

„Die Cops?", sagte Nina.

Jodie drehte sich zu ihr. „Mary-Lynn hat einmal davon erzählt, dass zwei Cops ... Wie hat sie gesagt?" Der Zeigefinger ging zurück an die Nasenspitze. „Ja, zwei Cops würden sie kontrollieren, in der Stadt. Regelmäßig, mehrere Male im Monat oder so."

„Cops würden Mary-Lynn kontrollieren?"

„Nicht Mary-Lynn. Die Natives. Mary-Lynn hat erzählt, zwei Cops würden Natives in der Stadt kontrollieren. Ob sie sich da aufhalten dürfen und so."

„Ob sie sich wo aufhalten dürfen?"

„Nob Hill. Da gehen viele von ihnen hin, hat Mary-Lynn gesagt. Nob Hill."

„Wo in Nob Hill? Hat sie das gesagt? Nob Hill ist groß."

Jodie schüttelte den Kopf.

Nina sah Palmer an.

Palmer sagte, „Von wem wusste Mary-Lynn das? Wenn sie nicht selbst bereits kontrolliert wurde?"

„Ich weiß nicht. Von ihren Mitbewohnerinnen vielleicht. Ich glaube, das sind auch Natives. Alle beide, soweit ich weiß. Steckt Mary-Lynn in Schwierigkeiten?"

„Wir hoffen nicht", sagte Nina.

„Stecke ich in Schwierigkeiten? Ich habe Ihnen ja nur gesagt, was ich weiß und so."

„Sie stecken ganz und gar nicht in Schwierigkeiten", sagte Palmer. „Wir sind Ihnen im Gegenteil sehr dankbar. Sie haben uns sehr geholfen."

„Natives kontrolliert, ob sie sich in Nob Hill aufhalten dürfen? Was hat das zu bedeuten?"

„Einschüchterung", sagte Palmer. „Fragt sich nur, zu welchem Zweck."

„Albuquerque Cops. Die brauchen keinen Zweck." Sie saßen wieder im Truck, jetzt auf dem Weg zu Mary-Lynns Appartement. Palmer wie zuvor am Steuer, Nina zeigte den Weg. Sie musterte ihn aus den Augenwinkeln. „Aber das war wirklich gut, Palmer. Richtig gut. Hätten wir das aus den drei anderen auch herausbekommen?"

„Kann sein. Wird sich noch zeigen, was es uns bringt."

Das Appartement lag in einem ziemlich heruntergekommen Haus in einem ziemlich heruntergekommenen Viertel. Gruppen von jungen Männern und Frauen lungerten herum auf der Suche nach irgendwas. Kundschaft vielleicht, oder dass irgendetwas passierte.

„Hier hat Ihre Schwester gewohnt?"

Nina hörte den Ton in Palmers Stimme und hatte das Gefühl, sich rechtfertigen zu müssen.

„Als Dahteste vor drei Monaten hierherkam, habe ich ihr angeboten, für alles zu sorgen. Wohnung, Job, ein kleines Auto. Sie hat abgelehnt. Sie müssen wissen, Palmer, wir sind ein recht selbständiges Volk. Und stur.

Dahteste sowieso, sie wollte nie Hilfe. Nicht von mir, nicht von meiner Mutter. Wissen Sie, was Dahteste bedeutet?"

Palmer schüttelte den Kopf.

„Warrior Woman. Und der Name passt zu meiner Schwester, glauben Sie mir."

„Ich glaube Ihnen", sagte Palmer.

Sie trafen beide Mitbewohnerinnen an, aber es dauerte eine Weile, bis sie bereit waren zu erzählen. Palmer saß auf einem Stuhl an der Wand. Die Indianerinnen, die sich, genau wie Mary-Lynn, nach ihrer Ankunft in Albuquerque andere Namen gegeben haben, hatten sichtbar mehr Vertrauen zu Nina.

Das Appartement war klein, drei Zimmer und ein Bad, eine Küche gab es nicht. Die Einrichtung des Zimmers, in dem sie waren, billig und notdürftig. Palmer saß auf dem einzigen Stuhl. Nina saß auf dem Bett, die beiden jungen Frauen nebeneinander auf dem kahlen Fußboden.

„Das stimmt, zwei Cops", sagte die, die sich Susi nannte.

„Albuquerque Police Department?"

„Keine Ahnung, Miss Martinez." Susi guckte dabei ihre Mitbewohnerin an.

„Keine Ahnung", sagte ihre Mitbewohnerin, die sich als Kim vorgestellt hatte.

„Mmh", machte Palmer.

Die beiden Mädchen zuckten zusammen.

Nina sagte, „Ihr wisst das nicht? Die beiden Polizisten kamen doch öfter zu euch, regelmäßig. Ihr habt doch ihre Uniform gesehen."

Die Mädchen waren still.

„Was habt ihr denn in Nob Hill gemacht?"

„Nicht viel", sagte Kim. „Rumgehangen. Kaffee getrunken. Sandwich gegessen. So was halt."

„Alkohol?"

„Nein, vertrage ich nicht. Da wird mir schlecht."

„Dahteste?"

„Glaube nicht."

„Drogen?"

„Nein, nie."

Nina atmete durch.

„Aber ihr wurdet kontrolliert?"

„Ja."

„Immer von denselben Cops?"

„Ja."

„Und das ist nicht nur euch passiert, sondern auch anderen?"

„Allen Natives, die da rumhängen."

„Und keine von euch weiß, ob das Albuquerque-Cops waren?"

Beide Frauen schüttelten den Kopf.

„Mmh", machte Palmer wieder.

„Ich denke", sagte Nina, „was Mister Palmer sagen will: Vor wem habt ihr Angst?"

„Angst?"

„Ja, Kim. Angst."

„Wir haben keine Angst."

„Kim, du bist - Wo kommst du her?"

„South Dakota."

„Dann bist du eine Sioux? Oder eine Crow?"

„Sioux."

„Susi?"

„Yuma, Arizona. Ich bin eine Quechan."

„Okay. Kim, Susi, wir sind Schwestern. Okay? Ich bin eine Mescalero, genau wie Dahteste. Eine Native, genau wie ihr. Und ich bin Anwältin. Ich kann euch beschützen."

Die beiden schwiegen.

„Und ob ihr vielleicht doch Drogen nehmt", sagte Palmer und sah die jungen Frauen wieder zusammenzucken, „interessiert uns nicht."

Die beiden schwiegen. Aber sie guckten jetzt auf den Boden.

„Guckt mich an", sagte Palmer leise. Er wartete, bis die beiden ihn ansahen. „Die Cops, wie sahen die aus?"

„Was meinen Sie, wie sahen die aus?", sagte Kim.

„Wie Cops eben, Uniform und alles."

266

„Waren die beiden BIA-Police? Der eine ein großer, schwerer-"

„Nein, natürlich nicht", sagte Kim. „Tribal Police, die kommen doch nicht in die Stadt."

„Waren es Weiße?", sagte Nina.

„Mexikaner", sagte Susi. „Beide waren Mexikaner."

„Und wenn sie welche von euch mitgenommen haben", sagte Palmer, „was ist dann mit ihnen passiert?"

„Woher wissen Sie, dass sie manchmal welche mitnahmen?"

„Susi", sagte Palmer, „erzähle einfach. Was passierte?"

„Wir dürfen nicht darüber sprechen", sagte Kim. „Schon gar nicht zu einem Anwalt, Miss Martinez. Einer Anwältin. Sorry."

Palmer stand auf und ging zu den beiden hin.

„Steht mal auf, ihr zwei. Sofort."

Die beiden jungen Frauen sprangen auf.

„Eure Mitbewohnerin ist verschwunden. Dahteste. Seit drei Tagen. Verschwunden. Eure Schwester. Und alles, was ihr sagt, ist Sorry?"

Palmers Stimme war tief und ruhig und leise.

Nina stellte sich neben Palmer.

„Und wenn morgen ihr verschwindet, wollt ihr dann auch, dass die anderen *Sorry* sagen? Ihr wohnt zusammen. Ihr geht aus zusammen. Sorry?"

Beide fingen an zu weinen.

Es dauerte eine Weile, bis sie sich beruhigt hatten, und eine weitere Weile, bis sie zu erzählen begannen. Die beiden mexikanischen Cops waren vom Albuquerque Police Department. Zwei, drei, manchmal vier Mal im Monat, immer am Wochenende, kamen sie nach Nob Hill und sprachen dort die Natives an, fragten nach Ausweisen, Alkohol, Drogen. Wenn sie mit den Antworten nicht zufrieden waren, nahmen sie die betreffenden Frauen mit aufs Revier. Auch Susi und Kim waren einmal auf dem Revier. Dort bekamen sie ein Angebot: Die Polizei würde alle Vorwürfe fallenlassen, wenn sie sich im Gegenzug bereit erklärten, am selben Abend bei einem Event Drinks zu servieren.

„Was sollten wir denn machen?", sagte Kim, wieder mit Tränen in den Augen. „Sie haben uns eingesperrt. Wir haben hinter Gittern gesessen, richtigen Gittern. Es hat gestunken. Wir hatten keine Wahl."

„Und ihr habt Drinks serviert? Wo habt ihr Drinks serviert?"

„Es war ein Spiel. Wie in einem Casino, wissen Sie? Aber nicht mit Maschinen, sondern mit Karten und Roulette und so. Poker vielleicht. Wir mussten Kleider anziehen, die uns bis hierher gingen" – Kim deutete auf oberhalb ihrer Knie – „und die Männer fassten uns manchmal an den Hintern. Irgendwann früh morgens haben sie uns zurückgebracht."

„Und das war alles? Kleider anziehen, Drinks servieren?"

„Und manchmal anfassen lassen, ja. Das war alles, Mister Palmer."

„Wie viele Männer waren bei dem Spiel dabei?"

„Sieben oder acht. Und ein paar Frauen auch. Die Frauen haben auch gespielt. Sie haben uns aber nicht angefasst."

„Weiße?"

„Sie alle waren Weiße. Die Männer und die Frauen."

„Und es war ein Casino?"

„Kein richtiges Casino. Es war ein Haus, wie eine Ranch. Wir haben es gesehen, als sie uns dort hinbrachten. Eine Ranch."

„Und wo", sagte Nina, „ist diese Ranch?"

Auch ihre Augen waren jetzt voll mit Wasser.

„Das wissen wir nicht, Miss Martinez", sagte Susi. Eine Träne lief ihr über die Wange. „Wir haben doch im Kofferraum gelegen. Während der gesamten Fahrt. Zwei Stunden lang. Ich habs auf meiner Uhr gesehen."

Sie hielt das Handgelenk mit ihrer Uhr hoch, rund, rosa und aus Plastik.

Nina schloss die Augen.

Palmer stellte ihnen dann weitere Fragen: In welchem Wagen sie gelegen haben, ob sie schnell gefahren wären, wie auf einem Highway oder einer Interstate, ob der Weg sehr kurvig und der Untergrund glatt gewesen war oder eher rau, wie auf einer Dirt Road, ob sie etwas gehört hätten.

Der Wagen war ein großer Pickup Truck, erfuhren sie, aber kein Polizeiwagen, sondern ein weißer Chevy. Der Fahrer nicht die beiden mexikanischen Cops, sondern ein sehr großer Indianer, der nichts gesprochen hat, sie hätten ihn aber auch nur ganz kurz gesehen. Eine halbe Stunde wären sie schnell und auf Asphalt gefahren, nur wenige Kurven, der Rest der Zeit durch Gelände. Sie hätten sich oft gestoßen. Gehört hätten sie nichts.

„Der große Indianer, der euch gefahren hat", sagte Nina, ein Taschentuch an ihren Augen, „versucht, euch zu erinnern. Wie sah der aus?"

Aber die beiden schüttelten den Kopf. Außer, dass er sehr groß war und trotz der Hitze eine bestickte Weste mit hohem Kragen getragen hatte, wussten sie nichts.

„Cops", sagte Nina, als sie wieder in Palmers Truck saßen. Ihre Augen waren trocken, ihre Stimme hart. „Das sind doch die, denen wir trauen sollen. Die für das Gesetz stehen. Die uns helfen. Die unsere Rechte verteidigen. Und nicht die, die unsere Schwestern einschüchtern und sie zu illegalen Pokerspielen bringen und ihnen kurze Kleider anziehen und sie von weißen Männern anfassen lassen!"

Palmer startete den Truck.

„Wohin fahren wir, Palmer? Was machen wir jetzt? Wie sollen wir diese Ranch finden?"

„Sie dirigieren mich nach Nob Hill. Wir müssen noch mit anderen sprechen. Vielleicht erinnert sich jemand an mehr als Kim und Susi. Aber zuerst reden wir mit Sands."

„Tom? Was soll Tom wissen?"

„Sands scheint tüchtig. Und wer tüchtig ist, weiß viel, hält sich auf dem Laufenden. Egal, ob es im Moment für seinen Job wichtig ist oder nicht. Vielleicht", sagte Palmer, „hat Sands einmal von illegalem Poker im Umkreis von zwei Fahrtstunden gehört."

31

Tom hatte Margy und Woody zur Besprechung gerufen, aber nicht in sein Büro, sondern in ein Café zwei Blocks vom Metropolitan Court entfernt.

Niemand sollte ein Wort hören von dem, was sie zu besprechen hatten.

Tom kaufte Kaffee für sich, Tee für Woody, einen Erdbeersmoothie für Margy und Donuts für alle und berichtete von seinem Gespräch mit Palmer und von der Tasche mit einer viertel Million Dollar.

„Mark New Holy, die kleine Ratte", sagte Woody, als Tom fertig war.

„Was machen wir mit Mark, Tom?" Margy trank und lächelte. „Sehr lecker. Wenn er die Tasche bei Palmer versteckt hat ... Er muss sie ja irgendwoher haben. Gestohlen oder geraubt, wie Palmer sagt. Dieser Kerl ist ein Cop, Leute, das können wir ihm nicht einfach so durchgehen lassen."

„Aber das einzige, was wir gegen ihn haben, Marg, das ist Palmers Aussage. Und Palmer sagt selbst, er hat nicht *gesehen*, wie Mark die Tasche versteckt hat", sagte Woody.

Tom nickte. „Palmer hat es nicht gesehen, das ist richtig. Um New Holy zu überführen, müssen wir uns intensiver mit ihm beschäftigen. Aber das muss warten. Ich will Holden. Danach sehen wir weiter. Margy, Boyd-Bank. Wie siehts aus?"

„Auf den Punkt gebracht: Die Boyd-Bank ist pleite. Die Aufsicht hat die Bank nur deswegen noch nicht dichtgemacht, weil Cassandra Boyd immer in letzter Minute eine Geldspritze setzen konnte. Aber im Moment sieht es ziemlich schlecht aus."

„Hm. In letzter Minute. Woher?"

Margy zuckte mit den Schultern.

„Und Holden?"

„Holden ist auch pleite. Sehr pleite. Und du hast richtig vermutet, Holden ist Kunde bei der Boyd-Bank. Er steht dort mit etwas weniger als – und jetzt hört zu - vierhunderttausend amerikanischen Dollar in der Kreide." Sie schaute auf ihre Notizen. „Genau Dreihundertsiebenundachtzigtausend Dollar. Dreihundertfünfzig davon sind der Kredit, der Rest aufgelaufene Zinsen. Der Kredit wurde im Laufe der vergangenen Monate zwei Mal aufgestockt, getilgt allerdings wurde bislang noch nicht ein einziger Cent." Sie sagte, „Und das ist schon sehr ungewöhnlich. Normalerweise, wenn du nicht tilgst, bekommst du natürlich auch keinen neuen Kredit. Im Gegenteil, normalerweise nehmen sich die Banken dann deine Sicherheiten, mit einem fetten Grinsen im Gesicht. Im Falle von Holden wären es seine Immobilien, sein Auto, sein Motorrad."

„Die Boyd-Bank hat das nicht getan?"

Margy schüttelte den Kopf. „Hat sie nicht. Obwohl sie pleite ist, hat die Boyd-Bank ihr Geld nicht von Holden eingefordert." Sie sagte, „Damit haben wir ihn, Tom."

„Nicht ganz, Margy. Wir müssen herausfinden, was Holden der Boyd-Bank zu bieten hat. Wenn es schon kein Geld ist. Woody, die Boyd?"

„Ist gestern noch in der Bank gewesen, danach zu Hause. Heute Morgen zum Training ins Gym, danach wieder in die Bank. Kurze Mittagspause alleine in einem Restaurant in der Nähe der Bank, danach zurück. Seitdem in der Bank. Aber ich bin dann hierhergefahren, sie kann also jetzt irgendwo sein."

Toms Telefon vibrierte.

Eine unbekannte Nummer.

„Ja?"

„Mister Sands? Palmer. Ich rufe vom Telefon von Miss Martinez an. Haben Sie Zeit?"

„Palmer ... Ja, sicher. Um was gehts?"

Palmer berichtete vom Verschwinden von Ninas Schwester Dahteste und was sie bislang herausgefunden haben.

Sands sagte, „Dahteste ist also die Schwester von Nina Martinez?"

„Ja."

„Ich habe die Vermisstenanzeige auf dem Schreibtisch von Sheriff Tipps gesehen. Ich wusste nicht, dass sie und Nina Schwestern sind. Und Sie sagen, ein großer Indianer, der nicht gesprochen hat?"

„Ja."

„Hatte er ein Loch im Hals, der Indianer?"

„Ein Loch? Er trug eine Weste mit hohem Kragen. Von einem Loch im Hals war keine Rede."

„Hoher Kragen. Damit wollte er das Loch verdecken. Der Kerl heißt Akecheta Skenandore. Halb Oglala–Lakota, halb Kanadier, französische Mutter. Wenn Sie mit dem zu tun bekommen, Palmer, dann passen Sie auf. Der war Scharfschütze in der Army. Also ein Killer mit Lizenz. Und ist dringende Person von Interesse in einer Handvoll ungeklärter Todesfälle der vergangenen Jahre. Kopfschüsse, aufgeschlitzte Hälse, Genickbrüche, was einem so einfallen kann, wenn man einen Lebenden zu einem Toten machen will, alles dabei. Ihm konnte nie etwas nachgewiesen werden, aber in seinem Fall bin ich geneigt, zu sagen, dass das nichts zu bedeuten hat."

„Das Loch im Hals, was hat es damit auf sich?"

„Kriegsverletzung. Hat da wohl einen Pfeil in den Hals bekommen. Seitdem kann er nicht mehr sprechen. Er arbeitet übrigens für den Mann, von dem ich Ihnen erzählt habe. Die kleine Berühmtheit, Zach Pope."

„Was die jungen Frauen berichten, sie wurden zu einem Spieleabend gebracht."

„Spieleabend?"

„Glücksspiel. Roulette, Karten, also Poker vermutlich. Und illegal, keine Frage. Sie wurden von Albuquerque Cops unter fabrizierten Anschuldigungen aufs Revier mitgenommen. Dort wurde ihnen die Wahl gelassen, eingesperrt werden oder bei einem Event in knappen Kleidern Drinks servieren. Das Event stellte sich als Glücksspielabend mit Weißen heraus. Männer und Frauen."

„Illegales Poker und Roulette? Und dazu Skenandore?"

„Sagt Ihnen das was?"

„Nein, tut es nicht. Aber es ergibt Sinn. Sehr viel Sinn sogar. Zach Pope hat Schulden bei der Boyd, ich habe Ihnen davon erzählt. Jetzt sagen Sie, Skenandore, der für Pope arbeitet, hat mit illegalem Poker und Roulette zu tun. Und mit illegalem Poker und Roulette kann man verdammt viel Geld verdienen."

„Sie meinen also, dieser Pope will mit dem illegalen Glücksspiel seine Schulden bei der Boyd-Bank bezahlen?"

„Könnte sein. Und Ihre viertel Million Dollar, Palmer, das wissen wir mittlerweile, haben mit dem Verschwinden von Everett Mitchell zu tun, einem Cop aus Albuquerque. Sagen Sie, die beiden Cops, die die jungen Natives aufgegabelt haben, was wissen Sie über die?"

„Nicht viel. Albuquerque PD und mexikanische Herkunft, das ist eigentlich alles."

„Oh Mann. Mexikaner. Dieser Mitchell war einer von Jeremy Whites Leuten, Southeast Command. Und White hat zwei Stiefellecker, Peña und Vazquez-"

„Officer Vazquez und Sergeant Peña. Die kenne ich."

„Woher?"

„Die beiden waren unlängst in Benson Trail. Haben eine Dana oder Ana gesucht. Später habe ich sie bei meinem Nachbarn New Holy gesehen."

„Okay. Da wird White einiges zu erklären haben."

„Das Glücksspiel, uns wurde gesagt, das hätte auf einer Ranch stattgefunden. Von Albuquerque eine halbe Stunde Fahrt auf Asphalt, dann eineinhalb Stunden im Gelände. Haben Sie von so etwas schon einmal gehört?"

„Illegales Glücksspiel gibt es hier immer mal wieder. Unlängst hatten wir einen Fall, das FBI hat ein ganzes Jahr gebraucht. Die haben ihre Abende in einem Trailer abgehalten, groß wie ein Appartement. Jeden Abend waren die an einem anderen Ort. Die haben den Trailer einfach mitgenommen."

„Und eine Ranch? Irgendwo abseits von asphaltierten Straßen?"

273

„Nun, da gibt es seit einer Weile ein Gerücht. Aber es ist eben nur das, ein Gerücht."

„Im Moment haben wir nichts, Sands. Da ist ein Gerücht mehr."

„Im Reservat, heißt es, Ortiz, mitten drin, da gäbe es eine Ranch. Da könnte man manchmal Weiße sehen, und niemand wüsste, was die da machen. Aber ich denke, dass ist tatsächlich nur ein Gerücht."

„Warum?"

„Weil, wenn tatsächlich jemand dort eine Ranch mit Glücksspiel betreiben würde, dann wüssten die Ortiz Apachen das. Ohne die Ortiz passiert im Reservat nichts. Und die würden einen so hohen Anteil verlangen, dass sich das kaum mehr rechnen würde. Schließlich gehört das gesamte Land ihnen. Kein Weißer besitzt dort Land, geschweige denn Land mit einer Ranch."

Palmer sagte, „Und wenn doch?"

„Nun, dann wäre das eine andere Situation. Dann wären die Ortiz außen vor. Sie könnten keinen Anteil verlangen, und sie würden sich daher vermutlich auch weder für die Ranch interessieren, noch was dort passiert. Aber der Besitzer wäre mein Verdächtiger Nummer Eins. Wenn es so jemanden gibt, dann kann ich mir auch vorstellen, dass es diese Glücksspielranch gibt."

„Es gibt so jemanden", sagte Palmer.

„Gibt es?"

„Ja. Mich."

Also Dahteste. Was kannst du tun?
   Nichts, verdammt. Die Fesseln, ich kann sie nicht bewegen. Nicht zerreißen, nicht verschieben. Ich habe alles versucht.
   Versuchs weiter. Streng dich an. Selbst wenn du die Fesseln nicht zerreißen kannst, wenn du dich anstrengst, richtig anstrengst, pumpst du das Blut zurück in deine Muskeln. Du wirst stark und wach. Und sobald er kommt, sobald er dir eine Chance gibt, nur den Hauch einer Chance gibt, dann bist du bereit.
   Okay. Ja. Okay.
   Wirst du bereit sein, Warrior Woman?
   Darauf kannst du wetten. Ich werde bereit sein.

Akecheta Skenandore freute sich auf den Abend. Endlich war sein Truck wieder in Ordnung, verdammtes Getriebe, und er war unterwegs zu White, um die neuen Mädchen abzuholen. Er würde sie zur Ranch bringen und sich dann, ohne weitere Verzögerung, mit seinem Fang beschäftigen. Die Kleine hatte Mut, war sein Eindruck.
   Es würde eine aufregende Jagd werden.
   Er konnte es kaum erwarten.

Palmer und Nina fuhren die Interstate Fünfundzwanzig Richtung Santa Fe.

Sie hatten sich mit Sands abgesprochen. Sands wollte das FBI und Sheriff Tipps verständigen, aber nicht das Albuquerque Police Department. Palmer und Nina sollten am Exit 261 auf sie warten. Sie würden kaum mehr als zehn Minuten Vorsprung haben.

Auf der Gegenfahrbahn sahen sie einen weißen Chevy Pickup Truck mit hoher Geschwindigkeit vorbeifahren.

„So einen hat Kim beschrieben", sagte Palmer.

Nina nickte.

Wenige Minuten später wurden sie von einem weißen Chevy Pickup Truck überholt.

„Derselbe, der gerade noch in die andere Richtung gefahren ist", sagte Nina. „Der muss gedreht haben."

„Der hat es eilig", sagte Palmer. „So einen hat Kim beschrieben", sagte er dann wieder.

„Ja. Aber von denen gibt es hier Hunderte. Vielleicht ein paar weniger mit einer solchen doppelten Bereifung hinten. Aber trotzdem, das wäre ein großer Zufall. Zu groß."

Nach einer Minute sahen sie den Truck die Ausfahrt nehmen.

„Hier, der nimmt Exit 259. Sehen Sie? Ihre Ranch, da müsste er die 261 nehmen."

Palmer nickte.

Sie erreichten Exit 261 und fuhren ab.

Aber Palmer hielt nicht an.

„Wir sollen hier warten, Palmer. Haben Sie nicht gehört, was Sands gesagt hat?"

Palmer trat auf die Bremse, der Truck rutschte auf dem Schotter und stand.

„Ich habe Sands gehört. Aber vielleicht hat Ihre Schwester keine Zeit mehr zu warten. Selbst keine zehn Minuten."

Nina sah ihn an und schwieg.

„Ihre Entscheidung, Nina."

„Wie würden Sie entscheiden? Wenn es Ihre Schwester wäre?"

Palmer drückte das Gaspedal durch.

„Wir sind richtig", sagte Nina, Palmers Karte auf dem Schoß. „Noch drei Meilen diese Dirt Road, dann kommt ein kleines Tal. Dahinter geht es nach ... links. Westen. Dann kommen wir zu dem Kreis, den Sie hier eingezeichnet haben."

Die Straße war breit genug für zwei Fahrzeuge und in einem Zustand, der es Palmer erlaubte, mit hoher Geschwindigkeit zu fahren. Wie Nina gesagt hatte, erreichten sie nach drei Meilen ein Tal. Am anderen Ende verließ die Straße das Tal durch eine von zwei Felsmassiven gebildete Enge.

„Hier muss es lang gehen", sagte Nina.

Die Straße führte weiter geradeaus, aber Nina deutete nach links auf eine ebenso breite und gut erhaltene Straße.

„Laut Karte, von hier noch eine Meile."

Sie fuhren weiter.

Nach einer Weile wurde die Straße enger und kurviger, der Wald dichter.

„Wo ist Ihre Ranch, Palmer?"

„Wie gesagt, ich war noch nie hier."

Eine Rechtskurve, eine Linkskurve, dann hielt Palmer an.

Die Schotterstraße öffnete sich auf einen breiten Schotterplatz auf dem, Palmer zählte nach, zehn Fahrzeuge standen, alle der gehobenen Klasse. Die meisten aus amerikanischer Produktion, aber auch ein Jaguar und ein Mercedes.

Die Autos standen in einer Reihe vor einem Haus mit einer Frontlänge von rund zwanzig Metern. Das Haus war ein Blockhaus, zweigeschossig, und die lange Front ließ die Vermutung zu, dass das Haus mindestens vierhundert Quadratmeter groß war. Es schien in einem sehr guten Zustand.

„Die müssen renoviert haben", sagte Palmer. „Oder neu gebaut. Samantha hat gesagt, das Haus wäre unbewohnbar."

„Samantha?"

„Meine Immobilienmaklerin. Seit mehr als dreißig Jahren hätte hier niemand gelebt, sagt sie."

„Na, das hat sich geändert."

Palmer fuhr weiter und lenkte den Truck neben den Mercedes.

„Niemand hier", sagte er.

„Da stehen zehn Autos", sagte Nina.

„Ich meine, niemand, der Wache hält. Der darauf achtet, dass keiner ihren Spieleabend stört."

„Ja, sie sind sich ihrer Sache sehr sicher. Los dann", sagte Nina.

Auch in das Haus hinein kamen sie, ohne dass jemand da wäre, der sie hätte aufhalten können.

Sie gingen durch einen schmalen Flur und kamen in einen Raum, der über die ganze Breite des Hauses verlief. An fünf Tischen saßen Frauen und Männer und spielten Karten. Poker vielleicht, Palmer kannte sich nicht mit Kartenspielen aus. Ein großer Roulettetisch ganz rechts war verwaist. Zwischen den Spielern liefen junge Indianerinnen in kurzen Kleidern und servierten Drinks und Snacks. Hinter den Spielern ließen deckenhohe Fenster viel Licht herein. Palmer sah eine große, saftige Wiese, rechts einen kleinen Bach, dahinter einen Wald und Felsen. Auf der Wiese standen Tische aus geflochtenem Korb und vor den Tischen Sessel, auf denen aber niemand saß.

Nina sagte, „Keine der drei ist Dahteste."

„Vier Frauen, acht Männer", sagte Palmer. „Manche von ihnen haben sich ein Auto geteilt. Einige haben uns hereinkommen sehen, aber sie scheinen sich nicht an unserer Anwesenheit zu stören. Spielen gemütlich weiter. Vermutlich machen die das schon eine Weile, und es hat noch nie Probleme gegeben. Was aufgrund der Lage kein Wunder ist. Sehen Sie das Panorama an."

„Ich glaubs nicht", sagte Nina.

Als Palmer *Panorama* sagte, hatten sie beide erneut aus dem Fenster geschaut.

Jetzt sahen sie eine Frau mit kurzen Haaren und athletischer Figur und einen alten Mann in weißem Anzug und Hut auf dem Kopf. Sie waren von der Seite gekommen und setzten sich auf zwei der Korbsessel. Palmer war sich nicht sicher, ob sie miteinander sprachen.

„Der Mann, das ist dieser Pope, nicht? Sands hat ihn so beschrieben. Weißer Anzug und Hut."

„Und die Frau ist Cassandra Boyd, Boyd-Bank New Mexico. Pope versucht tatsächlich, mit illegalem Glücksspiel seine Schulden zu bezahlen. Tom hat recht. Nur, dass Cassandra Boyd in der Sache mit drinhängt. Was für ein Luder."

„Lassen Sie uns das Haus durchsuchen, Nina."

Einen Keller gab es nicht, daher liefen sie in die obere Etage und durchsuchten die Zimmer. Es sah aus, als ob manche der Spielerinnen und Spieler sich hier umgezogen und frisch gemacht hatten, vielleicht wurde in den Zimmern sogar manchmal übernachtet. Groß genug mit Platz für alle war es.

Dahteste fanden sie nicht.

„Niemand hier. Wir müssen nach unten und die Indianerinnen befragen."

Sie gingen zurück in den Spielraum und nahmen die Indianerinnen beiseite und fingen gerade an, ihnen Fragen zu stellen, als die Tür aufgestoßen wurde.

Fünf Männer mit *FBI* auf ihren Westen stürmten herein, dahinter Sheriff Tipps mit drei seiner Leute, hinter ihnen Sands.

Zehn Minuten Vorsprung.

Alle Spieler sowie Boyd und Pope mussten sich vor dem Haus auf den Boden setzen. FBI-Agents und die Leute des Sheriff's Department stellten sich in Kreisform um sie. Die drei indianischen Mädchen setzten sich abseits.

Sheriff Tipps sah Palmer und Nina zusammen mit Sands und kam zu ihnen und sagte, „Mister Palmer, Miss Martinez", und griff an seinen Hut.

Palmer nickte. „Sheriff."

„Keine Spur von Ihrer Schwester, Miss Martinez?"

Nina schüttelte den Kopf.

„Das tut mir leid. Ich habe vorhin mit den drei indianischen Frauen gesprochen. Sie wissen nichts. Sie kennen Dahteste, aber sie haben sie seit Tagen nicht gesehen. Und noch nie hier auf der Ranch."

„Wir haben auch mit ihnen gesprochen, Sheriff", sagte Nina.

„Ja." Tipps drehte sich zu Palmer. „Ich sehe, Palmer, Sie fahren immer noch mit Ihrem alten Truck herum."

„Ich mag meinen Truck", sagte Palmer.

Tipps lächelte. „Ja, Sie sagten schon."

„Wie geht es Ihnen, Sheriff?"

Sands sah Palmer erstaunt an.

Auch Tipps schien über die unvermittelte Frage verwundert, sagte aber nur, „Gut. Okay. Danke der Nachfrage."

Palmer sagte nichts.

Der Sheriff griff wieder an seinen Hut, „Später dann", und ging zurück zu seinen Leuten.

„Ich werde mit Pope und der Boyd reden", sagte Sands. „Vielleicht erfahre ich etwas."

„Ja", sagte Palmer. „Sagen Sie, Sands, wie geht es dem Sheriff wirklich?"

„Dem Sheriff? Was meinen Sie?"

„Sie scheinen miteinander befreundet, Sie und Tipps."

Sands nickte.

„Nun, wie geht es ihm wirklich?"

„Sie haben doch gehört, was er gesagt hat."

„Ich weiß, was ich gehört habe. Aber ich meinte: Wie geht es ihm wirklich."

Sands zuckte mit der Schulter. „Soweit ich weiß, gut. Er ist ein wenig melancholisch, hat Gewicht zugelegt, aber sonst? Warum?"

„Ich finde, er hat abgebaut seit unserem Treffen."

„Abgebaut? Ich dachte eher zugenommen."

„Fett zugenommen, ja. Aber Muskeln abgebaut. Und Tipps ist nicht der Typ ... Körpertyp meine ich, er ist nicht der Körpertyp, der schnell Muskeln abbauen würde."

„Sie beobachten ganz genau, huh? Was wollen Sie sagen, Palmer?"

„Wenn Sie mit ihm befreundet sind, fragen Sie ihn mal."

„Ich frage Sie."

„Hm. Da ist etwas mit ihm."

„Eine Krankheit, meinen Sie?"

Palmer sah Sands an, ohne zu antworten.

„Ich spreche mit Pope und der Boyd", sagte Sands und ging.

„Und was machen wir, Palmer?"

Palmer sah Nina an und lehnte sich gegen seinen Truck. „Wir warten."

Es dauerte nicht lange, dann war Sands zurück. Palmer und Nina hatten beobachtet, wie der Ermittler der Staatsanwaltschaft zuerst mit Pope, dann mit Cassandra Boyd, dann wieder mit Pope gesprochen hat. Schließlich noch mit einem stämmigen Kerl mit rotem Bart und ernstem Gesicht und Pumpgun in den Händen. Wie die anderen auch, trug er über seiner dunkelblauen Uniform eine Kevlar. Auf dem Rücken stand FBI.

Sands lehnte sich neben Palmer und Nina an den Truck. „Der mit dem roten Bart ist der Special Agent in Charge, Ty Montoya. Montoya hat zwei Transportfahrzeuge angefordert, auf die müssen wir jetzt warten. Pope und die Boyd schwärzen sich gegenseitig an. Jeder will einen Deal mit der Staatsanwaltschaft machen. Die Boyd, so sagt Pope, hätte White angestellt, Ihre Schwester hierher zu bringen, Nina. Aber nicht, wie die anderen Frauen, nicht aufs Revier bringen und sie einschüchtern.

Ihre Schwester ist stark und schlau, sie hätte sich nicht einfach so von Cops einschüchtern lassen. Deshalb haben sie Dahteste entführt."

Nina sagte, „Entführt."

„Wer ist ‚sie'?", sagte Palmer.

„Peña und Vazquez. Auf Order von White. Peña und Vazquez haben Dahteste dann Skenandore übergeben. Die Fahndung nach Skenandore läuft."

„Auf Verlangen der Boyd", sagte Nina.

Sands nickte.

„Skenandore übergeben?", sagte Palmer. „Und dann?"

„Mehr weiß Pope nicht."

„Aber dieser Skenandore arbeitet für Pope, haben Sie gesagt, Sands."

„Das tut er."

„Dann weiß Pope auch mehr", sagte Palmer.

Er sah hinüber. Pope saß wie alle anderen auf dem Boden, umringt von Montoya und seinen Agents und Sheriff Tipps Leuten, allesamt schwer bewaffnet.

„Sands", sagte Palmer, „Sie gehören zur Staatsanwaltschaft. Sie haben hier Einfluss. Reden Sie mit Montoya, holen Sie Pope da raus. Bringen Sie ihn her."

Sands sprach wieder mit Montoya, der trotz seines ernsten Gesichts und seiner No-Nonsense-Haltung ein verständiger Typ zu sein schien, denn es dauerte nur eine Minute, dann kam Sands mit Pope zurück. Sands hielt den alten Mann in seinem nicht mehr ganz so weißen Anzug am Kragen.

„Kommen Sie nicht auf Dummheiten, Pope. Sie versuchen zu fliehen und es könnte sein, dass man Ihnen eine Ladung verpasst."

„Ich bin achtzig Jahre alt, Sands. Fliehen? In dieser Gegend? Ich lach mich tot."

„Gut dann. Palmer?"

„Skenandore gehört zu Ihnen", sagte Palmer. „Ist Ihr Mann."

Pope sah Palmer an.

„Sie sind Palmer, nicht?"

„Ja, und Sie tragen einen bescheuerten Anzug und einen bescheuerten Hut. Antworten Sie, Pope. Skenandore ist Ihr Mann."

Pope nickte.

„War das üblich, dass die jungen Frauen von Skenandore hierhergebracht wurden? Zu Ihren Spieleabenden?"

„Spieleabende, schönes Wort."

„War es?"

Pope nickte wieder.

„Dahteste hat aber keine Drinks serviert."

„Cassandra wollte das nicht. Sie fürchtete, die Indianerin hätte das gleiche Temperament wie ihre Schwester und würde Ärger machen."

„Was hat Skenandore also stattdessen mit ihr getan?"

„Meine Antwort auf diese Frage habe ich vorhin schon Mister Sands mitgeteilt."

„Dann teilen Sie noch einmal mit."

Pope sagte, „Das weiß ich nicht."

Palmer sah Pope an.

„Was?"

„Alter Mann, Sie reden jetzt besser. Denn sollten Sie nicht reden, und sollte Dahteste etwas geschehen, was vielleicht noch hätte verhindert werden können-"

Palmer hielt inne. Sein Atem ging ruhig, seine Körperhaltung war entspannt. Aber seine Augen, das wusste er, seine Augen waren kalt.

„-dann werde ich Sie finden, Pope."

Pope starrte Palmer an.

Tom Sands sprach kein Wort.

Nina sprach kein Wort.

Palmer wartete.

Pope atmete aus. Er hob den Hut und wischte sich mit der Hand über den fast kahlen Schädel und über das Gesicht und setzte den Hut wieder auf. „Ake, der ist wirklich ein Fall für sich. Bis zu einem gewissen Grad kann ich reden, was ich will, er hat kein Problem damit. Lässt sich *Meinen Indianer* nennen. Kein Problem. Aber manche Fragen stelle ich ihm nicht. Das habe ich gelernt. Was er in seiner Freizeit macht, ist zum Beispiel so eine

Frage. Ich hätte es besser wissen müssen, aber ich habe ihn dann trotzdem gefragt, wo er die Indianerin hinbringt-"

„Die Indianerin heißt Dahteste", sagte Nina. Ihre Stimme zitterte. „Sie ist meine Schwester. Und sie heißt Dahteste."

„Dahteste. Entschuldigung, Miss Martinez. Natürlich. Wo er sie hinbringt. Er hat mich dann so angesehen wie Sie gerade, Mister Palmer. Und ich wusste, Uh, Pope, falsche Frage." Pope sah von Palmer auf Nina und wieder auf Palmer. „Ich weiß es nicht, Mister Palmer. Miss Martinez. Ake hat viel durchgemacht in seinem Leben. Ich würde mich nicht wundern, wenn er da oben" – mit dem Zeigefinger tippte er gegen die Stirn – „Schaden genommen hätte. Ich weiß nicht, was er mit Dahteste gemacht hat."

Palmer sagte, „Ihre beste Vermutung?"

„Er hat sie irgendwohin gebracht. Sie versteckt."

„Um sie zu töten", sagte Sands.

Pope nickte.

Nina drückte beide Hände auf ihren Mund, drehte sich um, ging wortlos weg.

Palmer sah ihr hinterher. Er sah ihren Oberkörper zucken, sah Nina dann in die Hocke gehen, die Hände weiter auf ihrem Mund.

Er sagte, „Skenandore hat Dahteste zusammen mit den anderen Frauen für den Spieleabend am vergangenen Sonntag hierhergebracht. Richtig?"

„Richtig, Mister Palmer."

„Sie sind mit ihm zusammen hierhergekommen?"

„Natürlich nicht. Ich bin mit meinem eigenen Wagen gefahren, Ake mit seinem Truck."

„Welche weiteren Aufgaben hat Ihr Indianer noch?"

„Warten, bis der *Spieleabend* vorbei ist und Mitchell die Tasche mit dem Geld nach Albuquerque bringen. Das war sein Job. Immer. Ake bringt Mitchell die Tasche nach Albuquerque, Mitchell fährt damit nach Santa Fe, wo Cassandra in der Bank auf ihn wartet."

„Warum fährt Skenandore nicht selbst nach Santa Fe? Das wäre kürzer als erst nach Albuquerque."

„Cassandra wollte das nicht. Sie meinte, Cops halten Indianer viel öfter an als Weiße. Stimmt wohl auch. Und Mitchell war nicht nur Weißer, er war selbst ein Cop. Deshalb haben wir ihn ausgesucht. Wird der angehalten, ist das kein Problem. Kein Cop durchsucht den Wagen eines anderen Cops."

„Skenandore musste am Abend also noch einmal weg, nach Albuquerque. Was bedeutet, er musste Dahteste verstecken."

„Wenn Sie das sagen."

„Jedoch nicht im Haus, da ist kein Platz. Aber ganz in der Nähe. Irgendwo, wo sie bis zu seiner Rückkehr sicher war. Von niemandem hier auf der Ranch gesehen und gehört werden und selbst nicht fliehen konnte."

„Ake konnte aber am Sonntagabend nicht zurückkommen", sagte Pope.

Palmer sah ihn an. „Nicht? Warum nicht?"

„Er hatte eine Panne. Mit seinem Truck. Er hat mich angerufen, nachdem er Mitchell das Geld gebracht hat. Irgendwas mit dem Getriebe. Er hat erst heute den Truck aus der Werkstatt zurückbekommen. Ich selbst habe ihn zur Werkstatt gefahren."

Sands sagte, „Was meinen Sie, Palmer, wo könnte er sie versteckt haben?"

Palmer sah sich um.

Berge, Wald, Geröll. Bald würde die Dämmerung beginnen.

„Ich weiß nicht. Aber wir müssen sie suchen."

„Wo wollen Sie suchen, Palmer? Und es ist drei Tage her. Dahteste ..." Sands guckte auf Nina, die immer noch auf dem Boden hockte. „Ich denke, wir beide wissen, dass Dahteste nicht mehr lebt."

„Vielleicht, vielleicht nicht. Sie haben Pope gehört. Skenandore hatte kein Auto."

„Er hat sich eines geliehen."

„Möglich. Wissen Sie, was Dahteste bedeutet?"

Sands schüttelte den Kopf.

„Warrior Woman", sagte Palmer. „Und der Name, so hat mir Nina versichert, passt auf sie. Wir müssen sie suchen."

„Wir sind auf uns gestellt. Die anderen werden uns nicht helfen."

„Wir brauchen sie nicht. Wir gehen da lang", sagte Palmer und ging los. Sands folgte.

Nina rief, „Wo geht ihr hin?"

„Dahteste suchen", sagte Palmer.

„Ich komme mit."

„Nina, Sie sollten vielleicht besser hier bleiben", sagte Sands.

„Ich komme mit."

„Für mich okay", sagte Palmer. „Sands?"

Sands nickte. „In welche Richtung, Palmer?"

„Da vorne ist ein Pfad. Sehen Sie?"

„Hier sind überall Pfade. Da und da und da."

„Das stimmt. Aber dieser Pfad ist der einzige, der nach oben führt. Zu den Felsen."

„Und?"

„Wo Felsen sind, Sands, da gibt es Höhlen."

Sands war still.

„Ich hole meine Taschenlampe", sagte Palmer.

Sie fanden Höhlen. Mehrere. Die erste reichte nur wenige Meter ins Gestein, die zweite etwa zwanzig Meter. Keine von beiden zeigte Spuren menschlicher Nutzung.

„Da vorne", sagte Nina.

In der dritten Höhle waren Menschen gewesen. Eindeutig. Ohne jeden Zweifel. Denn der Eingang der Höhle war mit einem Tor verschlossen.

„Aus Eisen", sagte Sands. Er rüttelte daran. „Die eine Seite ist beweglich und lässt sich wohl öffnen, die andere Seite nicht. Das muss eine Arbeit gewesen sein, das Tor nach hier oben zu bringen und im Felsen zu verankern. Aber hier ist ein Schloss. Wie bekommen wir das auf?"

„Mit Gewalt", sagte Palmer.

Palmer fand schnell einen geeigneten Stein, mit harter Oberfläche und an die vierzig Kilo schwer.

Das Schloss war an die Eisenplatte geschweißt, hielt aber Palmers Schlägen nicht lange stand. Nach dem vierten Schlag flog es auf den Boden.

Palmer ging voran. Er schaltete die Taschenlampe ein.

Die Luft war dumpf und schwer und süßlich.

Er musste nur wenige Meter gehen, bis er sie sah.

Junge indianische Frauen. In knappen Kleidern.

Sie lagen hintereinander in einer geraden Linie.

Zwölf an der Zahl.

Alle waren tot.

Alle hatten einen Pfeil im Hals stecken.

Allen fehlte die Kopfhaut.

Manche von ihnen waren bereits weit in der Verwesung.

„Mein Gott."

Nina presste wieder ihre Hände auf den Mund. Tränen liefen ihre Wangen herab.

Palmer sagte, „Wir müssen nachsehen."

Eine nach der anderen drehte er auf den Rücken, so dass ihre Gesichter deutlich zu erkennen waren.

„Nina, ist eine von ihnen Dahteste?"

Nina schüttelte den Kopf.

„Er hat sie skalpiert", sagte Sands. „Und sie haben Pfeile im Hals."

„Keine Pfeile", sagte Palmer. „Bolzen. Solche Bolzen werden nicht von einem Bogen verschossen, wie Pfeile, sondern von einer Armbrust. Hochgeschwindigkeit. Aus zwanzig Metern Entfernung können Sie damit einen Bären töten."

„In den letzten zehn Monaten sind mindestens acht junge Indianerinnen aus Albuquerque verschwunden", sagte Sands. „Hat mir Sheriff Tipps gesagt."

„Mir auch", sagte Nina dumpf unter ihren Händen.

„Jetzt wissen wir, dass es mehr als acht waren. Und wir wissen, wer sie auf dem Gewissen hat", sagte Palmer. „Skenandore hat selbst ein Loch im Hals, haben Sie gesagt, Sands. Eine Kriegsverletzung. Von einem Bolzen verursacht?"

„Das weiß ich nicht."

Die Bolzen steckten bei manchen Frauen mitten im Kehlkopf, bei anderen an der Seite und in Winkeln, die zeigten, dass die Spitze durch den Mund und in den Schädel gedrungen ist. Bei zwei Frauen steckten die Bolzen in der Stirn.

Palmer sagte, „Was hat er gemacht? Hat der die Frauen als Zielscheiben benutzt?"

Sands schüttelte den Kopf. „Skenandore war Scharfschütze. Der brauchte keine Zielscheiben."

„Aber er hat nicht alle so getroffen, wie er das wollte."

„Was spielt das für eine Rolle, Palmer", sagte Nina leise.

„Vielleicht keine. Trotzdem. Bei den meisten Opfern stecken die Bolzen im Kehlkopf. Das scheint sein Standard zu sein. Was also ist bei den anderen passiert? Was meinen Sie, Sands?"

„Vielleicht wollten sie fliehen. Und Skenandore ist ihnen hinterher und hat sie dann erschossen."

„Er hat sie verfolgt?"

„Könnte sein, oder?"

„Wie sollen sie von hier fliehen?", sagte Palmer. „Vielleicht war es anders. Vielleicht haben sie nicht versucht zu fliehen, sondern er hat sie laufen lassen. Und sie dann gejagt. Obwohl, das würde er nicht in der Nähe der Ranch machen. Zu viele potentielle Zu-" Palmer schloss die Augen. „Shit. Shit."

„Was?"

„Welches Auto fährt Skenandore?"

„Auto? Wenn er Chauffeur für Pope spielt, dann fährt er Popes Jaguar. Hat er heute nicht, hat Pope gesagt. Dann war er also mit einem weißen Chevy Pickup-"

„Shit", sagte jetzt Nina. „Shit shit shit. Der weiße Chevy. Exit 259."

„Was für ein Chevy?"

Palmer erzählte in kurzen Worten von dem Chevy, der sie in hohem Tempo überholt hatte und Exit 259 rausgefahren war.

„Ich komme mit zurück zur Ranch, aber ich kann von dort nicht fort", sagte Sands.

Palmer nickte. „Bleiben Sie. Ich fahre allein."

„Sie fahren nirgendwohin", sagte Nina. „Nicht allein. Nicht ohne mich."

Ihre Stimme war fest, ihr Blick entschlossen.

Palmer nickte wieder.

An der Ranch angekommen, sprangen Palmer und Nina in den Truck und fuhren los. Geröll spritzte unter den Reifen.

Sands informierte Montoya und Sheriff Tipps. Je einer von FBI und Sheriff's Department verschwanden in Richtung der Höhle.

„Ich verständige noch einige Kollegen", sagte Montoya. „Aber es wird etwas dauern, bis sie hier sind, die kommen aus Santa Fe. Ich fordere auch einen Heli an, der die Suche aus der Luft unterstützt. Aber auch das wird ein wenig dauern. Und es wird bald dunkel." Er nahm sein Telefon hervor und begann zu sprechen.

Tipps sah Tom an. Er schüttelte den Kopf. „Wirklich zwölf?"

Tom nickte.

„Dann noch mehr junge Frauen, als wir dachten. Skenandore, ein Serienkiller. Der Killer, den wir gesucht haben."

„Ja, ganz so sieht es aus."

„Wir wissen, zu was Skenandore fähig ist. Hat Palmer eine Chance?"

Tom nickte. „Meiner Meinung nach hat er."

„Ihr habt eine Weile zusammen gestanden, du und Palmer. Vorhin. Ihr versteht euch? Seid befreundet?"

Tom schüttelte den Kopf. „Wir sind miteinander bekannt, sagen wir mal so. Wir verstehen uns, professionell gesehen, denke ich schon, ja. Aber befreundet? Ich glaube nicht, dass man sich so schnell mit diesem Palmer anfreunden kann. Wenn überhaupt. Und wenn doch, dann würde es Jahre dauern."

Tipps nickte. „Ja, denke ich auch."

Tom sah in die Richtung, in der immer noch Staub von Palmers Truck in der Luft lag. Dieser Palmer duldet Menschen. Er duldet die, mit denen er zu tun hat und die mit ihm zu tun haben. Wie ein Wolf, der einen Menschen in seiner Nähe duldet. Aber wie bei einem Wolf, sollte man Palmers Vertrauen besser nicht missbrauchen. Besser nicht.

„Worüber denkst du nach, Tom?"

„Ich weiß nicht. Authentisch sein. Den Tod. Freundschaft."

„Freundschaft?"

„Ja, Freundschaft. Wenn das hier vorbei ist, was meinst du, Big Dan, wir könnten mal einen Kaffee trinken. Nur du und ich. Nicht in deinem Büro, nicht in meinem. Irgendwo, wo normale Menschen Kaffee trinken. Menschen, die nicht ständig mit Gewalt und Tod zu tun haben. Oder ein Bier und eine Runde Pool oder, hey, ganz wilder Gedanke, wir gehen zu Hank. Eine Runde an den Sandsack, und wenn wir uns gut fühlen in den Ring." Er sah den Sheriff an. „Authentisch sein. Was meinst du?"

Über das Gesicht des Sheriffs glitt ein Lächeln.

Abgebaut? Tom Sands sah es immer noch nicht.

„Vielleicht keine schlechte Idee", sagte Tipps. „Und weißt du was? Lass uns nicht zu lange warten. Irgendwann könnte es zu spät sein, huh?"

34

Palmer fuhr so schnell, wie sein alter Truck es erlaubte, und das war schnell. Erst die Schotterstraße zurück auf die Interstate, dann die Interstate in Richtung Albuquerque, dann die Ausfahrt hinunter und auf der gegenüberliegenden Seite wieder hinauf und zurück Richtung Santa Fe.

Genau wie der Chevy.

Sie erreichten Exit 259 und bogen ab.

Zehn Minuten später fuhren sie an zwei Schildern vorbei. ORTIZ APACHE RESERVATION. Und darunter: DIRT ROAD NEXT 26 MILES.

Die nächsten Meilen führte die Schotterstraße Auf und Ab und durch enge Kurven, vorbei an Schluchten mit dichtem Pinienwald bewachsen auf der einen Seite und schroffen Felswänden auf der anderen.

Dann traten die Felsen auseinander und die Schlucht wurde breiter mit einem Fluss auf der linken Seite, gesäumt von Bäumen und Büschen.

Sie erreichten eine Senke.

Palmer drückte die Bremse, sein Truck schlingerte und stand.

Fünf Meter vor dem Chevy.

Sie liefen hin, Palmer riss die Fahrertür auf.

„Leer", sagte Nina.

„Dann ist er mit ihr zu Fuß von hier weiter. Das tun wir auch."

„Welche Richtung?"

Palmer wollte antworten, als er sie sah.

Drei Gestalten.

Sie standen über den Weg hinweg vor der Senke. Zehn Meter entfernt. Einer links, einer in der Mitte, einer rechts. In der Senke hinter ihnen schimmerte es wie Wasser.

Es war hell genug, Palmer konnte ihre Gesichter erkennen. Natives, Anfang zwanzig. Ihre Jeans waren zerrissen, ihre Haare lang und schwarz. Wie die von Nina.

Der in der Mitte hielt eine Büchse in den Händen. Ein Doppellader mit zwei nebeneinander liegenden Läufen. Im Gürtel steckte ein Jagdmesser.

„Was machst du hier?", sagte er.

Nina sagte, „Wir sind-"

„Dich habe ich nicht gefragt. Ich habe den Blanco gefragt."

„Wir verfolgen einen Mann", sagte Palmer. „Der Mann hat ihre" – er deutete auf Nina – „Schwester entführt. Eine Indianerin, genau wie du. Genau wie ihr."

„Nicht genau wie wir. Wir sind Krieger."

„Sie ist eine Kriegerin. Sie heißt Dahteste. Warrior Woman. Er wird sie in den nächsten Minuten töten, wenn wir ihn nicht davon abhalten."

Der Indianer sagte nichts. Palmer konnte nicht erkennen, ob er über das Gesagte nachdachte oder über etwas anderes oder ob er überhaupt nicht nachdachte.

Was Palmer aber wusste, sie hatten keine Zeit zu verlieren.

Er sagte, „Wir werden den Mann jetzt weiter verfolgen."

Er nahm Nina bei der Hand und ging los, auf die drei Indianer zu.

„Ihr geht weiter, wenn ich das erlaube, weißer Mann", sagt der Indianer.

Palmer hielt Nina fest und ging weiter.

Drei Meter, vier Meter.

„Hey, ich habe gesagt, ihr geht weiter, wenn ich das erlaube."

Sieben Meter.

Acht Meter.

Der Indianer hob die Büchse, schnell und mit einer flüssigen Bewegung und drückte sie fest gegen die Schulter. Daumen und drei Finger am Kolben, Zeigefinger auf dem Abzug. Die linke Hand hielt den Lauf. Der Lauf zeigte genau auf Palmers Brust.

Palmer und Nina blieben stehen.

Das macht der nicht zum ersten Mal, dachte Palmer.

Es gibt nur zwei gute Entfernungen, wenn du am falschen Ende eines Gewehrs stehst. Eine Meile weit weg. Oder so nah, dass du den Lauf greifen kannst.

Palmer und Nina standen zwei Meter entfernt.

Auf zwei Meter Entfernung schießt niemand daneben.

Und niemand kann einen zwei Meter entfernten Lauf erreichen.

Wenn der Indianer abdrückte, würde sein Körper ein großes Loch mehr haben. Oder zwei.

Und Dahteste wäre verloren.

Palmer zog Nina hinter sich. Dann ließ er ihre Hand los und hob selbst beide Hände in die Höhe. Als würde er sich ergeben.

Er musste sich beeilen. Trotzdem, eine Frage musste er noch stellen.

„Du siehst jemandem ähnlich. Wie heißt du?"

Der Indianer zögerte. „Yazzie. Miguel Yazzie."

Palmer nickte. „Chad Yazzie. BIA Police. Du bist sein Sohn."

Miguel nickte.

„Die junge Diné, die wir retten wollen, heißt Dahteste. Sie ist ihre" – Palmer drehte sich zu Nina hinter ihm und unmerklich, schob seinen rechten Fuß ein Stück nach vorne – „Schwester."

Palmer drehte sich zurück. Er stand jetzt dreißig Zentimeter näher an dem Indianer als zuvor.

„Das sagtest du bereits, weißer Mann. Aber ihr seid hier auf Tribal Land. Das bedeutet-"

„Sie ist auch deine Schwester", sagte Palmer. „Eure Schwester. Denn wie ich mittlerweile gelernt habe, versteht ihr euch alle als Brüder und Schwestern. Richtig?"

Und zusammen mit dem *Richtig* schob sich Palmer erneut nach vorne. Weitere dreißig Zentimeter.

„Trotzdem könnt ihr nicht-"

„Wir haben keine Zeit für dein Ritual, Miguel", unterbrach Palmer den Indianer erneut. „Sonst stirbt deine Schwester. Der Kerl ist mit ihr in diese Richtung."

Palmer deutete hinter Miguel über die Senke hinweg auf den Berg, und, wie er erwartet hatte, drehten sich die beiden Indianer rechts und links und sahen hin und drehte sich auch Miguel, wenn auch nur wenig und ohne die Büchse von der Wange zu nehmen.

Aber es reichte aus.

Ein Sprung, und Palmer hatte mit einer Hand den Lauf gepackt und in die Höhe gerissen, sein Arm weit ausgestreckt. Ein Schuss explodierte, als Miguel noch abdrückte, dann hatte Palmer auch mit der anderen Hand den Lauf gegriffen und innerhalb einer Sekunde mit einem harten Ruck die Büchse erst zu sich hin und dann mit ebensolcher Wucht in Miguel hinein gestoßen, der dadurch hart von dem Kolben mitten im Gesicht getroffen wurde.

Blut spritzte.

Dem Indianer riss es die Beine unter dem Körper weg und er knallte auf den Boden.

Die beiden anderen hatten sich da bereits wieder zurückgedreht. Sie standen wie Schaufensterpuppen. Ohne Bewegung und mit erstarrtem Gesicht.

Palmer trat dem einen zwischen die Beine, dem anderen schlug er den Kolben in den Magen.

Beide sackten neben Miguel auf den Boden.

Palmer fand die Verriegelung und klappte den Lauf nach unten. Rechts eine leere Hülse, links gar keine. Er ließ den Lauf wieder einrasten und durchsuchte die drei Indianer.

„Habt ihr keine Munition mehr?"

Alle drei verneinten.

„Gib mir dein Messer."

Miguel gab es ihm.

Palmer warf Büchse und Messer in die Büsche.

„Wie gesagt, wir haben keine Zeit für dein Ritual."

Palmer wollte losgehen, als Miguel sagte, „Wir haben Akecheta gesehen. Zusammen mit der Mescalero. Sie ist eine Mescalero, nicht wahr? Genau wie du."

Nina sah auf ihn hinunter und nickte.

„Wir haben uns versteckt."

„Ich dachte, ihr seid Krieger", sagte Palmer.

„Wenn du Akecheta siehst, dann solltest du dich verstecken. Oder laufen. Du willst keinen Krieg mit Akecheta." Miguel wischte sich Blut aus dem Gesicht. „Ich habe nicht gewusst, dass das für einen Weißen auch gelten kann. Dass es einen Weißen gibt, mit dem du keinen Krieg willst."

„Dann hast du etwas gelernt", sagte Palmer.

Miguel nickte. Dann drehte er den Oberkörper und zeigte an der Senke vorbei auf einen schmalen Pfad neben niedrigen Büschen. Der Pfad führte den Berg hinauf. „Er ist mit ihr da lang."

Palmer nickte und ging los. Nina eng neben ihm.

Wenige Schritte, da spürte er, wie Nina ihre Hand in seine legte und zudrückte.

Ihre Hand war kühl und ihr Druck schwach.

Der Pfad war zu schmal, um nebeneinander zu gehen. Akecheta hatte der Mescalero also mit der Hand den Weg gezeigt, und jetzt ging sie voran.

Sie trug ein enges Shirt und eine enge Jeans und sah gut darin aus, die junge Mescalero, von vorne und auch, wie er jetzt sah, von hinten. Schlank und trotzdem an den richtigen Stellen rund. Aber das bedeutete ihm nichts mehr. Mit dem Bolzen in seinem Hals hatte er nicht nur seinen Geruch und seinen Geschmack verloren, sondern auch seine Lust. Wie das sein konnte, wusste er nicht. Auch der Arzt nicht, den er Jahre später einmal gefragt hatte. Aber so war es. Auch damit konnte er leben.

Es bedeutete ihm nichts mehr, eine Frau zu sehen oder sie zu berühren.

Die Armbrust aber in seiner Hand, die fühlte sich gut an. Aus leichtem Metall, sie hatte einen zusammenklappbaren Schaft, robust und absolut präzise. Den Bolzen mit aufgedrehter Stahlspitze trug er in einem Köcher, den Köcher quer über den Rücken. Nur ein einziger Bolzen. Er hatte noch nie verfehlt.

Manchmal nicht den Hals getroffen, aber noch nie verfehlt.

Der Weg ging steil, aber der kleinen Mescalero war die Anstrengung nicht anzumerken. Schnell und trittsicher war sie, noch nicht ein einziges Mal gestolpert wie manche der anderen in ihren kurzen Kleidern und feinen Schuhen, die die Boyd ihnen gab. Die Mescalero trug Boots mit fester Sohle. Genau wie er.

Aber wirklich außergewöhnlich, wirklich ganz und gar außergewöhnlich war: Die Mescalero hat noch nicht geweint. Keine einzige Träne. Auch kein Schluchzen, kein Betteln, kein Flehen, wie die anderen. *Alle* anderen.

Lass mich doch bitte gehen, bitte.

Die Mescalero? Nichts.

Sie hatte nicht einmal Angst vor ihm. Angst vor dem Loch in seinem Hals oder seinen Augen.

Jeder hatte Angst vor seinen Augen.

Die Mescalero nicht.

Sogar zu fliehen hatte sie versucht. Kaum die Fesseln aufgeschnitten, war sie aufgesprungen und losgelaufen. Als hätte sie nicht drei Nächte und vier Tage auf dem Felsboden gelegen, drei Nächte und vier Tage ohne Essen und Trinken neben den anderen, drei Nächte und vier Tage in Fesseln, die das Blut abschnürten. Den anderen waren ihre Gliedmaßen nach drei Stunden bereits so taub, dass sie nicht mehr alleine stehen konnten.

Die Mescalero war hart. Sie war eine Kriegerin.

Es würde Spaß machen mit ihr.

Er hielt sie am Arm und blieb stehen.

„Also, hier oder wie?", sagte sie.

Akecheta legte die Armbrust auf einen Stein, nahm seinen Block aus der Hosentasche und seinen Stift und schrieb.

Du hast ab jetzt zehn-

Er hielt inne. Überlegte. Strich die Zehn durch.

-fünf Minuten Zeit. Dann komme ich dir nach und werde dich töten.

Er hielt der Mescalero das Blatt hin. Sie las. Und auch jetzt, außergewöhnlich, kein Wort. Kein Betteln. Keine Tränen.

Die Mescalero drehte sich um und lief los.

Akecheta Skenandore lächelte.

Der Spaß hatte begonnen.

Der Pfad war schmal und steil und verlief nicht in einer geraden Linie, sondern mal mehr rechts, mal mehr links um Felsstücke herum und dichtes Gebüsch und vereinzelte Bäume.

Palmer ging voraus, Nina dicht hinter ihm.

Palmer suchte fortwährend die Umgebung ab und er lauschte auf Geräusche von Menschen, aber er sah und hörte niemanden.

Nach einer halben Stunde öffnete sich der Pfad auf eine kleine Ebene. Ein paar niedrige Büsche, ein paar hohe, knöcherne Bäume. Ein kleiner Pinienwald. Viele Steine und viel Geröll, rechts steile Felsen. Hinter dem Pinienwald ragten die Ortiz Mountains in die Höhe.

Hinter den Ortiz Mountains versank bereits die Sonne.

Nina sah sie zugleich mit Palmer.

Dreißig Schritte entfernt.

Sie kam aus dem Wald gelaufen.

„Palmer ... Dahteste! Dahteste, hierher!"

Nina winkte mit beiden Armen. Sie wollte los, zu ihrer Schwester, aber Palmer hielt sie fest.

„Lass mich los, Palmer, was soll das?"

Palmer hielt fest.

Denn er hatte auch ihn gesehen, keine zwanzig Meter von Dahteste entfernt. Der große Indianer. Skenandore. Er stand still neben dem Felsen. In der Hand hielt er eine Armbrust. Der Bogen war gespannt, auf der Schiene lag ein Bolzen.

Hochgeschwindigkeit. Aus zwanzig Metern Entfernung kann man damit einen Bären töten.

Dahteste war stehen geblieben, als sie ihre Schwester sah. Sie stand neben einem Baum. Neben dem Stamm. Sie winkte ihrer Schwester zu, genau wie sie mit beiden Armen.

Skenandore sah Dahteste.

Dann sah er Nina und Palmer.

Palmer wusste, was jetzt geschehen würde. Skenandore hatte Dahteste hierhergebracht, tatsächlich, um sie zu jagen. Er hat sie laufen lassen, ihr sogar einen Vorsprung gegeben, denn sonst wäre Dahteste längst tot. Dann ist er ihr gefolgt.

Und jetzt, hier auf dieser kleinen Ebene, hat er sie eingeholt.

Und er würde sie töten, wenn nicht etwas geschah.

Es gab nur eines, was Dahteste noch retten konnte.

Palmer hatte sich bereits gebückt und einen Stein aufgehoben, groß wie seine Faust. Er ließ Ninas Arm los.

Er musste Dahteste erschrecken, sie auf ihn aufmerksam machen, damit sie an einen Angriff von ihm glaubte.

Palmer holte weit aus, rief „Hey!", und schleuderte den Stein in Richtung der Indianerin. Hoch genug, dass der Stein sie nicht treffen würde, sollte sie falsch oder gar nicht reagieren. Niedrig genug, dass Dahteste eine Gefahr in dem Stein sehen musste.

Dahteste heißt Warrior Woman, und der Name passt zu meiner Schwester, glauben Sie mir.

Nina rief, „Palmer!"

Skenandore legte an.

Dahteste sah den fremden Mann etwas schleudern und reagierte richtig und schnell, wie eine Kriegerin, und warf sich auf den Boden.

Ihr Körper war noch im Fallen, als neben ihr in den Baumstamm, genau auf der Höhe, wo gerade noch ihr Hals gewesen war, der Bolzen einschlug.

„Was soll das Palmer? Sind Sie verrückt? Sie können doch-"

Dann sah auch Nina den Indianer und hörte ihre Schwester schreien und vom Boden aufspringen.

Aber Skendandore war schneller. Die zwanzig Meter Entfernung überbrückte er mit weiten Sprüngen in einer Geschwindigkeit und mit einer Gewandtheit, die Palmer einem Kerl dieser Größe nicht zugetraut hätte. Er erreichte Dahteste und schlug ihr ins Gesicht und umklammerte sie von hinten mit einem langen Arm. Die andere Hand hielt da bereits ein Messer, die Schneide lag an ihrem Hals. Dahteste zappelte mit ihren Armen und auch mit ihren Beinen, denn ihre Füße berührten nicht mehr den Boden.

Fünfzehn Schritte von Palmer und Nina entfernt.

Palmer fragte sich, warum Skenandore nicht einen zweiten Bolzen abgeschossen hatte.

„Palmer, warum haben Sie einen Stein nach meiner Schwester geworfen? Was sollte das?"

„Weil Skenandore dabei war, auf ihre Schwester zu schießen. Der Bolzen hat sie verfehlt, weil sie sich auf den Boden warf, um meinem Stein zu entkommen."

„Geschossen? Ich habe nichts gehört."

„Ich auch nicht. Aber gesehen."

„Aber Sie hätten sie warnen können. Sie mussten keinen Stein nach ihr werfen."

„Ihr erklären, dass Skenandore am Felsen steht und ihr in der nächsten Sekunde einen Bolzen in den Hals schießt? Sie hätte meine Worte noch nicht gehört und ihr Gehirn hätte das Gehörte noch nicht verarbeitet, da wäre sie bereits tot gewesen."

Nina starrte auf Dahteste im Arm von Skenandore. „Was machen wir jetzt?"

„Wir? Nichts. Ich mache. Sie bleiben hier."

Palmer ging los. Aber nach nur einem Schritt hatte Skenandore die Hand mit dem Messer gehoben in einer eindeutigen Geste.

Nina sagte, „Er will, dass wir stehen bleiben, Palmer."

„Das werde ich aber nicht tun."

Palmer ging weiter.

Nina folgte ihm.

Skenandore legte das Messer an den Hals der Indianerin.

Nina hielt Palmer fest.

„Bitte, Palmer, wir müssen stehen bleiben. Vielleicht können wir verhandeln. Ganz bestimmt können wir verhandeln. Man kann immer verhandeln."

Palmer schüttelte den Kopf.

„Skenandore ist ein Killer, Nina. Er war ein Killer in der Army, er ist es jetzt. Er hat zwölf Indianerinnen hier in diesen Bergen gejagt und getötet. Mit ihm können Sie nicht verhandeln."

„Lassen Sie es uns versuchen, Palmer, bitte. Sie ist meine einzige Schwester."

Palmer löste ihren Griff.

„Vor einigen Monaten, in Shanghai, ist eine junge Frau ums Leben gekommen. Sie war auch stark, eine Kriegerin, sozusagen. Sie ist gestorben, weil ich zu weit weg stand, um ihr zu helfen. Ein Kerl, von dem sie glaubte, man könnte mit ihm verhandeln, hat ihr die Kehle durchgeschnitten." Er bückte sich erneut nach einem Stein, auch dieser so groß wie seine Faust. „Heute wird keine junge Frau sterben, Nina. Nicht heute. Ich verspreche Ihnen das."

Palmer rannte los.

Skenandore überragte die deutlich kleinere Dahteste um mehr als eine Kopfeslänge. Es gab nichts, was der Indianer dagegen tun konnte.

Das war Palmers Chance.

Er zielte und schleuderte im Laufen den Stein. Er war sicher, dass der Stein treffen würde.

Skenandore hatte zwei Möglichkeiten.

Dahteste die Ader am Hals durchschneiden und zugleich von dem Stein, der schnell wie ein Pfeil genau auf seinen Kopf zuflog, getroffen werden.

Oder Dahteste loslassen und sich aus der Wurfrichtung bringen.

Von weitem hörte Palmer ein Geräusch.

Skenandore schien hart im Nehmen zu sein, aber er war wohl noch nicht bereit zu sterben.

Er ließ Dahteste los und warf sich, wie zuvor die Indianerin, auf den Boden.

Der Stein flog über Dahteste und über Skenandore hinweg und flog weiter und mit einem dumpfen Knall gegen den Stamm eines Baumes.

„Zu mir, Dahteste", rief Palmer, und die Indianerin reagierte wieder sofort und sie reagierte wieder richtig und lief los.

Sie lief an Palmer vorbei, der eine Sekunde später Skenandore erreichte und sich auf ihn warf.

Die Schnelligkeit aber, mit der Palmer gelaufen war, trug ihn zu weit. Er flog über Skenandore hinaus und auf den Boden. Er rollte sich ab und rollte noch einmal und stand.

Jetzt hörte Palmer das Geräusch von zuvor noch deutlicher. Deutlicher und sehr nahe.

Skenandore stand ebenfalls wieder. Die Hand hielt das Messer. Auch er hörte das Geräusch, und auch er wusste, was es war. Natürlich wusste er es. Skenandore, Scharfschütze in der Army, hatte dieses Geräusch sehr oft gehört.

Ein Helikopter.

Das FBI war da.

Die beiden Männer standen sich gegenüber.

Sie sahen den Helikopter direkt über sich im bereits dunklen Himmel, er flog tief, die schnellen Rotationen der Blätter wirbelten den Staub neben ihnen auf.

Und plötzlich spritzte neben Skenandore der Boden.

Der Indianer erkannte ebenso wie Palmer, was geschah. Aus dem Helikopter heraus wurde auf ihn geschossen.

Aber Skenandore blieb cool. Neben ihm spritzte der Boden, und er blieb stehen.

Zeigte dann mit dem Finger auf Palmer und grinste.

Seine Lippen formten stumm zwei Worte.

Next time.

Dann aber drehte er sich um und lief los, so schnell und behände wie zuvor, unter die Bäume in die dort bereits völlige Dunkelheit.

Der Rückweg im Dunkeln dauerte doppelt so lange wie der Hinweg.

Als sie unten ankamen, wurden sie von Special Agent in Charge Montoya und weiteren FBI-Agents erwartet. Ein halbes Dutzend Fahrzeuge beleuchtete mit ihren Strahlern den kleinen Platz vor der Senke.

Palmer und Nina, ihr Arm um Dahteste gelegt, berichteten Montoya, was geschehen war. Dahteste erzählte von fünf Minuten Vorsprung, die sie von Skenandore bekommen hatte.

„Dann wollte er mir folgen und mich töten. Aber er hat sich verrechnet. Ich war schnell, ich kenne mich aus in den Bergen, nicht in diesen, aber generell in den Bergen. Er hat lange gebraucht, bis er mich eingeholt hat. Aber eingeholt hat er mich. Ohne Mister Palmer ...“

Montoya nickte. „Ich habe vorhin Infos über Skenandore bekommen. Der war nicht nur Scharfschütze in der Army, sondern auch Tracker, Spurensucher. Seine Einsatzgebiete, die Army hat uns natürlich keine Einzelheiten verraten, aber seine Einsatzgebiete waren sehr oft Berge, schweres Gelände, seltener Städte. Skenandore war ein Spezialist für schweres Gelände, genau wie dieses hier. Sie haben Miss Dahteste gefunden und gerettet, Mister Palmer. Ehrlich gesagt, nach diesen Informationen über Skenandore hätte ich das nicht für möglich gehalten.“

„Dahteste hat uns gefunden“, sagte Palmer, „nicht wir sie. Und sie hat sich selbst gerettet. Ich habe ihr am Schluss nur gezeigt, wie.“

Montoya schien unter seinem Bart zu lächeln. „Ja, eine solche Antwort habe ich von Ihnen fast erwartet. Bescheidenheit ist ein seltenes Gut heutzutage. Findet man nur noch selten.“

„Wer bewacht die Ranch, Montoya?“

„Meine Leute. Die hier sind aus Santa Fe.“

„Hat Ihr Pilot eine Spur von Skenandore?“

Montoya schüttelte den Kopf. „Nichts. Der Pilot hat kein Infrarot an Bord, ich habe gerade wieder mit ihm gesprochen. Budgetkürzungen, was soll man machen.

Und mit seinem Scheinwerfer in diesen Bergen mit den Wäldern und Schluchten? Keine Chance. Aber wir werden Skenandore finden, es wird nur ein bisschen dauern. Falls er sich nicht bereits das Genick gebrochen hat. Was ist, Agent?"

Einer der Agents aus Santa Fe war näher gekommen, Taschenlampe in der Hand und außer Atem. Er erzählte, dass er durch die Senke und das Wasser darin gewatet wäre, weil er sich, nun ja, unbeobachtet erleichtern wollte. Er hätte dann einen Geruch bemerkt, nur ganz fade, dünn, aber er hätte eine gute Nase und er kannte solchen Geruch, und „Tja, Chief, ich habe nachgesehen. Aber Sie sollten das selbst sehen."

Nina und Dahteste blieben zurück, aber Palmer ging mit. Montoya hatte keine Einwände.

Sie fanden einen menschlichen Körper. Das heißt das, was Verwesung und Tiere übrig gelassen hatten.

Neben dem Körper lag etwas, auf das der Agent deutete.

„Ich habe nichts angefasst, auch das nicht. Sieht aus wie eine Dienstmarke."

Montoya nahm ihm die Taschenlampe aus der Hand und bückte sich.

„Albuquerque Police Department."

Mit einem langen Finger klappte er die Marke auf.

„Everett Mitchell, PO."

Montoya stand auf. „Sieht so aus, als ob wir heute hier campieren, Leute. Ich rufe die Forensiker. Wir brauchen Licht!"

Palmer dachte an Miguel Yazzie und die beiden anderen, die ihn und Nina erst zwei Stunden zuvor genau hier das Weitergehen hatten verbieten wollen. Hatten sie etwas mit Mitchell zu tun? Wenn ja, was war passiert? Wer war im Recht, wer im Unrecht?

Aber er behielt seine Gedanken für sich.

35

Nina hatte zu ihm gesagt, sie und Dahteste wären jetzt einige Stunden beschäftigt - „Ärztin, Aussage beim FBI, neue Unterkunft, Papierkram" – und, mit einem Lächeln, „Dabei können wir keinen Mann gebrauchen". Sie würde sich später bei ihm melden.

Montoya fertigte noch auf dem Platz vor der Senke ein Protokoll zu Palmers Aussagen an. Damit wäre er vorläufig zufrieden, meinte der Agent, es würde ausreichen, wenn Palmer in den nächsten Tagen zum FBI-Office nach Albuquerque käme.

Palmer hatte gesagt, Kein Problem. Er war dann zurück nach Benson Trail und zu seinem Haus gefahren.

Es war mitten in der Nacht, als er seinen Truck vom Highway in den Camino lenkten wollte, aber nicht durfte. Zwei Polizeicruiser hatten ihre bunten Leuchten angestellt und versperrten den Weg. Drei Cops mit Taschenlampen und gezogenen Waffen umringten ihn und forderten ihn auf, mit erhobenen Händen auszusteigen.

Palmer tat, was sie sagten.

Er konnte jetzt das Haus seiner Nachbarn sehen. Es war hell beleuchtet. Polizeicruiser, FBI, der Sheriff von Santa Fe. Palmer konnte die Embleme aus der Ferne erkennen, so hell war es am Haus.

Palmer erklärte den Dreien, dass er hier wohnte, erklärte auch, wo er gerade herkam und was dort geschehen war.

Einer der Cops benutzte, ohne seine Waffe wegzu-stecken, das Telefon und rief nacheinander mehrere Nummern an. Als letztes, Palmer hörte den Cop den Namen sagen, die Nummer von Montoya.

Danach durfte er die Hände herunter nehmen und weiterfahren. Eine Antwort auf seine Frage, was am Haus seiner Nachbarn denn los war, bekam er nicht.

Am nächsten Morgen, nach einer ruhigen Nacht, ging Palmer nach draußen. Die Sonne war bereits aufgegangen und es versprach, wieder ein wolkenloser Tag zu werden.

Wolf lag auf der Terrasse und, als er Palmer sah, setzte sich hin und gähnte mit weit herausgestreckter Zunge. Er sah besser aus. Die Brust stärker, die Rippen standen nicht mehr so weit hervor.

Palmer sah hinüber zu seinen Nachbarn. Nur noch zwei Cruiser standen dort, ruhig und ohne bunte Lichter.

Er bereitete das Futter für Wolf und machte sich wieder an die Arbeit. Hacken, schaufeln, Balken setzen; ohne Shirt, denn außer den Cops in ihren Cruisern war kein Mensch in der Nähe.

Während er arbeitete, lief Wolf herum, legte sich, wenn er genug hatte, hinter Büsche in den Schatten, lief wieder herum, legte sich wieder in den Schatten.

Einige Stunden und ein Dutzend gesetzte Balken später zog Palmer sein Shirt wieder an und packte zusammen und setzte sich mit einem Becher Kaffee auf die Terrasse. Er wollte eine Pause machen, bevor er mit dem Training begann. Wolf war seit seinem Frühstück verschwunden. Über dem Haus, in großer Höhe, wohl auf der Suche nach Futter, kreiste ein Adler.

Nach einer Weile hörte Palmer ein Geräusch aus Richtung des Camino. Jemand kam das Flussbett herab, zu Fuß. Eine einzelne Person.

Wieder eine Minute später sah Palmer, wer da kam. Sie winkte und er winkte zurück und sie kam die Einfahrt herauf, leichtfüßig und mühelos. Ihr Kleid hatte sie gegen Jeans und T-Shirt getauscht, ihre Sneakers gegen Mokassins.

„Sie sehen aus wie Ihre Schwester", sagte Palmer.

„Nur etwas älter", sagte Nina.

Er wartete, bis sie vor ihm stand. „Nur unwesentlich", sagte er. „Mit Ihrem BMW haben Sie sich wohl nicht ins Flussbett getraut."

„Hätte ich nicht, nein."

„Hätte?"

„Den BMW habe ich lange verkauft, heute fahre ich Volkswagen. Einen Beetle. Aber der ist auch nicht geeignet für das, was Sie und Ihre Nachbarn hier großspurig einen Camino nennen."

„Sie mögen den Camino nicht?"

Sie lachte.

„Aber Sie mögen deutsche Autos."

„Nicht nur die Autos", sagte sie mit einem Blick.

Er sollte sich wohl seine Gedanken machen, was sie damit meinte.

Palmer lächelte und ging ins Haus und holte einen zweiten Becher mit Kaffee aus der Küche und setzte sich neben sie. Nina hatte die Mokassins ausgezogen und ihre nackten Füße auf das Geländer gelegt. Wie ein Statement.

„Sind Sie über Cedar Crest gekommen?"

Sie nahm den Becher aus seiner Hand und sagte, „Benson Trail. Ich habe noch bei Erin gehalten. Ich wusste nicht, ob ich Ihr Haus finden würde. Erin hat mir den Weg beschrieben und mir den klugen Rat gegeben, es mit meinem Auto gar nicht erst zu versuchen." Sie sagte, „Sie haben recht, Erin geht es wirklich gut. Sie lachte und war gut gelaunt und hatte viel zu tun. Jede Menge Gäste."

„Ihre Schwester?"

„Dahteste geht es hervorragend. Sie ist eine sehr starke, junge Frau. Skenandore hat sie nicht angerührt, das ist also kein Problem. Die drei Tage in der Höhle neben den anderen ... Sie scheint das ganz gut verkraftet zu haben. Wir werden sehen. Sie wird die nächste Zeit in Mescalero verbringen, bei ihren Freunden und unserer Mutter."

„Wird sie noch einmal nach Albuquerque kommen?"

„Kann ich mir vorstellen. Bestimmt sogar."

„Wie geht es Ruth?"

„Sehr gut. Ich habe heute Morgen kurz mit ihr gesprochen. Sie hat Sands eine Waffe übergeben, die Dienstwaffe dieses verschwundenen Cops. Mitchell? Hat in der Nachttischschublade gelegen. Also die Waffe, nicht

Mitchell." Über ihr Gesicht huschte ein Lächeln. Über Palmers Gesicht auch. „Mark hat sie dorthin gelegt."

„Das wird ihm ein paar Fragen von der Staatsanwaltschaft einbringen", sagte Palmer.

„Fragen? Wieso Fragen?"

„Nun, woher er die Waffe hat."

Nina runzelte die Stirn. „Haben Sie nicht die Cops drüben am Haus gesehen?"

„Beim Nachbarn? Doch, habe ich. Warum?"

„Dann wissen Sie nicht, was passiert ist? Es kam im Fernsehen."

„Ich habe kein Fernsehen."

„Und im Internet."

„Ich habe auch kein Internet."

„Ehrlich? Kein Fernsehen, kein Internet? Was machen Sie denn hier den ganzen Tag?"

Palmer wollte antworten, als er ihr erneutes Lächeln sah. Sie wackelte mit ihren Zehen.

„Deshalb habe ich gesagt, Ruth geht es sehr gut. Mark ist tot. Chad Yazzie auch. Montoya hat zwei seiner Leute aus Santa Fe losgeschickt, sie sollten Yazzie befragen, wegen des Toten im Rez. Ihnen wurde gesagt, das letzte, was sie von ihrem Chief gehört hätten, dass er mit zu Mark New Holy gefahren wäre. Also kamen sie hierher. Und fanden Yazzie und Mark. Tot. Erschlagen, vermutlich mit einem dumpfen Gegenstand."

Erschlagen.

„Und der Tote von gestern, das ist tatsächlich dieser Mitchell?"

„Vermutlich. Der Bürgermeister hat – Warten Sie, ich zeige es Ihnen." Sie stellte die Tasse auf den Tisch, nahm ihr Telefon und schaltete es an. Auf dem Bildschirm sah Palmer einen Mann, laut eingeblendeter Schrift der Bürgermeister von Albuquerque, Lester Ford.

„Ich habe hier kein Internet", sagte Palmer. „Wie geht das?"

Nina schüttelte den Kopf und lächelte wieder. „Das habe ich abgespeichert, Palmer. Hören Sie zu."

Der Bürgermeister sagte zu einem Reporter mit Mikrofon in der Hand, dass der im Reservat der Ortiz Apachen gefundene Tote mit hoher Wahrscheinlichkeit der seit vier Tagen vermisste Albuquerque Police Officer Everett Mitchell wäre. Ein vorläufiger DNA-Test hätte dies ergeben. Selbstverständlich hätte die Staatsanwaltschaft eine Obduktion veranlasst. Das wäre im Moment alles, danke.

Ein anderer Reporter fragte noch, ob sein Pressesprecher später weitere Informationen für sie hätte. Ford schüttelte den Kopf und sagte, „Mister Anderson hat einen neuen Job gefunden. Einen, der besser zu ihm passt. Bis es einen Ersatz gibt, müssen die Damen und Herren von der Presse mit mir Vorliebe nehmen. Danke."

Nina schaltete aus.

„Ich frage mich, was mit Mitchell passiert ist", sagte sie.

Palmer dachte wieder an Miguel Yazzie, behielt aber auch jetzt seine Gedanken für sich. Er konnte sich nicht genau erklären, warum. Vielleicht, weil Miguel ihn an den jungen Josh Palmer in Hong Kong erinnert hat. Ein junger Josh in einer feindlichen Welt, gegen die er sich zur Wehr setzen musste. Mit den Mitteln, die ihm zur Verfügung standen. Vielleicht hatte Miguel nichts anderes getan.

„Ich frage mich", sagte Palmer, „warum der Pilot auf ihn geschossen hat."

„Der Hubschrauberpilot? Auf Skenandore? Er hat Ihnen damit das Leben gerettet, Palmer. Ihnen und Dahteste."

Palmer schüttelte den Kopf. „Er hat Skenandore das Leben gerettet."

Nina sah ihn von der Seite an.

„Es gibt auch Neuigkeiten von Sands", sagte sie dann. Sie nahm ihre Tasse und trank. „Wow, der ist stark. Haben Sie Milch?"

Palmer schüttelte den Kopf.

Nina lächelte wieder. „Kein Fernsehen, kein Internet, keine Milch. Muss ich mir merken."

„Und kein Zucker", sagte Palmer. „Welche Neuigkeiten?"

„Er hat Holden verhaftet. Holden hat sich von Cassandra Boyd dafür bezahlen lassen, dass niemand auch nur auf die Idee kam, sie und ihre Bank wegen des bevorstehenden Bankrotts ins Visier zu nehmen. Er wird dafür ins Gefängnis gehen. Und nie wieder für die Justiz arbeiten. Und die beiden ABQ-Cops mexikanischer Herkunft, von denen uns Kim und Susi erzählt haben-"

„Peña und Vazquez."

„Peña und Vazquez. Die Staatsanwaltschaft hat sie befragt. Zuerst haben sie alles abgestritten, sind dann aber mit der Aussicht auf eine hohe Strafe nacheinander umgefallen und wollten einen Deal machen, genau wie die Boyd und Pope. Sie haben dann ihren Chef belastet. Sie hätten im Auftrag von White die Mädchen besorgt. Derzeit befragt die Staatsanwaltschaft Commander White."

„Cops", sagte Palmer nur. „Wie geht es jetzt mit Ruth weiter?"

„Wir werden sehen, ob sie Haus und Auto bekommt, oder ob Mark hier Vorkehrungen getroffen hat. Aber das wird dauern, und wie Ruth mir sagt, ist sie bis auf ein paar Hundert Dollar mittellos. Und sie ist nicht so glücklich über das Frauenhaus. Ich glaube, sie wäre lieber hier bei Ihnen. Sie hat mir erzählt, wie Sie hier leben, mit Ihrem Wolf – Wo ist der eigentlich?"

„Unterwegs. Er hat mir aber nicht gesagt, wohin."

„Hm. Also, Ruth hat mir erzählt, wie Sie hier leben in Ihrem neuen Haus. Wie Sie an Ihrem Zaun bauen." Nina sah ihn an. „Ruth hat richtig von Ihnen geschwärmt."

Palmer sagte nichts.

Nina trank und stellte den Becher zurück auf den Tisch.

„Ruth hat mir auch von Ihrer Mutter erzählt", sagte sie.

„Ja, mir auch", sagte Palmer, „auf der Fahrt zu Ihnen."

„Also stimmt es?"

„Stimmt was?"

„Wie Ihre Mutter ... ihr Geld verdient?"

Palmer lachte. „Vergangenheitsform. Sie wäre jetzt über siebzig", sagte er. „Ich glaube, sie wäre dann die einzige Frau in dem Alter, die auf diese Weise noch Geld verdient. Nein, meine Mutter ist schon lange tot."

„Aber sie war, uh, ...?"

„Eine Prostituierte? Ja", sagte Palmer. „Das muss Ihnen nicht peinlich sein. Mir ist es auch nicht peinlich."

„Ich stelle mir das schwierig vor, als Kind einer Prostituierten aufzuwachsen. Was sagt man seinen Freunden? Was in der Schule? Als Kind wirst du doch ständig gefragt, was deine Eltern so machen. Beruflich." Sie sagte, „Aber ich will nicht ... Es geht mich ja nichts an."

„Ich habe schnell herausgefunden, dass ich keine Lust hatte, Märchen zu erzählen. Meinen Erzeuger kenne ich nicht, er ist oder war irgendein Freier. Irgendjemand, der für Geld Sex mit meiner Mutter hatte. Was gab es daran zu beschönigen? Oder zu ändern? Nichts. Und genauso habe ich das gesagt, auch in der Schule." Er lächelte. „Die Gesichter der Lehrer sehe ich noch heute vor mir. Und ihr Stottern ... *Ja, äh, Joshua, gut, dann, äh, du kannst dich jetzt wieder setzen.*"

Nina lachte. Sie sagte, „Sie und Ruth sind eng befreundet?"

„Eng befreundet? Nein. Wir haben zwei Mal miteinander gesprochen. Gestern war das zweite Mal."

„Wenn Sie nicht miteinander befreundet sind, woher weiß Ruth dann von Ihrer Mutter?"

„Ruth sagt, Mark hätte das erwähnt, vor ein paar Tagen."

„Und woher Mark das weiß, hat sie nicht gesagt?"

„Er wüsste es von seinen Navajo-Brüdern. Mein letzter Stiefvater war auch Navajo. Mark hätte es einfach so gesagt. Aus heiterem Himmel, sagte sie, während eines Streits vor einigen Tagen."

Nina schien darüber nachzudenken. Genau, wie er selbst auch bereits darüber nachgedacht hatte. Warum er eine Rolle bei einem Streit zwischen Ruth und Mark gespielt hatte.

Und jetzt fragte er sich noch, warum sich die Anwältin dafür interessierte.

Aber er sah, dass Nina bereits mit einer anderen Frage beschäftigt war. „Sie und Ruth sind also nicht befreundet", sagte sie. „Und dennoch helfen Sie ihr?"

„Ist das ein Widerspruch?"

„Für manche wäre es das."

„Nicht für mich", sagte Palmer.

„Sie sieht gut aus", sagte Nina.

Palmer fiel nichts Besseres ein und sagte, „Ruth?"

„Ja, Ruth."

„Sie wurde misshandelt, ihr Gesicht ist aufgequollen, die Haut aufgeschlagen-"

„Sie sieht trotzdem sehr gut aus."

Palmer zuckte mit der Schulter.

Nina hatte natürlich recht, aber die Erfahrung lehrt, es gab Gelegenheiten, da war es besser, einer Frau nicht recht zu geben. Dies schien eine solche Gelegenheit zu sein.

Nina sagte, „Sie könnte als Modell für Victorias Secret gehen." Sie sah Joshuas fragenden Blick und sagte, „Unterwäsche."

„Ich habe Ruth noch nie in Unterwäsche gesehen."

„Kommen Sie, Palmer, Sie wissen, was ich meine."

Worauf wollte Nina hinaus?

„Nina, was-"

„Ruth hat mir erzählt", sagte sie, „was Sie ihr angeboten haben."

„Was ist das?"

„Bei Ihnen im Haus zu wohnen."

„Vorübergehend", sagte Palmer. „Falls Sie, Nina, nichts für sie finden. Es wäre ein Kompromiss gewesen, eine Notlösung. Aber immerhin eine Lösung. Besser als alleine in einem Motel, wo Mark sie finden könnte."

„Für Ruth wäre es aber nicht hilfreich, bei Ihnen einzuziehen. Für ihren Fall, meine ich. Für ihr Erbe. Der

Richter würde denken, Hoppla, und Ruth würde womöglich gar nichts bekommen."

„Hoppla?"

„Hoppla, da scheint der Ehemann nicht ganz grundlos zugeschlagen zu haben. Ich weiß, wie Richter denken, besonders die von der konservativen Sorte. Und davon haben wir hier exakt eine Handvoll. Wir nennen sie die Texas Five. So einer würde ihr vielleicht das Erbe versagen."

Palmer sagte, „Ja, aber Ruth ist nicht hier eingezogen. Denn Sie haben einen Platz für sie gefunden."

„Wo sie auch bleiben sollte", sagte Nina und sah ihn an, eine Augenbraue oben. „Nicht?"

Und weil es ebenso Gelegenheiten gab, bei denen es besser war, einer Frau zuzustimmen, sagte Palmer jetzt, „Absolut."

„Gut", sagte Nina mit einem Lächeln, das Palmer zufrieden und triumphierend zugleich vorkam. „Und nachdem wir das geklärt haben – Was hast du denn zu essen im Haus, Palmer? Ich habe plötzlich Hunger bekommen. Und du weißt ja, wie das bei mir ist, wenn ich Hunger habe."

„Dann ist mit dir nicht zu spaßen."

„Genau. Und du willst doch Spaß mit mir haben, oder?"

Einfach so.

Palmer zögerte. Nicht, weil Nina, die Indianerin, die Anwältin, so plötzlich und unverblümt übers Spaßhaben redete. Sondern weil er an Liz dachte und wie lange es her war. Fast ein Jahr. Vielleicht, dachte er, war es an der Zeit, gehen zu lassen. Zu akzeptieren, was geschehen war.

„Hey, wenn du jetzt nichts sagst, werde ich verschwinden und den heutigen Tag als die größte-"

„Du überraschst mich, Mescalero."

Sie sah ihn lächeln und setzte sich wieder. „Wieso?"

„Ich habe gedacht, Indianer wären – Wie soll ich sagen? – zurückhaltender. Anwälte - innen ebenso. Und du bist beides."

Sie rutschte näher an ihn heran, „Dazu folgendes, Joshua Palmer", und legte eine Hand auf seinen Oberschenkel. „Zum einen, du musst wirklich noch viel über unsere Kultur lernen."

„Akzeptiert", sagte er. „Und zum zweiten?"

„Du hast doch etwas zu essen im Haus? Oder ist das wie mit dem Fernsehen und dem Internet und Milch und Zucker?"

„Der Kühlschrank ist voll."

„Gut. Und drittens, deine Jeans ist schmutzig, und du solltest sie so schnell wie möglich ausziehen."

Sie waren im Schlafzimmer und küssten sich. Nicht langsam, erforschend, sondern heftig und fordernd. Nina atmete schwer, Palmer ebenso. Und schon wieder überraschte sie ihn.

„Wie lange ist es bei dir her?"

„Eine Weile", sagte er. Genauer konnte er nicht sein und wollte es auch nicht.

„Bei mir länger als eine Weile", sagte sie. „Und das letzte Mal war nicht der Rede wert. Du hast deine Jeans noch an."

„Ich muss duschen."

„Das ist gut. Ich komme mit."

Sie zog ihre Hose aus, Shirt, BH, Slip und lief ins Bad.

Palmer guckte hinterher. Und folgte ihr.

„Erzählst du mir jetzt, wovon du als Jugendlicher geträumt hast?"

Sie lagen nebeneinander im aufgewühlten Bett. Schweißgebadet und entspannt.

Palmer guckte sie an.

Sie sagte, „Du erinnerst dich? Ich habe davon geträumt, Anwältin zu sein und ein blaues BMW Cabrio zu fahren. Und du? Du hast mir nicht darauf geantwortet."

Palmer sagte, „Ich hatte öfter mal Hunger. Dann habe ich von etwas zu essen geträumt."

Nina dachte über die Antwort nach.

„Und das mit dem Piloten vorhin, das hast du ernst gemeint. Nicht?"

„Was?"

„Dass er Skenandore das Leben gerettet hat, nicht dir."

Palmer nickte.

„Du bist außergewöhnlich", sagte Nina.

„Denkst du?"

„Ja, denke ich. Ich bin mir aber nicht sicher, ob ich das so gut finde."

36

Palmer richtete sich auf.

Er hatte nicht geschlafen, genau wie in den beiden Nächten zuvor.

Er lauschte.

Nina neben ihm atmete ruhig und tief. Ein heller Mond schien durch das weit geöffnete Fenster. Vollmond. Er konnte deutlich die sanften Konturen ihres Körpers unter dem Betttuch erkennen und auf ihrem Gesicht ein leises Lächeln.

Keine Sorge in der Welt.

Er stand auf und zog Jeans und Boots an.

Es war soweit.

Er ging die Treppe nach unten und hinaus auf die Terrasse. Niemand da. Auch Wolf nicht. Er war bereits den ganzen Tag verschwunden, wieder einmal.

Palmer ging zurück ins Haus. Er bemerkte einen Geruch, der vorher nicht da gewesen war. Aus dem Wohnzimmer. Der Geruch nach Erde. Nach Wildnis.

Er war hier.

Palmer ging weiter hinein. Die Tür ließ er offen, falls Wolf es sich anders überlegte.

Der Mann auf seinem Sessel war Indianer. Ein Bein über das andere geschlagen, das Knie stand hoch ab. Dunkle Augen, dunkle Haut, lange, schwarze Haare bis auf den Rücken. Ein schwarzer Filzhut mit breiter Krempe und einer Feder daran.

Akecheta Skenandore.

Halb Oglala–Lakota und halb Kanadier, aber das sah Palmer ihm nicht an. Sands hatte es ihm erzählt.

Zwei Dinge fielen Palmer an Skenandore auf: Zum einen die Flinte quer über der Hüfte – der lange Lauf ruhte auf dem Knie, die linke Hand des Indianers lag am Schloss, der Zeigefinger auf dem Abzug.

Zum anderen das Loch in seinem Hals.

Auf der Ebene in den Ortiz Mountains, da hatte Palmer dieses Loch zwar gesehen, aber er hatte nicht darüber nachgedacht. Im Kampf darf man sich nicht ablenken lassen.

Jetzt sah Palmer, dass dieses Loch wirklich groß war. Ärzte hatten Skenandore den Kehlkopf entfernt. Seitdem atmete er durch dieses Loch in seinem Hals, nicht mehr durch Mund und Nase, das war klar. Laryngektomie, so war der Fachbegriff, ein Arzt hatte ihm das einmal erklärt vor langer Zeit und Palmer hatte es, wie alles in seinem Leben, nicht wieder vergessen. Nach einer Laryngektomie kann ein Mensch nicht mehr sprechen, nicht mehr riechen, nicht mehr schmecken und muss ständig einen Filter am Hals tragen. Der Filter war lebenswichtig und konnte nur für kurze Zeit abgenommen werden. Der Filter hatte die Aufgabe, die eingeatmete Luft zu reinigen und zu befeuchten.

Der Indianer trug keinen Filter bei ihrem Zusammentreffen in den Ortiz Mountains. Er trug keinen Filter jetzt. Skenandore fand das wohl albern in Situationen, in denen es um Leben und Tod ging.

Nachvollziehbar.

Skenandore drehte mit einer kleinen Bewegung seiner Hand die Waffe, ohne den Zeigefinger vom Abzug zu nehmen. Der Lauf zielte jetzt direkt auf Joshuas Oberkörper.

Seine rechte Hand lag auf der Armlehne, unter der Hand ein Block mit einem Stift.

Palmer drehte sich zu dem Fenster. Es hatte offen gestanden, als Nina und er nach oben gegangen waren, jetzt aber war es geschlossen. Der Indianer hatte das getan, warum auch immer. Vielleicht war ihm kalt. Oder er hatte sich vorgenommen, Palmer mit seinem Körpergeruch zu töten.

Palmer ging, ohne den Indianer zu beachten, zum Fenster, drehte den Griff und öffnete beide Flügel. Der Rahmen war aus massivem Holz, das Fenster zweifach verglast. Das Schloss öffnete leicht und ohne Widerstand. Palmer war sehr zufrieden mit der Qualität.

Der Indianer beobachtete ihn und schrieb dann etwas auf den Block, riss den Zettel ab, ballte ihn zusammen und warf ihn Palmer zu.

Palmer fing den Papierball mit einer Hand und faltete ihn auseinander und las, *Ich habe dass Fennster gerade erst zugemacht.*

Palmer sagte, „Wenn du ein Fenster zum Zumachen haben willst", und ließ den Zettel auf den Boden fallen, „dann bau dir ein Haus. Außerdem warst du zwei Nächte und drei Tage in der Wildnis unterwegs. Eine beachtenswerte Leistung, in so kurzer Zeit quer durch das Reservat bis hierher. Aber du stinkst. Und denke jetzt nicht darüber nach, meine Dusche zu benutzen."

Der Indianer grinste.

Dann blätterte er in seinem Block, fand ein bereits beschriftetes Blatt und riss es aus und warf es Palmer zu.

Palmer fing wieder mit einer Hand und faltete den Ball auseinander und las:

Am ende des Lebens kannsst du nur so viel ~~Barmerzikkeit~~ Barmherzikkeit erwarten wie du selbst gegeben hasst. Wieviel ~~also~~ Barmherzikkeit also hasst du gegeben?

„Ja, ich hab schon gehört. Das war die Frage, die du Dahteste gestellt hast. Sie hats mir erzählt. Was Dahteste mir nicht erzählt hat, du hast echte Probleme mit der Rechtschreibung."

Nicht sonderlich groß, der Deutsche, aber dieses raue Aussehen eines Outdoortypen; hartes Gesicht, adriger Hals, starke Hände, so einer. Zu muskulös, um ihn drahtig und zu drahtig, um ihn massig zu nennen. Die Bewegungen geschmeidig. Und absolut ruhig. Gelassen. Hatte nicht um Erlaubnis gefragt, ob er sich bewegen durfte, nicht einmal mit einem Blick. Als ob es ihm egal wäre, dass er abgeknallt werden könnte.

Nein, nicht egal: Als ob er es für ausgeschlossen hielt.

Und lehnte sich jetzt gegen die Wand und grinste auch noch.

Er schrieb wieder und warf Palmer den Zettel zu.

Du weißt warum ich hier binn. Ich seh dir an dass du dass weißt.

„Du siehst mir gar nichts an, Army."

Army?

Dieser Palmer kannte ihn. Wusste von seiner Vergangenheit. Von wem?

Wer hat dir vom mir erzählt?

Und jetzt lachte der auch noch.

Akecheta überlegte. Hatte jemals jemand gelacht, während er in den Lauf seiner Waffe guckte? Und erinnerte sich, ja, einer, ein Taliban, aber das war lange her und der war verrückt oder zumindest fast verrückt, auf jeden Fall war er bekifft und hatte seit Tagen nichts getrunken, das machte Leute verrückt, selbst diese Kerle in ihren verdammten Bergen. Aber sonst? Akecheta schüttelte den Kopf. Nein, niemand.

„Was schüttelst du den Kopf?", sagte Palmer. „Uh, vergiss es. Wenn ich dir eine Frage stelle, musst du ja wieder schreiben, und wie es aussieht, hast du nicht mehr so viele Zettel."

Akecheta warf einen Blick auf den Block in seiner Hand. Noch fast voll.

„Ich habe mit Dahteste gesprochen", sagte Palmer dann. „Nachdem du ... Na, du weißt schon ... Weggelaufen bist."

Akecheta wartete.

„Sie hat mir gesagt, du hättest sie in die Höhle gebracht und ihr all die anderen gezeigt. Die Indianerinnen, genau so jung wie sie, die du gejagt hast und dann mit einem Bolzen getötet. Und anschließend skalpiert."

Dieser Palmer machte wieder eine Pause, aber Akecheta dachte gar nicht daran, eine Reaktion zu zeigen.

„Du hättest ihr dann diese Lebensweisheit gesagt und ihr die Frage gestellt. Mit der Barmherzigkeit und so."

Ja, das hatte er. Barmherzikkeit.

Palmer wippte vor und verschränkte die Arme hinter dem Rücken und lehnte sich wieder an. „Hab ich nicht verstanden. Was wolltest du damit? Wolltest du dein

Opfer zu philosophischen Gedanken anregen? Oder einfach nur einen Schlaukopf spielen? Du kannst dich kurz halten. Stichworte reichen aus, ich füll die Lücken."

Er schrieb und warf und Palmer fing.

Wieviel Barmherzikkeit hasst du gegeben Palmer?

Er sah Palmer an, dass er tatsächlich über die Frage nachdachte. Und hörte dann die Antwort.

„Wenn ich glaube, fest glaube, da ist noch ein guter Kern in einem Menschen, dann bin ich barmherzig. Aber nicht, dass du dir jetzt Hoffnungen machst, Army. Bei dir sehe ich das nicht."

Akecheta verstand diesen Palmer nicht. Jeder hatte Angst vor Akecheta Skenandore, jeder. Mehr als einhundert bestätigte Tötungen. Dieser Deutsche musste davon wissen, er nannte ihn Army, da musste er das wissen. Und dann die toten Mädchen. Aber was macht er? Dreht den Spieß einfach um. Als ob sich Akecheta von ihm Barmherzigkeit wünschen würde. Dreht es einfach um.

Er schrieb, *Wo isst mein Geld?*

„Dein Geld? Das ist nicht dein Geld. Das war nie dein Geld. Und jetzt kommts, aber du ahnst es schon: Es wird auch niemals dein Geld sein."

Akecheta malte Buchstaben in die Luft.

„Du willst mich jetzt testen, Army, ob ich spiegelverkehrt lesen kann. Stimmts? Kann ich. Es wird trotzdem niemals dein Geld sein, egal wie oft du *Yess* schreibst. Und egal, mit wie vielen s. Woher weißt du eigentlich, dass ich das Geld habe?"

Akecheta malte in die Luft.

„Wo ist es? Ja, dazu kommen wir gleich. Erst meine Frage, dann deine, schließlich habe ich hier Hausrecht. Es gibt drei Leute, die das wissen. Zweien habe ich das selbst erzählt, aber die beiden haben dir das nicht verraten, da bin ich mir sicher. Der Dritte, und jetzt wirds interessant, hat das Geld eigenhändig unter meinem Trailer versteckt. Und jetzt ist er tot. Genau wie sein Boss und Arschloch im Geiste, Chad Yazzie. Ja, da guckst du, dass ich ein solches Wort verwende. Es würde auch auf dich passen. Wie auch immer, hast du vielleicht mit dem Tod deiner beiden Indianerbrüder zu tun?"

Akecheta nickte.

„Dann weißt du von ihnen, dass ich das Geld habe?"

Akecheta nickte.

„Tja, wird dir aber nichts nützen. Ich habe das Geld bereits ausgegeben. Für einen guten Zweck, sozusagen."

Akecheta stand auf, schnell und geschmeidig, und legte die Flinte in dem Moment an, als sie beide das Geräusch hörten.

Akecheta hielt inne.

Jemand war auf der Terrasse.

Jetzt im Flur.

Und kam jetzt herein.

Ein leichtfüßiges Joggen. Die Krallen klackten auf dem Holzboden.

Wolf blieb in der Tür stehen.

Das Tier starrte auf den Indianer und knurrte. Ein tiefer, bedrohlicher Laut, der seinen gesamten Körper zittern ließ.

Skenandore zielte.

Wolf sprang.

Palmer zog das Messer aus seinem Stiefel und warf.

37

Drei Tage später in Colorado, fernab jeder menschlichen Siedlung

Palmer hielt den Truck an und stellte den Motor ab.

Er guckte auf Wolf hinab. Wolf auf dem Boden vor dem Beifahrersitz guckte hoch zu ihm.

„Wir sind da, mein Junge."

Sie waren lange gefahren. Erst Interstate, dann Highway, dann Schotterstraße in die Wälder, dann noch mehr Schotterstraße noch weiter in die Wälder. Jetzt endete der Weg, und die wirkliche Wildnis begann.

Die nächsten Menschen befanden sich auf einem Campground, an dem sie vor dreißig Meilen vorbeigekommen waren.

Doc Preston, die Tierärztin, hatte ihm gesagt, es könnte sein, dass er das mehr und mehr machen würde, dass er immer öfter immer länger weg bliebe. Er hätte eben sehr viel Wolf in sich. Wölfe legten weite Strecken zurück, das war eben so.

Sie hatte Palmer dann vorgeschlagen, Wolf nach Colorado in diese Gegend zu bringen. Da hätte er Platz. Und es gab dort Artgenossen, er hätte eine Chance, sich einem Rudel anzuschließen. Oder ein eigenes Rudel zu gründen, er wäre in dem richtigen Alter. Er hätte eine echte Chance auf ein echtes Wolfsleben. In Freiheit.

Palmer strich Wolf das Fell an der Schulter auseinander, wo Skenandores Schuss ihn gestreift hatte. Die Schramme war unbedeutend und würde bald ganz verschlossen sein.

Er stieg aus und öffnete die Beifahrertür.

Palmer nahm Wolf das Halsband ab. Der Chip, hatte Preston ihm erklärt, konnte im Ohr bleiben, kein Problem.

Wolf sprang heraus. Er streckte sich, gähnte, sah sich um. Hob die Nase in die Luft und nahm Witterung auf.

Und joggte los.

Stolz, stark und völlig frei von Angst.

Nach einer Minute war er im Wald verschwunden.

Palmer sah ihm hinterher.

Er ist, der er ist.

Ein Outlaw.

Jetzt endlich in Freiheit.

Auf dem Rückweg machte Palmer eine Pause in einer kleinen Stadt an einem Fluss, trank Kaffee und aß Forelle mit Gemüse, das genau richtig gekocht war. Dazu las er in der neuesten Ausgabe des Albuquerque Journal die eine Story, die ihn interessierte:

Im Fall der im Ortiz Reservat schwer verletzt aufgefundenen männlichen Person hat das FBI jetzt einen Namen herausgegeben. Demnach handelt es sich um den Oglala-Lakota Akecheta Skenandore, achtunddreißig Jahre alt, der im Zusammenhang mit der Ermordung von zwölf jungen Indianerinnen gesucht wurde (das Albuquerque Journal berichtete) und bereits in mehreren Mordfällen der vergangenen Jahre eine Person von Interesse sei. Skenandore war vor zwei Tagen vom Sheriff von Bernalillo County, Dan Tipps, nach einem Hinweis gefunden worden. Von wem der Hinweis stammte, teilten weder das Sheriff's Department noch das FBI mit.

Außerdem hat das FBI nach dem abschließenden Autopsiebericht den Tod des Albuquerque Police Officer Everett Mitchell endgültig als Mord eingestuft und die dringend der Tat verdächtigen und sich bereits in Untersuchungshaft befindenden Mitglieder des Stammes der Ortiz-Apachen Miguel Yazzie (21), Nez Oxendine und Gus Running Bear (beide 18) angeklagt. Die Frage dieser Zeitung, ob und wie die beiden Fälle zusammenhängen, beantwortete FBI-Special Agent in Charge Ty Montoya nicht. Die Hauptverhandlung gegen die drei Ortiz-Apachen beginnt nach Mitteilung des Gerichts in sechs Wochen, solange bleiben sie in Untersuchungshaft. Ein Antrag ihres Anwalts Frank Shuman auf Kaution wurde wegen Fluchtgefahr abgelehnt. Shuman, einer der bekanntesten und teuersten Strafverteidiger Albuquerques, sagte dieser Zeitung, „Meine Mandanten haben in Notwehr gehandelt, das ergibt die Spurenlage am Tatort eindeutig. Die Staatsanwaltschaft sollte sich besser auf einen harten Kampf einstellen." Die Frage, woher die drei mittellosen Indianer das Geld haben, sich einen so teuren Verteidiger wie ihn leisten zu können, ließ Shuman unbeantwortet. Gut unterrichtete Quellen nahe an dem Fall sprechen jedoch von einer anonymen Spende in Höhe von zweihundertfünfzigtausend Dollar, die für die Verteidigung der drei Ortiz-Apachen bei Gericht eingegangen sei. Ob dies stimmte, konnte bis Redaktionsschluss nicht überprüft werden. Darüber mehr in der morgigen Ausgabe.

Palmer schlug die Zeitung zu. Die morgige Ausgabe musste er nicht lesen. Er kannte die Antwort.

Und Tipps und Montoya hatten Wort gehalten und seinen Namen nicht genannt.

Er würde das nicht vergessen.

Auf dem Highway zurück nach Benson Trail, kurz vor der Grenze zu New Mexico, vibrierte in der Mittelkonsole sein Telefon. Ein billiges Wegwerfmodell, das er noch nie benutzt hatte und dessen Nummer außer ihm nur ein einziger Mensch auf der Welt kannte. Weil Palmer nur diesem einen Menschen die Nummer gegeben hatte.

Palmer drückte den grünen Knopf.

„Hellström, was gibts?"

Zwei Sekunden war es still, dann sagte Hellström, „Verdammt, Palmer. Wie zur Hölle machen Sie das? Wenn ich jemanden anrufe, ist meine Nummer unterdrückt. Immer. Ohne Ausnahme. Niemand weiß, dass ich ihn anrufe, niemand. Nur Sie wissen es. Jedes Mal bereits vor dem Abheben wissen Sie, dass ich dran bin. Wie geht das? Woher wissen Sie, dass ich es bin?"

Palmer lächelte. Meist war es gut, von anderen unterschätzt zu werden. Manchmal aber war es auch nicht schlecht, wenn man überschätzt wurde.

Er sagte, „Ich weiß alles, Hellström, ich bin der Größte. Wie geht es der Richterin?"

Hellström antwortete nicht.

Was sehr ungewöhnlich war, denn Hellström redete gerne.

„Hellström?"

„Sie hat einen Job für Sie."

„Wann werde ich sie mal kennen lernen?"

„Möglicherweise nie."

„Gut, wahrscheinlich ist sie auch alt und nicht sehr attraktiv."

„Da irren Sie sich", sagte Hellström. „Aber das meinte ich nicht. Möglicherweise nie ... Die Richterin ... Wir haben ein Problem, Palmer."

„Habt ihr das nicht ständig?"

„Nicht ein solches, nein."

„Das letzte Mal, als Sie das gesagt haben, bin ich wenige Stunden später nach Singapur geflogen."

Palmer sah das Schild am Highway.

Welcome to New Mexico. The Land of Enchantment.

Er war zurück.

„Das letzte Mal, als ich angerufen habe, haben Sie gesagt, Sie hätten zu tun."

„Ich bin trotzdem geflogen."

„Und jetzt hatten Sie eine Pause. Urlaub. Eine ganze Woche. Ich bin sicher, Ihnen ist bereits langweilig vor lauter Nichtstun in der ständigen Sonne in Ihrer Wüste da unten. Was?"

„Langweilig, hm. Wenn Sie das sagen. Sie hören sich anders an, Hellström, gereizt. Was für ein Problem?"

Wieder Stille.

„Hellström, was ist los?"

„Die Richterin ... Sie ist verschwunden."

Palmer sagte, „Was heißt verschwunden?"

„Sie war auf einem Kongress. Internationale Sicherheit. Es war einer von den Treffen, über die nichts in der Presse steht, weil die Presse nichts davon weiß. Seitdem ist die Richterin ... verschwunden. Sie müssen Sie suchen, Palmer. Haben Sie Zeit?"

Palmer zögerte nicht. „Erzählen Sie mehr, Hellström. Ich höre zu."

Vorbemerkung zu
Palmer :Russisch Roulette

Im ersten Teil der Palmer-Reihe – *Palmer :Black Notice* – kommt Special Agent Kristina Azone nach Benson Trail. Wer diesen ersten Teil der Palmer-Reihe nicht kennt, vielleicht aber noch lesen möchte, sollte dies zuerst tun.

Denn was danach aus Special Agent Kristina Azone geworden ist, berichtet diese Geschichte.

Palmer :Russisch Roulette

„Sie sind zurück."

Ich gucke hoch und in das freundliche Lächeln der jungen Spanierin vom Tag zuvor.

Ein Zufall hat mich gestern hierhergeführt, zu dem kleinen Café in der Calle Orellana, nahe des Plaza de Santa Bárbara mitten in Madrid. Rechts und links die Häuser aus der Gründerzeit mit ihren verschnörkelten Fassaden, fünf Stockwerke hoch, manche rötlich gestrichen, manche weiß und jedes Fenster mit seinem eigenen kleinen Balkon und schmiedeeisernen Geländer. Auf dem Gehweg vier Tische und vier Sonnenschirme, der Kaffee hervorragend – stark, weich, nicht bitter – also bin ich zurückgekommen.

Entgegen meiner Gewohnheit, während eines Jobs nie zweimal am selben Ort zu sein.

Aber mein Job ist einfach genug. Eine Frau zum Flughafen bringen. Schon alles. Kann jeder Taxifahrer, sagt Hellström, dreißig Minuten bei normalem Verkehr, *Not a problem at all.*

Jetzt warte ich nur noch auf das Go von Hellström und das Foto der Frau. Damit ich nicht mit der Falschen ankomme.

„Ich wusste es, Señor."

„Sie wussten?"

Die Spanierin umklammert die Karte mit beiden Armen, anstatt sie vor mich auf den Tisch zu legen.

Ich schaue auf das Display meines Telefons.

Ein Uhr zweiundzwanzig am Nachmittag.

Keine Nachricht.

„Dass Sie wieder herkommen. Natürlich wusste ich das. Sie wollen unsere Trinkschokolade probieren. Gestern haben Sie ja nicht, aber heute", und sie legt keck ihren Kopf auf die Seite, „heute wollen Sie. Sí?"

Gestern bereits hat sie mich davon überzeugen wollen, eine Chocolate statt des Café solo zu bestellen. Hat nicht geklappt.

Sie hört mein Schweigen.

„Sie *müssen* probieren, Señor, wirklich, Sie *müssen*. Die beste in Madrid, glauben Sie mir, gemacht aus richtigen Kakaobohnen. Die werden uns säckeweise geliefert, in solchen Säcken aus Leinen oder so, direkt aus – Warten Sie." Ohne die Karte loszulassen, zieht sie ein Telefon aus der Tasche ihres Rocks, wischt mit dem Zeigefinger über das Display und hält es mir hin. „Hier, direkt aus Kolumbien." Ich nicke. „Mein Chef verarbeitet die Bohnen selbst. Hinten im Café, Sie können sich das gerne mal ansehen, wenn Sie möchten, mein Chef hat da nichts dagegen. Nicht das süße Zuckerzeugs, das Sie anderswo bekommen. Ich sage Ihnen, nach einer unserer Chocolate, danach wollen Sie nie wieder Kaffee trinken." Sie steckt das Telefon ein.

„Ich liebe Kaffee."

„Ich auch. Trotzdem. Glauben Sie mir. Sí?"

Ich zögere. Was soll ich dazu sagen, *Glauben Sie mir.*

Ihr Lächeln weitet sich zu einem Strahlen mit perfekten Zähnen und winzigen Grübchen in den völlig faltenlosen Wangen. Kaum zwanzig Jahre alt, eher groß als klein, die Haare kurz und dunkel, dunkler Teint, blumige Tätowierungen an den schlanken Armen und Schultern und auch um den Bauchnabel mit dem silbernen Stecker. Ihr ärmelloses weißes Top sieht ein wenig nach gehäkelter Tischdecke aus und lässt viel Haut frei. Genau wie ihr Rock, der deutlich über den Knien endet. Sie könnte meine Tochter sein.

Ihre Arme umklammern immer noch die Getränkekarte, und ich sehe keine Anzeichen, dass sich das bald ändern könnte.

Glauben Sie mir.

Der Punkt ist, ich glaube und vertraue mir, nur mir. Sonst niemandem.

Keinem.

Tut mir leid, Hellström, hat nichts mit Ihnen zu tun.
Auch nicht mit Ihnen, Señorita.

War schon immer so. Hat mich in meiner Jugend in Hong Kong am Leben gehalten und hält mich am Leben seitdem.

Aber dann wiederum, es geht hier nur um ein Getränk.

Und sie sagt es noch einmal.

„Glauben Sie mir, Señor. Die Beste."

Nur eine Trinkschokolade.

Ich lächele.

„Bueno. Dann eine Chocolate, por favor."

Sie dreht sich um und hüpft davon. Ihr Rock hüpft mit.

Ich gucke auf mein Telefon.

Kein flaches Smartphone, wie das der freundlichen Spanierin. Ein einfaches Modell, dessen Nummer nur ein einziger Mensch auf der Welt kennt.

Ein Uhr sechsundzwanzig.

Keine Nachricht von Hellström.

Warum ich gerade hier in diesem Café sitze, das muss ich präzisieren. Kein reiner Zufall. Mein Job ist exakt zwei Kilometer entfernt.

Wenig mehr als zehn Minuten zu Fuß in einem Tempo, in dem ich in dieser Stadt, die das Flanieren erfunden zu haben scheint, nicht auffalle.

Gestern den ganzen Tag und heute Vormittag erneut habe ich die unmittelbare Umgebung meines Jobs erkundet. Ein Kilometer in jede Himmelsrichtung, mein Job in der Mitte. Das heißt, die Straße, in der das Haus ist, in dem die Wohnung ist, in der sich die Frau aufhält, die mein Job ist.

Die Frau weiß nichts davon.

Ich kenne jetzt jede Straße und jede Gasse innerhalb dieses Quadratkilometers, und in jeder Straße und jeder Gasse kenne ich mindestens ein Haus, in das ich auf der Straßenseite hineingehen und auf der rückwärtigen Seite wieder hinausgehen kann. Oder laufen, falls es notwendig sein sollte.

Sollte es eigentlich nicht, denn, wie gesagt, mein Job besteht darin, die Frau zum Flughafen zu bringen und sie in ein Flugzeug zu setzen, das Hellström – also Interpol – zur Verfügung stellt.

Was mir trotzdem ein wenig Unbehagen bereitet und den Job nicht zu einem einfachen Taxifahrerjob macht, wie sich Hellström das in seinem bequemen Ledersessel in seinem Büro in New York so denkt, ist die Tatsache, dass Hellström keine Ahnung hat, wer diese Frau ist. Auch nicht, wie die Frau heißt, wie alt sie ist, welche Staatsangehörigkeit sie besitzt, wie sie aussieht – all das weiß Hellström nicht. Ich dementsprechend auch nicht.

Und zudem hat diese Frau auch noch Feinde.

Die Frau, das immerhin weiß Hellström, hat russischen Hackern Zugang zu den Computern mehrerer Behörden der amerikanischen Homeland Security verschafft. Und jetzt will sie genau diese russischen Hacker an Homeland Security verraten. Für eine Gegenleistung, versteht sich. Sie fordert Schutz.

Doch Homeland Security, sagt Hellström, zeigt nicht das mindeste Interesse an der Frau, die erst ihre Geheimnisse stiehlt und dann beschützt werden will vor denjenigen, denen sie ihre Geheimnisse verkauft hat.

Ich hege keine besondere Sympathie für Homeland Security und habe meine Gründe, aber das kann ich nachvollziehen.

Problem ist, die Hacker arbeiten im Auftrag des Kremls, und der Kreml lässt bekanntlich Verräter hinrichten. Hellström und die Richterin aber wollen eine Exekution nicht einfach so hinnehmen, weshalb ich also in diesem Café sitze und auf das Foto der Frau warte und mittlerweile auch auf eine spanische Chocolate.

Meine Spannung steigt. Auf die Chocolate, nicht auf das Foto.

Blick aufs Telefon.

Ein Uhr achtundzwanzig.

Keine Nachricht von Hellström.

Wenn ich mich bis ein Uhr dreißig nicht gemeldet habe, dann, Palmer, habe ich das Foto noch nicht und wir versuchen es morgen erneut. Kein Problem, wir haben Zeit genug.

Ich stehe auf und gehe zu dem Servierwagen neben dem Caféeingang und fülle ein Glas aus der Karaffe, schiebe meinen Stuhl wieder in den Schatten unter dem Schirm und setze mich.

Die freundliche Spanierin kommt zurück und nimmt den leuchtend weißen Porzellanbecher auf dem leuchtend weißen Porzellanunterteller von ihrem Tablett und stellt ihn vor mich auf den Tisch. Auf dem Unterteller liegt ein dunkles Stück Schokolade.

„Ihre Chocolate, Señor. Und ich sehe, Sie haben sich bereits Wasser geholt. Sehr gut, das ist wichtig bei dieser Hitze. Und im Schatten sitzen Sie auch wieder."

Sie bleibt stehen und umarmt das Tablett, wie sie zuvor die Karte umarmt hat.

„Ich soll jetzt probieren", sage ich.

Sie strahlt und nickt.

Ich nehme einen Schluck. Die Chocolate ist warm und dickflüssig und überraschend wenig süß, dafür voller Geschmack nach dunkler Schokolade und Zimt.

Ich nicke anerkennend.

„Sehr gut. Sie haben nicht zu viel versprochen."

Mein Telefon klackt.

„Das Stückchen Schokolade da auf Ihrem Teller, das hat auch unser Chef gemacht. Aus den gleichen Kakaobohnen. Manche unserer Gäste werfen das Stückchen in die Chocolate hinein und lassen es darin schmelzen. Dafür ist es gedacht."

„Dann tue ich das auch."

Ich lasse die Schokolade in den Becher gleiten.

Sie strahlt noch mehr, dreht sich um und hüpft mitsamt ihrem Rock davon.

Ich schaue auf das Display.

You are go.

Ich trinke noch einen Schluck. Die Chocolate ist wirklich sehr, sehr gut.

Ein zweites Klacken.

Hurry, Palmer. Two Russians on their way. Almost there.

Was?

Ich krame einen Geldschein aus der Tasche und klemme ihn unter den Becher. Hervorragend, Hellström, wir haben also Zeit? Und eine Waffe brauche ich auch nicht, huh? Not a problem at all?

Ein drittes Klacken.

Ich starre auf das Foto.

Es ist ein Uhr dreißig am Nachmittag.

Flanieren ist nicht so meine Sache, lieber bin ich zügig unterwegs. Flanieren und zwei Russen zuvorkommen, die einen Mordauftrag haben, passt schon gar nicht zusammen.

Meine Schritte sind also deutlich schneller als die Schritte der anzuggekleideten Herren, der Damen in bunten Sommerkleidern, der Touristen mit Rucksäcken und in den Händen die unvermeidlichen Wasserflaschen. Ob ich mit meinem Tempo auffalle, ist mir jetzt gleichgültig.

Ein Uhr zweiunddreißig.

Die Frau auf dem Foto. Ich kenne sie.

Andere Haarfarbe und Frisur und etwas älter, aber sie ist es. Special Agent Kristina Azone. Als ich sie das erste Mal traf, im Roadhouse in Benson Trail, New Mexico, trug sie ein Westernkostüm so leuchtend weiß wie das Porzellangeschirr in Madrid. Jeder starrte sie an. *Ich dachte, das trägt man in einer Westernbar,* hat sie sich verteidigt und damit bei mir den Gedanken ausgelöst, sie wäre ein wenig naiv. Sie hat mich schnell eines Besseren belehrt, als sie unter dem Tisch eine Achtunddreißiger auf mich richtete.

Kristina sollte mich für einen Job rekrutieren, was ihr trotz ihrer weit ausgeschnittenen Bluse und der Achtunddreißiger nicht gelang. Sie sollte mich dann in Singapur im Auge behalten, was ihr aber auch nicht so recht gelang. Darüber und über noch ein paar andere Dinge war sie frustriert. Sie hat mir aber trotzdem geholfen, zuerst in Singapur, dann in Hong Kong. Natürlich gegen ihren Auftrag, aber sie hatte aus irgendwelchen Gründen einen Narren an mir gefressen und außerdem genug von ihrem Boss und von ihrem Job und verschwand schließlich mit zehn Millionen Dollar, die Homeland Security gehörten. In der Folge, das konnte ich später in großen Zeitungen aus New York und D.C. nachlesen, wurde ihr Boss in den vorzeitigen Ruhestand versetzt und nicht, worauf er wohl spekuliert hatte, zum neuen Oberhaupt von Homeland Security gekürt. Und ein paar andere fielen ihretwegen auch die Karriereleiter hinunter, darunter der Chef der Border Patrol, der sich dieses Hinunterfallen allerdings sehr redlich verdient hatte. Aber das ist nur meine Meinung.

Special Agent Kristina Azone hat es verstanden, sich Feinde zu machen.

Ex-Special Agent, natürlich.

Und mit Kristina hat sich auch meine Situation hier in Madrid geändert. Ein einfacher Job? Kann jeder Taxifahrer? Nicht mehr. Denn jetzt sind nicht nur bereits Russen auf dem Weg zu ihr, sondern auch Heimatschützer. Vielleicht einer, vielleicht mehrere, aber unterwegs sind sie. Die Heimatschützer wollen Rache. Rache für gestohlene zehn Millionen Dollar, Rache für verkaufte Informationen, vor allem aber Rache für vermasselte Karrieren. Und Rache aus persönlichen Gründen ist immer die am stärksten motivierte Rache.

Ein Uhr fünfunddreißig.

Was ich mich noch frage, während ich den Plaza de Santa Bárbara in westlicher Richtung verlasse und zwischen fahrenden und hupenden Autos über die Calle de Sagasta laufe: Warum überhaupt hat Kristina Informationen von Homeland Security gestohlen und verkauft? Der einzige Grund, der mir einfällt, ist Geldmangel. Kristina jedoch ist reich. Zehn Millionen Dollar. Auch wenn sie auf der Flucht vor den Heimatschützern und dem FBI und der CIA ist und ständig reisen muss, was, wie ich selbst zur Genüge weiß, viel Geld kostet – zehn Millionen Dollar in zwei Jahren?

Ich werde sie fragen. Falls ich sie vor den anderen finde.

Ein Uhr sechsunddreißig.

Durch zwei weitere Straßen mit Reihen von jetzt nicht mehr roten und weißen, sondern beigen Gründerzeithäusern rechts und links, dann erreiche ich die Straße, in der Kristina lebt.

Auch hier die gleichen beigen Häuser, die Fenster mit Balkonen und schmiedeeisernen Geländern. Teils reine Wohnhäuser, teils zusätzlich mit Geschäften und Restaurants auf Straßenebene.

Ich gehe vorbei an zwei Restaurants mit Tischen auf dem Gehweg, jetzt, zum Mittagessen, voll besetzt. Ich scanne jeden einzelnen Gast.

Jeden.

Einzelnen.

Gast.

Aber ich sehe niemanden, den ich auf den ersten Blick für einen russischen Attentäter oder einen rachesüchtigen Heimatschützer halte. Auf der anderen Seite, wie sollte ich die auch erkennen.

Aufschlussreicher ist da schon, dass keiner der Gäste seine Umgebung in den Blick nimmt oder gar mich.

Dann, auf der anderen Straßenseite, vorbei an einem Gemüseladen und einem dritten, ebenfalls gut besuchten Restaurant.

Wieder scanne ich die Gäste.

Zwei Männer fallen mir auf. Dunkle Hemden, die Ärmel hochgekrempelt, die dunklen Jacken ihrer Anzüge hängen hinter ihnen über den Stuhllehnen. Drahtig gebaut, beide. Sie trinken Kaffee und unterhalten sich gestenreich mit zwei attraktiven und sportlich aussehenden Frauen. Lange, braungebrannte Beine übereinander geschlagen, enge Shirts, weiße Sneakers. Als wären sie auf dem Weg zu einem Tennismatch.

Was alles an sich noch nicht bemerkenswert ist.

Doch trotz der in der Tat außergewöhnlichen Attraktivität ihrer Gesprächspartnerinnen wandern die

Blicke der beiden Männer – und das ist bemerkenswert – ständig von den Frauen weg auf die Straße.

Dann auch zu mir herüber.

Ich gehe weiter.

Dann zurück auf die beiden Frauen.

Und wieder zu mir.

Und wieder zurück.

Ich bin am Ziel.

Ein schweres Holztor, drei Meter hoch und zwei breit, mit massiven Eisenbeschlägen. An der Sandsteinfassade daneben eine weißblaue Kachel mit der Aufschrift *Número 6*.

Gestern war das Tor geschlossen, heute steht es weit offen. Das Tor führt, wie ich jetzt sehe, in eine Einfahrt. Die Einfahrt führt weiter in einen Hof.

Ein Uhr achtunddreißig.

Noch ein schneller Blick zum Restaurant. Eine der Frauen hat sich in ihrem Stuhl gedreht und guckt in meine Richtung. Die beiden Männer aber beachten mich nicht.

Ich gehe in die Einfahrt und zunächst an dem eigentlichen Hauseingang vorbei in den Hof. Der Hof ist rundherum lückenlos von weiteren Häusern umschlossen. Vier Autos parken hier, neuwertige Mittelklassewagen. Einen zweiten Ausgang sehe ich nicht.

Ich gehe zurück. Eine Tür aus demselben schweren Holz wie das Tor führt ins Haus. Neben der Tür acht Klingeln, für jede Wohnung eine. Die Schilder neben den Klingeln sind entsprechend durchnummeriert, von eins bis acht. Namen gibt es keine.

Aber die brauche ich auch nicht. Im obersten Stock in der von der Treppe aus gesehen rechten Wohnung, so die Information von Hellström, lebt Kristina.

Auch die Haustür steht offen.

Warum?

Das offene Tor kann ich noch verstehen, vielleicht ist einer der Bewohner mit seinem Wagen weggefahren und will nicht lange bleiben, das Tor zu schließen lohnte also nicht. Aber die Haustür? Diese Gegend ist alles andere als ein Problemviertel, aber trotzdem. Die Menschen haben gelernt, ihre Türen zu verschließen. Die Zeiten, in denen man Fremden vertraut hat, sind vorbei.

Willkommen in meiner Welt.

Ich lausche in den Eingang und höre nichts.

Ich gehe zurück zum Tor. Alle vier sitzen an ihrem Tisch. Die Männer wedeln wieder mit den Händen.

Zurück zur Haustür und hinein.

Breite Steintreppen führen nach oben. Es ist angenehm kühl.

Im ersten Stock sind die Türen geschlossen, ebenso im zweiten und im dritten Stock.

Im vierten Stock ist die linke Tür ebenfalls geschlossen.

Die rechte Tür aber, die in Kristinas Wohnung führt, steht einen Spalt offen.

Was ist hier los?

Tag der offenen Türen?

Russische Invasion?

Ich lausche.

Nichts.

Ich tippe die Tür an. Sie schwingt auf. Lautlos.

Ich gehe hinein. Ein Flur mit drei Meter hoher Decke und zwei Türen rechts und links. Beide Türen sind geschlossen. Am Ende des Flurs eine weitere Tür, diese mit zwei Flügeln, die weit offen stehen und viel Tageslicht hereinlassen. Die Wände hell verputzt und reichlich mit Ornamenten verziert. Der Fußboden aus hartem Holz.

Ich lausche.

Nichts.

Ich erreiche die erste Tür und drücke die Klinke. Sie gibt ein schnelles Quietschen von sich und öffnet zu einer hellen Küche. Auch hier die hohe Decke, dazu drei raumhohe Fenster mit Ausgang zu drei Balkonen mit Geländern, der Fußboden aus Stein wie im Treppenhaus. Herd, Spüle, Schränke und eine Arbeitsinsel in der Mitte des Raums, alles aus glänzendem Stahl. Wie die Profiküche eines der Restaurants.

Professionell auch die Messer, die in dem Messerblock auf der Insel stecken.

Ich suche mir eins aus. Stahl und aus einem Guss. Die Klinge lang und schmal und, wie die Spuren beweisen, bereits mehrfach geschärft. In dieser Wohnung lebt kein Veganer, das ist klar. Ein Steakmesser.

In einem Korb auf der Arbeitsinsel liegen drei Tomaten, tiefrot und weich. Ich teste die Schneide. Ein glatter Schnitt. Scharf wie ein Rasiermesser. Mit einem Handtuch wische ich den Saft von der Klinge.

Vom Flur höre ich ein Geräusch.

Als wäre jemand mit dem Fuß gegen ein Möbelstück gestoßen.

Dann das gleiche Geräusch noch einmal. Ohne Zweifel aus Richtung der Flügeltür am Ende des Flurs.

Ich gehe zur Tür und stecke vorsichtig den Kopf hinaus.

Und ziehe ihn sofort wieder zurück.

Ein Schuss knallt, und über mir spritzt der Holzrahmen. Genau in Kopfhöhe.

Ich atme tief aus.

Das war knapp.

In meinen Ohren klingelt es.

„Kristina?"

Keine Antwort.

„Sind Sie da? Sind Sie am Leben?"

Keine Antwort.

Die Russen also.

Ich kenne nur zwei russische Wörter, für eine Unterhaltung reicht das nicht. Ich hätte auch gar nicht gewusst, was ich mit den beiden hätte plaudern wollen.

Eine Schusswaffe wäre jetzt nicht schlecht. Aber mein Job ist ja nur, eine Frau zum Flughafen zu bringen. Richtig, Hellström?

Ich nehme das Handtuch von zuvor und mache zwei Knoten hinein wegen der Stabilität und schiebe es langsam und vorsichtig hinaus.

Wieder knallt es, und wieder kracht eine Kugel in den Rahmen.

Ein guter Schütze.

Das Tuch in meiner Hand ist zerfetzt.

Nicht mehr lange, und die Russen werden kapieren, dass ich nicht zurückschieße. Dann werden sie den richtigen Schluss daraus ziehen. Dass ich nämlich nichts zum Schießen habe. Und sie werden hierher kommen, in die Küche, und das Steakmesser an mir ausprobieren wollen. Es sei denn, sie sind Veganer. Aber unwahrscheinlich. Ich habe zumindest noch nie von russischen Veganern gehört.

Frage ist, wie lange sie für diese Erkenntnis brauchen. Dass ich nichts zum Schießen habe, meine ich. Und ob sie damit schneller sind als die Guardia Civil, die mit hoher Wahrscheinlichkeit von den Bewohnern des Hauses gerade verständigt wird. Falls die Russen langsam sind, haben nicht nur sie ein Problem, sondern auch ich.

Vielleicht kann ich ihren Erkenntnisprozess ja etwas beschleunigen. Mit meinen beiden russischen Wörtern.

„Nastrowje, Assholes."

Ich weiß, Asshole ist nicht wirklich ein russisches Wort. Aber jeder kennt es, oder?

Keine Antwort.

„Mit dem Schießen klappt es bei euch noch nicht so richtig. Wie wärs, wenn ihr herkommt, und ich bringe es euch bei?"

„Wie wärs, wenn du nochmal den Kopf rausstreckst? Asshole?"

Eine weibliche Stimme.

Auf Englisch.

„Wer hat dich geschickt, Asshole? Kurtz? Oder Murray?"

„Keiner von beiden. Kristina."

Stille.

Dann, „Ich glaubs nicht, da kommt einer hierher, um mich umzubringen und nennt mich bei meinem *Vornamen?"*

Mein vertrauliches *Kristina* muss sie tatsächlich verärgert haben, denn zwei weitere Male knallt es und zweimal spritzt neben mir der Rahmen.

„Und jetzt antworte, oder ich komme wirklich zu dir und schieße dir die Rübe runter. Kurtz oder Murray? Wer von denen will mich tot sehen? Und wage nicht, mich noch einmal Kristina zu nennen."

Dave Kurtz, ihr ehemaliger Boss, der ihretwegen nicht neues Oberhaupt von Homeland Security wurde. Rob Murray, der ihretwegen seinen Posten als Chef der Border Patrol verlor und seitdem in irgendeinem Büro versauert. Wo er hingehört, aber auch das ist nur meine Meinung.

„Niemand hat mich geschickt, Sie zu töten. Und ich dachte, ich soll Sie Kristina nennen. Und nicht Azone oder Special Agent Azone."

Stille.

„Was?"

„Ihre Ohren klingeln von der ganzen Knallerei."

„Ein wenig."

„Sonst hätten Sie meine Stimme erkannt. Benson Trail? Sie in Ihrem Westernfummel? Singapur? Das Restaurant im Botanischen Garten? Da haben Sie, so ungefähr zumindest, Sie haben gesagt, *Könnten Sie sich vorstellen, mich endlich bei meinem Vornamen zu nennen? Und nicht Azone oder-*"

„Palmer?"

„Ja. Dann hören Sie jetzt also auf mit ihrer High-Noon-Nummer?"

„Wirklich? Palmer?"

„Ja, Kristina, wirklich."

„Ich kann es nicht fassen. Palmer. *Sie* haben sich dazu hergegeben, mich umzubringen? *Sie*? Das hätte ich nie gedacht. Nicht Sie. Wie viel bezahlen die Ihnen?"

„Bitte?"

„Und wer, Kurtz oder Murray?"

„Meine Güte, können Sie jetzt mal damit aufhören? Ich bin nicht hier, um Sie zu töten. Hellström hat mich geschickt. Ich soll Sie zum Flughafen bringen."

„Wer ist Hellström?"

„Interpol."

„Sie arbeiten also für Interpol?"

Ich zögere. „Manchmal.“

„Was? Sie müssen lauter reden.“

„Manchmal.“

„Was soll ich am Flughafen?“

„In ein Flugzeug steigen, natürlich. Hellström hat herausgefunden, dass die Russen Sie töten wollen und dass Ihre Landsleute keine große Lust haben, das zu verhindern. Was ich, damit da gleich Klarheit zwischen uns herrscht, nachvollziehen kann.“

„Wohin will Interpol mich bringen?“

„Hellström. Keine Ahnung. In Sicherheit.“

„Und das aus reiner Nächstenliebe? Dafür ist Interpol nicht gerade bekannt.“

„Nicht Interpol. Hellström. Ich erledige für Hellström ... Sie sollen in Sicherheit gebracht werden, okay?“

„Sie erledigen was für diesen Hellström? Sie müssen mich hier überzeugen, Palmer, damit ich Ihnen vertrauen kann. Das kapieren Sie schon, ja?“

„Sie müssen mir nicht vertrauen, Kristina. Ich vertraue auch niemandem. Aber überlegen Sie mal, wenn ich hier wäre, um sie zu töten, dann wären Sie jetzt bereits tot. Sie wissen, wie ich arbeite. Das sollte Ihnen reichen.“

Stille.

„Was war das vorhin mit dem Nastrowje?“

„Zwei Russen sind unterwegs zu Ihnen. Jetzt. In diesem Moment. Ihre Haustür stand offen, ich dachte, die beiden wären bereits da.“

„Ich war auf dem Weg nach draußen. Da habe ich jemanden im Treppenhaus gehört.“

„Das war ich.“

„Russen sind also unterwegs hierher?“

„Zwei. Und mittlerweile, nach Ihrer Ballerei, wohl auch die Guardia Civil. Wir sollten also von hier verschwinden.“

Stille.

„Kristina, was machen Sie?“

„Nachdenken.“

„Worüber?“

„Ob ich Ihnen glaube."

Stille.

„Und was machen Sie jetzt, Kristina?"

„Immer noch nachdenken."

„Könnten Sie vielleicht etwas schneller nachdenken?"

„Schwören Sie, Palmer. Ich will, dass Sie schwören. Schwören Sie, dass Sie nicht hier sind, um mich zu töt-"

„Verdammt, Kristina!"

Stille.

„Okay, Palmer, gut ... Okay. Ich glaube Ihnen. Vielleicht mein größter Fehler, aber fürs Erste glaube ich Ihnen. Kommen Sie raus. Aber bleiben Sie im Flur stehen. Kommen Sie nicht her. Sie machen einen Schritt auf mich zu, und ich schwöre, ich knall Sie ab."

Ich mache den Schritt nach draußen und bleibe stehen.

Kristina tut das Gleiche. Ihr rechter Arm ist gestreckt, die Hand hält einen Revolver. Eine Achtunddreißiger mit kurzem Lauf, genau wie in Benson Trail. Der Hahn gespannt. Über ihrer linken Schulter hängt eine kleine Reisetasche.

„Sie haben Ihre Haare dunkel gefärbt. Und kurz geschnitten."

„Scharf beobachtet, Palmer. Apropos scharf, warum haben Sie das Messer in der Hand?"

„Wegen der Russen."

„Und warum keine Waffe? Keine Schusswaffe?"

„Weil ich keine habe. Ich erkläre Ihnen das später."

„Gut. Dann lassen Sie das Messer fallen."

„Kristina, wenn Sie jetzt nicht aufhören-"

„Lassen Sie es fallen, Palmer, oder ich schwöre, ich schieße Ihnen in den-"

Ich lasse das Messer fallen. Es ist spitz und gut ausbalanciert und bleibt im Holzboden stecken.

Kristina sieht ungerührt zu.

Von weitem höre ich Sirenen.

„Kristina?"

„Ja."

„Uh, ich habe das Messer fallenlassen?"

„Ja."

„Also? Und jetzt?"

„Weiß ich noch nicht."

Die Sirenen kommen näher.

„Hatten Sie schon einmal mit der spanischen Polizei zu tun, Kristina? Guardia Civil?"

Sie schüttelt den Kopf.

„Ich aber. Und deswegen drehe ich mich jetzt um und gehe hinaus. Dann gehe ich die Treppe hinunter. Dann verschwinde ich. Kommen Sie mit, oder lassen Sie es bleiben."

Ich bücke mich, drehe mich dann um und gehe hinaus. Hinunter zum dritten Stock, dann zum zweiten, dann zum ersten Stock. Alle Haustüren sind geschlossen. Russen sehe ich auch keine.

Die beiden Drahtigen und ihre sportlichen Begleiterinnen sitzen auch noch am Tisch. Ein Kellner bringt gerade weitere Getränke und neue Tapas. Keiner von ihnen schaut in meine Richtung.

„Wohin jetzt?", sagt Kristina hinter mir.

Ich drehe mich zu ihr um.

„Jetzt lassen Sie als Erstes den Hahn einrasten. Vorsichtig, damit kein Unglück passiert. Dann stecken Sie den Revolver in Ihre Tasche."

Ich warte.

Sie guckt mich an.

„Jetzt, Kristina!"

„Sie haben immer noch das Messer. Also, wieder. Ich habe gesehen, dass Sie es aufgehoben haben."

Ich halte es ihr hin, Griff zuerst. „Hier. Stecken Sie es zusammen mit dem Revolver in Ihre Tasche, wenn Sie mögen. Auch vorsichtig, es ist sehr scharf."

Als Messer und Revolver in der Tasche verschwunden sind, nehme ich sie bei der Hand.

„Was soll das jetzt?"

„Liebespaar", sage ich.

Hand in Hand schlendern wir die Straße hinunter in die entgegengesetzte Richtung der Sirenen bis zu der Cervecería, in der ich gestern eine Tortilla de patatas gegessen und einen offenen Hinterausgang zum Hof und gegenüber eine Einfahrt zu einer anderen Straße entdeckt habe.

Vor der Tür bleiben wir stehen.

Ein schneller Blick zurück. Alles in Ordnung.

Aber von vorne fährt ein dunkelblauer Van in unsere Richtung.

Langsam. Schritttempo.

„Was ist?"

„Sehen Sie den Van?"

Kristina nickt.

„Drei Gestalten in dem Van."

„Sehe ich. Und?"

„Wir sollten schleunigst verschwinden. Hier hinein."

Ich ziehe sie durch den vollbesetzten Gästeraum kleiner als ihre Küche und vorbei an dem Kellner mit weißem Hemd und weißer Jacke und schwarzer Fliege, vorbei an der Theke mit den Gläsern mit Bier und den Tellern mit Würsten, Brot, Oliven, dann die Tür hinaus in den engen Gang und vorbei an Toiletten und Mülleimern den Ausgang hinaus in den Hof und quer über den Hof die Einfahrt hinein und hindurch und durch das offene Tor hinaus wieder ins Freie.

Ich gucke nach rechts und nach links. Wenige Fußgänger, keine Autos. Kein dunkelblauer Van. Keine Polizei. Zwei Blocks haben wir gutgemacht. Die Sirenen sind kaum noch zu hören.

Ich lockere meine Hand.

„Wir können uns jetzt loslassen", sage ich.

„Liebespaar", sagt sie und hält fest und schlendert weiter.

Zweimal will sie in eine Bar, sie habe Hunger und Durst. Beide Male halte ich sie davon ab, wir müssen Distanz zwischen uns und der Polizei und den Russen in dem Van bringen.

„Dazu hätten wir besser mein Auto genommen", sagt sie jetzt.

Ich bleibe stehen.

„Sie haben ein Auto?"

„Natürlich hab ich ein Auto."

„Wo?"

„Parkt im Hof."

„Angemeldet auf Ihren Namen?"

„Natürlich nicht."

„Warum haben Sie das nicht vorhin schon erwähnt? Dass Sie ein Auto haben?"

„Sie haben mich nicht gefragt."

„Habe ich in der Tat nicht, aber Sie hätten auch von alleine auf den Gedanken kommen können, dass uns ein fahrbarer Untersatz helfen würde."

„Bin ich aber nicht, ging alles ein bisschen zu schnell für mich. Sie glauben, das waren Russen in dem Van?"

„Ja."

Wir gehen weiter.

„Mir ein Rätsel, wie Sie solange unentdeckt bleiben konnten. Und am Leben."

„Sie sind mir auch ein Rätsel, Palmer. Immer schon gewesen. Wohin gehen wir?"

„In eine Bar. Aber eine andere als die beiden, in die Sie wollten."

Zehn Minuten und vier Blocks weiter erreichen wir unser vorläufiges Ziel.

„Palmer, was machen wir hier?"

„Etwas essen, etwas trinken und eine Weile von der Straße verschwinden. Sie haben gesagt, Sie haben Hunger."

„Haben Sie sich mal umgesehen? Die Typen, die hier herumlaufen? Was die anhaben? Oder vielmehr nicht anhaben? Und diese Sexshops? Das ist ein Schwulenviertel. Und Lesben. Und Transen."

„Genau. Ich war gestern schon hier."

Sie bleibt stehen und lässt meine Hand los.

„Sind Sie etwa seit unserem letzten Aufeinandertreffen schwul geworden?"

„Ich habe geheiratet", sage ich. „Mein Mann heißt Alfonso, er trägt gerne Frauenkleider, besonders so ein kurzes, rotes. Wir wünschen uns Kinder, aber irgendwie hat es noch nicht geklappt."

Sie nimmt mich wieder bei der Hand und lächelt.

„Hier", sage ich.

Die Bar ist dunkel und kühl und nahezu leer. Genau wie gestern. Hinter der Theke hängen Schinken an langen Seilen von der Decke. Auch genau wie gestern.

Wir setzen uns an einen Tisch ans Fenster. Ich ziehe den Vorhang auf meiner Seite so weit zu, dass ich noch hinausgucken, von draußen aber nicht mehr gesehen werden kann. Kristina beobachtet mich und macht es mir nach.

Wir bestellen Kaffee, Wasser, Tapas. Die Bedienung ist weiblich und mit einem schwarzen Hosenanzug anständig und vor allem vollständig angezogen. Auch genau wie gestern.

Ich lehne mich zurück.

„Kein Alkohol?"

Kristina schüttelt den Kopf.

„Sie hatten Recht. Damals, in Singapur, im Botanischen Garten, es stimmte. Ich habe zu viel getrunken. Aus Frust. Als der Frust weg war, war auch der Alkohol weg."

„Manchmal sind die Dinge einfacher, als man auf den ersten Blick glaubt."

„Ursache und Wirkung und puff", sagt sie.

„Puff?"

„Eliminierst du die Ursache, puff, verschwindet die Wirkung. Ganz einfach. Erzählen Sie mir von Hellström und seinem Flugzeug."

Wir sehen uns an. Ihr Blick ist freundlich, ohne zu flirten. Das ist neu. Die kurzen, dunklen Haare, die weit geschnittene Bluse, die keinen tiefen Einblick erlaubt, die Hose aus dünnem Stoff, die ihre Figur betont, aber nicht so sehr, dass sie viele Blicke damit auf sich ziehen würde. Auch neu. Kristina Azone ist reifer geworden. Ruhiger, besonnener. Ernster. Um ihre Augen herum auch ein wenig faltenreicher. Steht ihr gut.

„Hellström, ja." Ich schaue auf die Straße und beobachte die Menschen und erzähle. Kristina hört zu.

345

„Sie hatten also keine Ahnung, dass ich diese Frau war?"

„Keine."

„Dass Russen hinter mir her sind?"

„Grundsätzlich schon, aber nicht, dass die Russen jetzt auf dem Weg zu Ihnen waren. Hellström hat gemeint, dass Ihnen im Moment keine direkte Gefahr droht und ich ausreichend Zeit habe, Sie zum Flughafen zu bringen. Taxifahrerjob, hat er gesagt. Deshalb habe ich auch keine Waffe."

„Und dann?"

„Dann kam seine Nachricht, dass bereits zwei Russen hier sind."

„Nein, ich meine, Sie bringen mich zum Flughafen. Und dann?"

„Wie gesagt, weiß ich nicht. In Sicherheit."

„Ich kann also Hellström und der – Wie heißt die Richterin?"

„Richterin. Ich bin ihr noch nie begegnet, ihren Namen kenne ich auch nicht."

„Ich kann den beiden vertrauen?"

„Ich tue es, seit einiger Zeit schon. Mehr oder weniger."

„Mehr oder weniger?"

„Ich glaube niemandem, ich vertraue niemandem", sage ich. „Ich habe immer einen Plan B. So ist das bei mir."

„Das ist traurig."

„Was ist?"

„Niemandem zu glauben. Niemandem zu vertrauen. Sehr traurig. Macht einsam. Misstrauisch."

Ich bin still.

„Sie führen ein trauriges Leben, Palmer."

„Hm."

„So misstrauisch gegenüber jedem."

„Hm."

„Ein einsames Leben."

„Meine Güte, ist ja schon gut. Aber Ihnen geht es seit Hong Kong auch nicht besser. Sie dürfen auch niemandem glauben und vertrauen."

„Ich tue es aber. Ihnen zum Beispiel glaube ich."

„Hellström und der Richterin können Sie auch glauben, denke ich. Manchmal liegt Hellström daneben, so wie mit den Russen jetzt bei Ihnen. Aber hintergangen haben sie mich bislang noch nicht."

„Bislang."

„Irgendwann ist immer das erste Mal. Es sei denn, das erste Mal passiert nie."

Ich kaue Tapas und trinke Kaffee. Gelegentlich schaue ich auf die Straße und sehe ihr ansonsten beim Nachdenken zu. Gedanken über mein trauriges Leben verdränge ich.

„Gut. Dann müssen wir jetzt nur noch zum Flughafen kommen." Sie trinkt vom Wasser und fängt ebenfalls an zu essen. „Erzählen Sie mal, wie ist es Ihnen ergangen, Palmer?"

„Wie es *mir* ergangen ist? Erzählen Sie mir, wie Sie auf den völlig durchgeknallten Gedanken gekommen sind, Geheimnisse von Homeland Security an die Russen zu verkaufen."

Sie nickt.

„Ich weiß, ein hohes Risiko."

„Kann man sagen. Sind Sie pleite?"

Sie kaut und schüttelt den Kopf.

„Nicht? Warum haben Sie das dann gemacht?"

„Weil ich" – sie hebt den Zeigefinger und ich warte, während sie schluckt – „nach Haus will. Die Welt ist schön, aber zuhause ist es schöner. Nach Hong Kong war ich ständig unterwegs. Vier Kontinente und ich weiß nicht wie viele Länder. In keinem Land länger als vier oder fünf Tage."

„Das kostet."

„Und ist anstrengend. Aber zunächst war das okay. Ich habe meine Freiheit genossen. Die Freiheit, keinen Job zu haben, in dem mich niemand ernst nimmt. Keinen blöden Chef zu haben, der mich hintergeht. Mich nicht von Typen wie diesem Murray benutzen zu lassen. Aber nach einer Weile?"

„Es wurde langweilig. Ihnen fehlte der Job."

„Nein, mir fehlte mein Zuhause, Palmer, nicht der Job. Ich hatte ja einen neuen Job gefunden. Ich war jetzt mein eigener Job. Den nächsten Aufenthalt planen, den nächsten Reisepass besorgen, die nächste Legende stricken. Den neuen Namen und die neue Legende im Internet überprüfen, ob es nicht ein grandioser Zufall will, dass diese Person, die ich gerade erfunden habe, in der Realität bereits irgendwo lebt. Das ist ein Vollzeitjob, kann ich Ihnen sagen. Als ich das erste Mal durcheinander kam, in einer Bar war das, in Israel, in Tel Aviv, ein netter und verdammt gut aussehender Israeli. Wir hatten Martinis vor uns stehen, mein erster Drink seit Wochen, und nach zwei weiteren Drinks kam ich mit meinen bis dahin neun Leben durcheinander. Neun! Wer will da den Überblick behalten? *Gerade hast du noch erzählt, du wärst die Witwe eines Immobilienunternehmers aus London, und jetzt hast du plötzlich deine eigene Praxis in Sydney?"*

„Praxis? Sie haben sich als Ärztin ausgegeben? Das kann schnell ins Auge gehen, Sie müssen nur mal mit einem echten Medizinmann trinken. Keine gute Legende, Frau Doktor."

„Ich war Psychologin mit eigener Praxis. Psychologen reden so viel Blödsinn, Palmer, ich weiß das aus eigener Erfahrung, da fällt es nicht auf, wenn ich keine Ahnung habe."

„Und von Tel Aviv gings nach Madrid."

„Von Tel Aviv bin ich nach Südafrika, wo man in Kapstadt auf mich geschossen hat. Von Kap-"

„Geschossen?"

Sie nickt. „Raubversuch auf offener Straße. Aber nichts passiert, ich habe in einem Mercedes gesessen, und der war gepanzert. So einen bekommen Sie dort bei jedem Autoverleiher. Kein Problem also. Von Kapstadt bin ich hoch nach Kenia, wo mir bereits am zweiten Tag so ein Kerl in mein Appartement folgt und mir Schutz anbietet vor all den Gangbangern, die es in Nairobi gibt. Ich bin dann nach Bangkok, wo ichs aber wegen der Hitze und der Luftfeuchtigkeit nicht ausgehalten habe, dann runter nach Pulau Langkawi ans Meer, traumhaft schön, aber nach einer Woche? Mir war so langweilig, ich bin drei Mal am Tag ins Gym gegangen und hab mich nach jedem Training mit einer vollständigen Mahlzeit belohnt. Irgendwann bin ich in Rio gelandet, einer der angeblich gefährlichsten Städte der Welt, wo ich aber überhaupt keine Probleme mit niemandem hatte. Tja."

„Und nach ungezählten durchwachten Sambanächten sind Sie nach Madrid."

„Durchwachte Nächte? Das habe ich hinter mir. Ich geh früh ins Bett und genieße meine acht Stunden Schlaf, besser neun. Aber nach Rio kam Madrid, ja."

„Sie sind also hierhergezogen ... und?"

„Gezogen? Nein."

„Sie haben eine Wohnung gemietet."

„Kurzzeit. Ich brauchte für ein paar Wochen einen sicheren Rückzugsort mit guter Internetverbindung."

„Womit wir wieder bei den Russen sind. Wenn Sie keine Geldsorgen haben, warum dann Geheimnisse von Homeland Security an die Russen verkaufen?"

„Sie hören mir nicht zu, Palmer. Weil ich nach Hause will."

„Das habe ich schon verstanden, Kristina. Aber Geheimnisverrat ist da nicht der beste Weg, das müssen Sie zugeben."

„Ich habe keine Geheimnisse verraten, Palmer. Was die Russen von mir bekommen haben, ist nicht viel wert. Sie wissen das allerdings nicht. Die Russen. Ein paar Dutzend Emailadressen und ein paar Hundert Seiten Korrespondenz zwischen verschiedenen Abteilungen."

„Sie wissen das offensichtlich wohl, die Russen. Oder weshalb, denken Sie, sind zwei von denen bereits hier in Madrid? Beziehungsweise drei. Und ein paar Hundert Seiten, das nennen Sie *nicht viel wert?*"

„Getürkte Seiten."

Ich lehne mich vor.

„Getürkt? Sie haben die Russen übers Ohr gehauen?"

„Alle Emails, jede einzelne Email haben wir überarbeitet. Alles, was für eine feindliche Macht von Interesse sein könnte, haben wir verändert. Nicht gelöscht, sondern verändert."

„Wir?"

„Ich habe Hilfe. Jemand, die sich überall einhacken kann. Ich kann das nicht. Die Russen haben geglaubt, sie hätten wertvolle Informationen über die Arbeitsweise von Homeland Security abgeschöpft. Sie glauben das immer noch. In Wirklichkeit haben sie von uns ein meisterhaft gewebtes Netz an Fehlinformationen erhalten."

„Meisterhaft, so so. Und Sie haben wirklich geglaubt, das geht gut? Der russische Geheimdienst ist bestens informiert, was euch Amerikaner angeht. Die Russen haben eure Präsidentschaftswahlen beeinflusst, Kristina. Die Russen haben Möglichkeiten, Ihre Informationen zu überprüfen und Ihr meisterhaft gewebtes Netz an Fehlinformationen in Stücke zu schneiden. Und Sie gleich mit. Denn genau zu diesem Zweck sind jetzt zwei von denen hinter Ihnen her. Oder drei."

„Ich weiß."

„Das ist gut." Ich runzele die Stirn. „Was wissen Sie?"

„Dass die Zeit drängte. Und deshalb habe ich mich an meinen alten Arbeitgeber gewandt."

„An Kurtz?"

„An das Büro des Ministers für Homeland Security. An die Spitze."

„Und was haben Sie Ihrem alten Arbeitgeber zu bieten? Die Namen der Russen, mit denen Sie zu tun hatten?"

„Nein."

Sie war still.

„Sondern?"

„Etwas viel Besseres."

Sie war still.

Ich auch.

Sie sagt, „Ich kann beweisen", und lehnt sich dann ebenfalls vor und schaut nach rechts und nach links, ob wir noch alleine sind. Und flüstert.

Oh Mann.

Will ich das wissen?

Ich winke der Frau im Hosenanzug und bestelle weitere Tapas und noch zwei Kaffee.

Ich sage, „Was hat es mit Ihrer Reisetasche auf sich?"

„Homeland Security hat jemanden geschickt, dem ich meine Beweise erläutern soll."

„Wen geschickt?"

„Weiß ich nicht. Ich habe eine Telefonnummer bekommen und einen Treffpunkt und eine Uhrzeit. Am Treffpunkt angekommen, sollte ich die Nummer anrufen. Wenn meine Beweise überzeugen, würden sie mich in die USA ausfliegen und ich würde vollständige Amnestie erhalten. Als Sie kamen, Palmer, war ich gerade auf dem Weg."

„Hört sich zu gut an, um wahr zu sein."

„Ist jetzt auch egal. Der Zeitpunkt war vor einer halben Stunde. Die Person würde nicht warten, wurde mir gesagt." Sie folgt meinem Blick. „Kennen Sie die?"

Auf der anderen Straßenseite ist mir zwischen all den anderen Fußgängern eine Frau aufgefallen, die langsam die Schaufenster entlang schlendert und scheinbar interessiert die Auslagen inspiziert. Nichts Ungewöhnliches, so weit. Wenn es sich dabei nicht fast ausnahmslos um Sexshops gehandelt hätte.

Nicht viele Frauen schauen sich die Auslagen von Sexshops an. So zumindest meine Erfahrung. Weshalb die Frau mir aufgefallen war.

Dann ist sie näher gekommen, und ich habe sie erkannt. Eine der beiden Frauen, die mit den Männern in dem Café in der Nähe von Kristinas Wohnung gesessen haben. Sie hat sich in ihrem Stuhl nach mir umgedreht.

Jetzt in Jeans, Lederschuhen, weiter Bluse und mit Kopftuch. Weshalb es mit dem Erkennen bei mir gedauert hat.

Und die Straße hinab in vielleicht zwanzig Metern Entfernung entdecke ich jetzt die andere Frau. Langes Kleid, Hut und Sonnenbrille.

„Kennen wäre zu viel behauptet", sage ich zu Kristina. „Aber was ich sagen kann: Die Russen sind da."

„Die aus dem Van?"

„Andere."

Ich lege einen Geldschein auf den Tisch und ziehe Kristina vom Fenster weg und an dem Hosenanzug vorbei in den hinteren Teil der Bar und vorbei an den Toiletten und durch den Hinterausgang in den in Madrid offensichtlich unvermeidlichen Hof und quer über den Hof und durch den Eingang und wieder hinaus auf die Straße.

„Wie oft wollen wir das noch machen?"

„So oft es not-" Ich bin still. Die Straße hinunter sehe ich zwei Kerle. „Kristina, sehen Sie die beiden Typen? Der eine auf der rechten Straßenseite, der andere links?"

„Die beiden schlanken und verdammt gut aussehenden Männer? Mit den Jacken locker über ihren Schultern?"

„Ja."

„Die jetzt beide dermaßen sexy die Straße heruntergeschlendert kommen? Wie Models?"

„Meine Güte, ja. Das sind-"

„Kennen Sie die auch? Können Sie mich mit denen bekannt machen?"

„Sie kommen direkt auf uns zu, Sie können sich also gleich selbst mit denen bekannt machen. Sprechen Sie Russisch? Das sind nämlich auch Russen."

„Ehrlich? Wie viele Russen laufen denn hier herum? Mittlerweile sind wir bei ... die Drei in dem Van, die zwei Frauen und die hier ... sieben. Und die da sehen gar nicht wie Russen aus."

„Wie sehen Russen aus?"

„Na ja, eher-"

„War rhetorisch, vergessen Sie es. Wir sollten verschwinden."

Ich ziehe Kristina in die Einfahrt, und wir laufen den Weg zurück, den wir gerade gekommen sind. Quer über den Hof, in den Hinterausgang der Bar, an den Toiletten vorbei in die Bar, an der Frau im Hosenanzug vorbei, die uns kopfschüttelnd aber stumm gewähren lässt. Ich schaue durchs Fenster und sehe die beiden Russinnen die Straße hinunter laufen. Leichtfüßig, weite Schritte. Sehr sportlich. Wie Vierhundert-Meter-Läuferinnen. Eine hält ein Telefon ans Ohr.

Das kann nicht sein.

Es kann einfach nicht sein.

Ich betrachte Kristina von oben bis unten. Mein Blick bleibt auf ihrer Reisetasche.

Aus Leder und gerade groß genug für ein paar Kleidungsstücke, Papiere, Kleinkram. Ein Messer und ein Revolver.

„Was haben Sie da drin?"

„In meiner Tasche?"

„Außer dem Messer und dem Revolver, was haben Sie da drin? Es kann nicht sein, dass die Vier uns gefolgt sind. Wir hätten sie bemerkt, wie wir die Drei in dem Van bemerkt haben."

„*Sie* haben sie bemerkt."

„Egal. Jedenfalls haben sie uns auf andere Weise gefunden."

„Denken Sie ..."

„Schütten Sie alles hier auf den Tisch, Kristina."

Es dauert keine Minute, bis wir den Sender gefunden haben. Flach und klein wie eine Knopfbatterie mit einem kurzen Kabel steckt er im Boden der Tasche.

„Die haben die Naht aufgetrennt, hier, sehen Sie?"

„Wir müssen das Ding loswerden", sagt Kristina. „Wann haben die das gemacht?"

„Das ist jetzt egal. Wir-"

„Die waren in meiner Wohnung. Ganz klar. Aber wenn die mich umbringen wollen und in meiner Wohnung waren, warum haben sie die Gelegenheit nicht genutzt? Stattdessen nähen die einen Sender in meine Tasche."

„Die wollten wissen, wo sie sind."

„Aber die wollen mich umbringen, sagen Sie. Sagt Hellström."

Ich zucke mit der Schulter. „Zu dem Zeitpunkt vielleicht noch nicht." Eine bessere Erklärung habe ich nicht.

„Wir müssen das Ding loswerden", sagt sie wieder.

„Nicht so schnell."

Ich deute aus dem Fenster.

„Sehen Sie da gegenüber den Supermarkt?"

„Den Dia?"

„Ja. Wir überqueren die Straße, zügig, aber ohne zu laufen, und gehen in den Laden. Fertig?"

Draußen schaue ich rechts und links und wieder rechts und wieder links, dann stehen wir im Supermarkt.

„Waren die Russen da? Ich habe sie nicht gesehen."

„Ich auch nicht", sage ich.

„Und jetzt?"

„Suchen wir den Hinterausgang."

„Wenn die keinen haben?"

„Jeder Supermarkt hat einen Hinterausgang, durch den die Waren angeliefert werden, oder?"

„Und was machen wir damit?" Sie deutet auf den Sender in meiner Hand.

„Den schicken wir auf Reise."

Ich nehme einen Korb und wir gehen vorbei an Regalen mit frischem Obst und Gemüse, Getränken, Waschmitteln und Kunden.

Ein junger Mann mit Computertasche an der Schulter steht völlig verloren vor einem Regal mit Tiernahrung. Seine Tasche steht einen Spalt offen.

Ich greife an ihm vorbei mit der linken Hand eine Packung Katzenfutter und lasse aus meiner rechten Hand den Sender in seine Tasche fallen. Kein Problem.

Dann betrachte ich die Packung, schüttele den Kopf, als hätte ich mich vertan, und stelle sie zurück.

Wir schlendern weiter. Wie ein Ehepaar beim Einkauf.

Hinter uns greift der junge Mann nach der Packung, die ich mir gerade angesehen habe. Seine Tasche steht immer noch offen.

Kristina nickt auf eine Tür.

Ich nicke auf die Tastatur neben der Tür.

„Nur für die Mitarbeiter", sagt sie.

„Dann warten wir eben auf einen Mitarbeiter."

Wir mustern das Kühlregal neben der Tür, und ich lege in unseren Korb Butter, Joghurt, Käse, nochmal Käse, nochmal Butter.

„So viel Butter braucht kein Mensch, Palmer. Das fällt auf."

„Egal." Ich nehme ein weiteres Päckchen Butter, dieses gesalzen, damit Kristina beruhigt ist, dann einen halben Liter Milch, dann, endlich, wird die Tür von innen aufgestoßen und eine Verkäuferin im weißen Kittel mit roter Aufschrift *Dia* schiebt einen Einkaufswagen voll frischer Ware herein.

Zuvorkommend hält ihr Kristina die Tür auf.

„Gracias", sagt die Frau und schiebt ihren Wagen weiter.

Ich stelle den Korb ab und wir verschwinden durch die Tür in eine Halle und quer durch die Halle vorbei an weiteren Verkäuferinnen, die ebenfalls Waren in Einkaufswagen laden, hinaus in einen Hof, von dem gerade ein Lastwagen durch ein Tor hinaus auf die Straße fährt.

„Wohin jetzt?"

„Da hinaus", sage ich.

Das Tor führt auf eine breite, vielbefahrene Straße mit zwei Spuren in jede Richtung.

Wir gehen wieder Hand in Hand, schlendernd, wie ein Liebespaar. Ich bin irritiert, dass es sich schon fast ein wenig vertraut anfühlt. Kristina neben mir lächelt. Von den Russen ist keine Spur.

Dreimal biegen wir ab, dann sind wir wieder in einem Viertel mit engen Gassen und Cafés und Tapasbars. Kristina will sich setzen, sie habe immer noch Hunger, aber ich schüttele den Kopf.

„Wir müssen weiter. Zum Flughafen."

„Wie, zu Fuß etwa?"

„Mit dem Taxi. Ihr Auto steht ja im Hof."

„Taxifahrerjob, huh?"

„Genau."

Kristina sieht an mir vorbei. „Shit."

Ich sehe an ihr vorbei. „Ja."

Die Russen sind da.

Hinter Kristina die beiden Frauen.

Ich drehe mich um.

Hinter mir die beiden Männer.

Kristina greift in ihre Tasche und fängt an zu suchen. Ich ahne, wonach.

„Lassen Sie das bleiben, Kristina."

Sie atmet schwer aus. „Shit. Das wars wohl."

„Wieso? Sie wollten die doch kennen lernen."

„Sehr witzig. Von nahem sehen die auch gar nicht mehr so gut aus. Das wars", sagt sie wieder.

Ich schüttele den Kopf. „Es gibt immer eine Chance. Lassen Sie mich machen. Aber wenn es soweit ist, dürfen Sie sich gerne mit Ihrem Revolver einmischen. Beobachten Sie, was ich tue, okay?"

„Ich beobachte Sie schon die ganze Zeit, Palmer."

Die Vier kommen noch näher und bleiben schließlich in einer Reihe vor uns stehen. Drei Meter Entfernung. Links die zwei Frauen, rechts die Männer. Wie ein Erschießungskommando, jedoch minus der obligatorischen Schusswaffen. Zumindest sehe ich keine. Was gut ist.

„Nastrowje, Assholes", sage ich und mache einen Schritt nach vorne. „Ihr blockiert den Gehweg."

Die Vier sehen sich an.

Ich sehe auch keine Degen, sage aber trotzdem, „Was seid ihr, die vier Musketiere?", und mache einen Schritt zur Seite, näher an die beiden Kerle, die meine ersten Ziele sind. Und damit Kristina freies Schussfeld hat. Dass sie gut schießen kann, habe ich gesehen.

Aber bevor ich loslegen kann, schüttelt einer der Kerle den Kopf, greift gelangweilt in seine Hosentasche und zieht eine Marke hervor.

„Policía", sagt er. Und zu Kristina, „Wir sollten verschwinden, Miss Azone. Wie ich gehört habe, sind zwei Russen hinter Ihnen her." Und zu mir, „Darf ich mal fragen, wer Sie sind?"

Er durfte fragen, bekam aber keine Antwort und hat dann mit jemandem telefoniert, während wir anderen nur herumgestanden haben.

Eine Minute später kommt eine Limousine um die Ecke. Schwarz, verdunkelte Scheiben, aufsteckbares Blaulicht auf dem Dach über der Fahrertür. Der Fahrer hält, steigt aus, die beiden sportlichen Frauen sowie, auf ihr Winken, Kristina und ich steigen ein. Die Kerle bleiben draußen stehen.

Die eine zieht ihren Hut aus und setzt sich ans Steuer, die andere auf den Beifahrersitz.

„Anschnallen, bitte."

Auf Englisch. Mit Akzent.

Wir schnallen uns an. Sie fährt los.

„Ihre beiden Kollegen hatten wohl keine Zeit", sage ich.

„Keine Kollegen."

„Sondern?"

„Lokale Unterstützung."

„Lokale Unterstützung. Dann sind Sie also ... Was? Geheimdienst?"

Die Frauen antworten nicht.

„Von einer fremden Macht, mit Ihrem Akzent?"

„Fremde Macht?"

„Woher wissen Sie denn von mir?", sagt Kristina.

Jetzt lachen beide.

„Und wo ich wohne. Wohnte. Woher wissen Sie *das*?"

„Weil wir die Emails und Kontobewegungen der Psychologin Doktor Ella Feinstein aus Darlinghurst, Sydney, beobachtet haben, Miss Azone. Und Doktor Feinstein hat vor vier Wochen diese Wohnung angemietet, die wir seitdem überwachen", sagt die Beifahrerin. Sie zieht ihr Kopftuch aus und dreht sich zu mir. „Sie haben uns vorhin ja schon gesehen", und dreht sich zurück.

„Gutes Restaurant?"

„Sehr gut. Aber ich bin froh, dass das jetzt vorbei ist. Zu viele Tapas. Zu viel Kaffee. Zu viele spanische Machos."

„Beeindruckend, wie Sie sich vorhin so schnell umgezogen haben. Normalerweise brauchen Frauen dafür länger."

Ich glaube, sie lächelt, aber ich kann es von der Seite nur schwer erkennen.

„Das kann nicht sein", sagt Kristina. „Ich war vorsichtig, keiner konnte das verfolgen."

Niemand antwortet.

„Ihnen habe ich also auch den Sender in meiner Tasche zu verdanken?"

Die Beifahrerin nickt. „Den, den Sie gefunden und einem anderen untergejubelt haben und zwei weitere, die Sie noch nicht gefunden haben. Die ich aber zurückhaben möchte. Die Dinger sind teuer, und unser Chef meckert, wenn ich sie nicht zurückbringe."

„Wo?"

„In Ihrer Mappe mit den Papieren einer, und der andere in Ihrer Ersatzhose. Der dunkelblauen, in Ihrer Tasche."

„Sie wissen, welche Hose-?" Kristina winkt ab. Sie sucht und findet die beiden Sender und wirft sie nach vorne der Beifahrerin in den Schoß.

„Danke."

„Bitte."

„Den dritten Sender finden Sie bei einem jungen Mann in einem Supermarkt", sage ich. „Er steht vor dem Katzenfutter. Nicht zu übersehen."

„Wir fahren nicht mehr zurück", sagt die Beifahrerin. „Den dritten schreiben wir ab. Aber wir haben zwei von dreien, und Sie wissen ja, Two out of three ain't bad."

„Guter Song."

„Was für ein Song?", sagt Kristina.

„Guter Song", sagt auch die Fahrerin. „Ich glaube, ich habe ihn irgendwo auf meinem Telefon abgespeichert. Ich spiele Ihnen den nachher vor, Miss Azone. Wird Ihnen gefallen. Achtziger Jahre. Ich liebe die Achtziger."

„Sind Sie dazu nicht ein bisschen jung?"

„Ich liebe sie trotzdem."

Ich sage, „Wohin fahren wir eigentlich?"

„Auf den Flughafen, natürlich."

„Ihr Akzent", sage ich, „Sie sind beide keine Spanierinnen."

„Das stimmt."

„Englisch ist aber auch nicht Ihre Muttersprache."

„Korrekt."

„Sondern? Nein, warten Sie, lassen Sie mich raten. Russisch?"

Beide lachen schon wieder.

„Ich hatte mal Russisch in der Schule", sagt die Fahrerin und lächelt in den Rückspiegel. „Gelernt habe ich nicht viel, aber so viel weiß ich: *Assholes* ist kein russisches Wort."

Ich lächle zurück. Erleichtert, wie ich gerne einräume.

„Wir sind aus Deutschland", sagt die andere. „Die Richterin hat gemeint, das würde Ihnen gefallen, Mister Palmer. Mister Hellström hat das auch gemeint."

Ich lehne mich zurück in den weichen, kalten Sitz. Hellström und die Richterin, also.

„Ja, da hat die Richterin recht gesprochen."

Ein Telefon klackt. Nicht meines.

„Sie haben die Russen", sagt die Beifahrerin.

Dann klackt ihr Telefon noch einmal. „Was? Und dazu einen Amerikaner?"

„Hey, von einem Amerikaner hat uns Hellström nichts gesagt."

„Die Richterin auch nicht. Mann!"

„Wo?", sage ich.

„Unweit Ihrer Wohnung, Miss Azone. In einem dunkelblauen Van, alle drei zusammen."

Kristina guckt mich an.

Ich sage, „Haben Sie Namen?"

„Nicht von den Russen", sagt die Beifahrerin. „Der Amerikaner heißt ...warten Sie ... Murray. Alle Drei Pistolen mit Schalldämpfern. Ungewöhnlich, ein Amerikaner tut sich mit zwei Russen zusammen. Sie haben Glück gehabt, Miss Azone."

Kristina nimmt meine Hand und drückt.

„Ja, das hatte ich wohl."

Wieder klackt ihr Telefon.

„Hat einen Diplomatenpass, dieser Murray. So ein Mist", sagt die Beifahrerin. „Und ... ah, nein, die Russen auch."

„Was glauben Sie", sagt Kristina zu mir, „ist Murray der Amerikaner, der sich mit mir treffen sollte?"

„Würde passen", sage ich. „Treffen wollte Murray Sie auf jeden Fall. In den Kopf, vermutlich."

Noch einmal drückt sie meine Hand.

„Mann, das müssen uns Hellström und die Richterin doch sagen, dass da noch andere im Spiel sind."

„Wir werden mit ihr darüber reden."

„Ja, und sofort. Das geht so nicht."

Ich sage, „Sie werden mit der Richterin *reden?*"

Die Beifahrerin dreht sich wieder zu mir. „Natürlich. Wir tauschen uns regelmäßig aus."

„Sie *tauschen sich aus?*"

„Wieso *sofort?*", sagt Kristina.

„Die Richterin ist an Bord der Maschine, mit der wir Sie ausfliegen, Miss Azone", sagt die Fahrerin. „Sie freut sich bereits darauf, Sie kennen zu lernen."

Ich schüttele den Kopf.

„Eines noch, Miss Azone. Sollten Sie Ihren Revolver in der Tasche da haben, nehmen sie den bitte raus. Sie können ihn hier im Wagen lassen. Das gilt auch für alle weiteren Waffen, die Sie möglicherweise noch haben. Die Richterin ist ein sehr friedliebender Mensch. Sie mag keine Waffen in ihrer Nähe."

Wir erreichen den Flughafen eine halbe Stunde, nachdem wir losgefahren sind – wenigstens hier hat Hellström richtig gelegen. Wir folgen den Schildern zum Frachtterminal, werden, ohne anhalten zu müssen, durch das geöffnete Tor gewunken und fahren hinaus aufs Rollfeld.

An einem Airbus, deutlich kleiner als die Frachtmaschinen rechts und links daneben, steht die Kabinentür offen. Eine Treppe ist angeschoben. Die Turbinen laufen.

Die Fahrerin hupt und stoppt vor der Treppe.

„Time to say good bye", sagt sie und steigt aus. Auch die Beifahrerin steigt aus und hält Kristina die Tür auf.

„Machen Sie es gut, Palmer."

„Sie auch, Kristina. Was haben Sie vor, wenn Sie wieder zuhause sind?"

„Ich weiß ja gar nicht, ob ich nach Hause kann. Ob das Angebot von Homeland Security wirklich gilt und ich tatsächlich eine Chance auf Amnestie habe oder ob Murray da seine Finger im Spiel hatte. Und wenn das so ist, wohin mich die Richterin und Hellström dann bringen werden. Aber wenns gut geht ... das Leben leben. Interessante Dinge tun. Mit netten Menschen zusammen sein. Oder zumindest mit Menschen, die mich nicht umbringen wollen. Wir haben nur wenig Zeit, dann ist unser Leben vorbei. Und Sie?"

Ich bin still.

„Verstehe", sagt sie. „Gehen Sie Freitagnachts eigentlich noch ab und zu ins Roadhouse? Gute Rockmusik und dieses furchtbare Guinness, das so im Hals kratzt?"

„Schon, ja."

„Vielleicht komme ich mal vorbei, wenn ich kann. Und wenn ich darf, natürlich."

„Sie dürfen. Vorausgesetzt, Sie ziehen nicht ihr Westernkleid an."

Sie nickt. „Ich werde unauffällig sein, versprochen. Und, Palmer, glauben Sie den Menschen ein bisschen mehr. Vertrauen Sie ihnen. Ihr Leben wird ein Besseres sein."

„Sie sehen im Moment selbst ein wenig aus, als hätten Sie das Vertrauen in die Menschen verloren."

Sie ist still.

„Sagen Sie der Richterin schöne Grüße."

„Werde ich."

„Warum haben Sie Tränen in den Augen, Kristina?"

Sie schüttelt den Kopf. „Weiß nicht. Nur so. Danke für alles."

Sie drückt noch einmal meine Hand und steigt aus.

„Sie können die U-Bahn zurücknehmen oder ein Taxi, Palmer", ruft die Beifahrerin von draußen.

Sie nehmen Kristina in ihre Mitte und gehen die Treppe nach oben.

Jemand empfängt sie dort. Eine nicht mehr ganz junge Frau, glaube ich, aber ich kann es nicht genau erkennen.

Es ist halb sechs am Abend, und ich bin zurück in dem Café in der Calle Orellana, nahe des Plaza de Santa Bárbara, mitten in Madrid. Vier Tische auf dem Gehweg, die Sonnenschirme bereits zugeklappt. Aber sie haben noch geöffnet, und ein Platz ist sogar noch frei. Ich setze mich und schließe für einen Moment die Augen.

Ich habe Hellström gefragt, und er hat zurückgeschrieben, dass bei Homeland Security niemand von Murrays Aufenthalt in Madrid wusste. Dass aber tatsächlich ein hoher Mitarbeiter von Homeland Security aus der amerikanischen Botschaft auf Kristina gewartet hätte und dass, sollten ihre Beweise überzeugen, Kristina tatsächlich mit vollständiger Amnestie rechnen könnte – Wahnsinn, was Miss Azone da herausgefunden hat, nicht, Palmer?

Ich höre ein Geräusch und sehe die Getränkekarte auf dem Tisch, die Kellnerin bereits im Weggehen.

„Eine Chocolate", rufe ich ihr hinterher.

Sie dreht sich um und kommt zurück. Kurze, graue Haare, Bluse mit langen Ärmeln, ein Rock, der bis zu den Knöcheln reicht.

„Wir haben heute den 31. Juli", sagt sie. Als würde das Datum alles erklären.

„Das weiß ich. Was hat das mit meiner Chocolate zu tun?"

„Morgen ist der erste August."

„Ja, das ist jedes Jahr so. Erst der 31. Juli, dann der erste August. Und?"

„Im August haben wir geschlossen. Wie viele andere Geschäfte in Madrid auch. Das wissen hier alle. Den gesamten August. Ab morgen."

„Das ist schade. Aber heute haben Sie ja noch geöffnet."

„Aber keine Chocolate mehr, Señor. Mein Chef hat gestern die letzte Chocolate produziert. Und heute Mittag haben wir den letzten Becher Chocolate verkauft."

„Den letzten Becher?"

„Heute Mittag. An einen Gast, dem die Chocolate nicht einmal geschmeckt hat. Soll das ein Mensch verstehen. Unsere Chocolate ist sehr, sehr gut. Mein Chef macht die selbst. Ausgewählte Kakaobohnen direkt aus Kolumbien."

„Ein Gast, dem die ...? Woher wissen Sie, dass dem Gast die Chocolate nicht geschmeckt hat?"

„Weil Carmen" – sie lehnt sich gegen den Tisch und seufzt – „meine Kollegin Carmen. Sie war richtig traurig. Sie hat mir so leidgetan, das Mädel. Ein richtig nettes Mädel, immer supernett zu jedem. Hat den Gast davon überzeugt, unsere Chocolate zu probieren anstatt einen Café solo, und was macht der? Behauptet, die Chocolate schmeckt ihm, tunkt sogar das Stückchen Schokolade hinein wie die meisten unserer Gäste, also, die, die sich auskennen, trinkt dann aber nur einen Schluck. Und als die Carmen drinnen ist, verschwindet der. Daher weiß ich das, Señor. Dem hat die Chocolate nicht geschmeckt, deshalb hat er sie stehen lassen. Warum hat er dann der Carmen gesagt, die Chocolate schmeckt ihm?" Sie sieht mich an, als hätte ich darauf eine Antwort, wartet meine Antwort aber nicht ab. „Die Welt ... ah. Man kann niemandem mehr glauben heutzutage. Niemandem. Wenigstens war ihm die Lügerei peinlich. Hat der Carmen ein gutes Trinkgeld dagelassen."

„Ja, aber vielleicht ... Haben Sie schon einmal daran gedacht? Vielleicht musste der Gast nur dringend weg."

Sie schüttelt den Kopf. „Señor, Sie sind ja auch wegen unserer Chocolate hergekommen, jetzt sagen Sie mir mal: Was kann so dringend sein, unsere gute Chocolate stehen zu lassen?"

Ich bin still.

„Sehen Sie."

Ich sage, „Also keine Chocolate?"

Sie sieht meinen Blick und lächelt, wie man ein Kind anlächelt, dem das Eis auf den Boden gefallen ist. „Tut mir leid."

„Haben Sie denn einen Café solo für mich?"

Sie nickt. „Bring ich sofort."